мураками
мания

Харуки Мураками

1Q84

(тысяча невестьсот восемьдесят четыре)

КНИГА 2
ИЮЛЬ — СЕНТЯБРЬ

ЭКСМО
Москва

Санкт–Петербург
ДОМИНО
2011

УДК 82(1-87)
ББК 84(5Япо)
М 91·

Haruki Murakami
1Q84
Copyright © 2009 by Haruki Murakami

Перевод с японского *Дмитрия Коваленина*

Мураками Х.

М 91   1Q84. Тысяча Невестьсот Восемьдесят Четыре :
роман : в 2 кн. Кн. 2 : Июль — сентябрь / Харуки Мураками ; [пер. с яп. Д. Коваленина]. — М. : Эксмо ;
СПб. : Домино, 2011. — 432 с. — (Мураками-мания).

ISBN 978-5-699-50928-7
ISBN 978-5-699-50930-0

Впервые на русском — наиболее ожидаемая новинка года, последний роман самого знаменитого автора современной японской
прозы, главная литературная сенсация нового века, «магнум-опус
прославленного мастера» и «обязательное чтение для любого, кто
хочет разобраться в японской культуре наших дней», по выражению критиков. Действие книги происходит не столько в тысяча
девятьсот восемьдесят четвертом году, сколько в тысяча невестьсот
восемьдесят четвертом, в мире, где некоторые видят на небе две
луны, где ключом к вечной любви служит Симфониетта Яначека,
где полицейских после всколыхнувшей всю страну перестрелки с
сектантами перевооружили автоматическими пистолетами взамен
револьверов, где LittlePeople — Маленький Народец — выходят
изо рта мертвой козы и плетут Воздушный Кокон.

УДК 82(1-87)
ББК 84(5Япо)

ISBN 978-5-699-50928-7 (Кн. 2)
ISBN 978-5-699-50930-0 (Общ.)

Глава 1

АОМАМЭ

Самый скучный город на свете

Сезон дождей еще не закончился, но небо уже голубело, и солнце щедро припекало землю. Тени от пышных ив мерно колыхались на тротуаре.

Тамару встретил Аомамэ у ворот. В темном летнем костюме и рубашке с галстуком. Без единой капельки пота на лице. Как такие верзилы умудряются не потеть в столь дикую жару, всегда оставалось для Аомамэ загадкой.

Завидев ее, Тамару коротко кивнул и буркнул что-то неразборчивое. Легкой беседы, какая обычно между ними завязывалась, на этот раз не последовало. Тамару прошагал по длинному коридору, не оглядываясь,— до самой двери в гостиную, где их ожидала хозяйка. Похоже, сегодня ему не хотелось общаться вообще ни с кем. Наверное, из-за смерти овчарки, подумала Аомамэ. Хоть он и сказал ей по телефону, что собаке замену найти несложно, свои подлинные чувства он просто скрывает. С этой псиной он прожил несколько лет душа в душу. И ее внезапную, необъяснимую гибель наверняка воспринял как трагедию, а то и как личный вызов.

Отворив дверь, Тамару пропустил гостью вперед, а сам застыл в проходе, ожидая указаний хозяйки.

— Напитков пока не нужно,— сказала та.

Мужчина кивнул и, закрыв за собою дверь, оставил женщин наедине. На столике сбоку от кресла хозяйки громоздился круглый аквариум с двумя рыбками. Самыми обычными, золотыми и банальной морской травой. Ничего удивительного, вот только... В этой просторной гостиной Аомамэ появлялась уже много раз, но рыбок видела здесь впервые. Тихонько работал кондиционер: по коже то и дело гулял едва ощутимый ветерок. За спиной хозяйки стояла ваза с тремя белоснежными лилиями. Большие, призывно распахнутые цветы напоминали диковинных существ из другого мира, замерших в медитации*.

Слабым взмахом руки хозяйка пригласила девушку сесть. Аомамэ подошла и опустилась на диван напротив. Кружевная занавеска на окне, выходившем в сад, почти не спасала от летнего солнца. В его ярких лучах хозяйка выглядела неожиданно усталой и разбитой. Безвольно подпирая щеку узенькой ладонью, старушка утопала в огромном кресле. Глаза ее ввалились, морщин на шее стало чуть ли не вдвое больше. Уголки бледных губ и кончики длинных бровей, словно устав бороться с земным притяжением, сползли вниз до предела. Возможно, от замедленного тока крови кожа на ее лице и руках словно покрылась белой пыльцой. Казалось, будто с прошлого визита Аомамэ хозяйка состарилась лет на пять или шесть. И теперь у нее больше не было сил скрывать свою усталость от кого бы то ни было. Что и поражало сильнее всего. Обычно — по крайней мере, перед Аомамэ — старушка включала всю силу воли, чтобы выглядеть бодрой и под-

---

* Лилия *(юри)* в Японии обычно символизирует любую близость между женщинами — как сексуальную, так и просто романтическую. *(Здесь и далее прим. переводчика.)*

тянутой. И стоит отметить, до сих пор это ей удавалось практически на все сто.

Но теперь в этом доме многое изменилось, заметила Аомамэ. Даже свет в гостиной окрасился в другие тона. Не говоря уже о том, что рыбки в аквариуме крайне плохо сочетались с высокими потолками и антикварной мебелью.

Довольно долго хозяйка не говорила ни слова. Просто сидела, подперев щеку ладонью, и смотрела в одну точку. Хотя даже по ее лицу было ясно, что в этой точке ничего нет.

— Пить не хочешь? — наконец спросила старушка.

— Нет, спасибо,— ответила Аомамэ.

— Там чай со льдом. Захочешь — наливай...

На раскладном столике у двери стояли кувшин с чаем и три стакана резного стекла, каждый — своего цвета.

— Благодарю,— кивнула Аомамэ. Но осталась сидеть, ожидая продолжения.

Однако хозяйка опять замолчала. Возможно, просто оттягивала момент, когда истина, высказанная вслух, окончательно превратится в реальность. Старушка перевела взгляд на рыбок в аквариуме. И, наконец решившись, посмотрела на Аомамэ в упор.

— О смерти собаки, охранявшей приют, Тамару тебе уже рассказал?

— Да, я слышала.

— Дикая, непостижимая смерть...— Хозяйка поджала губы.— А теперь еще и малышка Цубаса пропала.

У Аомамэ вытянулось лицо:

— Как пропала?!

— Исчезла куда-то. Кажется, прямо среди ночи. Утром ее никто уже не видел.

Кусая губы, Аомамэ пыталась что-нибудь сказать. Но подходящих слов на ум не приходило.

7

— Но... Ведь вы говорили, что девочку не оставляют одну! — воскликнула она.— И что в ее комнате всегда ночует еще кто-нибудь для надежности.

— Да, но странное дело: этой ночью женщина, которая с ней оставалась, уснула так крепко, что вообще ничего не слышала. Утром проснулась, а постель Цубасы пуста.

— Значит, ребенок пропал на следующую ночь после гибели пса? — уточнила Аомамэ.

Хозяйка кивнула:

— Пока не знаю, есть ли здесь какая-то связь... Но так и чудится, в этом есть что-то общее.

Блуждающий взгляд Аомамэ задержался на золотых рыбках. Хозяйка перехватила его и посмотрела туда же. Две рыбки, едва заметно шевеля плавниками, не спеша перемещались туда-сюда по стеклянному водоему. Лучи летнего солнца так чудно́ преломлялись в воде, что невольно казалось, будто подглядываешь за жизнью на дне океана.

— Этих золотых рыбок я купила для Цубасы,— объяснила хозяйка.— Здесь, в Адзабу, проходил праздник улицы, я вывела девочку погулять. Все-таки долго сидеть в четырех стенах вредно для здоровья. Тамару, конечно, всю дорогу был с нами. Вот там в одном магазинчике и купила рыбок, а заодно и аквариум. Уж очень они ей понравились. Когда поставила у нее в комнате, она целый день на них глядела, не отрываясь. А сегодня, когда малышка пропала, я забрала аквариум сюда. Тоже весь день гляжу и не могу отвести глаз. Ничего больше не делаю — просто сижу и смотрю. Как ни странно, это занятие никогда не надоедает. До сих пор не пробовала так долго и пристально разглядывать аквариумных рыб.

— Но куда же девочка могла уйти? — спросила Аомамэ.— У вас есть догадки?

— Ни малейших,— ответила хозяйка.— В ее жизни нет родных, у которых можно укрыться. Насколько я знаю, идти в этом мире ей совершенно некуда.

— А может, кто-то увел ее насильно? Об этом вы не думаете?

Хозяйка качнула головой — нервно и коротко, словно отгоняя назойливого комара.

— Нет, это исключено. Увести ее насильно никто не мог. Случись такое, проснулся бы весь приют. Кто-кто, а эти женщины спят всегда очень чутко. Я думаю, Цубаса ушла по собственной воле. На цыпочках, чтобы никто не услышал, спустилась по лестнице, тихонько отперла дверь и ушла. Как раз это я могу представить легко. Пройди она к воротам мимо сторожевого пса, тот и тявкнуть бы не посмел. Хотя собака умерла прошлой ночью. А девочка даже не переоделась. Хотя одежда была для нее приготовлена и сложена прямо у постели, она так и ушла в пижаме. И денег с собой не взяла...

Аомамэ еще больше нахмурилась:

— Одна? В пижаме?

— Именно,— кивнула хозяйка.— Куда может отправиться ночью десятилетний ребенок — один, в пижаме, без денег? Да это просто немыслимо! Но я не считаю, будто произошла какая-то аномалия. Наоборот, нечто подобное *должно было* случиться рано или поздно. Вот почему я даже не пытаюсь разыскивать бедное дитя. А только сижу и разглядываю рыбок.— Хозяйка бросила взгляд на аквариум, затем снова обратила его к Аомамэ:— Просто я уже понимаю: искать ее бесполезно. Она теперь там, докуда нам не дотянуться...

Сказав так, старушка отняла руку от подбородка и выдохнула — так протяжно, словно сбрасывала все напряжение, что накопилось в душе. И бессильно уронила руку на колено.

9

— Но зачем ей было уходить? — удивилась Аомамэ.— Все-таки в приюте она под защитой, да и податься больше некуда...

— Зачем — не знаю. Но уверена, что гибель собаки сыграла роковую роль. Оказавшись здесь, малышка сразу полюбила этого пса, и тот сильно к девочке привязался. Они дружили неразлейвода. От его страшной, необъяснимой гибели девочку словно подменили. Да что там — все взрослые обитательницы приюта до сих пор в шоке! Но все-таки очень похоже, что убийство собаки — сигнал именно для малышки Цубасы.

— Сигнал? — подняла брови Аомамэ.— Какой же?

— «Ты не должна здесь находиться. Мы знаем, где ты. Уходи отсюда. Иначе с теми, кто тебя окружает, случится что-нибудь еще страшнее».

Пальцы хозяйки мерно постукивали по колену, словно отсчитывая секунды. Не говоря ни слова, Аомамэ ждала продолжения.

— Скорее всего, девочка поняла, о чем ее предупреждают, и решила уйти сама. Против собственного желания. Прекрасно понимая, что идти больше некуда. Но не уйти нельзя. Как представлю, что́ у бедняжки в голове творилось, просто с ума схожу... Чтобы десятилетний ребенок сам принял *такое* решение?..

Аомамэ захотелось протянуть руки и сжать хозяйкины пальцы в своих. Но она сдержалась: разговор еще не закончен.

— Что говорить,— продолжала хозяйка,— для меня это страшный удар. Будто отрубили часть тела. Я ведь уже готовила документы на удочерение. Собиралась официально воспитать ее как родного ребенка. Понимала, что это непросто. Что если малышка так и не сможет прийти в себя, жаловаться будет некому. Но именно поэтому еще сильнее хотела попробовать. Хотя, если честно, здоровье в мои годы уже не то...

— Но вдруг она скоро вернется? — предположила Аомамэ.— Денег у нее нет, идти некуда...

— Хотелось бы верить,— бесстрастно проговорила хозяйка.— Но скорее всего, этому не бывать. Кто в десять лет решил уйти куда глаза глядят, как правило, не возвращается.

Извинившись, Аомамэ встала, подошла к столику, взяла бирюзовый стакан из резного стекла, налила себе холодного чаю. Пить совсем не хотелось. Просто нужен небольшой тайм-аут. Вернувшись и сев на диван, она отхлебнула чаю и поставила стакан на стол.

— На этом разговор о Цубасе закончим,— объявила хозяйка. И, словно подводя черту под темой беседы, распрямила спину и сцепила руки на коленях.— Поговорим об «Авангарде» и его Лидере. Я расскажу тебе все, что узнала. Это главное, ради чего ты сегодня здесь. В итоге ты сама поймешь, как и что здесь связано с малышкой Цубасой.

Аомамэ кивнула. Именно это она и ожидала услышать.

— Как я уже говорила, Лидера необходимо переправить в мир иной во что бы то ни стало. Это человеческое отродье постоянно насилует десятилетних девочек. Для него это *ритуал*. Девочки еще и понятия не имеют о менструациях. Для оправдания своих мерзостей он использует изобретенные им же самим религию и оккультную секту. О секте я постаралась узнать как можно подробнее. Поручила расследование нужным людям, оплатила их работу. Должна заметить, на это потребовалось куда больше усилий, чем я себе представляла. И гораздо больше денег. Но в итоге я смогла-таки вычислить всех четырех девочек, которых изуродовал этот мерзавец. Четвертой была малышка Цубаса.

Аомамэ взяла стакан, сделала еще глоток. Но вкуса чая не поняла. Ее рот словно набили ватой, которая не давала языку разобрать, что есть что.

— Детали пока неизвестны,— продолжала хозяйка,— но по меньшей мере две девочки из четырех по-прежнему живут в секте. Говорят, они — особы, приближенные к Лидеру, вроде жриц. Обычным членам секты увидеть их не дано. По своей воле они играют эти роли или просто не могут сбежать — пока неясно. Как и то, продолжает ли спать с ними Лидер. Но как бы там ни было, обе живут с этим чудовищем под одной крышей. Жилище Лидера изолировано от посторонних, ни один простой член секты не может к нему даже приблизиться. Что там творится — сплошная тайна не только для внешнего мира, но и для большинства сектантов.

Резной стакан совсем запотел. Хозяйка выдержала паузу и, глубоко вздохнув, продолжала:

— Впрочем, один факт известен наверняка. Самой первой из четырех жертв Лидера стала его собственная дочь.

Аомамэ перекорежило. Мышцы лица разъехались в стороны. Она пыталась что-то сказать, но слова застревали в горле, и голос не слушался.

— Да,— подтвердила хозяйка.— Считается, что именно родную дочь он изнасиловал прежде всех остальных. Семь лет назад, когда девочке только исполнилось десять.

Сняв трубку интеркома, хозяйка попросила Тамару принести бутылку хереса и два бокала. Женщины помолчали — каждая о своем. Вскоре открылась дверь, и Тамару вкатил тележку с только что откупоренной бутылкой вина и парой хрустальных бокалов благородной огранки. Ловким движением пальцев, словно откручивая голову пойманной птице, вывернул из бутылки пробку и со звонким журчаньем разлил вино. Хозяйка кивнула, Тамару отвесил легкий поклон и тут же вышел. Как всегда, без единого слова — и абсолютно бесшумно.

Дело не только в собаке, догадалась Аомамэ. Исчезновение ребенка (к тому же чуть ли не самого близкого существа для мадам) — вот что уязвило Тамару до глубины души. Само собой, обвинять его в этом напрямую нельзя. Все-таки он — наемный работник и, если только нет особых поручений, каждый вечер возвращается домой, где занимается своими делами и спит. И гибель собаки, и пропажа Цубасы случились ночью, когда Тамару здесь не было, и защитить их в это время он никак не мог. Тем более, что его прямая обязанность — обеспечивать безопасность «Плакучей виллы» и лично ее хозяйки. Для охраны любых объектов снаружи, включая приют, у него просто не хватит рук. И все же, и все же... Сам Тамару был убежден, что оба происшествия — результат его недосмотра, а этого он простить себе не мог.

— Итак,— сказала хозяйка,— ты готова покончить с этим отродьем?

— Готова,— уверенно ответила Аомамэ.

— Это очень непростая работа,— продолжала хозяйка.— Хотя простой работы я тебе никогда не поручала. И все же это задание *особенной* сложности. Я со своей стороны предоставлю тебе все, что смогу. Насколько удастся обеспечить твою безопасность, пока не знаю. Но сейчас тебе придется рисковать гораздо больше, чем обычно.

— Понимаю.

13

— Очень не хочется подвергать тебя риску. Но если честно, ничего другого просто не остается.

— Ну что вы,— сказала Аомамэ.— Я сама не смогу жить спокойно, пока такие твари разгуливают по земле.

Хозяйка взяла со стола бокал, пригубила вина. И снова уставилась на рыбок в аквариуме.

— С давних пор обожаю херес жарким летом после обеда,— призналась она.— Холодные напитки в зной не люблю. А хереса выпью — расслабляюсь и засыпаю. Незаметно так. И когда открываю глаза, вокруг уже не жарко. Когда-нибудь, наверно, так и умру. Жарким днем выпью хереса — и сама не замечу, как засну, чтобы уже не проснуться.

Аомамэ тоже взяла свой бокал, отхлебнула совсем чуть-чуть. Вообще-то она никогда не любила херес. Но сейчас и правда захотелось чего-нибудь выпить. Херес, в отличие от чая, оказался очень конкретного вкуса. Алкоголем словно прошило язык насквозь.

— Скажи честно,— попросила хозяйка.— Боишься смерти?

Почти не задумываясь, Аомамэ покачала головой.

— Да нет, не особенно. В сравнении с тем, как я жила до сих пор, разница небольшая...

Хозяйка чуть заметно улыбнулась. Похоже, к ней возвращалась прежняя бодрость. Взгляд стал мягким, губы ожили. То ли ее так возбудила беседа с Аомамэ, то ли вино разогнало кровь по жилам, бог знает.

— Но ведь у тебя есть любимый человек?

— Да... Но вероятность нашей встречи слишком близка к нулю. А если я умру, этот ноль станет абсолютом.

Старушка прищурилась:

— То есть *ты считаешь*, что вы с ним вряд ли пересечетесь. У тебя есть какие-то причины так думать?

— Причин особых нет,— пожала плечами Аомамэ.— Кроме, пожалуй, той, что я — это я.

— И ты со своей стороны не прилагаешь никаких усилий, чтобы это случилось?

Аомамэ покачала головой:

— Для меня главное — то, что он мне нужен, и очень сильно.

Несколько секунд хозяйка с интересом изучала лицо Аомамэ.

— А ты категорична,— сказала она.

— Пришлось стать,— парировала Аомамэ. И чисто для виду пригубила из бокала.— Не то чтобы очень хотелось...

Тишина затопила гостиную. Белые лилии задумчиво свесили головы, и только рыбки все шевелили плавниками в преломленном свете аквариума.

— Я могу устроить так, чтобы ты встретилась с Лидером один на один,— сказала хозяйка.— Это будет непросто и займет какое-то время, но в итоге я все организую. От тебя потребуется сделать *то же, что и всегда*. Однако после того, как все закончится, тебе придется исчезнуть. Сделать пластическую операцию. Уволиться с нынешней работы и уехать очень далеко. Сменить имя. В общем, бросить все, что у тебя сейчас есть, и стать другим человеком. За работу, само собой, ты получишь вознаграждение. Обо всем остальном позабочусь я. У тебя нет возражений?

— Я уже говорила: мне терять нечего,— ответила Аомамэ.— Работа, имя, нынешняя жизнь в Токио — все это для меня уже не имеет смысла. Так что возражений нет.

— Даже не против, если тебе поменяют лицо?

— А что, можно сделать его симпатичнее?

15

— Если захочешь — можно,— серьезно сказала хозяйка.— Разумеется, лишь до определенной степени, но с учетом всех твоих пожеланий.

— Тогда бы и грудь переделать...

— Хорошая мысль,— согласилась хозяйка.— Для маскировки и это важно.

— Шучу,— вздохнула Аомамэ.— Грудь у меня, конечно, не ахти какая, но пускай остается как есть. И носить не тяжело, и новых лифчиков покупать не придется.

— Ну, этим добром я тебя обеспечу в любых количествах.

— Я опять пошутила,— призналась Аомамэ.

— Прости,— слабо улыбнулась хозяйка.— Слишком редко ты шутишь, я пока не привыкла...

— В общем, против пластической операции я не возражаю.

— Тебе придется порвать со всеми друзьями.

— У меня нет тех, кого я назвала бы друзьями,— сказала Аомамэ.

И тут же вспомнила об Аюми. Если я вдруг исчезну, подумала она, возможно, Аюми почувствует, что ее бросили. А может, и предали. Но у этой дружбы с самого начала не было будущего. Аомамэ ступила на опасную дорожку, сойдясь так тесно с женщиной-полицейским.

— У меня было двое детей,— сказала хозяйка.— Сын и дочь на три года младше. Дочь умерла. Покончила с собой, я тебе рассказывала. У нее детей не было. С сыном у меня отношения не сложились, мы почти не общаемся. Моих внуков — трех его детей — я не видела уже очень давно. Тем не менее, когда я умру, большинство моего состояния унаследуют сын и внуки. Почти автоматически. В наши дни завещание уже не имеет такой силы, как раньше. И все же пока у меня есть свободные деньги, которыми я распоряжаюсь как хочу. Солидную часть их я собираюсь передать тебе, когда ты выполнишь эту работу. Пойми правильно, я вовсе не желаю тебя покупать. Я просто хочу сказать, что отношусь к тебе как к родной дочери. И мне правда жаль, что на самом деле это не так...

Аомамэ смотрела на хозяйку, не говоря ни слова. Будто о чем-то вспомнив, та поставила на стол бокал с хересом. Обернулась, полюбовалась на соблазнительные бутоны белых лилий. Вдохнула их призывный аромат — и снова повернулась к Аомамэ.

— Да, я хотела воспитать малышку Цубасу как дочь. Но в итоге потеряла ее. И помочь бедняжке ничем не смогла. Я просто сидела сложа руки и смотрела, как она уходит в ночную мглу. А теперь еще и тебя посылаю туда, где опасность на каждом шагу... Если б ты знала, как мне этого не хочется! Но к сожалению, никаких других способов достичь цели не осталось. Сама я теперь способна только на вознаграждение.

Аомамэ слушала, не говоря ни слова. Когда хозяйка умолкла, за стеклянной дверью прощебетала какая-то птица. Выдала длинную трель и тут же куда-то пропала.

— Этого человека необходимо *ликвидировать* любой ценой,— сказала Аомамэ.— Вот что сейчас главное. И я чрезвычайно благодарна вам за то, что вы настолько меня цените. Как вы знаете, я в детстве ушла от матери с отцом. А если точнее, они забыли обо мне еще раньше. Пробиралась по жизни без родительской опеки. И заточила свое сердце на выживание в одиночестве. Это было очень нелегко. Часто я казалась себе каким-то ошметком человека. Бессмысленным, грязным ошметком... Поэтому за то, что вы сейчас говорите обо мне, огромное вам спасибо. Хотя менять привычки уже поздно. Однако у малышки Цубасы ситуация совсем не такая. Я уверена, девочку еще можно спасти. Не стоит отказываться от нее так легко. Не теряйте надежды — и верните ее во что бы то ни стало.

Хозяйка кивнула:

— Кажется, я наговорила лишнего. Конечно же, я не отказываюсь от малышки. И постараюсь сделать все возможное, чтобы вернуть ее. Просто, как ты и сама видишь, я слишком устала. После того как я не смогла ей помочь, из меня будто ушла вся энергия. Нужно время, чтобы восстановиться. Хотя, может, я уже слишком стара? И сколько ни жди, силы не вернутся?

Аомамэ поднялась с дивана, подошла к хозяйкиному креслу и присела на подставку для ног. А потом взяла узкие, изящные ладони старушки в свои и крепко пожала.

— Вы невероятно сильная женщина,— сказала Аомамэ.— Вы способны преодолевать любые невзгоды лучше кого бы то ни было. Просто вы пережили шок и очень устали. Сейчас вам лучше поспать. А когда откроете глаза, вы обязательно вернетесь к себе настоящей.

— Спасибо,— отозвалась хозяйка. И стиснула пальцы в ответном пожатии.— Наверное, мне и правда лучше уснуть.

— Тогда я, наверно, пойду,— сказала Аомамэ.— Буду ждать от вас сообщений, а пока соберусь в дорогу. Надеюсь, много вещей не потребуется?

— Собирайся так, чтобы ехать налегке. Всем, что понадобится, я сразу тебя обеспечу.

Аомамэ отняла пальцы от хозяйкиных ладоней и встала.

— Отдыхайте,— пожелала она вместо прощания.— Все обязательно будет хорошо.

Хозяйка кивнула. А потом откинулась в кресле и закрыла глаза. Аомамэ бросила последний взгляд на рыбок в аквариуме, вдохнула аромат лилий и вышла из гостиной с высокими потолками.

У выхода ее ждал Тамару. На часах было пять, но солнце висело еще высоко и палило все так же нещадно. Идеально начищенные туфли Тамару сверкали на этом солнце, как зеркала. Редкие летние облака, словно избегая приближаться к разбушевавшемуся светилу, опасливо жались по краям неба. Хотя «сливовым дождям» полагалось длиться еще неделю-другую, вот уже несколько дней стояла жара, скорее свойственная середине лета, чем его началу. По всему саду в кронах деревьев стрекотали цикады. Совсем негромко, будто стесняясь. Но достаточно внятно, чтобы Аомамэ восприняла это как знак. Мир продолжал вертеться в том же порядке, какой царил до сих пор. Цикады стрекочут, летние облака бегут по небу, на ботинках Тамару — ни пылинки, ни пятнышка. Но именно это вдруг показалось Аомамэ необычным. Сам факт того, что мир продолжает вертеться как ни в чем не бывало, словно говорил ей: что-то не так.

— Послушайте, Тамару,— сказала Аомамэ.— Можно с вами поболтать? Есть минутка?

— Можно,— ответил Тамару, ничуть не меняясь в лице.— Время есть. Убивать время — составная часть моей работы.

Сказав так, он опустился в садовое кресло у выхода. Аомамэ пристроилась на соседнем. Они сидели в прохладной тени от крыши здания и вдыхали аромат свежей травы.

— Вот и лето в разгаре,— сказал Тамару.

— Уже и цикады поют,— согласилась Аомамэ.

— Цикады в этом году рановато распелись. В этих местах они скоро разорутся так, что хоть уши затыкай. Когда я останавливался в одном городке у Ниагарского водопада, там такой же грохот стоял. С утра до вечера, без перерыва. Словно скрежетали миллионы цикад.

— Вы бывали на Ниагаре?

Тамару кивнул:

— Ниагара-Фоллз — самый скучный город на свете. Я проторчал в нем целых три дня, но там совершенно нечем заняться — можно только слушать чертов водопад. Этот грохот так буравил мозги, что даже книжку не почитаешь.

— Зачем же вы там торчали целых три дня?

Тамару ничего не ответил, лишь чуть заметно покачал головой. С полминуты они молча слушали негромкий стрекот цикад.

— У меня к вам просьба,— наконец сказала Аомамэ.

По лицу Тамару пробежала тень любопытства. Что ни говори, а такие девушки, как Аомамэ, крайне редко о чем-либо просят.

— Это не совсем обычная просьба,— продолжала она.— Буду рада, если вы не обидитесь.

— Смогу я ее выполнить или нет — вопрос отдельный,— ответил Тамару.— Но выслушать могу без проблем. Ну и хотя бы из уваженья к тебе постараюсь не обижаться.

— Мне нужен пистолет,— по-деловому отчеканила Аомамэ.— Маленький, чтобы в сумочку влезал. С небольшой отдачей, но с приличной убойной силой и надежный в эксплуатации. Переделка из модели или филиппинская реплика не годятся. Воспользуюсь только однажды. И патрона, пожалуй, одного хватит.

Между ними повисло молчание. Всю эту паузу Тамару не спускал глаз с Аомамэ.

— В этой стране,— медленно, словно впечатывая в память собеседника каждое слово, произнес он,— закон запрещает гражданским лицам иметь пистолеты. Надеюсь, ты в курсе?

— Разумеется.

— На всякий случай поясняю: до сих пор я ни разу к уголовной ответственности не привлекался. И перед законом чист. Другое дело, что в законе у нас дырок да лазеек всегда хватало. Этого не отрицаю. Но в легальном смысле я абсолютно добропорядочный гражданин. В официальной биографии — ни пылинки, ни пятнышка. Да, я гей, но законом это не возбраняется. Все налоги плачу, на выборы хожу. Пусть даже кандидаты, за которых я голосую, еще никогда не побеждали. Штрафы за нелегальную парковку всегда уплачивал в срок. В превышении скорости ни разу не замечен. За страховой пакет и за «Эн-эйч-кей» плачу каждый месяц в банке. И «Мастеркард», и «Ам-Экс», если нужно, всегда меня кредитуют. Хоть и не собираюсь, могу купить дом с рассрочкой на тридцать лет. Своим положением я вполне доволен и терять его не хочу... Да ты вообще соображаешь, у какого образцового члена общества просишь достать тебе пистолет?

— Но я же просила не обижаться.

— Я помню.

— Вы меня извините, просто, кроме вас, мне с такой просьбой обратиться больше не к кому.

Тамару издал горлом звук, похожий на сдавленное рыданье.

— Будь я человеком, который *может* тебе помочь, я бы первым делом спросил: ну и куда же ты собираешься стрелять?

Аомамэ уперла указательный палец себе в висок.

— Скорее всего, сюда.

Несколько секунд Тамару бесстрастно разглядывал ее палец.

— Тогда бы я спросил: а зачем?

— Не хочу, чтоб меня поймали. Умереть не боюсь. И даже в тюрьме как-нибудь справлюсь, несмотря на все ее прелести. Но если меня схватят какие-нибудь маньяки и начнут пытать — вот это уже не по мне. Я никого выдавать не хочу. Вы меня понимаете?

— Думаю, да.

— Убивать людей или грабить банк я не собираюсь. Так что какой-нибудь двадцатизарядный полуавтомат с глушителем здесь не нужен. Что-нибудь компактное с небольшой отдачей было бы в самый раз.

— Но ведь можно и яду выпить, как вариант. Яд достать куда проще, чем пистолет.

— С ядом много возни. Пока эту капсулу в рот засунешь, пока раскусишь, тебя уже несколько раз обездвижить могут. А с пистолетом все можно решить за секунду.

Тамару задумался, слегка задрав правую бровь.

— По возможности, не хотелось бы тебя потерять,— произнес он наконец.— Ты мне по-своему нравишься. *Внутренне симпатична*, скажем так.

— Даром что женщина?

— Неважно. Что женщин, что мужчин, что собак в моем *внутреннем* мире не так уж и много.

— Не сомневаюсь,— кивнула Аомамэ.

— В то же время моя главная задача — обеспечивать спокойствие и безопасность нашей мадам. И в этом я как-никак профессионал.

— Не то слово.

— Исходя из этого, я, пожалуй, проверю, что можно для тебя сделать. Гарантий никаких не даю. Хотя не исключаю, что найду человека, который тебе поможет. Только учти, что просьба твоя очень не проста. Это тебе не электроодеяло с доставкой на дом по телефону заказывать. Возможно, ответ будет через неделю, если не позже.

— Я согласна,— сказала Аомамэ.

Тамару, прищурившись, поднял взгляд на звеневшие цикадами деревья.

— Дай бог, чтобы все было хорошо. А уж ради благого дела и я помогу, чем смогу.

— Спасибо вам. Насколько я понимаю, это будет мое последнее задание. Не исключаю, что, мы с вами больше не увидимся.

Тамару воздел к небу руки — точно бедуин, вызывающий дождь в самом сердце пустыни. Но ничего не сказал. Руки у него были огромные и в мелких шрамах. Куда больше эти ручищи походили на захваты фрезерного станка, чем на части человеческого тела.

— Не люблю прощаться,— сказал Тамару.— Мне даже с собственными родителями проститься не удалось.

— Они умерли?

— Может, умерли, а может, живы еще, не знаю. Родился я на Сахалине в самом конце войны. Южная часть острова тогда была японской территорией и называлась Карафуто. Но в сорок пятом советская армия выбила японцев с Сахалина, и мои родители оказались в плену. Отец тогда, кажется, работал в порту. Большинство своих гражданских японцы успели вывезти на родину, но мои родители — корейцы, которых японцы пригнали на Сахалин как бесплатную рабочую силу, да там и оставили. После войны уроженцы Корейского полуострова перестали быть гражданами Великой Японской империи, и вывозить их куда-либо японское правительство отказалось. Чистое свинство, ничего человеческого. Если б они захотели вернуться, их бы выслали в КНДР, но не на юг. Поскольку Южную Корею как государство Советы в те годы не признавали. А мои родители родились в рыбацкой деревушке под Пусаном и ехать на Север ни малейшего желания не испытывали. Все-таки там у них не было ни родни, ни друзей. Грудным ребенком меня отдали знакомой японской семье и переправили на Хоккайдо. На Сахалине тогда свирепствовал страшный голод, да и с пленными обращались сурово. А я у родителей был не один, и с моим рожденьем всех прокормить стало уже не под силу. Может, они надеялись через несколько лет перебраться на Хоккайдо и отыскать меня. А может, для них это просто был предлог, чтобы избавиться от лишнего рта. Не знаю. Но встретиться снова нам так и не удалось. Скорее всего, они до сих пор так и живут на Сахалине. Если, конечно, не померли.

— А вы о них что-нибудь помните?

— Ничего не помню. Когда мы расстались, мне был год с небольшим. Сперва я воспитывался в семье, с которой уехал, а потом меня отдали в сиротский приют неподалеку от Хакодатэ. Видимо, у этой семьи тоже не входило в планы кормить меня всю жизнь. Приют находился в горах, содержали его христиане-католики, и было там ох как несладко. Сразу после войны таких приютов по всей стране были тысячи, и буквально в каждом не хватало еды и топлива. Чего только не приходилось вытворять, чтобы просто выжить...— Тамару скользнул глазами по своей правой ладони.— Там-то я и получил формальную бумагу о японском усыновлении. А также японское имя: Кэнъити Тамару. Хотя на самом деле моя фамилия — Пак. Людей с такой фамилией — примерно как звезд на небе...

Кресло к креслу, они сидели и слушали скрежет цикад.

— Завести бы вам новую собаку,— сказала Аомамэ.

— Вот и мадам советует,— кивнул Тамару.— Дескать, приюту нужен новый сторожевой пес. Только я все к этой мысли не привыкну.

— Понимаю. Но лучше заведите. Я, конечно, не вправе что-либо советовать... И все же.

— Ладно,— сказал Тамару.— Хорошо дрессированная собака и правда нужна. Подыщем как можно скорее.

Аомамэ скользнула глазами по часам на руке и встала. До вечера еще оставалось немного времени, но солнце уже запрашивало у неба разрешения на закат. В небесной лазури прослеживались неголубые оттенки. А хмель от хереса пока оставался в крови. Спит ли еще хозяйка?

— Как писал Чехов,— промолвил Тамару, подымаясь с кресла,— если в начале пьесы на стене висит ружье, к концу оно выстреливает.

— В каком смысле?

Тамару встал прямо перед Аомамэ. И оказался выше на каких-то несколько сантиметров.

— Не захламляй свою историю лишними инструментами,— сказал он.— Притащишь в свою историю пистолет — он обязательно выстрелит. Не увлекайся красивостями, они сработают против тебя. Вот что хотел сказать Чехов. Он любил истории, где нет ничего лишнего.

Аомамэ поправила юбку, перекинула ремень сумки через плечо.

— Значит, вот что вас беспокоит? — уточнила она.— Если есть оружие, оно обязательно выстрелит?

— Если по Чехову — да.

— И поэтому, насколько возможно, вы не хотели бы давать мне пистолет?

— Это опасно. И незаконно. Да и Чехов — один из немногих писателей, которым я доверяю.

— Но вы говорите о литературе. А я — о реальности.

Прищурившись, Тамару долго изучал лицо Аомамэ. И только потом изрек:

— А кто поймет, в чем отличие?

Глава 2

ТЭНГО

Нечего вытрясти, кроме души

Тэнго поставил на вертушку диск с «Симфониеттой» Яначека (Сэйдзи Одзава дирижировал Чикагским оркестром) и нажал на «автопуск». Пластинка завертелась, рычажок тонарма подплыл к краю диска, игла нащупала бороздку. Вздохнули фанфары — и по комнате раскатился величественный гром литавр. Вступление к первой части Тэнго любил в «Симфониетте» больше всего.

Под торжественные раскаты струнных-ударных-духовых Тэнго сел за процессор и начал быстро печатать слово за словом. Слушать «Симфониетту» на рассвете давно уже стало у него ритуалом. С тех пор как он разучил эту музыку со школьным оркестром, «Симфониетта» играла в его жизни особую роль. Это маленькое произведение одновременно и вдохновляло, и оберегало его. По крайней мере, так казалось ему самому.

Однажды он поставил «Симфониетту» своей замужней подруге.

— А что, неплохо,— одобрила она.

Впрочем, подруга куда больше классики уважала доавангардный джаз. И чем старее, тем лучше. Странный каприз для женщин ее поколения. Самой же любимой ее пластинкой был сборник блюзов Уильяма Хэнди в исполнении Луи Армстронга. С Барни Бигардом на кларнете и Трамми Янгом на тромбоне. Этот альбом она даже привезла Тэнго в подарок. Хотя, похоже, не столько затем, чтобы он услышал и оценил, сколько ради того, чтобы лишний раз насладиться самой.

Эту музыку они часто слушали в постели сразу после секса. И сколько ни ставили, подруге не надоедало.

— Конечно, и вокал, и труба Армстронга безупречны,— говорила она.— Но я считаю, тебе стоит особо внимательно вслушаться в кларнет Барни Бигарда.

Как назло, именно в этом альбоме сольных партий Бигарда раз-два и обчелся. И каждая — не дольше одного квадрата. Все-таки что ни говори, а это альбом Армстронга. Тем не менее каждый вздох кларнета подруга смаковала, как дорогое воспоминание, помнила наизусть и всякий раз тихонько мычала под музыку.

— Возможно, найдутся на свете кларнетисты и покруче Барни Бигарда,— говорила она.— Однако более идеального сочетания *душевной теплоты с виртуозностью* среди джаз-кларнетов не встретишь, сколько ни ищи. Его манера игры, особенно если маэстро в ударе, всякий раз порождает некий отдельный пейзаж-настроение.

Других кларнетистов Тэнго не знал, и сравнивать ему было не с чем. Но все же насколько добр, ненавязчив и богат на идеи кларнет на этой пластинке, он понял лишь постепенно, прослушав вместе с подругой весь альбом много раз. Хотя стоит признать: понял он это лишь благодаря тому, что его заставляли вслушиваться. Грубо говоря, ему требовался гид-проводник. Услышь он эту музыку случайно и в одиночку — черта с два бы что-нибудь разобрал.

— Барни Бигард — настоящий игрок второй базы,— как-то сказала подруга.— Понятно, что сами соло у него классные, но все же самое главное он вытворяет на подсознании слушателей. Жутко сложные вещи подает так, словно ни ему, ни нам это не стоит ни малейших усилий. Но эту его философию замечают только очень внимательные меломаны...

Всякий раз, когда начинался «Atlanta Blues» — шестой и последний на второй стороне альбома,— подруга хватала Тэнго за что-нибудь и требовала, чтобы он непременно вслушался в «особо чувственное» соло Бигарда, затиснутое между вокалом и трубою Армстронга.

— Вот! Слышишь? Сначала вскрикивает, как младенец. То ли от удивления, то ли от восторга, то ли просто от счастья... А потом превращается в радостное такое дыхание — и улетает неизвестно куда. В какое-то очень правильное место, которого нам и знать не дано. Во-от! Настолько воздушное, трепетное соло может выдать только он и больше никто. Ни Сидни Башей*, ни Джимми Нун, ни Бенни Гудмен — ни один из мировых виртуозов кларнета на такую изощренную чувственность не способен.

— Откуда ты знаешь столько старого джаза? — как-то спросил ее Тэнго.

— В моем прошлом много такого, чего ты не знаешь,— ответила подруга, поглаживая его член.— И чего никому уже не изменить.

Поработав с утра, Тэнго прогулялся до станции, купил в киоске газету. Потом зашел в кафетерий, заказал себе тосты с яйцом и в ожидании завтрака погрузился в новости, прихлебывая кофе. Как и предсказывал Комацу, о Фукаэри написали. В разделе «Общество», сразу над рекламой автомобилей «мицубиси». Под заголовком: «Ведущая писательница-тинейджер исчезла?»

---

* Принято Сидней Беше.

Как стало известно утром ** июля, автор нашумевшего романа «Воздушный кокон» г-жа Эрико Фукада (17 лет), известная под псевдонимом Фукаэри, пропала без вести. Согласно утверждениям ее опекуна, ученого-историка г-на Такаюки Эбисуно (63 года), объявившего ее в официальный розыск, вечером 27 июня Эрико не вернулась ни домой в Оумэ, ни в квартиру на окраине Токио, и связь с ней оборвалась. Как сообщил г-н Эбисуно по телефону, в последний раз, когда он видел Эрико, девушка выглядела жизнерадостной, никаких причин для того, чтобы она убегала из дому, он назвать не может, а поскольку до сих пор ничего подобного с ней не случалось, обеспокоен, не произошел ли несчастный случай. Ответственный редактор издательства ***, выпустившего «Воздушный кокон», г-н Юдзи Комацу сообщает: «Хотя роман уже шесть недель лидирует в списках продаж, г-жа Фукада ни разу не выразила желания пообщаться с прессой. Насколько ее исчезновение связано с подобной линией поведения, издательству пока сказать трудно. Г-жа Фукада — юная одаренная личность, подающий надежды литератор. Мы от всей души молимся за то, чтобы как можно скорее увидеть ее вновь живой и здоровой». Полиция разрабатывает сразу нескольких версий произошедшего.

Тэнго понял: это пока все, что могут позволить себе газетчики. Если сейчас они подадут эту новость как сенсацию, а через пару дней Фукаэри как ни в чем не бывало вернется домой, журналист, написавший статью, сгорит со стыда, а репутация газеты заметно пошатнется. Ту же линию гнут и в полиции. Что одни, что другие предпочитают первым делом запустить в небеса не особо приметный аэростат и оттуда наблюдать, куда движется общественное мнение. Вот затрещат таблоиды, забубнят теледикторы в новостях — тогда и поговорим серьезно. А пока торопиться некуда.

И все-таки рано или поздно в воздухе запахнет жареным, в этом можно не сомневаться. Хотя бы потому, что «Воздушный кокон» — бестселлер, а его автор — притягательная семнадцатилетняя красотка. Которая пропала неведомо куда. Галдеж подымется до небес, это уж точно. О том, что Фукаэри никто не похищал и что она где-то, знают лишь четыре человека. Она сама, Тэнго, Эбисуно-сэнсэй и дочь сэнсэя Адзами. Ни одна живая душа, кроме них, понятия не имеет, что вся эта шумиха с исчезновением — просто спектакль для привлечения внимания.

Радоваться ли этому тайному знанию? Или опасаться за свою шкуру? Наверное, лучше радоваться. По крайней мере, за саму Фукаэри можно не волноваться, раз она в безопасности. Но с другой стороны, разве не сам Тэнго помог всей этой афере осуществиться? Сэнсэй поддел палкой огромный придорожный булыжник, напустил солнца в яму, что распахнулась в земле, и теперь дожидается, что же оттуда выползет. А Тэнго волей-неволей ждет рядом. Что именно выползет, ему знать не хочется. И по возможности, видеть — тоже. Вряд ли что-нибудь приятное. Но увидеть, к сожалению, придется.

Тэнго выпил кофе, дожевал тосты и, оставив на столе прочитанную газету, вышел из кафетерия. Вернувшись домой, почистил зубы, принял душ и начал собираться на лекции.

В колледже на обеденном перерыве к нему явился посетитель. После утренних лекций Тэнго зашел в зал отдыха для преподавателей, сел на диван и собрался было пролистать еще не читанные утренние газеты. Вдруг перед ним возникла секретарша директора и сообщила, что некий господин просит у него, Тэнго, аудиенции. Секретарша была на год старше Тэнго. Очень способная женщина. Хотя формально и числилась секретаршей, в действительности тащила на себе почти все управление колледжем. Для классической красавицы лицо, пожалуй, грубоватое, но это с лихвой компенсировалось ее превосходным чувством стиля как в одежде, так и в манере держаться.

— Представился как господин Усикава,— добавила она.

Никого с таким именем Тэнго не помнил. Секретарша отчего-то слегка нахмурилась.

— И поскольку вопрос жизненно важный, попросил беседы с глазу на глаз.

— Жизненно важный? — удивился Тэнго. По крайней мере, в стенах этого колледжа никто до сих пор не обращался к нему с *жизненно* важными вопросами.

— Я пустила его в приемную, там сейчас свободно. Хотя, конечно, внештатным сотрудникам без особого разрешения приемной пользоваться не положено...

— Большое спасибо,— поблагодарил Тэнго. И чуть заметно улыбнулся. Но секретарша не обратила на это никакого внимания: развернулась, взмахнув полой летнего жакетика от «Аньес Б», и быстро зашагала прочь.

Усикава оказался низкорослым мужчиной лет сорока пяти. С обрюзгшим телом и толстыми складками на шее. Насчет возраста, впрочем, Тэнго тут же засомневался. Ибо чуть ли не главной особенностью этого лица было то, что возраст по нему определить невозможно. Может, далеко за сорок пять. А может, гораздо меньше. Сообщи он любой — от тридцати двух по пятидесяти шести,— и можно запросто убедить себя, будто ему столько и есть.

Зубы неровные, позвоночник перекошен. Неестественно плоская лысина, окруженная буграми и рытвинами, венчала огромную голову — прямо полевая вертолетная площадка из кинохроники о Вьетнамской войне. Густая шевелюра вокруг этой лысины наполовину скрывала уши и была спутана так беспорядочно, что у девяноста восьми человек из ста наверняка вызывала ассоциации с лобковыми волосами (что могли вообразить остальные двое, Тэнго даже загадывать не решился).

И лицо, и тело гостя поражали своей асимметричностью: куда ни глянь, левая сторона не являлась даже приблизительным отражением правой. Эту странность в собеседнике Тэнго отметил мгновенно. Понятно, что абсолютной симметрии у человеческих тел не бывает. У самого Тэнго брови слегка отличались друг от друга по форме, а левое яичко свисало несколько ниже правого. Все-таки людей не производят на заводе по установленным стандартам. Но хотя бы приблизительное сходство правой и левой сторон нам от Природы, как правило, полагается. Этого же бедолагу старушка Природа гармонией обделила. Нарушения баланса в его внешности резали глаз и действовали на нервы любому. При виде этого человека становилось так же неуютно, как от взгляда в кривое, но совершенно отчетливое — и оттого еще более неприятное — зеркало.

Серый костюм незнакомца был так густо усеян складками и морщинами, что напомнил Тэнго скованную ледником равнину на аэрофотоснимке. Воротничок рубашки выбивался из-под ворота пиджака, а узел галстука, похоже, специально завязали так, чтобы на века зафиксировать всю нелепость существования его хозяина в этом мире. Костюм и рубашка не совпадали размерами, а узор на галстуке напоминал натюрморт «Расползшаяся лапша» кисти студента-неудачника из второсортного художественного колледжа. Все вещи явно куплены со скидкой на распродаже. Чем дольше Тэнго разглядывал одеяние собеседника, тем острее жалел его. К своему гардеробу сам он относился равнодушно, однако почему-то всегда обращал внимание на то, как одеты другие. И теперь мог с уверенностью сказать: в шорт-лист самых ужасно одетых людей, что ему встретились за последний десяток лет, сегодняшний визитер попадал без труда. И дело даже не в отсутствии вкуса. Этот тип будто ставил целью надругаться над понятием вкуса как таковым.

При виде Тэнго незнакомец тут же поднялся с кресла и, согнувшись в поклоне, протянул визитную карточку. Имя и фамилия на визитке были напечатаны иероглифами и чуть ниже дублировались по-английски: Toshiharu Ushikawa. А под ними мелким шрифтом значилось: «Фонд поддержки искусства и науки новой Японии, штатный сотрудник совета директоров». Дальше указывались адрес организации — район Тиёда*, квартал Кодзимати — и номер телефона. Ни что именно развивал и поддерживал этот фонд, ни чем вообще может заниматься штатный сотрудник в совете директоров, Тэнго, разумеется, понятия не имел. Однако визитка была из дорогущей бумаги с водяными знаками, какой не предложат в обычной печатной лавке за углом. Несколько секунд Тэнго изучал визитку, затем поднял взгляд на ее хозяина. Что-то не сходилось. Ей-богу, организация с такими визитками, адресом и названием никак не могла позволить себе *настолько* нелепого на вид сотрудника.

---

* Тиёда — один из самых респектабельных районов центрального Токио, десятую часть площади которого занимает территория Императорского дворца.

Они сели в кресла у журнального столика и посмотрели друг другу в глаза. Незваный гость полез в карман, достал носовой платок, несколько раз старательно вытер потную физиономию и спрятал несчастный платок обратно. Девица из службы приема принесла им зеленого чаю. Тэнго поблагодарил ее. Усикава ничего не сказал.

— Простите, что отнимаю бесценное время отдыха... ну и что не договорился о встрече заранее,— проговорил наконец Усикава. Несмотря на вежливые слова, в его манере общаться сквозила некая фамильярная снисходительность. Что опять же не нравилось Тэнго.— Ах да! Вы же еще не обедали? Так, может, пойдем и побеседуем где-нибудь за едой?

— Между лекциями не обедаю*,— сухо ответил Тэнго.— К двум часам все закончу, тогда и перекушу где-нибудь. Так что за мой обед прошу не беспокоиться.

— Понял! Здесь тоже можно. Хорошая обстановка. Ничто не отвлекает...— Усикава окинул приемную взглядом оценщика в ломбарде.

Что и говорить, комнатка не фонтан. На стене — горный пейзаж в массивной раме. При взгляде на эти горы только и думалось: сколько же, интересно, весит такая рама? В огромной цветочной вазе громоздились какие-то георгины. Тяжелые и угрюмые, точно женщины после наступления климакса. За каким лешим устраивать настолько мрачную приемную в колледже для абитуриентов, Тэнго не понимал.

— Извините, сразу не представился,— продолжал посетитель.— Как и написано на визитке, зовут меня Усика-

---

* Обеденный перерыв в большинстве японских фирм и учреждений — с 12.00 до 13.00.

ва. Хотя все мои друзья кличут меня просто Уси*. Представьте себе, никто не хочет произносить мою фамилию как положено. Уси — и все тут! — Усикава добродушно осклабился.— Прямо беда...

Друзья? Тэнго подумал, что ослышался. Кем нужно быть, чтобы от чистого сердца дружить с таким типом? Посмотрел бы я на этих «друзей», хотя бы из любопытства...

В первые же секунды знакомства Усикава напомнил Тэнго скользкую бесформенную субстанцию, выползающую из темной норы. То, чему на свет божий являться никак нельзя. Не это ли *зловещее нечто* разбудил под придорожным булыжником Эбисуно-сэнсэй? Нахмурившись, Тэнго положил визитку на столик перед собой. Тосихару Усикава. Вот, значит, как тебя величать.

— Насколько я знаю, вы, господин Кавана, человек занятой,— сказал Усикава.— Поэтому предлагаю опустить в нашей беседе все ненужные экивоки и говорить только по существу.

Тэнго чуть заметно кивнул. Усикава отхлебнул чаю и начал разговор по существу.

— Полагаю, о «Фонде поддержки искусства и науки новой Японии» вы слышите впервые?

Тэнго снова кивнул.

— Неудивительно,— продолжал Усикава.— Организация создана совсем недавно. Ее главная цель — финансовая поддержка молодых независимых дарований в науке и искусстве, в первую очередь — тех, чьи имена

---

* Фамилия «Усикава» записывается иероглифами «уси» (корова) и «кава» (река). Соответственно, Усикаву дразнят «коровой» или «быком». Стоит отметить, что в «низком» слое японской лексики сравнения людей с домашним скотом считаются оскорбительными и по силе воздействия порой равносильны русскому мату.

пока не известны широкой общественности. Иными словами, мы стараемся отыскать и выпестовать ростки нового поколения японской культуры. Выходим на ученых, исследователей, творческих личностей самого разного профиля и заключаем с ними договоры. Ежегодно наша комиссия отбирает пять стипендиатов, которым предоставляется грант на развитие собственного проекта. Целый год можно заниматься тем, что вы любите больше всего, как вам самому угодно. Никто не будет дергать вас за ниточки. А в конце года, чисто для проформы, напишете простенький отчет. Пары-тройки абзацев достаточно: что проделали за год, каких успехов достигли. Ваш отчет будет опубликован в журнале, который издается Фондом. Абсолютно ничего сложного. Организация совсем молодая, и на данном этапе для нас самое важное — отчитаться о результатах финансовых вложений. Показать, что мы засеяли семена и урожая ждать уже недолго. А если конкретно — каждому из пяти стипендиатов выдается годовой грант на сумму три миллиона иен*.

— Неплохо для стипендии,— заметил Тэнго.

— Чтобы создать что-нибудь важное или открыть что-нибудь значительное, необходимы деньги и время. Конечно, далеко не всегда, потратив время и деньги, добиваешься выдающихся результатов. И все же эти две составляющие еще никогда никому не мешали. Особенно мало, как правило, времени. Оно исчезает буквально с каждой секундой: тик-так, тик-так... Раз! — и уже ничего не осталось. Чей-то шанс навсегда потерян. Но если есть деньги, время можно купить. Равно как и свободу. Свобода и время — важнейшие для человека вещи, какие только возможно купить за деньги...

---

* На время действия романа — около 25 000 долларов США.

Тэнго почти машинально опустил взгляд к часам на руке. Стрелки часов — тик-так, тик-так — отсчитывали секунды его перерыва.

— Поэтому извините, что в данном случае отнимаю время у вас,— тут же спохватился Усикава. С такой готовностью, будто специально разыграл эту сценку для пущей демонстрации своих слов.— Постараюсь быть краток. Разумеется, на три миллиона особо не пошикуешь. Но для молодого дарования этого вполне достаточно, чтобы целый год, не заботясь о хлебе насущном, заниматься любимым делом в науке или искусстве. Наша задача — поддержать таких людей. Через год результаты их усилий обсуждаются нашим руководством, и если работа признается успешной, грант продлевается еще на год. И так далее.

Не говоря ни слова, Тэнго ждал, чем закончится сей странный монолог.

— Вчера, господин Кавана, я целый час с большим вниманием слушал вашу лекцию,— продолжил Усикава.— Очень, оч-чень занимательно излагаете! Сам-то я в жизни с математикой никак не связан, да и в школе, признаться, терпеть ее не мог. Никак мне она не давалась. Бывало, заслышу слово «математика» — живот сразу скручивает, хочется бежать куда глаза глядят. Однако на вашей лекции, господин Кавана, о-о, даже мне стало интересно! Я, конечно, во всех этих интегралах и дифференциалах ни бельмеса не смыслю, но стоило вас послушать — волей-неволей подумалось: если и правда так интересно, может, и мне подучиться? И это, скажу я вам, очень здорово! У вас, господин Кавана, врожденный талант. Особый дар: увлекать воображение людей туда, куда вам хочется. Неудивительно, что ваши лекции так популярны среди абитуриентов этого колледжа!

Где и когда Усикава мог услышать его лекции, Тэнго не представлял. Стоя за кафедрой, он всегда очень пристально вглядывался в лица слушателей. Всех, конечно, не упомнишь. И все-таки, окажись в аудитории такое чудо света, как Усикава, от внимания Тэнго это не ускользнуло бы ни в коем случае. Среди обычных абитуриентов этот тип просто резал бы глаз, как сороконожка в сахарнице. Но Тэнго решил не уточнять. И без того их странная беседа уже затягивалась черт знает на сколько.

— Как вам уже известно, я простой внештатный преподаватель обычного подготовительного колледжа,— перебил он, чтобы как-то сберечь уходящее время.— Научными исследованиями не занимаюсь. Я всего лишь пытаюсь как можно доходчивей и интереснее донести до абитуриентов знания, которые широко известны и без меня. А также объясняю, как лучше решать задачи, с которыми они столкнутся при поступлении в вузы. Возможно, к такой работе у меня склонность. Но на мысли о том, чтобы стать ученым-математиком, я давно уже махнул рукой. С одной стороны, материально не нуждаюсь. С другой — не уверен, что у меня хватит таланта и выдержки для серьезной академической карьеры. Поэтому прошу меня извинить, господин Усикава, но ваших ожиданий я оправдать не смогу.

Усикава в растерянности поднял ладонь:

— О нет, я совсем не об этом! Боюсь, мое объяснение получилось слишком мудреным. Прошу прощения, коли так. Да, ваши лекции по математике весьма и весьма занимательны. Уникальные объяснения, оригинальный творческий подход. И все же я пришел совсем не за этим. Дело в том, господин Кавана, что куда больше вы интересуете нас как писатель.

На несколько секунд Тэнго потерял дар речи.

— *Как писатель?* — повторил он наконец.

— Именно так.

— Простите, не понимаю, о чем вы. То есть я действительно кое-что пописываю, вот уже несколько лет, но в стол. Эти тексты еще ни разу не публиковались. Таких людей, как я, писателями называть нельзя. С чего это вдруг вы заинтересовались моей персоной?

Усикава радостно рассмеялся, обнажив два ряда кривых зубов. Словно сваи морского причала, смытого цунами неделю-другую назад, эти грязные зубы торчали в разные стороны под разными углами. Никакими скобками уже не выровнять. Но было бы здорово, если бы кто-нибудь научил их хозяина правильно пользоваться зубной щеткой.

— Именно в этом и заключается уникальность нашего фонда! — гордо произнес Усикава.— Для предоставления гранта мы отбираем творцов, на чьи таланты еще никто не успел обратить внимание. Никто, кроме нас. Да, господин Кавана, созданные вами тексты пока нигде не печатались. Это нам хорошо известно. Тем не менее каждый год вы посылаете свои рукописи под псевдонимом на литературный конкурс «Дебют». И хотя, к сожалению, еще ни разу не победили, ваши произведения не раз *попадали в финальный шорт-лист*. Что, конечно, не могли не заметить те, кто знакомился с вашим творчеством, так сказать, по долгу службы. И среди этих специалистов по крайней мере несколько человек откровенно признаю́т ваш талант. Как показывают наши исследования, в ближайшее время вероятность получения вами премии «Дебют» необычайно высока. Кому-то может показаться, что мы делим шкуру неубитого медведя. Но именно такие молодые дарования, как вы, и помогают нам выполнять наше главное предназначение — взращивать новое поколение отечественной культуры!

Тэнго взял чашку с остывшим чаем, сделал глоток.

— Вы хотите сказать,— уточнил он,— что я — претендент на получение вашего гранта?

— Именно! С единственной поправкой: любой отобранный нами претендент уже фактически стипендиат. Как только вы скажете, что согласны, вопрос решен. Подписываете договор — и три миллиона переводятся вам на счет. Вы сможете взять творческий отпуск и целые полгода, а то и год не ходить на работу в колледж, а сидеть дома и писать, что вам хочется. Насколько мы слышали, вы сейчас работаете над большим романом. Это ли не идеальная возможность выполнить то, что задумано?

Тэнго нахмурился:

— Откуда вам известно, что я работаю над большим романом?

Усикава опять рассмеялся, хотя по глазам было видно, что смеяться ему не хотелось.

— Нужные нам данные мы собираем очень кропотливо. Каждый претендент на грант проверяется по самым разным каналам. О том, что вы, господин Кавана, работаете над романом, сегодня знают несколько человек. Хотите вы этого или нет, а информация просачивается.

Тэнго напряг память. О том, что он пишет роман, знает Комацу. Знает замужняя подруга. Еще? Вроде больше никто.

— Насчет вашего фонда хотелось бы кое-что уточнить,— сказал он.

— Пожалуйста! Спрашивайте все, что угодно.

— Откуда организация берет деньги?

— Деньги дает частный инвестор. Фактически этот человек — единоличный владелец организации. Хотя, если строго между нами, те, кто занимается благотворительной деятельностью, освобождаются от солидной части налогов. А наш спонсор уделяет огромное внимание развитию науки и искусства, оказывает всемерную поддержку молодым дарованиям... Подробнее, к сожалению, я рассказывать не вправе, поскольку господин спонсор в общественной жизни предпочитает оставаться инкогнито. Управление фондом он доверил сообществу единомышленников, членом которого, в частности, является и ваш покорный слуга.

Несколько секунд Тэнго пытался осмыслить услышанное. Но поскольку фактов для осмысления ему предоставили совсем немного, оставалось просто уложить их в память один за другим.

— Не возражаете, если я закурю? — осведомился Усикава.

— Ради бога,— ответил Тэнго и подвинул к собеседнику тяжелую стеклянную пепельницу.

Усикава полез в карман пиджака, достал пачку «Севен старз», сунул в рот сигарету и прикурил от тоненькой золотой зажигалки.

— Ну так что же, господин Кавана? — спросил он, выпустив в воздух струйку дыма.— Вы согласны получить такой грант? Не буду скрывать, лично мне после вашей замечательной лекции стало весьма любопытно, какого рода литературой вы могли бы поразить читательскую аудиторию.

— Премного благодарен за столь щедрое предложение,— ответил Тэнго.— Но принять от вас такой грант я, увы, никак не могу.

Зажав дымящуюся сигарету в пальцах, Усикава прищурился и посмотрел Тэнго прямо в глаза.

— В каком смысле?

— Во-первых, не хочу принимать деньги от людей, которых не знаю. Особенно если в деньгах не нуждаюсь. Трижды в неделю я преподаю здесь, в остальное время работаю над романом. До сих пор это получалось без посторонней помощи, и менять что-либо в такой жизни мне бы не хотелось. Вот вам, собственно, две основные причины.

«В-третьих, господин Усикава, связываться с таким типом, как вы, неприятно чисто физически. В-четвертых, как ни крути, от описанного вами гранта слишком подозрительно пахнет. Уж очень все гладенько. Могу спорить, с изнанки что-нибудь прогнило. Я, конечно, не Шерлок Холмс, но такую откровенную туфту по запаху различаю»,— добавил про себя Тэнго. Но вслух, понятно, этого не сказал.

— Вот, значит, как? — отозвался Усикава. И, затянувшись во все легкие, с заметным удовольствием выпустил дым.— Вот, значит, как... А вы знаете, я по-своему вас понимаю. И доводы ваши звучат вполне убедительно. И все же, господин Кавана, вам совершенно не обязательно отвечать нам прямо здесь и сейчас. Вернитесь домой, обдумайте все денька два-три, хорошо? Торопиться в таком деле не стоит. Вот и мы никуда не спешим. Взвесьте спокойно все «за» и «против». Все-таки предложение наше совсем, совсем неплохое!

Тэнго резко покачал головой:

— Спасибо за предоставленную возможность. Но лучше решить все именно сейчас, это сбережет нам обоим время и силы. Мне в высшей степени лестно, что ваша комиссия выбрала меня в стипендиаты. А также очень неловко за то, что вы специально пришли сюда мне о том сообщить. И все же простите, но я вынужден отказаться. Это решение окончательное и пересмотру не подлежит.

Несколько раз кивнув, Усикава с явным сожалением вдавил в пепельницу сигарету, которой успел затянуться всего пару раз.

— Ладно! Я вас понял, господин Кавана. И со всем уважением отношусь к вашей позиции. Напротив, это вы меня извините за отнятое время. Очень жаль, что наше обсуждение придется закончить...

Но вставать с кресла Усикава, похоже, не собирался. Он лишь почесал в затылке и прищурился.

— Однако советую учесть, господин Кавана,— хотя сами вы, может, этого и не замечаете,— у вас большое писательское будущее. Возможно, прямой связи между математикой и литературой не существует. Но на ваших лекциях возникает очень яркое ощущение, будто слушаешь увлекательную историю. Подобный талант рассказчика Небеса даруют единицам из миллиона. Это ясно даже такому дилетанту, как я. Будет очень обидно, если вы растратите себя впустую. Уж простите за назойливость, но я бы искренне советовал вам не отвлекаться на лишнее, а шагать по жизни своей персональной дорогой...

— Не отвлекаться на лишнее? — не понял Тэнго.— Вы о чем?

— Ну, скажем, о ваших отношениях с госпожой Эрико Фукадой, автором романа «Воздушный кокон». Ведь вы уже несколько раз встречались с нею, не так ли? А сегодня газеты вдруг сообщают, что она, похоже, пропала без вести. Можно представить, какую шумиху сейчас подымут все эти охотники за новостями.

— Даже если я и встречался с госпожой Фукадой,— резко произнес Тэнго,— кому и какое до этого дело?

Усикава снова вскинул перед Тэнго ладонь. Маленькую, с толстыми сосисками пальцев.

— Ну, ну... К чему такие эмоции? Я вовсе не хочу сказать ничего плохого. Бог с вами! Я всего лишь подчеркиваю простую истину: если постоянно растрачивать время и талант, просто зарабатывая на кусок хлеба, ничего стоящего не добьешься до самой смерти. Извините за прямоту, но лично мне будет крайне досадно наблюдать, как ваш драгоценный потенциал, способный породить шедевры, расходуется на повседневную суету. Если о ваших отношениях с госпожой Фукадой станет известно в свете, к вам непременно придут с расспросами журналисты. И не отстанут, пока не выудят хоть что-нибудь — не важно, было это на самом деле или нет. Уж такая это порода...

Тэнго молча разглядывал Усикаву в упор. Тот, продолжая щуриться, теребил мочку уха. Уши его были маленькими, а мочки — ненормально огромными. Ей-богу, находить все новые и новые диспропорции в строении этого нелепого тела можно до бесконечности.

— Разумеется, сам я никому ничего не скажу,— торопливо заверил Усикава. И выразительным жестом застегнул свои губы на невидимую застежку-молнию.— Это я вам обещаю. Не смотрите, что выгляжу я невзрачно, мое слово — могила. Не зря надо мной подшучивают, будто в прошлой жизни я был моллюском в ракушке. Захлопну створки — не разомкнуть никому. И уж эта информация, господин Кавана, навеки останется в недрах моей души. Хотя бы из личного уважения, которое я к вам испытываю.

Сказав так, Усикава наконец поднялся с кресла и несколько раз похлопал себя ладонями по костюму, пытаясь разгладить многочисленные мелкие складки. Но из-за нелепых хлопков эти складки лишь становились еще заметнее, словно заявляя на весь белый свет о поистине *кармической* измятости этого человека.

— Если передумаете насчет гранта — звоните в любой момент по номеру на визитке. Время у нас еще есть. Ну а не соберетесь в этом году, за ним наступит год следующий...— И Усикава изобразил пальцами, как Земля совершает оборот вокруг Солнца.— Мы, повторяю, никуда не торопимся. Чрезвычайно рад, что удалось с вами встретиться и передать вам наше Послание.

В очередной раз осклабившись и чуть ли не с гордостью продемонстрировав катастрофически корявые зубы, Усикава развернулся и вышел из приемной.

Все несколько минут до начала следующей лекции Тэнго вспоминал и прокручивал в голове то, что услышал от Усикавы. Чертов уродец знает о причастности Тэнго к продюсированию «Воздушного кокона». Это ясно даже по его нагловатой манере держаться, не говоря уже о любовных намеках. Чего стоит одна его фраза: *Если растрачивать время и талант, просто зарабатывая на кусок хлеба, ничего стоящего не добьешься до самой смерти.*

И еще одна:

Чрезвычайно рад, что удалось с вами встретиться и передать вам наше Послание.

Мы всё знаем — вот что гласит их чертово Послание.

И ради того, чтобы сообщить это, они подослали к нему Усикаву и выделили «грант» на три миллиона? Как-то слишком нелепо. Пожелай они запугать Тэнго, могли бы рубануть без экивоков — дескать, нам о тебе известно то-то и то-то. Или с помощью этого «гранта» его хотели подкупить? Но что так, что эдак, слишком уж заковыристый наворочен сценарий. Да и о ком, в конце концов, идет речь? Кто такие *они*? Может, «Фонд поддержки искусства и науки» как-то связан с «Авангардом»? И вообще, существует ли такая организация на самом деле?

Держа в пальцах визитку Усикавы, Тэнго заглянул в кабинет секретарши.

— У меня к вам просьба,— сказал он.

— Что именно? — Секретарша, не вставая из-за стола, подняла на него взгляд.

— Не могли бы вы позвонить по этому номеру и спросить: это «Фонд поддержки искусства и науки»? Если да — узнать, на месте ли господин Усикава. Нет — уточнить, когда вернется. Станут интересоваться, кто звонит, отвечайте что в голову придет. Поверьте, я бы сам позвонил, но боюсь, будет неправильно, если там узнают мой голос.

Секретарша сняла трубку и пробежала пальцами по кнопкам телефона. Когда в трубке ответили, перекинулась короткими дежурными фразами. Компактный обмен сигналами в мире профессионалов.

— «Фонд поддержки искусства и науки новой Японии» действительно существует,— сообщила она, повесив трубку.— Звонок приняла девушка, штатный оператор. Лет двадцати с небольшим. Отвечает строго по уставу. Сотрудник Усикава у них действительно служит. Сегодня планировал вернуться в офис в половине четвертого. О том, кто звонит, меня не спросили. Хотя я в таких случаях спрашиваю всегда. Ну, вы понимаете.

— Разумеется,— кивнул Тэнго.— Огромное вам спасибо.

— Не за что,— кивнула секретарша, возвращая ему визитку Усикавы.— Кстати, Усикава — это мужчина, что к вам приходил?

— Он самый.

— Я, конечно, общалась с ним всего полминуты, но он мне очень не понравился.

Тэнго спрятал визитку в кошелек.

— Уверен, прообщайся вы с ним целый час, ваше впечатление бы не изменилось,— сказал он.

— Вообще-то я стараюсь не составлять о человеке мнения с первого взгляда. Потому что раньше не раз ошибалась, а потом жалела. Но сегодня сразу поняла: этому человеку доверять нельзя. И думаю так до сих пор.

— Так считаете далеко не вы одна,— отозвался Тэнго.

— Далеко не я одна? — повторила секретарша, словно проверяя на слух, верно ли он выстроил фразу.

— Какой стильный у вас жакет,— сказал Тэнго.

Не комплимента ради, совершенно искренне. После мятого и дешевого костюмчика Усикавы ее льняной жакетик казался божественным одеянием из священных шелков, вдруг опавших с неба в тихий безветренный день.

— Благодарю,— сдержанно улыбнулась она.

— И все-таки как бы грамотно в трубке ни отвечали, вовсе не факт, что на том конце действительно «Фонд поддержки искусства и науки», верно?

— Да, конечно. Возможно, эта девица — просто подсадная утка. Теоретически достаточно протянуть телефонную линию и зарегистрировать номер, чтобы сымитировать хоть Организацию Объединенных Наций. Как в том фильме — «Афера», помните? Да только зачем это нужно? Не обижайтесь, но вы совсем не похожи на человека, из которого таким способом можно вытрясти бешеные деньги.

— Ну, из меня как раз ничего не вытрясали,— вздохнул Тэнго.— Кроме разве души...

— Смотри-ка,— покачала головой секретарша.— Просто Мефистофель какой-то!

— По крайней мере, стоит проверить, что находится по их адресу на самом деле.

— Расскажите, когда узнаете,— кивнула секретарша и прищурилась на свой маникюр.

Организация тем не менее существовала на самом деле. Разделавшись с лекциями, Тэнго сел в электричку, доехал до станции Ёцуя и оттуда прошел пешком до Кодзимати. По адресу, указанному на визитке, обнаружилось четырехэтажное здание. У входа висели в ряд позолоченные таблички, среди которых, в частности, значилось: «Фонд поддержки искусства и науки новой Японии». Офис фонда располагался на третьем этаже. Вместе с «Нотным издательством Огимото» и «Бухучетом Коода». Судя по размерам здания, места в том офисе немного. Хотя, конечно, при взгляде снаружи толком не разберешь. Тэнго решил было подняться в лифте на третий этаж и проверить, но передумал. Нечаянно столкнуться в дверях с Усикавой хотелось меньше всего на свете.

Он снова сел в электричку, с одной пересадкой вернулся домой и позвонил в контору Комацу. Как ни удивительно, тот оказался на месте и сразу взял трубку.

— Сейчас неудобно,— выпалил Комацу скороговоркой. Его голос казался напряженнее обычного.— Прости, но отсюда ни о чем болтать не могу.

— Очень важный разговор, господин Комацу,— сказал Тэнго.— Сегодня ко мне в колледж заявился какой-то странный тип. Кажется, он знает о моей причастности к «Воздушному кокону».

Комацу несколько секунд молчал.

— Позвоню через двадцать минут,— вымолвил он наконец.— Будешь дома?

— Да,— ответил Тэнго, и связь оборвалась.

Не выпуская трубку из левой руки, Тэнго подточил на бруске один за другим два ножа, вскипятил чайник и заварил себе черного чаю. Ровно через двадцать минут раздался звонок. Подозрительная точность, отметил Тэнго. Совершенно не в духе Комацу.

На этот раз голос в трубке звучал гораздо спокойнее. Словно Комацу перебрался в какое-то укромное место, откуда мог общаться по-человечески. Как можно короче, в нескольких фразах Тэнго рассказал ему про визит Усикавы.

— «Фонд поддержки искусства и науки новой Японии»? — повторил Комацу.— Никогда не слыхал. Да и вся эта история с тремя миллионами — чистый бред. Конечно, в том, что у твоего таланта есть будущее, я и сам не сомневаюсь. Но предлагать такие деньги тому, кто еще ни строчки не опубликовал,— чушь собачья. Так не бывает. Здесь какой-то подвох.

— Вот и я сразу так подумал.

— Подожди немного. Попробую раскопать об этом фонде, что смогу. Если что найду — позвоню тебе сам. Так значит, этот Усикава знает о твоих отношениях с Фукаэри?

— Похоже на то.

— Черт бы его побрал...

— Что-то зашевелилось, господин Комацу,— сказал Тэнго.

— Ты о чем?

— Ну, просто мне так кажется. Будто мы с вами выворотили из земли здоровенный булыжник. И какая-то гадость, спавшая под ним, проснулась и вот-вот полезет наружу.

Комацу перевел дух.

— Меня в конторе тоже каждый день на части разрывают,— сказал он.— Таблоиды с еженедельниками проходу не дают. Как и телевидение. А сегодня утром полиция заявилась. Для сбора информации. Оказывается, им известно о связи Фукаэри с «Авангардом». И о том, что ее родители пропали без вести. Боюсь, не сегодня-завтра журналюги растрезвонят об этом на каждом углу.

— А где сейчас Эбисуно-сэнсэй?

— Уже несколько дней связь с сэнсэем оборвана. Его номер не отвечает, от него самого ни слуху ни духу. Возможно, он сейчас тоже в глухой обороне. А может, под шумок разворачивает какой-то очередной гамбит?

— Кстати, хотел вас спросить. Вы кому-нибудь рассказывали, что я пишу роман?

— Да нет, никому... Зачем мне об этом кому-то рассказывать?

— Ну и хорошо. Я на всякий случай спросил.

Комацу выдержал новую паузу и произнес:

— Извини, дружище, что я сам об этом говорю, но... Что-то мне кажется, нас с тобой засасывает не совсем туда, куда нужно.

— Куда бы нас ни засасывало,— ответил Тэнго,— ясно одно: обратно уже не повернуть.

— Ну а если обратно не повернуть, остается только двигаться дальше. Или, как ты говоришь, стоять и смотреть, что за *гадость* полезет из-под вывороченного камня...

— Так значит, пристегнуть ремни безопасности? — не удержался Тэнго.

— Именно,— подтвердил Комацу и повесил трубку.

———

Ну и денек... Усевшись за стол на кухне, Тэнго отхлеб-нул остывшего чая и подумал о Фукаэри. Чем же она с утра до вечера занимается там, в своем укрытии? Но конечно, на этот вопрос ему не ответил бы никто на свете. Кроме, понятно, ее самой.

В записи на кассете Фукаэри предупреждала, что *Little-People* будут использовать свои силы и знания, чтобы навредить ему, Тэнго. И что их следует опасаться в темном лесу...

Тэнго вздрогнул и невольно огляделся по сторонам. Да уж. Что-что, а темный лес — идеальное место для этих тварей.

Глава 3

АОМАМЭ

*Как нам рождаться, не выбираем,
но как умереть, зависит от нас*

Июльским вечером тучи наконец-то исчезли, и обе луны засияли в небе как новенькие. Этот *идеальный* ночной пейзаж Аомамэ разглядывала со своего крошечного балкона. Больше всего ей сейчас хотелось позвонить кому-нибудь и поинтересоваться: «Ну как? Из окна не выглядывали? А вы посмотрите — сколько там в небе лун? У меня видно две, а у вас?»

Но с такими вопросами позвонить было некому. Ну разве что Аюми. Но отношения с Аюми, и без того *слишком личные,* еще дальше углублять не хотелось. Все-таки девочка служит в полиции. Аомамэ, скорее всего, в ближайшее время прикончит еще одного подонка, сменит лицо, имя, адрес — и сгинет из этой реальности навсегда. Встречаться с Аюми будет нельзя. Даже по телефону не поговорить... Как это все-таки тяжело — навсегда расставаться с теми, кто стал тебе по-настоящему близок.

Аомамэ вернулась в комнату, закрыла дверь на балкон, включила кондиционер. И, задернув шторы, отгородилась от лунного пейзажа. При виде двух лун в одном небе становилось не по себе. Так и чудилось, будто они каким-то образом нарушают баланс земной гравитации, вызывая непонятные изменения в организме Аомамэ. До месячных оставалось несколько суток, но тело уже казалось ей вялым, кожа сухой, а пульс нестабильным. Хватит, решила она. Больше о лунах не думаю. Даже если допустить, что это зачем-то *необходимо*.

Чтобы разогнать проклятую вялость, Аомамэ села на ковер и сделала серию растяжек. Тщательно размяла одну за другой все мышцы — даже те, которые обычно почти не задействовала. Она выкладывалась полностью, доводила себя до беззвучного крика и заливала потом ковер. Этот курс растяжек Аомамэ разработала сама — только для самой себя — и чуть ли не каждый день добавляла в него очень полезные, хотя и весьма экстремальные упражнения. Никому в фитнес-клубе предлагать их нельзя: обычный человек таких самоистязаний просто не выдержит. Даже коллеги-инструкторы в клубе и те, за редким исключением, от подобных экспериментов над собственным телом орали как резаные.

Все это время в колонках звучала «Симфониетта» Яначека. В исполнении Кливлендского оркестра под управлением Джорджа Селла. Целиком «Симфониетта» длится минут двадцать пять. В самый раз: не слишком мало, но и не слишком долго. Достаточно, чтобы помучить каждую мышцу. Когда пластинка остановилась, а тонарм вернулся на рожок, сознание и тело Аомамэ напоминали тряпку, хорошенько отжатую после того, как в доме наведены идеальные порядок и чистота.

Аомамэ помнила «Симфониетту» наизусть, до последней ноты. Балансируя на самом краю болевого порога, именно под эту музыку она тем не менее обретала удивительное спокойствие. Именно под эти звуки ей удавалось выстраивать оптимальное равновесие между своими внутренними палачом и жертвой, садисткой и страдалицей. Что, собственно, и являлось главной целью упражнений Аомамэ: лишь когда все балансы отлажены, она уверенна и спокойна. И «Симфониетта» Яначека подходила для подобной самонастройки лучше всего.

Около десяти зазвонил телефон. Она взяла трубку и услышала голос Тамару.

— Какие планы на завтра? — спросил он.

— Работаю до полседьмого.

— После работы сможешь заехать?

— Смогу.

— Хорошо,— сказал Тамару. И его ручка застучала по странице блокнота.

— Кстати,— сказала Аомамэ.— Новую собаку еще не завели?

— Собаку? Ах да... Завели. Немецкую овчарку, кобеля. Всех его повадок я пока не изучил, но пес дрессированный, основные команды выполняет, хозяина слушает. Десять дней уже с нами, вроде освоился. Да и женщинам в приюте куда спокойнее.

— Ну слава богу.

— Ест обычный корм для собак. Возни меньше.

— Да уж... Обычные овчарки шпината не требуют.

— Точно. Та псина вообще была ненормальная. На ее шпинат куча денег уходила, особенно зимой.— В голосе Тамару послышалась ностальгия.— Кстати, лунный свет сегодня красивый.

Аомамэ нахмурилась:

— С чего это вы опять о лунном свете?

— Даже я иногда могу поговорить о лунном свете. Разве нет?

— Конечно,— ответила Аомамэ. «Только такие, как ты, не болтают по телефону о природе и погоде без особой на то причины»,— добавила она про себя.

Тамару выдержал небольшую паузу, затем продолжил:

— На самом деле о лунном свете ты в прошлый раз заговорила сама. Не помнишь? С тех пор у меня и застряло в голове. Посмотрел на небо, туч нет, лунный свет красивый — вот и решил тебе отчитаться...

Аомамэ захотела спросить: так *сколько* же он увидал в небе лун? Но передумала. Слишком опасно. В прошлый раз Тамару и так поведал ей больше, чем ожидалось. О том, что рос без родителей, о смене гражданства. Никогда еще до сих пор этот человек так много о себе не рассказывал. Хотя он вообще не из болтливых. Значит, Аомамэ и правда ему симпатична? Иначе зачем бы он так раскрывался? И все-таки это профессионал, который всегда достигает цели кратчайшим путем. Поэтому ни о чем лишнем с ним лучше не трепаться.

— В общем, завтра после работы заеду,— сказала она.

— Хорошо,— ответил Тамару.— Наверно, голодная будешь? Повар завтра отдыхает, кроме сэндвичей, ничего приготовить не смогу.

— Спасибо.

— Понадобятся твои водительские права, загранпаспорт и медицинская страховка, захвати с собой на работу. И закажи дубликат ключа от квартиры. Успеешь?

— Думаю, да.

— И еще. О твоей просьбе поговорим отдельно, с глазу на глаз. Закончишь беседу с мадам — выкрои полчасика.

— О какой просьбе?

Тамару выдержал паузу — тяжелую, точно мешок с песком.

— О том, что ты просила достать. Забыла уже?

— Нет-нет! — спохватилась Аомамэ. Отключиться от мыслей о лунах оказалось непросто.— Помню, конечно...

— Завтра в семь.— Тамару повесил трубку.

———

Прошли сутки, а количество лун в небе осталось прежним. Закончив работу, Аомамэ наскоро приняла душ и, когда выходила из клуба, на еще светлом небосклоне ближе к востоку различила две бледные, но отчетливые луны. На середине пешеходного мостика через улицу Гайэн-Ниси она облокотилась о перила и с минуту простояла, задрав голову. Спешившие мимо прохожие удивленно оглядывались на нее. Никого не интересовало количество лун в небесах. Куда важней для них было, например, поскорее спуститься к метро. От долгого разглядывания лун Аомамэ охватил тот же странный приступ вялости, что и вчера. Пора бросать на них пялиться, сказала она себе. Сам вид этих чертовых лун плохо влияет на организм. Вот только гляди, не гляди — *их взгляд на себе* ощущаешь всей кожей. Уж они-то наблюдают за тобой неотрывно. И о том, что ты собираешься сделать, знают лучше кого бы то ни было.

Они с хозяйкой пили крепкий горячий кофе из антикварных фарфоровых чашек. Старушка добавила себе немного сливок, но пила, так и не размешав. Аомамэ, как всегда, предпочла просто черный без сахара. Тамару приготовил им сэндвичи, нарезав помельче, чтобы можно было есть, не откусывая. Аомамэ съела несколько штук. Сэндвичи были простенькие, черный хлеб с огурцами и сыром, но весьма тонкого вкуса. Стоило признать, к легким закускам у Тамару настоящий талант. Он умел обращаться с ножом, а также знал, в каком порядке что делать. Уже от этих навыков любая стряпня выходит на порядок вкуснее.

— С вещами разобралась? — спросила хозяйка.

— Одежду и книги сдала в благотворительный фонд,— ответила Аомамэ.— Все, что нужно, уместила в дорожную сумку. В квартире оставила только самое необходимое: электроприборы, посуду, кровать и постельное белье.

— С тем, что осталось, мы потом разберемся. О расторжении контракта с хозяином не беспокойся. В нужный час забирай сумку, уезжай оттуда и больше о квартире не думай.

— Может, на работе для начальства что-нибудь сочинить? Если я вдруг исчезну, ничего не сказав, бог знает, что там подумают...

Хозяйка беззвучно поставила чашку на стол.

— Об этом тебе тоже волноваться не следует.

Аомамэ молча кивнула, съела еще сэндвич, запила его кофе.

— Кстати, что у тебя с банковскими счетами? — спросила хозяйка.

— На депозите — шестьдесят тысяч. Есть еще накопительный, там где-то под два миллиона*.

Хозяйка прокрутила эти суммы в голове.

— С депозита за несколько раз можешь снять тысяч до сорока, это не так важно. А вот накопительные счета не трогай, это может их насторожить. Возможно, они уже проверяют твою частную жизнь, не знаю. Поэтому стоит быть осторожнее. Во всем остальном я тебя прикрою. Еще чем-нибудь владеешь?

— Пакеты, что я получила от вас, в абонентской ячейке банка.

— Наличность из ячейки забери, но в квартире не оставляй. Спрячь понадежней — сама придумай, где лучше.

— Хорошо.

— Больше от тебя пока ничего не требуется. Продолжай жить, как жила до сих пор. В том же ритме, не привлекая внимания. И по возможности, не обсуждай серьезных вопросов по телефону.

---

* На время действия романа — суммы порядка 600 и 20 000 долларов США соответственно.

58

Сказав все это, хозяйка словно растратила последние остатки энергии, вжалась поглубже в кресло и затихла.

— День уже назначен? — спросила Аомамэ.

— К сожалению, нет. Ждем информации от нашего источника. Ситуация просчитана, сценарий продуман. Но точный график передвижения нашего объекта всегда утверждается в самый последний момент. Возможно, ты понадобишься через неделю. А может, и через месяц. Место действия тоже пока не определено. Понимаю, каких это стоит нервов, но придется ждать сколько потребуется.

— Ждать я могу,— пожала плечами Аомамэ.— Но может, вы хоть в общих чертах посвятите меня в сценарий?

— Тебе поручается сделать Лидеру полную разминку мышц. То, чем ты и занималась все эти годы. С его телом творится что-то странное. Жизни это не угрожает, но, насколько мы выяснили, некая «проблема» доставляет ему нечеловеческие страдания. Чтобы избавиться от нее, он пробует самые разные методы лечения. Помимо обычной медпомощи постоянно заказывает то иглоукалывание, то сиацу, то еще какие-нибудь массажи. Однако ничего пока не принесло ему облегченья. Эта физиологическая «проблема» — ахиллесова пята Лидера, в которую нам и следует целиться.

Окно за спиною хозяйки зашторено, неба не различить. Но даже сквозь шторы Аомамэ ощущала кожей холодные, пристальные взгляды двух лун, заполнявших гостиную до последнего уголка своим гробовым молчанием.

— В секте у нас информатор. Через него удалось передать руководству «Авангарда», что ты непревзойденный мастер лечебного массажа. Это оказалось несложно, ведь ты действительно классный специалист. В общем, твоя кандидатура их очень заинтересовала. Сначала хотели пригласить тебя в свою штаб-квартиру в горах Яманаси.

Но оказалось, ты слишком занята по работе и не можешь позволить себе уехать из Токио даже на сутки. Тогда нам было объявлено, что раз в месяц Лидер появляется в столице по делам секты. И останавливается в каком-нибудь отеле, не привлекающем внимания. Когда будет объявлено, ты придешь туда и сделаешь Лидеру полную разминку мышц. И тогда же сможешь выполнить *свое обычное задание*.

Аомамэ представила себе эту картину. Гостиничный номер. На коврике для йоги лежит мужчина, она делает ему растяжку. Лица мужчины не видно. Он лежит ничком, его незащищенная шея полностью в распоряжении Аомамэ. Она тянется к сумке, достает заточку...

— Значит, я смогу побыть с ним наедине? — уточнила Аомамэ.

— Да,— кивнула хозяйка.— Свою физиологическую «проблему» Лидер старается не показывать членам секты. Поэтому в комнате не должно остаться никого, кроме вас двоих.

— Им известно, кто я и где работаю?

— Эти люди сверхосторожны. Уверена, твою официальную биографию они уже проверили вдоль и поперек. Но ничего подозрительного не нашли. А вчера сообщили, что будут ждать тебя в фойе. Где и когда — сообщат, когда сами поймут окончательно.

— А то, что я появляюсь в вашем доме, у них подозрения не вызывает?

— Ты появляешься у меня, поскольку я член твоего фитнес-клуба, а ты проводишь частные тренировки на дому. Никаких причин, чтобы заподозрить нас в более серьезных связях, не наблюдается.

Аомамэ кивнула.

— Когда Лидер покидает территорию секты, его неизменно сопровождают два телохранителя. Оба из верующих, у обоих какие-то пояса по каратэ. Не знаю, носят ли оружие, но на вид — головорезы каких мало, плюс каждый день тренируются. Хотя, если верить Тамару, на поверку — любители-дилетанты.

— Не то что сам Тамару?

— Да, с Тамару лучше не сравнивать. Тамару служил в диверсионно-разведывательном подразделении Сил самообороны. Годами его обучали искусству поражать цель мгновенно, любой ценой. И не расслабляться, каким бы ни был противник с виду. А дилетанты расслабляются. Особенно когда перед ними хрупкая девушка.

Хозяйка откинулась затылком на спинку кресла, глубоко вздохнула, затем снова подняла голову и посмотрела на Аомамэ в упор:

— Когда ты займешься Лидером, оба телохранителя будут ждать тебя в соседней комнате того же номера, рядом с выходом. У тебя будет ровно час. Так, по крайней мере, это планировалось. Хотя как все будет на самом деле, одному богу известно. Все может еще тысячу раз поменяться. Сам Лидер старается не раскрывать своего графика передвижения буквально до последней минуты.

— Сколько же ему лет?

— Думаю, пятьдесят с небольшим. Еще говорят, что это человек огромных размеров. Больше никаких деталей мне, к сожалению, пока не известно.

Тамару ждал у выхода. Аомамэ отдала ему дубликат ключа, водительские права, загранпаспорт и медицинскую страховку. Тамару прошел в дальний угол вестибюля, где стоял большой ксерокс, снял копии с документов и вернул оригиналы Аомамэ. А затем провел ее в свою подсобку неподалеку от выхода. То была тесная прямоугольная комнатка. Уютом здесь и не пахло. Единственное утешение глазу — распахнутое оконце в сад. Еле слышно гудел кондиционер. Тамару предложил гостье небольшой деревянный стул, а сам опустился в кресло за рабочим столом. На стене висело в ряд четыре монитора. В каждом при необходимости можно было менять угол обзора. Четыре видеодеки неустанно записывали все, что видели камеры. Три экрана фиксировали происходящее за оградой усадьбы. Четвертый справа показывал вход в приют. А также конуру и новую овчарку. Собака лежала на земле и мирно дремала. Размерами она явно уступала своей предшественнице.

— Смерть овчарки на пленку не записалась,— сказал Тамару, словно упреждая вопрос Аомамэ.— Перед смертью она почему-то оказалась не на привязи. Но так не бывает, чтобы собака сама себя отвязывала. Значит, кто-то ее отвязал.

— Тот, на кого она не залаяла?

— Вот именно.

— Загадка...

Тамару кивнул, но ничего не ответил. Видно, он ломал голову над этой загадкой так долго, что уже сам себя ненавидел. Ибо ответить было по-прежнему нечего.

Он выдвинул ящик стола, достал оттуда черный пластиковый пакет. Вынул из пакета голубое линялое полотенце и, развернув его, извлек на свет черный кусок металла. А точнее — небольшой автоматический пистолет. Молча протянул оружие Аомамэ. Она так же молча взяла его и взвесила на ладони. Пистолет оказался куда меньше весом, чем выглядел. Даже не верилось, что такой легкой штуковиной можно запросто отправлять людей на тот свет.

— Только что ты допустила целых две фатальных ошибки,— объявил Тамару.— Догадайся каких.

Аомамэ прокрутила в голове свои действия, но никаких ошибок не заметила. Она просто взяла пистолет и еще ничего с ним не делала.

— Не знаю,— сказала она.

— Первое: получая оружие, ты обязана сразу проверить, есть ли в нем хоть один патрон. И если да — убедиться, что пистолет на предохранителе. Второе: всего на долю секунды, но ты направила дуло на меня. Этого делать нельзя ни в коем случае. И последнее: если не собираешься стрелять, палец на спусковой крючок лучше вообще не класть.

— Ясно,— кивнула Аомамэ.— Теперь буду знать.

— За исключением экстренных ситуаций,— продолжал Тамару,— передавать пистолет, хранить его и носить с собой следует полностью разряженным. Более того: увидев любое огнестрельное оружие, веди себя так, словно оно заряжено, без вариантов. Все время, пока не убедишься в обратном. Этот инструмент изготовлен с единственной целью — убивать людей. Сколько ни оберегайся, излишних предосторожностей не бывает. Я знаю, найдутся умники, которые над моими инструкциями посмеются. Но именно из-за таких разгильдяев обычно и происходят нелепые инциденты, в которых гибнут или калечатся ни в чем не повинные люди.

Аомамэ снова кивнула.

— Считай это моим личным подарком. Но если не пригодится — вернешь в том же виде.

— Да, конечно,— ответила Аомамэ. Голос у нее вдруг сел.— Но, как я понимаю, он стоил денег?

— Об этом можешь не беспокоиться,— сказал Тамару.— Лучше подумай, как справиться с тем, что тебе предстоит. Вот об этом и поговорим. Ты когда-нибудь стреляла из пистолета?

Аомамэ покачала головой:

— Ни разу.

— Вообще-то револьвер в обращении проще автоматического пистолета. Особенно для новичка. Устройство примитивное, как с ним управляться — запоминаешь сразу и ошибаешься редко. Но хороший револьвер — штука довольно громоздкая, его неудобно брать куда-то с собой. Поэтому тебе лучше подойдет вот такая автоматика. Это «хеклер-унд-кох», модель «ХК-четыре». Страна производства — Германия, вес при пустой обойме — четыреста восемьдесят граммов. Несмотря на малые габариты, заряжается укороченными девятимиллиметровыми патронами, убойная сила что надо. И отдача совсем небольшая. Прицельная дальность невелика, но для того, что задумала ты, подойдет на все сто... Фирма «Хеклер и Кох» разработала его после войны, но, по сути, это улучшенная версия «Маузера-ХЗц», популярного еще в тридцатые годы. Первые «ХК-четыре» появились где-то в шестьдесят восьмом и производятся до сих пор, поскольку эта модель прекрасно себя зарекомендовала*. Механизм не новый, но отлично ухоженный: судя по всему, прошлый хозяин знал в этом деле толк. А с оружием — как с автомобилями: слегка подержанная, пристрелянная вещь вызывает больше доверия, чем необкатанное новье.

Тамару взял у Аомамэ пистолет и начал подробно объяснять, как пользоваться. Снял с предохранителя, вернул на предохранитель. Сдвинул защелку, вынул магазин, потом вставил обратно.

— Прежде чем вытащить магазин, обязательно ставишь на предохранитель. Потом сдвигаешь защелку, вынимаешь магазин, передергиваешь затвор — и выгоняешь из патронника оставшийся патрон. Сейчас ничего не выскочило, потому что пистолет не заряжен. После этого нажимаешь на спусковой крючок, и затвор захлопывается. Но курок остается взведенным, поэтому нажи-

---

* Производство пистолетов «ХК4» прекращено в 1984 г.

маешь на крючок еще раз. Все, теперь можно заряжать новый магазин.

Сначала он проделал все это быстро, отточенными движениями; потом уже медленнее, задерживаясь на каждой стадии, повторил для Аомамэ. Она внимательно следила за его пальцами.

— Попробуй сама.

Аомамэ осторожно вынула магазин, передернула затвор, открыла патронник, спустила курок, вставила магазин обратно.

— Все верно,— кивнул Тамару.

Снова забрал у нее пистолет, вынул магазин, аккуратно вставил в него один за другим семь патронов — и с оглушительным лязгом загнал в рукоятку. Передернул затвор, досылая патрон в патронник. И опустил рычажок предохранителя на левом боку.

— А теперь попробуй снова,— сказал Тамару.— Сейчас пистолет заряжен, патрон в патроннике. И помни: даже если оружие на предохранителе, направлять его на людей все равно нельзя.

Взяв пистолет, Аомамэ мгновенно отметила, как он потяжелел. Вот она, тяжесть Смерти. Даже пальцы явственно ощущали, что этот высокоточный инструмент создан *для качественного убийства людей*. Подмышки ее вспотели.

Аомамэ снова проверила предохранитель, сдвинула защелку, вынула магазин, положила на стол. Оттянула затвор, отпустила — и последний патрон, выскочив из патронника, с глухим стуком упал на деревянный пол. Дважды нажав на спуск, она блокировала затвор и вернула курок на место. Дрожащей рукою подняла с пола патрон. В горле пересохло, а попытка вдохнуть поглубже отозвалась болью в груди.

— Для первого раза неплохо,— сказал Тамару, возвращая патрон в магазин.— Но тебе нужна тренировка.

А также привычка к оружию, чтобы руки перестали дрожать. Вынимай и вставляй магазин каждый день по нескольку раз, пока не дойдешь до полного автоматизма. Научись делать все так же быстро, как я. И на свету, и в полной темноте. Конечно, для выполнения твоей задачи магазин менять не придется. Но если имеешь дело с оружием, эта процедура — основа основ, так что запомни ее досконально.

— А стрельбе учиться не нужно?

— Ты же не собираешься стрелять ни в кого, кроме самой себя. Я правильно понял?

Аомамэ кивнула.

— Тогда учиться не нужно. Ты должна знать, как оружие заряжать, как снимать с предохранителя и как спускать курок. Это все... Кстати, где именно в этом городе ты собиралась учиться стрельбе из боевого пистолета?

Аомамэ покачала головой. Об этом она действительно не подумала.

— Но даже если придется стрелять в себя,— продолжал Тамару,— важно, *как* ты будешь это делать. Ну-ка изобрази!

Он вставил в рукоятку заряженный магазин, щелкнул предохранителем и протянул оружие Аомамэ.

— На предохранителе,— предупредил он.

Аомамэ взяла пистолет и приставила дуло к виску. Холодная сталь обожгла кожу. Тамару вздохнул.

— Ничего плохого сказать не хочу,— проговорил он.— Но в висок лучше не целиться. Попасть таким способом сразу в мозг гораздо сложней, чем ты думаешь. Как правило, в последнюю секунду рука очень сильно дрожит, и с учетом отдачи пуля может запросто улететь не туда, куда нужно. Бывали случаи, когда сносило полчерепа, но человек оставался жив. Я правильно понимаю, что такой итог тебя не устроит?

Аомамэ кивнула, не говоря ни слова.

— Когда генерала Тодзё по окончании войны пришли арестовывать американцы, он при попытке застрелиться целился в сердце*. Но пуля угодила в желудок, и он остался жив. Тоже мне профессиональный вояка, даже застрелиться как следует не сумел! Янки тут же забрали его в свой госпиталь, выходили силами лучших врачей, а потом судили — и приговорили к виселице. Жуткая смерть... Как нам рождаться, мы, конечно, не выбираем. Но как умереть, зависит от нас.

Аомамэ закусила губу.

— Самый надежный способ — сунуть дуло в рот и выбить мозги выстрелом снизу. Вот так, смотри...

Тамару забрал у нее пистолет и продемонстрировал самый надежный способ на себе. Даже твердо зная, что оружие на предохранителе, Аомамэ напряглась. В горле будто что-то застряло, стало трудно дышать.

— Но даже в этом случае стопроцентной гарантии не бывает,— сказал Тамару, вынув дуло изо рта.— Я лично знал парня, который сделал все так, но не умер и до сих пор в коме. Мы с ним служили в Силах самообороны. Он вставил в рот дуло ружья, продел в спусковую скобу столовую ложку и нажал на нее пальцами ног. Но в самый последний момент ружье дернулось. Он остался жив, но превратился в овощ и вот уже лет десять не приходит в сознание. Все-таки непростая это задача — лишать себя жизни. Совсем не то что в кино. На киноэкране все кончают с собой достойно и круто. Легко и без боли. А в реальности все не так. Не сумел распрощаться с жизнью — будешь ходить под себя в постели еще десяток лет...

---

* Хидэки Тодзё (1884—1948) — генерал-майор, 40-й премьер-министр Японии. После поражения страны во Второй мировой войне был признан военным преступником категории «А» и приговорен международным трибуналом к казни через повешение.

Аомамэ молча кивнула. Тамару вынул из пистолета магазин, собрал все патроны в пластиковый пакет и вручил Аомамэ — оружие отдельно, боеприпасы отдельно.

— Не заряжен,— отчетливо объявил он.

Еще раз кивнув, она взяла и то и другое.

— Не хочу лезть с советами,— добавил Тамару,— но при любом раскладе лучше думать о том, как выжить. Так оно и мудрей, и реалистичнее. Считай это моим тебе напутствием.

— Я поняла,— сдавленным голосом ответила Аомамэ, завернула «хеклер-унд-кох» в шейный платок, спрятала в сумку. Отправила туда же пакет с патронами. Оружие и правда было компактным: хотя сумка и потяжелела на добрых полкило, ее форма практически не изменилась.

— Дилетантам, конечно, такие игрушки лучше не доверять,— добавил Тамару.— Как показывает опыт, ничем хорошим не кончается. Но у тебя, я думаю, все получится как нужно. Есть у нас с тобой схожее свойство. В экстремальных ситуациях ты веришь правилам больше, чем себе.

— Может, все из-за нехватки себя?

Тамару ничего не ответил.

— Так вы служили в Силах самообороны? — сменила тему Аомамэ.

— Да, в самом суровом подразделении. Доводилось есть мышей, змей и саранчу. В принципе, съедобно, хотя деликатесом не назовешь.

— А когда отслужили, чем занимались?

— Много чем. В охране служил, все чаще телохранителем. А то и просто вышибалой. Работа в команде не по мне, так что нанимался в частном порядке. По ту сторону закона тоже пришлось погулять — слава богу, недолго. Чего только там не насмотрелся. Обычный человек за всю жизнь не встретит и сотой доли такого паскуд-

ства. Но все-таки удержался, на дно не засосало. Я ведь
и по характеру осторожный, и криминала на дух не пере-
ношу. Так что, повторяю, мой послужной список остался
чист... Ну и наконец поступил на работу сюда.— Тамару ткнул пальцем себе под ноги.— Здесь мне спокойней,
чем где бы то ни было. Не хочу сказать, что стабильная
жизнь — моя главная цель. Но в ближайшее время ничего менять не хотел бы. Слишком непростая это задача —
найти работу по душе.

— Это верно,— согласилась Аомамэ.— Так я точно
не должна вам никаких денег?

Тамару покачал головой:

— Денег не нужно. Долги и обязательства вертят этим
миром куда активней, чем деньги. Не люблю быть кому-
то обязанным, но стараюсь делать побольше одолжений.

— Большое спасибо,— кивнула Аомамэ.

— Если, неровен час, полиция станет выспрашивать,
откуда у тебя пистолет, обо мне — ни слова. То есть ко
мне-то пускай приходят, я и под пытками ничего не скажу. Но заявись они сразу к мадам — я потеряю работу.

— Разумеется, никаких имен,— пообещала Аомамэ.

Тамару достал из кармана сложенную пополам стра-
ничку из блокнота и протянул Аомамэ. На бумаге было
написано чье-то имя.

— И пистолет, и патроны ты купила у этого человека
четвертого июля в кафе «Ренуар» возле станции Сэта-
гая. Заплатила пятьсот тысяч наличными*. Ты искала,
где купить пистолет, он об этом услышал и сам с тобой
связался. Если полиция его спросит, он сразу признается. И на несколько лет попадет за решетку. Больше тебе
ничего говорить не нужно. Как только они установят,
откуда пистолет, к тебе уже придираться не будут. Впая-

---

* Около 5 тыс. долларов США.

ют недолгий срок за хранение оружия, да этим все и закончится.

Аомамэ посверлила глазами имя, вернула записку Тамару. Тот порвал бумажку в мелкие клочья и выкинул в урну.

— Как я уже говорил,— произнес он,— я человек осторожный. Даже если кому доверяю, что редко, полностью уверенным быть все равно не могу. И предпочитаю держать ситуацию под контролем. Больше всего я хочу, чтобы этот пистолет вернулся ко мне неиспользованным. Тогда ни у кого не возникнет проблем. Никто не умрет, не покалечится и не сядет в тюрьму.

Аомамэ кивнула.

— Хотите опровергнуть закон Чехова?

— Вроде того. Чехов, конечно, великий писатель. Только на свете бывают и другие жанры, с другими законами. Ружье, которое висит на стене, вовсе не обязано выстреливать...— сказал Тамару. И вдруг нахмурился, вспомнив о чем-то еще.— Да, чуть не забыл! Я ведь должен дать тебе пейджер.

Он полез в ящик шкафа, достал оттуда миниатюрный прибор с металлической клипсой, положил на стол. Затем снял трубку, набрал комбинацию цифр. Пейджер запищал. Выставив громкость на максимум, Тамару прервал звонок, убедился, что номер звонящего отображается на экранчике, и вручил устройство Аомамэ.

— Старайся всегда носить при себе,— сказал он.— Или хотя бы держи под рукой. Если запищит — значит, сообщение от меня. *Важное* сообщение. Не о природе и не о погоде. По номеру, который появится на экране, ты должна будешь немедленно позвонить. При этом — *только* из телефона-автомата. И еще. Все самые нужные и ценные вещи сдай в камеру хранения на Синдзюку.

— На Синдзюку,— повторила Аомамэ.

— Надеюсь, ты понимаешь: чем легче будет эта поклажа, тем лучше.

— Да, конечно,— кивнула она.

Вернувшись домой, Аомамэ плотно задернула шторы и достала из сумки «хеклер-унд-кох» с патронами. Затем села за кухонный стол и несколько раз вынула и вставила магазин. С каждым разом это получалось быстрее. Вскоре в ее действиях появился ритм, а руки перестали дрожать. Наконец она завернула пистолет в старую майку, уложила в коробку из-под обуви и спрятала в шкаф. А пакет с патронами затолкала в карман плаща на вешалке в прихожей. В горле пересохло; она достала из холодильника бутылку гречишного чая и выпила три стакана подряд. Плечи затвердели, запах пота под мышками казался чужим. Она вдруг отчетливо осознала: когда у тебя есть оружие, ты смотришь на мир по-другому. Все, что тебя окружает, приобретает странный потусторонний оттенок, и привыкнуть к нему очень не просто.

Скинув одежду, она отправилась в душ, чтобы смыть раздражающий запах.

Не всякое ружье обязано стрелять, убеждала она себя под струями воды. Оружие — всего лишь инструмент. И мир вокруг — не роман и не пьеса, а самая обычная реальность. Со всеми ее несовершенствами, хиральностями и антиклимаксами.

Две недели прошло без особых событий. Как и всегда, Аомамэ ходила на работу в фитнес-клуб, где вела свои обычные занятия по растяжке мышц и боевым искусствам. Менять распорядок жизни было нельзя. Насколько возможно, она старалась следовать рекомендациям хозяйки «Плакучей виллы». Изо дня в день возвращалась домой, ужинала, задергивала шторы, садилась за кухонный стол — и тренировалась, заряжая и разряжая «хеклер-унд-кох». Чем дальше, тем больше этот пистолет со всем его весом, твердостью, запахом смазки, убойной силой и невозмутимостью становился частью ее самой.

Иногда она завязывала платком глаза и упражнялась вслепую: вставить магазин, снять с предохранителя, передернуть затвор. Ее руки двигались все быстрее, а металл щелкал все отчетливей и ритмичнее. Разница между тем, что она ожидала услышать, и звуками, которые получались на самом деле, становилась все меньше, пока не исчезла совсем.

Раз в сутки Аомамэ подходила к зеркалу в ванной и вставляла в рот дуло заряженного пистолета. Стискивала зубами холодный металл и представляла, как нажимает на спусковой крючок. Слабое движение пальца — и жизни конец. Уже в следующее мгновенье она исчезнет из этого мира. Глядя на свое отражение, Аомамэ повторяла в уме Основные Правила. Пальцы дрожать не должны. Кисть крепко сжата, готовясь принять отдачу. Ни малейшего страха. И главное — никаких колебаний.

Только пожелай — и можешь сделать это хоть сейчас, говорила она отражению. Все, что нужно, — сдвинуть палец и нажать на крючок. Проще простого. Я готова, а ты? Но отражение, будто раздумав, вынимало дуло изо рта, возвращало на место курок, ставило пистолет на предохранитель и откладывало на туалетную полочку между зубной щеткой и тюбиком пасты. Нет, словно говорило оно. Слишком рано. Есть еще дело, которое ты должна завершить.

Как и просил Тамару, днем Аомамэ носила пейджер на поясе. А перед сном клала его рядом с будильником у кровати. Когда бы он ни запищал, Аомамэ готова была выполнить все, что нужно. Но пейджер молчал. Так прошла еще неделя.

Пистолет в коробке из-под обуви, семь патронов в кармане плаща, хранящий молчание пейджер, заточка со смертоносным жалом, дорожная сумка с вещами первой необходимости. Новая внешность и новая жизнь в скором будущем. Плюс увесистый пакет с наличными в камере хранения на Синдзюку. В мыслях обо всем этом Аомамэ провела июль. Люди уезжали в отпуска, один за другим закрывались ресторанчики и магазины, улицы пустовали. На дорогах почти не осталось машин, город затих и не двигался. Иногда Аомамэ переставала понимать, где находится. *Неужели это — настоящая реальность?* — спрашивала она себя. Хотя какую реальность считать настоящей и где ее нужно искать, она понятия не имела. А потому оставалось только признать, что вокруг — реальность самая неподдельная. И прилагать все усилия, чтобы с нею смириться.

Умирать не страшно, в который раз убеждала себя Аомамэ. Страшно, когда выпадаешь из реальности. Или когда реальность выбрасывает тебя.

Все было в полной готовности. Как и она сама. В любую минуту после сообщения от Тамару она могла уйти из дома и больше не возвращаться. Но пейджер молчал. Лето подходило к концу, и цикады выдавали последние рулады своего безумного пения. Если каждый день тянулся так мучительно долго, почему же весь месяц пролетел, как одно мгновенье?

В очередной раз вернувшись из фитнес-клуба, Аомамэ разделась, бросила пропотевшую одежду в корзину для стирки и осталась в майке да шортах. После обеда прошла короткая летняя гроза. В воздухе потемнело, каплищи дождя гремели по асфальту, точно булыжники, гром раскалывал небо. Но уже очень скоро все стихло, и от грозы остались только лужи на асфальте. Из-за туч показалось солнце, высушило лужи, и город погрузился в огромное облако пара. А к вечеру небо опять задернуло тучами, словно плотной вуалью: сколько б там ни было лун, ни одной не видать.

Прежде чем готовить ужин, хотелось немного передохнуть. Аомамэ села за кухонный стол, налила в стакан холодного гречишного чая и, хрустя стручками зеленого горошка, развернула газету. Пролистывала страницу за страницей, но ничего особо интересного не находила. Газета как газета, обычный вечерний выпуск. И лишь когда открыла рубрику «Общество», в глаза ей бросилась фотография Аюми. Лицо Аомамэ перекосилось, стало трудно дышать.

«Быть не может!» — пронеслось в голове. Скорее всего, кто-то просто похож на Аюми, вот я и обозналась. С чего бы про Аюми стали писать все японские вечерние газеты? Да еще и печатать ее портрет? Но сколько Аомамэ ни вглядывалась, с фотографии смотрела все та же девчонка-полицейская, с которой она уже успела сойтись — достаточно близко, чтобы иногда на пару закатывать скромные сексуальные оргии. Аюми на фото слегка улыбалась. Хотя и как-то натянуто. *Реальная* Аюми улыбалась натуральней и шире — да что там, буквально до ушей. Больше всего этот портрет походил на снимок для официального документа. А в напряженной улыбке читалась плохо скрываемая тревога.

Аомамэ не хотела читать эту новость. Что произошло — было ясно уже из огромного заголовка над фотографией. Но слишком долго отворачиваться от фактов не годилось. Она вздохнула как можно глубже и вчиталась в текст.

«Аюми Накано, 26 лет. Не замужем. Жительница Токио.

Найдена мертвой в номере отеля на Сибуе. Задушена поясом от халата. Перед смертью девушку раздели и приковали наручниками к изголовью кровати. Чтоб не смогла кричать, в рот вместо кляпа затолкали ее собственное нижнее белье. Тело обнаружено персоналом отеля при осмотре номера ближе к обеду. Накануне вечером жертва заселилась туда вместе с мужчиной. На рассвете мужчина ушел. Номер оплачен заранее. Для огромного мегаполиса — случай совсем не редкий. Огромные мегаполисы полны самых разных людей, в которых бушуют самые разные страсти. Иногда эти страсти заканчиваются насилием. Газеты трубят о таких случаях сплошь и рядом. И все же в данном происшествии было кое-что из ряда вон выходящее. Жертвой оказалась служащая Полицейского департамента, а наручники, которые она предположительно использовала для сексуальных забав, — не какой-нибудь игрушкой из секс-шопа, а вверенным ей служебным инвентарем. Что, понятно, и привлекло к этой новости столько внимания».

Глава 4

ТЭНГО

Может, не стоит об этом мечтать?

Где она? Чем сейчас занимается? Неужели до сих пор живет среди «очевидцев»?

Хорошо, если нет, думал Тэнго. Конечно, верить во что-либо или нет — личное дело каждого. И не ему, Тэнго, судить, кому и как с этим жить на свете. И все же, насколько он мог заметить, пребывание среди «очевидцев» никакой радости той десятилетней девчонке не доставляло.

В студенчестве он подрабатывал на складе сакэ. Платили неплохо, но тяжести приходилось таскать будь здоров. После работы даже у такого здоровяка, как он, ломило все кости. Там же иногда шабашили два молодых парня, оба — из «очевидцев». Приятные, воспитанные ребята, ровесники Тэнго. Вкалывали как черти, никогда ни на что не жаловались. Пару раз он даже выбрался с ними выпить после работы пивка. Эти по-детски наивные парни несколько лет назад решили уйти из секты и плечом к плечу вступили во внешний мир. Но освоиться в новой реальности у них, похоже, не получалось. Тому, кто до совершеннолетия воспитывался в тесном мирке замкнутой общины, принять правила огромного мира (а тем более следовать им) очень и очень не просто. Вот и этим бедолагам постоянно не хватало душевных сил, чтобы определиться. С одной стороны, их пьянила свобода от осточертевших церковных догм, с другой — не отпускало сомнение: а может, уход из секты все-таки был ошибкой?

Тэнго не мог не жалеть их. Если вываливаешься в мир ребенком, у тебя достаточно шансов подстроить свое пока еще гибкое, неокрепшее «я» под общечеловеческую систему координат. Но если этот шанс упущен, остается только жить дальше среди «очевидцев», смиряясь с их ценностями и установками. Иначе придется пожертвовать очень многим, чтобы изменить сознание и выстроить новые правила жизни самостоятельно. Общаясь с этими парнями, Тэнго то и дело вспоминал о своей однокласснице. Хорошо, если в джунглях этого мира ей не пришлось так же сложно, как этим двоим...

Отпустив руку Тэнго, она без оглядки вышла из класса, а он еще долго стоял столбом, не в силах пошевелиться. Рукопожатие было настолько сильным, что левая ладонь помнила его несколько дней, а память о нем сохранилась у Тэнго на всю оставшуюся жизнь.

Вскоре у него случилась первая ночная поллюция. Из отвердевшего пениса выплеснулась густая белесая жидкость, совсем не похожая на мочу. В паху болело и ныло. О том, что такое сперма, он тогда и понятия не имел. И поскольку ничего подобного раньше не видел — сильно забеспокоился. Что-то необратимое творилось с его организмом. Что же? К отцу за советом не сунешься, у одноклассников тоже не спросишь. А ведь он просто спал, видел сон (о чем — уже и не вспомнить), как вдруг проснулся среди ночи в мокрых трусах. С таким странным чувством, будто именно *то самое* рукопожатие и выдавило из него эту странную жидкость.

Никогда больше он не прикасался к однокласснице. Та, как всегда, держалась особняком, ни с кем не общалась, а перед каждым обедом внятно, чтобы все слышали, читала свою дурацкую молитву. Где бы он с девочкой ни сталкивался, она вела себя так, словно между ними ничего не произошло; выражение лица оставалось таким, будто она вообще не замечала присутствия Тэнго.

Тем не менее сам Тэнго — украдкой, чтобы никто не заметил,— начал присматриваться к этой девчонке. На внимательный взгляд она оказалась вполне симпатичной. По крайней мере, смотреть на нее было приятно. Худая как щепка, вечно в одежде с чужого плеча. Когда на физкультуре надевала трико, становилось заметно, что грудь еще плоская, как у мальчишки. Лицо ее всегда оставалось бесстрастным, рот почти не открывался, а глаза все смотрели куда-то далеко-далеко, и в них не теплилось ни искорки жизни. Что сильно озадачивало Тэнго. Ведь в *тот самый* день, когда она смотрела ему в лицо, эти глаза казались ему бездонными и сияли, как звезды.

После ее рукопожатия Тэнго понял, какая огромная сила таится в этой худышке. Да, она пожала ему руку очень крепко, но дело не только в этом. Через ее ладонь ему передалась необычайная сила духа. Мощная энергия, которую эта девочка тщательно скрывала от одноклассников. У доски Аомамэ всегда отвечала только по сути вопроса, ни слова больше (хотя порой и молчала как рыба). Училась в целом неплохо. И, как догадывался Тэнго, при желании могла бы учиться еще лучше. Просто не хотела привлекать внимание — и намеренно выполняла все задания спустя рукава. Следуя формуле выживания, за которую цепляются все дети в ее ситуации: не давай окружающим ни малейшего повода задеть тебя. Ужимайся в размерах. Становись прозрачным, невидимым ни для кого вокруг.

А ведь самая обычная девчонка, думал Тэнго. Поболтать бы с ней о том о сем — глядишь, и подружились бы. Хотя, конечно, для десятилетних пацана и девчонки стать друзьями очень не просто. Да что говорить — на всем белом свете, наверное, нет ничего сложнее. Шанс разговориться в воздухе витал, но никак не превращался в реальность. Аомамэ в классе ни с кем общалась. И Тэнго, видя это, предпочитал дружить с ней в своих фантазиях.

Разумеется, о сексе Тэнго в десять лет и представления не имел. Ему просто хотелось, чтобы Аомамэ еще раз пожала ему руку. Так же сильно, как и в прошлый раз. Когда вокруг никого. И рассказала о себе что угодно. Обычные секреты из жизни обычной десятилетней девчонки. Наверняка из этого и родилось бы что-то еще. Бог его знает, что именно.

В апреле закончился их пятый класс, и они расстались. Иногда Тэнго встречал Аомамэ у входа в школу или на остановке автобуса. Только она по-прежнему не проявляла к нему ни малейшего интереса. Если Тэнго вдруг оказывался с нею бок о бок, и бровью не поводила. Даже в его сторону не смотрела. А ее сияющий взгляд, так поразивший его когда-то, будто навеки угас. Что же случилось между ними тогда, в опустевшем классе? Может, ему это просто приснилось? Но ведь пальцы Тэнго по-прежнему помнили ее рукопожатие... Слишком много неразрешимых загадок подкидывал ему этот мир.

А в следующем учебном году Аомамэ в классе уже не появилась. То ли перешла в другую школу, то ли переехала с семьей в другой город, толком не знал никто. Во всей школе исчезновение этой странной девчонки расстроило, пожалуй, одного лишь Тэнго.

Он долго раскаивался в том, как держался с ней. Или, точнее, в том, что никак не проявил себя. В голове вертелись слова, которые он должен был ей сказать. Все, о чем он собирался поведать Аомамэ, так и осталось невостребованным. Теперь, вспоминая ее, он понимал, что заговорить с ней не составило бы труда. Достаточно было просто найти какой-нибудь пустячный предлог и собраться с духом. Но как раз этого он не смог — и потерял свой шанс навсегда.

В шестом классе Тэнго часто вспоминал Аомамэ. Поллюции больше не пугали его, и время от времени он мастурбировал, думая о ней. Причем всегда левой рукой. Которая все еще помнила *то самое* рукопожатие. В его воспоминаниях Аомамэ оставалась все той же худышкой с мальчишеской грудью. Но как только он вспоминал ее на физкультуре, в спортивном трико, ему удавалось кончить.

Старшеклассником Тэнго, случалось, выманивал на свидания разных девчонок. При виде их юных, но уже распирающих платье грудей у него перехватывало дыхание. Однако перед сном он частенько мастурбировал левой рукой, вспоминая Аомамэ с грудью плоской, как у мальчишки. И всякий раз ощущал себя каким-то уродливым извращенцем.

В студенчестве, впрочем, Аомамэ вспоминалась уже не так часто. В основном потому, что Тэнго начал встречаться с девчонками из плоти и крови и заниматься с ними реальным сексом. Как мужчина он окончательно созрел — и, понятное дело, образ десятилетней худышки в спортивном трико отдалился куда-то на задворки сознания.

И все же та фантастическая *дрожь сердца*, как тогда, в пустом классе, не посещала его больше ни с кем и никогда. Что в студенческие годы, что после вуза, что в нынешней реальности ни одна женщина не оставляла в его душе такой неизгладимой печати. Ни в ком он не находил того, что искал. Какие только женщины не перебывали у него в постели! От кого глаз не отвести, с кем тепло и даже — кто по-настоящему о нем заботился. Но все они, будто птицы с разноцветными перьями, приседали отдохнуть на ветвях его дерева, а потом вспархивали и больше не возвращались. Они не могли дать ему то, чего он хотел,— да и он не вызывал в них желанья остаться.

И теперь, накануне своего тридцатилетия, Тэнго ловил себя на том, что полустертые воспоминания о десятилетней Аомамэ все чаще возвращаются к нему. Опустевший класс, они остаются наедине, она стискивает ему руку и заглядывает в глаза. Школьный спортзал, ее щуплая фигурка в трико. Торговая улочка Итикавы, где их дороги пересекались чуть ли не каждым воскресным утром: губы Аомамэ упрямо поджаты, взгляд устремлен в никуда.

Почему же от этих воспоминаний не избавиться, как ни старайся? И почему он так и не набрался смелости познакомиться с ней поближе? Кто знает, подойди он тогда к ней, заговори о чем угодно — может, вся его дальнейшая жизнь сложилась бы иначе?

На этот раз он вспомнил об Аомамэ в супермаркете, когда покупал соленый горошек*. Взял с прилавка упаковку с зелеными стручками — и ее имя всплыло в памяти само собой. Прямо посреди магазина, с закуской в руке, он будто впал в некий сон наяву. Сколько это с ним продолжалось, Тэнго так и не понял. А очнулся от того, что какая-то женщина сказала ему «простите»: его огромная фигура загораживала весь прилавок с соленым горошком.

---

* Популярная японская закуска: стручки фасоли, слегка обваренные и присыпанные солью.

Придя в себя, Тэнго машинально извинился, сунул горошек в корзину и направился к кассе. В корзине уже лежали креветки, молоко, соевый творог, салат-латук и галеты. Пристроившись в очередь домохозяек, Тэнго ждал расчета. Стоял ранний вечер, магазин был забит покупателями, а молоденькая кассирша работала так нерасторопно, что у кассы образовался затор. Но мысли Тэнго занимало другое.

Окажись сейчас в этой очереди Аомамэ, смог бы он узнать ее с первого взгляда? Сложно сказать. Все-таки они не виделись двадцать лет. А повстречай он на улице женщину, похожую на нее, разве посмел бы окликнуть? Тоже едва ли. Наверняка бы замешкался, упустил момент — да так и разошлись бы каждый своей дорогой. А он бы потом еще долго корил себя: и почему не окликнул?

Прав Комацу, подумал Тэнго. Мне всю жизнь недостает двух качеств: воли и устремленности. На любой расклад, в котором нужно принять решение, мой мозг реагирует лишь одной мыслью: «А пошло оно все...» — и ситуация ничем конкретным не разрешается. Таков характер.

И все-таки — Аомамэ. Теперь, если бы мы с тобой встретились и узнали друг друга, уж я бы сумел рассказать тебе все, что накопилось в душе, не скрывая. В какой-нибудь случайной кафешке (конечно, если у тебя найдется время и ты вообще согласишься), лицом к лицу, угощая тебя твоим любимым коктейлем.

А рассказать нужно так много! Ведь я до сих пор не забыл, как тогда, в пустом классе, ты пожала мне руку. Как я захотел с тобой подружиться и лучше узнать тебя. Но так и не смог. По разным причинам. Но главное — я просто струсил. А потом очень долго об этом жалел. До сих пор жалею. И часто вспоминаю тебя. Хотя, конечно, в том, что мастурбировал с мыслями о тебе, признаваться не стану. Все-таки с *искренностью* подобные вещи ничего общего не имеют.

Не знаю — может, не стоит об этом мечтать. И лучше нам не встречаться снова. А вдруг эта встреча нас только разочарует? Что, если ты давно превратилась в конторскую служащую с вечно усталой физиономией? Или в сексуально неудовлетворенную мамашу, кричащую на своих карапузов? И внезапно обнаружится, что нам совершенно не о чем говорить?

Конечно, такое вполне вероятно. И тогда бесценная надежда, согревавшая душу Тэнго все эти годы, угаснет навеки. Но почему-то он был уверен, что ничего подобного не случится. Слишком много воли и устремленности было в глазах той десятилетней девчонки, чтобы со временем ее внутренняя сила могла раствориться бесследно.

Скорей уж стоит задаться вопросом: а в кого превратился он сам?

От этой мысли ему стало не по себе.

Если кого и разочаровала бы эта встреча — так, наверное, саму Аомамэ. Все-таки в школе Тэнго был математическим вундеркиндом, отличником почти по всем предметам, восходящей спортивной звездой. Учителя ставили его в пример, прочили мальчику большое будущее. Тогда, наверное, он казался ей кем-то вроде сказочного героя. А кто он теперь? Приходящий учитель подготовительных курсов — даже солидной работой не назовешь. Да, за кафедрой не напрягается и своей холостяцкой жизнью вполне доволен. Но никакой выдающейся роли в обществе не играет. В свободное время пишет романы, которые еще ни разу не опубликовал. Халтурки ради сочиняет гороскопы для женских журналов. Читателям нравится, но если серьезно, иначе как бредом собачьим не назовешь. Ни друзей, ни любимой. Чья-то жена, старше Тэнго на десять лет, раз в неделю сбегающая к нему ради секса,— практически единственный человек, с которым у него хоть какие-то *отношения*. Все, чем мог бы гордиться из созданного до сих пор,— чужой роман, который он переписал и превратил в национальный бестселлер. Но как раз об этом ему нельзя рассказывать ни единой живой душе...

Очередь Тэнго подошла, и кассирша принялась разгружать корзину.

В обнимку с бумажными пакетами он вернулся домой. Переоделся в шорты, достал из холодильника пиво и, потягивая его прямо из банки, вскипятил воду в большой кастрюле. Затем вывалил в кипяток зеленый горошек.

И все-таки странно, думал он, отчего эта худосочная десятилетняя пигалица до сих пор не идет у него из головы? Подошла в пустом классе, стиснула руку и убежала, не сказав ни слова. Вот и все. А ему почудилось, будто Аомамэ унесла с собой частичку его души. Или тела? А взамен оставила в нем частичку себя. Все это не заняло и минуты, но осталось в памяти на всю жизнь...

Тэнго взял нож, настрогал имбиря, нарезал аккуратными кусочками грибы и сельдерей, пошинковал кинзы. Почистил креветки, сполоснул их под краном. Расстелил на столе бумажное полотенце и выстроил на нем креветку за креветкой — шеренгой, точно бравых солдат на плацу. Затем разогрел большую сковороду, налил в нее кунжутного масла и начал тушить имбирь на слабом огне.

Да, было бы здорово, если бы они встретились, снова подумал он. Пускай в итоге это разочарует кого-то из них — все равно. Просто ему очень хочется еще раз увидеть Аомамэ. Узнать, как сложилась ее жизнь, чем она теперь занимается, что ее радует, что печалит. Ведь как бы ни изменились оба с тех пор и как ни глупо думать, будто между ними что-то еще возможно,— все, что случилось тогда в пустом классе, осталось прежним.

Он вывалил на сковородку сельдерей и грибы. Переключил газ на максимум — и, покачивая сковороду над огнем, аккуратно помешал бамбуковой лопаткой содержимое. Чуть посолил, поперчил. Когда овощи слегка обжарились, добавил еще влажных креветок. Опять посолил-поперчил, вылил рюмку сакэ. Плеснул соевого соуса, приправил петрушкой. Все эти манипуляции Тэнго совершал не задумываясь. Словно переключился на автопилот и почти не соображал, где находится. Блюдо, которое он готовил, не требовало работы ума,— просто в нужном порядке двигались руки, а в голове продолжали вертеться мысли об Аомамэ.

Дотушив креветки с овощами до нужной кондиции, Тэнго выложил их на большую тарелку. Достал из холодильника еще одну банку пива, сел за стол и принялся за еду, от которой валил пар.

А ведь за последние месяцы я здорово изменился, думал он. Как-то даже вырос психологически, что ли. И это к тридцати-то годам? Тэнго усмехнулся и невольно покачал головой. Поздравляю, приятель. С такой скоростью развития сколько тебе еще понадобится, чтобы окончательно повзрослеть?

И все-таки очень похоже на то, что все эти метаморфозы в нем вызвал «Воздушный кокон». Перекраивая повесть Фукаэри, он страстно хотел придать форму и тем историям, что до сих пор жили только в его душе. Да, этот текст зародил в нем *страсть*. На какую-то долю состоявшую из его подсознательной тяги к Аомамэ. Вот почему он стал так часто думать о ней. Воспоминания то и дело уносили его туда, в пустой полуденный класс двадцать лет назад. Точно волны, так и норовящие утянуть за собой любого, кто решил омыть ноги в морском прибое.

Он допил вторую банку пива до половины, вылил остатки в раковину. Недоеденные креветки с овощами переложил в тарелку поменьше, завернул в кулинарную пленку и спрятал в холодильник.

Перекусив, Тэнго сел за письменный стол, включил процессор и уставился в девственно-белое поле текстового редактора.

Да, переписывать прошлое смысла нет, здесь подруга права. Как бы старательно мы ни переписывали наше прошлое, вряд ли это серьезно повлияет на ситуацию, в которой нам довелось оказаться сегодня. Все-таки Время обладает достаточным сопротивлением, чтобы сводить на нет любые попытки искусственной корректуры. На одни исправления неизбежно лягут другие, и в итоге общее течение Времени вернет все на круги своя. Даже если что-то изменится в мелочах, человек по имени Тэнго останется человеком по имени Тэнго, какую реальность для него ни городи.

Пожалуй, остается только одно: встать на распутье настоящего — и, беспристрастно вглядываясь в прошлое, переписывать вектор его движения в будущем. Другого пути просто нет.

> От раскаянья и сокрушенья
> Разрывается грешное сердце,
> Дабы слезы мои, о верный Иисусе,
> Обратились в миро на челе Твоем...

Таковы слова арии из «Страстей по Матфею» — той, что спела ему Фукаэри. Уже на следующий день заинтригованный Тэнго прослушал эту пластинку заново и прочел перевод либретто. Эта ария в самом начале «Страстей» — о том, что случилось с Иисусом в Вифании. Там он посетил дом человека, болевшего проказой, и какая-то женщина вдруг подошла и вылила Иисусу на голову целый горшок драгоценного масла для благовоний. Ученики Иисуса стали бранить ее за расточительство, дескать, это миро можно было продать за большие деньги и раздать их бедным. Однако Иисус осадил их, ответив, что женщина сотворила добро, ибо приготовила его тело к погребению.

Женщина знала, что Иисус скоро умрет. И чтобы оплакать его, пролила на него благовоние. Знал о близкой кончине и сам Иисус. А потому сказал: «Где ни будет проповедано Евангелие сие в целом мире, сказано будет в память ее и о том, что она сделала»*.

Изменить свое будущее ни один из них, конечно, не мог.

Тэнго снова закрыл глаза, глубоко вздохнул и принялся мысленно выстраивать в нужном порядке слова. Меняя их местами — так, чтобы образы получались как можно объемней, добиваясь оптимального ритма.

Словно Владимир Горовиц перед клавиатурой из восьмидесяти восьми клавиш, Тэнго занес руки над словопроцессором, выдержал паузу — и, вонзив пальцы в буквы, принялся выписывать слово за словом.

О реальности, в которой на вечернем небе с востока появляются две луны. О людях, что живут под этими лунами. И о времени, которое там течет.

Где ни будет проповедано Евангелие сие в целом мире, сказано будет в память ее и о том, что она сделала.

---

* Мф. 26:13.

Глава 5

АОМАМЭ

Мышка встречает кота-вегетарианца

Аюми больше нет. Пришлось сделать над собой усилие, чтобы в это поверить. Лишь после этого Аомамэ заплакала. Закрыв лицо ладонями, беззвучно и незаметно, разве что слегка подрагивали плечи. Так, словно никому на свете не хотела показывать своих слез.

Шторы на окнах были плотно задернуты, но разве мы знаем, кто может за нами подглядывать — и откуда? Всю ночь Аомамэ проплакала над вечерней газетой за кухонным столом — то тихо и сдержанно, то в голос. Слезы, просачиваясь меж пальцев, заливали газетный лист.

Мало что в этом мире могло заставить Аомамэ разреветься. Обычно, когда слезы подступали к глазам, она злилась. На кого-нибудь — или на саму себя. И оттого плакала крайне редко. Но стоило слезам прорваться наружу, остановить их уже ничто не могло. В последний раз это случилось после самоубийства Тамаки. Сколько лет назад? Уже и не вспомнить. В любом случае, *очень* давно. Тогда Аомамэ проплакала несколько дней подряд. Ничего не ела, не выходила из дому. Лишь иногда пила воду, восстанавливая влагу, выходившую из нее слезами, да забывалась в коротком сне. А в остальное время ревела без удержу. Больше такого с ней не случилось. С тех пор — и до этого дня.

Аюми в этом мире больше нет. Она превратилась в холодный труп, который, скорее всего, уже в морге. Труп сначала вскроют, потом зашьют. Возможно, зачитают простенькую молитву. А потом отвезут в крематорий и там сожгут. Ее тело обратится в дым, улетит в небо, смешается с облаками. И, пролившись на землю дождем, взрастит собой какую-нибудь траву. Неприметную и безымянную. Вот только с живой Аюми больше не встретиться никогда. И это казалось Аомамэ дикой нелепостью, страшной несправедливостью и нарушением всех основ Мирозданья.

С тех пор как Тамаки покинула этот мир, Аомамэ больше никогда ни к кому не привязывалась. Ни к кому, кроме Аюми. Хотя у этой привязанности, к сожалению, были свои пределы. Аюми служила в полиции, Аомамэ работала наемным убийцей. Да, она убивала только плохих парней. Но с точки зрения закона убийство есть убийство, а значит — преступление. Без вариантов. Одна арестовывала — другая скрывалась.

Вот почему каждый раз, когда Аюми шла на сближение, Аомамэ захлопывалась изнутри, стараясь ничем на это не отвечать. Эдак, не дай бог, они станут нуждаться друг в дружке каждый день. Такое начнется — костей не соберешь. Аомамэ — человек открытый, прямой. На полуправды с намеками не способна. Любое вранье повергает человека в хаос, а хаоса ей хотелось меньше всего на свете.

Аюми догадывалась, что Аомамэ не хочет делить с нею личные тайны и сохраняет дистанцию. Все-таки чутья Аюми не занимать. Вроде бы душа нараспашку, но вся ее бесшабашность — наполовину игра, а натура у девочки мягкая и ранимая. Было ясно как день: под панцирем мачизма Аюми скрывала бездонное одиночество.

Невыразимую тоску от того, что ее отвергают, не принимая всерьез. И мысль об этом пронзила Аомамэ раскаленной иглой.

А теперь Аюми убили. Наверняка подцепила какого-то незнакомца, напоила в баре, заманила в отель. И в полутемном номере затеяла игру в садо-мазо. Наручники, кляп, повязка на глаза. Что происходит — понятно. Мужчина стягивает женщине горло поясом от халата и кончает при виде того, как она задыхается. Только этот затянул слишком сильно. И не успел отпустить, когда следовало.

Аюми и сама боялась, что когда-нибудь с ней случится нечто подобное. Эта девочка регулярно хотела жесткого секса. Как физиологически, так и психически. Но постоянного любовника заводить не планировала. От одной лишь мысли о долгосрочных отношениях ей делалось душно и тревожно. Поэтому она то и дело подцепляла более-менее подходящего мужика на одну ночь, трахалась с ним и на рассвете исчезала. В этом они с Аомамэ похожи. Разница лишь в том, что Аюми заходила чересчур далеко. Она предпочитала по-настоящему брутальный секс, и при этом сама желала, чтоб ее мучили. Другое дело Аомамэ — всегда предусмотрительна, осторожна, никто не смеет делать ей больно. Если что — и сдачи даст, мало не покажется. Аюми же выполняла любые сумасбродные прихоти партнера, надеясь в итоге получить что-либо взамен. Опасная склонность. Случайные партнеры — это случайные партнеры. Все их скрытые желания и тайные предпочтения обнаруживаются, когда отступать уже поздно. Разумеется, Аюми понимала, насколько это опасно. Потому и нуждалась в напарнице, которая бы ее предостерегала и одергивала на самом краю.

Со своей стороны, Аомамэ тоже нуждалась в Аюми. У этой девочки были достоинства, какими Аомамэ похвастаться не могла. Открыта, приветлива, любопытна, категорична. Интересная собеседница. А сиськи — просто глаз не отвести. В паре с нею Аомамэ достаточно было таинственно улыбаться, чтобы мужчинам сразу хотелось что-то в ней разгадать. И в этом смысле они с Аюми действительно были идеальными напарницами. Неотразимая секс-машина.

Но как бы ни сложились обстоятельства, думала Аомамэ, я должна была впустить ее к себе в душу. Принять со всеми комплексами и проблемами и обнять покрепче. Ведь именно в этом Аюми нуждалась сильнее всего. Чтобы кто-нибудь принял ее как есть, без всяких условий, крепко обнял — и хоть ненадолго успокоил. Но как раз этого я ей дать не смогла. Слишком сильно боялась за свою безопасность. И слишком дорожила воспоминаниями о Тамаки.

В итоге Аюми отправилась шататься по городу одна — и ее убили. Заковав в наручники, завязав глаза и заткнув рот ее же трусиками и чулками. То, чего бедняжка больше всего опасалась, обернулось реальностью. А если бы я не оттолкнула ее — возможно, в тот день она и не подумала бы гулять в одиночку? Глядишь, позвонила бы, и они порезвились бы с мужиками на пару — в безопасности, заботливо следя друг за дружкой. Но Аюми, наверное, звонить постеснялась. А сама Аомамэ никогда не звонила первой...

В четыре утра, когда сидеть дома стало невыносимо, Аомамэ нацепила сандалии на босу ногу и вышла на улицу. Из одежды на ней были только ветровка и шорты. Кто-то окликнул ее, но она даже не обернулась. Страшно хотелось пить; Аомамэ зашла в ночной супермаркет,

купила большой пакет апельсинового сока и выпила тут
же до дна. Вернулась домой, еще немножко поплакала.
А ведь я любила Аюми, призналась она себе. Гораздо
сильнее, чем думала. Что же я не позволила бедняжке
трогать меня, где ей хочется?

«В отеле на Сибуе убита женщина-полицейский»,— сообщали утренние газеты. Стражи порядка прилагают все
усилия для розыска преступника. Соседи Аюми по общежитию в шоке. Такая жизнерадостная девушка, все-
общая любимица, ответственная, на службе подавала
надежды. И отец, и брат полицейские — профессия, можно сказать, в крови. Как такое могло случиться? Все зна-
комые только разводили руками.

Никто ничего не знал, думала Аомамэ. Но я-то знала. О том, что душу Аюми пожирает гигантский Изъян.
Нечто вроде пустыни на весь земной шар. Сколько эту
пустыню ни поливай, она все равно останется пересох-
шей. Никакая жизнь не пускает там корни. Даже птицы
не летают. Откуда взялась эта дикая, бескрайняя пустыня, понимает только сама Аюми. А может, не ведает и
она. В одном лишь можно не сомневаться: гипертрофи-
рованная сексуальность, которую грубо, с силой выдав-
ливали из Аюми окружающие мужчины,— одна из глав-
ных тому причин. Чтобы скрыть этот фатальный изъян,
бедняжке приходилось искажать и приукрашивать то,
чем она являлась на самом деле. Но за всем ее жизнера-
достным камуфляжем скрывалось Великое Му* — и не-
выносимая жажда, которую оно порождает. Сколько

---

* Му *(кор., яп.)* — дзэн-буддийская категория абсолютного отри-
цания. Часто трактуется как «забери вопрос назад». На бытовом уровне — полное отсутствие чего бы то ни было, включая ответы на задан-
ные вопросы.

Аюми ни пыталась о нем забыть, Му регулярно накрывало ее. То одиночеством в дождливый вечер, то кошмаром, будившим среди ночи. И тогда ей делалось все равно, кто обнимет ее,— *лишь бы обнял хоть кто-нибудь.*

Аомамэ достала коробку из-под обуви и вынула оттуда «хеклер-унд-кох». Быстро, привычными движениями вставила магазин, сдвинула собачку предохранителя, передернула затвор, дослала патрон в патронник, взвела курок — и, стиснув оружие обеими руками, прицелилась в воображаемую точку на стене. Пистолет застыл, точно в пальцах каменной статуи. Аомамэ задержала дыхание, сосредоточилась — и с шумом выпустила воздух из легких. Затем опустила пистолет, вернула на предохранитель. Блестящий металл больше не оттягивал запястья. Он просто слился с нею воедино.

Только не поддавайся эмоциям, велела она себе. Даже если ты свершишь правосудие над братом и дядей Аюми, вряд ли эти мерзавцы сообразят пред смертью, за что их наказывают. Да и что теперь с ними ни делай, Аюми уже не вернуть. Как ни печально, рано или поздно все это должно было случиться. Бедняжку затягивало в смертельный водоворот, выбраться из которого ей было уже не под силу — ни самостоятельно, ни с чьей-либо помощью. Всему есть предел. Впусти ты ее в себя, неизбежный финал наступил бы чуть позже, и все. Так что хватит распускать сопли. Нужно снова восстановить себя по кусочкам. И главное — верить правилам больше, чем себе. Как и говорил Тамару.

Пейджер зазвонил рано утром на пятый день после смерти Аюми. Слушая новости по радио, Аомамэ кипятила на кухне воду для кофе. Пейджер лежал на столе. На экранчике высветился незнакомый номер. Но в том, что сообщение от Тамару, можно было не сомневаться.

Выйдя из дому, Аомамэ дошагала до ближайшей телефонной будки и набрала этот номер. После третьего гудка Тамару снял трубку.

— Готова? — спросил он вместо приветствия.

— Конечно,— сказала она.

— Тогда слушай сообщение от мадам. «Сегодня в семь вечера. Гостиница "Окура", главное здание, в центре фойе. Одежда — как на обычную работу. Прости, что срываю так внезапно, но все решилось в последний момент».

— Семь вечера, гостиница «Окура», главное здание, в центре фойе,— механически повторила Аомамэ.

— Хотел бы пожелать тебе удачи,— добавил Тамару.— Но от моих пожеланий все равно ничего не изменится.

— Это потому, что удачу вы в расчет не принимаете.

— Я плохо понимаю, что такое удача. Никогда еще такого зверя не встречал.

— Ну тогда ничего и не желайте. А лучше выполните маленькую просьбу. После меня в квартире фикус останется. Вы уж позаботьтесь о нем. Выбросить рука не поднялась.

— Хорошо, я заберу.

— Очень обяжете.

— Ну, за фикусом присматривать проще, чем за кошкой или золотыми рыбками. Еще что-нибудь?

— Больше ничего. Все, что останется, выкидывайте.

— По выполнении задания поедешь на станцию Синдзюку и оттуда позвонишь по этому номеру еще раз. Получишь дальнейшие инструкции.

— По выполнении задания звонить по этому номеру со станции Синдзюку,— повторила Аомамэ.

— Надеюсь, ты понимаешь: номер никуда не записывай. Выйдешь из дому — пейджер сломай и выбрось.

— Да, поняла.

— Операция продумана до мелочей. Ни о чем не волнуйся, мы обо всем позаботимся.

— Постараюсь не волноваться.

Тамару выдержал паузу, потом добавил:

— Если откровенно... Хочешь знать мое мнение?

— Буду рада.

— То, чем вы занимаетесь, я не считаю бессмыслицей. Это ваше дело, не мое. Но мне оно кажется, мягко говоря, безрассудством. Предприятие, которое по определению не заканчивается никогда.

— Возможно,— сказала Аомамэ.— Только здесь уже ничего не изменить.

— Очень похоже на весеннюю лавину в горах.

— Да, наверное.

— И все же *нормальные* люди не ходят весной туда, где могут случиться лавины.

— *Нормальные* люди, прежде всего, не разговаривают с вами на подобные темы.

— Это верно,— согласился Тамару.— Кстати, на случай, если угодишь под лавину,— у тебя есть семья, которую нужно оповестить?

— Семьи нет.

— То есть не было с самого начала — или *есть, но как бы нет*?

— Есть, но как бы нет,— эхом отозвалась Аомамэ.

— Хорошо,— сказал Тамару.— По жизни важно пробираться налегке. Когда после тебя остается один только фикус в горшке — о лучшем и мечтать нельзя.

— Когда я увидела у мадам золотых рыбок, тоже захотела себе таких. Думала, хорошо бы они у меня дома жили. Маленькие, бессловесные, желаний — раз-два и обчелся... На следующий день заглянула в магазин возле станции. Но увидела, как они плавают в своем аквариуме, и почему-то сразу расхотела. А вместо них купила себе несчастный фикус, который никто покупать не хотел.

— По-моему, очень правильный выбор.

— А рыбок, наверно, теперь уже не заведу...

— Возможно,— отозвался Тамару.— Но будет неплохо завести новый фикус.

Они помолчали.

— Семь вечера, гостиница «Окура», главное здание,— на всякий случай повторила Аомамэ.

— Просто жди в фойе, никого не ищи. К тебе подойдут.

— Ко мне подойдут.

Тамару легонько кашлянул.

— Ты, кстати, не слыхала историю о том, как мышка встретила кота-вегетарианца?

— Нет.

— Хочешь послушать?

— Очень.

— Бежала мышка по чердаку и столкнулась с огромным котом. Тот загнал ее в угол — некуда убегать. Задрожала мышка и говорит: «Господин кот, не ешьте меня! Дома ждут малые детки, кто ж их накормит, если я не вернусь? Отпустите меня, умоляю!» А кот ей на это и отвечает: «Да ты не бойся! Есть я тебя не стану. Скажу тебе по секрету: на самом деле я вегетарианец и мяса вообще не ем. Считай, тебе повезло, что ты меня встретила». Услышав это, обрадовалась мышка: «Ах, какой прекрасный сегодня день! И какая же я удачливая, что встретила кота-вегетарианца!» Но не успела мышка это сказать, как схватил ее кот, зажал покрепче в когтях и оскалил острые зубы прямо над ее горлом. Извиваясь от ужаса, мышка запищала: «Но вы же сами сказали, что вегетарианец и не едите мяса! Так это ложь?» А кот, облизнувшись, отвечает: «Чистая правда. Мяса я не ем. А потому заберу тебя с собой и обменяю на сельдерей».

Аомамэ задумалась.

— И какая же тут мораль?

— Да особенно никакой. Просто когда ты сказала об удаче, я вспомнил эту историю, вот и все. А искать в ней мораль или нет — решай сама.

— Душераздирающая история.

— Да, вот еще что. Думаю, перед заходом в номер тебя непременно обыщут. Ребятки там сверхосторожные. Так что готовься.

— Буду иметь в виду.

— Ну, тогда все,— подытожил Тамару.— До встречи еще где-нибудь?

— Еще где-нибудь...— машинально повторила Аомамэ.

Связь оборвалась. Аомамэ озадаченно посмотрела на трубку, вернула ее на рычаг. Накрепко запомнила телефонный номер, стерла из памяти пейджера. «До встречи еще где-нибудь?» — не выходила из головы последняя фраза. Насколько она понимала, очередной их встрече с Тамару в этом мире случиться не суждено.

Вернувшись домой, она пролистала свежую утреннюю газету, но об убийстве Аюми больше не упоминалось. Видимо, никакими значительными подвижками следствие похвастаться не могло. Хотя таблоиды-еженедельники наверняка уже трубят о таком чудовищном инциденте на всю страну. Шутка ли — молоденькая полисменша устроила садо-мазо в «лав-отеле» на Сибуе, и ее задушили голой в постели... Но читать желтую прессу Аомамэ не собиралась. Равно как и включать телевизор. Еще не хватало, чтобы о смерти Аюми ей рассказывали дикторы с фальшивыми интонациями и птичьими голосами.

Конечно, Аомамэ хотела, чтобы убийцу поймали, осудили и наказали. Но куда все повернется, когда на суде всплывут детали убийства? В любом случае, Аюми уже не вернуть. Это всем ясно. И приговор суда вряд ли будет особо суровым. Ведь, что ни говори, от очередной смертной казни не выиграет никто... Аомамэ свернула газету, положила локти на стол и закрыла руками лицо. Она думала об Аюми. Но уже без слез. Кроме холодной ярости, в душе ничего не осталось.

До семи вечера оставалась еще уйма времени, и девать его было некуда. Занятий в фитнес-клубе не значилось по расписанию. Небольшой саквояж и сумка через плечо, как и велел Тамару, уже заперты в камере хранения на Синдзюку. В саквояже — пачка наличных и сменная одежда на несколько суток. Каждые три дня Аомамэ заезжала на станцию, чтобы бросить в аппарат очередную монету, и всякий раз проверяла содержимое багажа. Убирать в квартире надобности нет, а еду готовить не из чего — холодильник пуст. Кроме несчастного фикуса, в доме не осталось ничего, что дышало бы жизнью. Все вещи, сообщавшие что-либо о личности их хозяйки, уничтожены, в шкафах пустота. Уже завтра меня здесь не будет, повторяла Аомамэ. Даже духа моего не останется.

Экипировка для сегодняшнего вечера, аккуратно разложенная на кровати, дожидается своего часа. Здесь же — голубая спортивная сумка. В ней собрано все, что требуется для растяжки. Аомамэ открывает сумку, в который раз проверяет комплектацию. Костюм-трико, коврик для йоги, большое и маленькое полотенца, а также крохотный футляр с предметом, похожим на пестик для колки льда. Все на месте. Аомамэ вынимает инструмент из футляра, снимает с острия защитную пробку и трогает жало подушечкой пальца. Заточено как следует. Но на всякий случай она еще несколько раз проводит по нему самым деликатным точильным камнем. И представляет, как мгновенно и беззвучно это жало войдет в очередную мужскую шею. В ту *заветную* точку. Как всегда, все будет кончено в долю секунды. Без единого стона, без мельчайшей капельки крови. Один моментальный спазм — и прощай... Аомамэ накалывает пробку на острие и бережно укладывает инструмент обратно в футляр.

Затем она достает из обувной коробки «хеклер-ундкох», завернутый в старую рубашку. Разворачивает — и привычными движениями заряжает в магазин семь патронов. С сухим щелчком досылает один в патронник. Снимает с предохранителя, возвращает на предохранитель. Закутывает оружие в белый платок, укладывает в мешок из черной болоньи. Маскирует сверху трусиками, лифчиком, гигиеническими тампонами — и застегивает мешок на молнию.

Что еще осталось сделать важного?

Больше ничего. Аомамэ идет на кухню, готовит кофе и пьет его с круассаном.

А ведь это мое последнее задание, думает она. Самое важное — и самое трудное. И после того, как я его выполню, мне уже никогда не придется никого убивать.

Потерять привычные имя и внешность Аомамэ не боялась. Напротив, в каком-то смысле это ее даже радовало. Ни к имени своему, ни ко внешности особой привязанности не было: потеряются — никакой ностальгии. А вот начать свою жизнь с нуля ей, пожалуй, хотелось больше всего на свете.

Жаль отказываться только от злосчастных грудей. Лет с двенадцати Аомамэ постоянно беспокоилась об их размере и форме. Все-таки будь они чуть побольше — пожалуй, она прожила бы спокойнее до сих пор. Но теперь, когда представилась возможность их заменить (не от хорошей жизни, чего уж там), она вдруг поняла, что этого совершенно не хочет. Пускай остаются как есть.

Она потрогала их под ветровкой. Все как обычно. Те же две пухлые булки, одна чуть меньше другой. Аомамэ покачала головой. Да и ладно. Вот такие — и слава богу.

Что еще, кроме этого, стоит оставить?

Конечно же, память о Тэнго. Как он пожал мою руку. Как задрожало при этом сердце. И как захотелось, чтобы он меня обнял. Даже если я и встречу в жизни кого-то другого, моего чувства к Тэнго у меня уже не отнять. Вот в чем по большому счету мы и различались с Аюми. Мое нутро не состоит из Вселенского Му. И внутри у меня — не заброшенная пустыня. *Внутри я состою из любви.* И всегда буду помнить того десятилетнего Тэнго. Его силу, ум, нежность. Да, в этой реальности его нет. Но то, чего нет, не может состариться. И клятва, которой никто не давал, не нарушится никогда.

В душе Аомамэ тридцатилетний Тэнго — человек нереальный. Герой придуманной истории. Все, что она о нем думает,— продукт воображения. Такой же сильный, умный и нежный, как раньше. Только теперь — с большими руками, широкой грудью и твердым членом. И всегда рядом, когда это нужно Аомамэ. Обнимет, погладит, поцелует. В их комнате постоянно темно, она не видит его целиком. Ей видны только его ласковые глаза — и мир, что в них отражается.

Возможно, поэтому ей иногда так нестерпимо хочется секса — чтобы задержать в себе, насколько возможно, ощущение именно такого Тэнго. Может, для того она и спит с незнакомцами, чтобы освободиться от этой сковывающей ее страсти. Освободиться — и уж тогда наконец зажить только с Тэнго и больше ни с кем. Мирно, счастливо, без бурь и ненужных сложностей. Пожалуй, как раз об этом она и мечтает больше всего на свете...

Так она скоротала остаток дня — в мыслях о Тэнго. Сидя на алюминиевом стульчике на балконе, глядя в небо, слушая клаксоны машин внизу да иногда поглаживая листья несчастного фикуса. Луны в небе не наблюдалось. До ее (или их?) появленья оставалось еще часов пять-шесть. Где, интересно, я буду завтра в это же время? — подумала Аомамэ. Одному богу известно. Но это, право, совершенно не важно. По сравнению с тем, что где-то на этом свете существует Тэнго.

Аомамэ в последний раз полила фикус и поставила на вертушку «Симфониетту» Яначека. Остальные пластинки она повыкидывала, а эту оставила до последнего. Закрыла глаза, прислушалась. И представила, как ветер гуляет по бескрайней Богемской долине. Как было бы здорово шагать и шагать по ней с Тэнго — докуда хватит сил. Пальцы Аомамэ, конечно, в его руке. Ветер в такт их шагам качает мягкие зеленые травы. Тэнго держит ее за руку очень крепко. Хэппи-энд, как в кино. Затемнение.

Она свернулась калачиком на кровати, минут тридцать поспала. Без сновидений. А когда проснулась, на часах было уже полпятого. Из оставшихся в холодильнике продуктов соорудила себе сэндвич с ветчиной и яйцом. Сжевала его, запивая из пакета апельсиновым соком. После дневного сна тишина показалась какой-то тяжелой. Она включила радио. Передавали Концерт Вивальди для клавесина с оркестром. Флейта-пикколо выдавала одну за другой свои воробьиные трели, и странный щебет лишь подчеркивал нереальность происходящего.

Убрав со стола, Аомамэ приняла душ и оделась в то, что приготовила месяц назад специально для этого дня. Простая одежда, не сковывающая движений. Голубые хлопчатые брюки и заурядная белая блузка с коротким рукавом. Волосы собраны в узел на затылке и скреплены гребнем. Никакой бижутерии. Вещи, в которых ходила до сих пор, не бросила, как обычно, в корзину для стирки, а отправила в мусорный мешок. Тамару потом выкинет. Тщательно остригла ногти, почистила зубы, уши. Подвела брови, нанесла на лицо крем для кожи, совсем чуть-чуть надушилась. Повертелась перед зеркалом: все в порядке. И, закинув на плечо виниловую сумку «Найки», наконец-то вышла из дома.

Перед тем как закрыть за собою дверь, Аомамэ оглянулась и подумала, что уже никогда сюда не вернется. Ей вдруг стало жаль свою квартиру. Тюремная камера, которая запирается изнутри. Ни картины на стене, ни цветочной вазы. Только на балконе — бедняга фикус, купленный вместо золотых рыбок на распродаже. Неужели Аомамэ, проведя здесь столько лет, ни разу не усомнилась в том, что это нормально? С ума сойти легче.

— Прощай,— сказала она тихонько. Не квартире. Той себе, которая здесь жила.

Глава 6

ТЭНГО

У нас очень длинные руки

После этого на какое-то время ситуация словно зависла. Никто не выходил с Тэнго на связь. Ни Комацу, ни Эбисуно-сэнсэй, ни Фукаэри не подавали о себе ни весточки. Как будто все вдруг позабыли о нем и улетели куда-нибудь на Луну, удивлялся Тэнго. Конечно, будь оно действительно так, тогда уж ничего не попишешь. Но ведь самое удивительное, что никто никуда не улетал. Просто все слишком заняты своими ежедневными заботами, чтобы выкроить свободную минутку и хотя бы учтивости ради сообщить что-нибудь о себе.

Как велел Комацу, Тэнго старался следить за новостями в газетах; однако те издания, что он просматривал, о Фукаэри ничего не упоминали. Такой уж это печатный орган — газета: крайне активно сообщает нам, что случилось однажды, и весьма неохотно отслеживает, как же все было дальше. Изо дня в день Тэнго выуживал из газет одно и то же молчаливое послание: «Сегодня ничего не произошло». О чем болтают в телевизионных ток-шоу, он понятия не имел, ибо телевизора у него не было.

А вот еженедельные таблоиды, напротив, трубили о Фукаэри вовсю. Хотя самих журналов Тэнго не читал, их обложки, рекламируемые в газетах, так и пестрели сенсационными заголовками: «Вся правда о девочке-романистке: кто стоит за кулисами ее исчезновения?», «Куда пропала 17-летняя Фукаэри, автор "Воздушного кокона"?» и даже «Сгинувшая писательница: детство, которое спрятали». И все прочее в том же духе. Кое-где даже встречался портрет Фукаэри. То самое фото, с пресс-конференции. Хотя Тэнго и было любопытно, о чем эти статьи, покупать желтую прессу не поднималась рука. Да и будь там действительно что-либо важное, можно даже не сомневаться: Комацу мигом бы позвонил. А раз звонка нет, значит, пока ничего нового. Стало быть, и о том, что текст романа-бестселлера (возможно) состряпал литературный негр, никто пока не догадывался.

Судя по заголовкам, сегодня таблоиды вещали на весь белый свет о том, что отцом Фукаэри оказался бывший лидер секты экстремистов, что девочку воспитывала коммуна, изолированная от внешнего мира в горах Яманаси, и что нынешний ее попечитель — Эбисуно-сэнсэй, известный в прошлом культурный деятель. А покуда сама юная красавица в розыске, «Кокон» продолжает бить рекорды книжных продаж. Уже этого более чем достаточно, чтобы пощекотать читателям нервы.

Однако Фукаэри все не возвращается. Ее поисками вот-вот займутся всерьез, и тогда избегать неприятностей станет сложнее. Например, кто-нибудь возьмется проверить школу, в которой значилась Фукаэри, и раскопает историю с дислексией, из-за которой девочка и на занятия-то почти не ходила. А также ее успеваемость по японскому, да просто ее сочинения — если она вообще что-нибудь писала. Вытащат на свет божий как пить дать. И давай удивляться, как пигалица с дислексией могла написать такое безупречное по форме произведение. Естественно, тут же возникнут сомнения: «А не помогал ли ей кто-то еще?»

Вопрос этот прежде всего зададут Комацу. Ведь именно он — ответственный редактор «Кокона», ведающий всеми вопросами публикации. Скорее всего, Комацу выйдет сухим из воды. Состроит непроницаемую мину и отчеканит: «Рукопись пришла от автора по почте — и в таком же виде была передана отборочной комиссии. История ее создания нам неизвестна». Подобный талант обычно развивается у маститых редакторов ближе к пенсии, но Комацу и в свои не самые преклонные годы отлично умеет, не меняясь в лице, утверждать то, чего нет в помине.

А затем Комацу позвонит ему, Тэнго. И сообщит, например: «Тэнго, дружище! Тут под нашими задницами начинают поджигать фитили...» Отлично поставленным голосом — и словно бы даже радуясь свалившимся невзгодам.

Да, Тэнго не раз казалось, будто Комацу радуется неприятностям. Иногда в этом типе просыпалась некая тяга к разрушению. А может, в том и состояла его потаенная мечта — завалить проект, устроить вселенский скандал и наблюдать, как все, кто был с этим связан, улетают к чертям в небеса. А что? Очень даже в духе Комацу. Но в то же время этот человек — хладнокровнейший реалист. Мечты мечтами, но к *реальной* деструкции на деле переходить не стал бы.

Или Комацу рассчитывает, что выживет только он? Но как именно этот стратег планирует выкрутиться после всего, что случилось, Тэнго не представлял. В принципе, такой аферист может задействовать что угодно — от дурно пахнущего скандала до настоящей диверсии. Тот еще крепкий орешек, Эбисуно-сэнсэй зря не скажет. Но насчет тайны создания «Кокона» можно даже не сомневаться: не успеет тревожная туча замаячить на горизонте, Комацу сразу же позвонит. Он так долго использовал

Тэнго для своих манипуляций, что в итоге стал рабом своего же орудия. Стоит Тэнго рассказать людям правду — и Комацу улетает в тартарары. Тэнго для него слишком важен, чтоб игнорировать. Осталось просто дождаться звонка. А пока телефон молчит, никакого «фитиля» под собственным задом лично он, Тэнго, не ощущает.

Куда интересней представить, чем сейчас занят Эбисуно-сэнсэй. Наверняка развивает свой гамбит с полицией. Например, уже рассказал им о возможной причастности «Авангарда» к исчезновению Фукаэри. Чтобы скандалом с ее пропажей, точно тараном, разнести проклятой секте ее неприступные ворота. Движется ли полиция в нужном ему направлении? Видимо, да. Желтая пресса только что не захлебывается, обсуждая отношение Фукаэри к секте. И если полиция сама не разнюхает, что происходит, ее обвинят в халатности позже, когда неприятная правда станет известна всем. Так что следствие, скорее всего, ведется, но тихо, без контакта с прессой. И сколько бы ни разорялись новостные телешоу и бульварные журналы, принципиально свежей информации в ближайшие дни ожидать не стоит.

Однажды, вернувшись из колледжа, Тэнго обнаружил в почтовом ящике толстый пакет. Отправитель — Комацу, сам конверт от издательства, но истыканный почтовыми штампами аж в нескольких местах. Зайдя в квартиру, Тэнго вскрыл бандероль — и обнаружил внутри пачку откопированных рецензий на «Воздушный кокон». А также письмо от Комацу, нацарапанное такими каракулями, что прочесть его заняло уйму времени.

Тэнго, дружище!

Пока особых изменений не наблюдаю. Где Фукаэри, до сих пор не известно. И журналы, и телевизор в основном мусолят историю ее детства. Нам с тобой, слава богу, тревожиться не о чем. Роман раскупается все лучше. Даже не знаю, стоит ли этому радоваться. Но в издательстве все очень рады, а директор даже выдал мне грамоту и конверт с деньгами. Двадцать лет на этой работе, а чтобы директор хоть раз меня похвалил, не припомню. Посмотрел бы я сейчас на лица тех немногих, кто был в курсе всей предыстории...

Посылаю тебе копии всех рецензий на «Кокон», какие выходили до сих пор. Можешь почитать своим абитуриентам на переменке. Впрочем, думаю, там найдется кое-что интересное и для тебя. А захочешь повеселиться — обнаружишь много забавного.

Проверил я через одного знакомого «Фонд поддержки искусства и науки новой Японии», о котором ты недавно упоминал. Да, такой фонд существует уже несколько лет, лицензирован и действует не на бумаге. Снимают офис, сдают отчеты в налоговую, все как положено. Раз в году отбирают по нескольку человек — ученых, творческих личностей — и выделяют им гранты. Основная часть фонда работает именно для этого. Откуда деньги берут, неизвестно. Но, по ощущению моего знакомого, запашок от них неприятный. Возможно, все это — просто ширма для сокрытия налогов с чего-то гораздо большего. Если глубже копать — наверняка что-то вылезет, но заниматься этим мне сейчас не с руки. Я уже говорил по телефону: если такому безвестному литератору, как ты, они предлагали сразу три миллиона, ей-богу, что-то не так. И цели у них другие. Их возможную связь с «Авангардом» не исключаю. Если она существует — видимо, они принюхиваются к тому, что ты описал в «Воздушном коконе». Так или иначе, от этих ребят стоит держаться подальше.

Тэнго сунул письмо обратно в конверт. С чего бы, интересно, Комацу стал писать ему письма? Можно, конечно, воспринять это как сопроводительную записку к пакету с рецензиями, но уж очень на Комацу не похоже. Если есть разговор — мог бы позвонить, как всегда, и решить все вопросы сразу. Разве не так? Так, да не совсем. Письмо, скорее всего, останется как улика. Сверхосторожный Комацу не мог об этом забыть. Или ему показалось безопаснее написать, потому что их телефоны могут прослушивать?

Тэнго бросил взгляд на телефон. В жизни бы не подумал, что в его собственном телефоне могут оказаться жучки. Но с другой стороны, всю последнюю неделю ему никто не звонил. Уж не потому ли, что все его потенциальные собеседники просто знают о прослушке? Даже его замужняя подруга не позвонила ни разу, что само по себе очень странно.

Более того. Подруга не навестила его в прошлую пятницу. А это вообще из ряда вон. Обычно, если почему-то не могла к нему выбраться, она непременно звонила и предупреждала заранее. Скажем, ребенок из-за простуды в школу не пошел, месячные начались раньше обычного и так далее. Но именно в эту, последнюю пятницу никакого звонка от нее не было; она просто взяла и не пришла. Тэнго состряпал нехитрый обед, прождал ее целый день — и напрасно. Значит, стряслось нечто такое, из-за чего она даже к телефону подойти не смогла. А сам он, увы, позвонить ей не может.

Выкинув мысли о подруге и телефоне из головы, Тэнго сел за кухонный стол и принялся читать рецензии на «Воздушный кокон». Копии статей были разложены в хронологическом порядке, над каждой аккуратно надписаны название газеты или журнала, а также проставлена дата. Очевидно, старалась какая-нибудь студентка на подработке. Уж сам-то Комацу не стал бы тратить столько времени и сил на подобную ерунду.

Почти все критики отзывались о книге благосклонно. Как правило, отмечали уникальность сюжета и глубину содержания, а также высоко оценивали уровень письма. «Невозможно представить, что настолько взрослую прозу писала семнадцатилетняя девушка»,— повторяли рецензенты на все лады.

Верный ход мысли, соглашался Тэнго.

«Франсуаза Саган, надышавшаяся воздухом магического реализма»,— отзывался о Фукаэри очередной автор. И хотя отмечал отдельные событийные нестыковки и незавершенные сюжетные линии, в целом его рецензия также была хвалебной.

Вот только о том, что такое Воздушный Кокон и кто такие *Little People*, большинство рецензентов высказывались крайне осторожно. «Сама история так увлекательна,— признавал один критик,— что не отпускает до последней страницы. Однако те, кто постарается понять, что же олицетворяют собою Воздушный Кокон и *Little People*, останутся дрейфовать в пруду из неразгаданных тайн и неотвеченных вопросов даже после того, как книга будет закрыта. Возможно, это и входило в авторский замысел; однако немало читателей наверняка усмотрят в подобной манере изложения элементарную писательскую небрежность. Несомненно, юную дебютантку есть за что похвалить, но если она собирается и дальше заниматься писательским ремеслом, возможно, ей стоит подумать о том, что увлечение столь размытыми образами не пойдет на пользу ее будущим произведениям».

Прочитав это, Тэнго озадаченно покрутил головой. Если «сама история так увлекательна, что не отпускает до последней страницы», кому придет в голову обвинять автора в небрежности?

Впрочем, здесь как раз непонятно. Может, он как раз ошибается, а критики правы. Возможно, работа над «Коконом», словно трясина, засосала его так глубоко, что он уже не способен взглянуть на книгу непредвзято, со стороны. И Воздушный Кокон, и *LittlePeople* уже стали частью его натуры. Какой в них смысл — он, честно говоря, и сам толком не знает. Ну и что? Это совершенно его не расстраивает. Ведь главное — принимаешь ли ты сам факт их существования в этом мире. Тэнго воспринял обе субстанции как нечто очевидное. Оттого и сумел выписать их настолько ярко и объемно. В противном случае черта с два он полез бы в издательскую авантюру с Комацу, каких бы денег тот ему ни обещал — и чем бы ни угрожал.

Но это — его, Тэнго, личная точка зрения, не более того. Навязывать ее другим он не вправе. Уже поэтому стоит посочувствовать ни в чем не повинным людям, которые по прочтении книги «останутся дрейфовать в пруду из неразгаданных тайн и неотвеченных вопросов». Тэнго представил огромный пруд, кишащий вопросительными знаками, среди которых бесцельно дрейфуют крайне озадаченные люди, цепляясь за спасательные круги. А в небе над ними светит совершенно ирреальное солнце. Оставлять несчастных в таком состоянии было настолько неправильно, что Тэнго стало не по себе.

Но все-таки, рассудил он. Разве кто-нибудь способен спасти всех людей на свете? Даже если собрать вместе всех богов мира, разве смогут они уничтожить ядерное оружие или положить конец терроризму? Прекратить засуху в Африке или воскресить Джона Леннона? Бесполезно. Боги мира ни на что не способны, да к тому же не ладят между собой. Обязательно вспыхнет ссора, и мир погрузится в еще больший хаос, чем прежде. И все из-за бессилия богов. Бессилия, на фоне которого заставить людей немного покиснуть в пруду с неотвеченными вопросами — грех, право же, совсем невеликий.

Тэнго прочел около половины рецензий, остальные спрятал, не читая, обратно в конверт. О чем они все — уже и так понятно. История «Воздушного кокона» приковала к себе внимание очень многих и разных людей. Тэнго, Комацу, Эбисуно-сэнсэя. А теперь еще и целой армии читателей. Что еще требуется?

Телефон зазвонил во вторник. В десятом часу вечера Тэнго слушал музыку и читал книгу. Любимое время суток, когда можно почитать перед сном. Устанешь читать — тут же и засыпаешь.

Слышать оживший вдруг телефон было бы даже приятно, когда б не зловещие трели, которые тот издавал. Это не Комацу. Звонки от Комацу звучат иначе. Тэнго помедлил, размышляя, отвечать или нет. Дал аппарату потрезвонить пять раз. И, подняв иглу вертушки над пластинкой, все-таки снял трубку. Может, подруга?

— Квартира господина Кавано? — спросила трубка. Мягким, глубоким баритоном мужчины средних лет.

— Да...— осторожно ответил Тэнго.

— Извините за поздний звонок, моя фамилия Ясуда.— Интонация собеседника казалась абсолютно нейтральной. Не дружелюбная, не агрессивная. Не деловая, но и без панибратства.

Ясуда? Никакого Ясуды Тэнго не припоминал.

— Я звоню, чтобы кое-что вам сообщить,— продолжал мужчина. И выдержал легкую паузу, с которой обычно вставляют закладку в книгу.— Думаю, моя жена больше не сможет вас беспокоить. Собственно, это все.

И Тэнго наконец осенило. Ясуда — это фамилия его замужней подруги! Кёко Ясуда, вот как зовут ее полностью. Просто в доме у Тэнго произносить ее фамилию не было никакой нужды, вот он сразу и не сообразил.

111

А человек в трубке, стало быть, ее муж... Тэнго почудилось, будто глубоко в горле что-то застряло.

— Надеюсь, вы хорошо меня поняли? — уточнил мужчина абсолютно бесстрастным тоном.

По крайней мере, Тэнго никаких эмоций в его голосе не различил. Разве что едва уловимый акцент. Уроженца то ли Хиросимы, то ли Кюсю, бог разберет.

— Не сможет беспокоить? — повторил Тэнго.

— Да, отныне она *больше не сможет* беспокоить вас своими визитами.

Собравшись с духом, Тэнго решил уточнить:

— С ней что-то случилось?

В трубке повисло молчание. Вопрос Тэнго растворился в воздухе без ответа.

— И потому, господин Кавана,— продолжил мужчина,— увидеться с моей женой вам больше не доведется. Это все, что я хотел сообщить.

Этот человек знает, что его жена спала с Тэнго раз в неделю вот уже около года. Теперь Тэнго это понимал. Но странно, в голосе собеседника совершенно не слышалось злобы, ненависти или досады. Зато ощущалось нечто совсем иной природы — не столько из личных переживаний, сколько из неизбежно сложившихся обстоятельств. Таких, например, как заброшенный и уничтоженный временем сад. Или долина, затопленная наводнением.

— Но я не понимаю...

— Тогда примите это как факт,— упредил мужчина вопрос Тэнго. И теперь в этом голосе слышалась смертельная усталость.— Один незыблемый факт. Моя жена уже потеряна и больше ни в какой форме не сможет вас потревожить. Это все.

— Потеряна? — машинально повторил Тэнго.

— Господин Кавана. Мне очень не хотелось звонить вам. Но если все оставить как есть и не известить об этом *вас*, мне тоже будет крайне сложно просыпаться по утрам. Или вы думаете, этот звонок доставляет мне удовольствие?

В трубке повисла могильная тишина. Похоже, звонили из какого-то жутко тихого места. А может, сами чувства этого человека уже превратились в вакуум, который всасывал все окружающие звуки.

Нужно задать вопрос, подумал Тэнго. Иначе все так и закончится — намеками черт знает на что. Нельзя позволить ему прервать разговор на середине. Ясно, что этот тип с самого начала не собирался рассказывать, что происходит. Какой же вопрос задать человеку, который не отвечает ничего конкретного? Какими словами заставить пустоту разговориться? Пока Тэнго отчаянно подыскивал нужный вопрос, связь безо всякого предупреждения оборвалась. Не сказав больше ни слова, мужчина просто положил трубку и исчез из мира Тэнго. Надо полагать, навсегда.

С полминуты Тэнго сидел, прижимая к уху омертвевшую трубку. Если телефон прослушивают, вдруг это как-нибудь проявится? Он задержал дыхание и обратился в слух. Но никаких подозрительных звуков не раздавалось. Тэнго слышал только биение своего сердца. Вслушиваясь в собственный пульс, он вдруг ощутил себя ночным вором, который забрался в чужой дом и, притаившись во мраке, ждет, когда хозяева уснут.

Чтобы как-нибудь успокоиться, он пошел на кухню, вскипятил чайник, заварил зеленого чая. А потом сел за стол и прокрутил в голове все, о чем говорилось по телефону.

«Моя жена уже потеряна и больше ни в какой форме не сможет вас потревожить»,— сказали ему. *Ни в какой форме* — именно эти слова ввели Тэнго в ступор. В самом выражении чудилась какая-то неприятная слизь.

Что же именно хотел сообщить этот Ясуда? Что его жена, Кёко Ясуда, даже очень сильно захотев приехать к Тэнго, больше не сможет этого сделать? Но почему, из-за чего? И что означает «потеряна»? Перед мысленным взором Тэнго замелькали картины одна страшнее другой: вот его подруга попадает в аварию и ломает руки-ноги, вот заболевает неизлечимой болезнью, вот ее избивают до полной неузнаваемости. Вот она в инвалидном кресле с культями вместо конечностей, все тело в бинтах. А вот ее держат на цепи, как собаку, в каком-то подвале. Что говорить, каждая из этих картин выглядела чересчур гротескно.

О муже своем Кёко Ясуда (отныне Тэнго в уме называл ее полным именем) почти никогда не рассказывала. Чем занимается, сколько лет, как выглядит, каков по характеру, где и как с нею встретился, когда взял в жены — ни о чем подобном Тэнго понятия не имел. Толстый или худой, дылда или коротышка, добрый или не очень, ладил с женой или нет — ни малейшего представления. Тэнго лишь знал, что в деньгах Кёко Ясуда особой нужды не испытывала (по крайней мере, позволяла себе что хотела), а вот частотой (или качеством?) секса в семейной жизни удовлетворена не была. Хотя даже об этом он мог лишь гадать. За прошедший год в его постели она рассказывала ему о чем угодно, только не о муже. Да и Тэнго ничего не спрашивал. Чьей женой он пользуется — ему, по возможности, знать не хотелось. Само это нежелание он даже считал своего рода деликатностью. Однако теперь, когда все так повернулось, Тэнго искренне пожалел, что ни разу не спросил ее о муже (а ведь она бы ответила, ничего не скрывая). Хотя бы о том, что у него за натура. Насколько он ревнив. Считает ли жену своей собственностью. Распускает ли руки.

Представь себя на его месте, сказал себе Тэнго. Что бы ты чувствовал? Ну то есть — вот ты женат, у тебя двое малых детей, и живешь ты спокойной семейной жизнью. Только однажды вдруг узнаешь, что жена раз в неделю регулярно спит с другим, этот другой младше ее на десять лет, и все это длится уже около года. Случись такое с тобой — что бы ты думал? Какое чувство охватило бы твою душу? Слепая ярость, немое отчаяние, глухая тоска? Веселье безумца? Потеря контакта с реальностью? Или все это сразу, в одном флаконе?

Но сколько Тэнго ни напрягал воображение, представить собственную реакцию не удавалось. Коридоры подсознания неизменно приводили к одной и той же картине — его мать в белой комбинации позволяет молодому незнакомому дяде сосать ее грудь. Грудь большая, округлая, с набухшими твердыми сосками. На лице матери — оскал запредельного плотского удовольствия. Распахнутый рот, закрытые глаза. Чуть дрожащие губы напоминают взмокшее от страсти влагалище. А рядом спит маленький Тэнго. Карма какая-то, подумал он. Все повторяется. Просто теперь этот чужой дядя — сам Тэнго, а в его постели — чужая жена Кёко Ясуда. Тот же сценарий, только с другими актерами. Но если так, выходит, во мне заложена некая потенциальная формула и всю свою жизнь я эту формулу реализую? Сколько же тогда вины за *потерю* Кёко Ясуды ложится на меня самого?

Заснуть не получалось. В ушах не смолкал голос человека по фамилии Ясуда. *Намек,* оставленный им, слишком давил на психику, а слова, что он произнес, принимали в голове до странного реальные формы. Тэнго подумал о Кёко Ясуде. Вспомнил ее лицо, ложбинки и округлости ее тела. Последний раз они встречались в позапрошлую пятницу. Занимались сексом — как обычно, долго и обстоятельно. Но теперь, после звонка ее мужа, Тэнго казалось, что это случилось в страшно далеком прошлом. Кадр мировой истории.

Чтобы вместе слушать музыку в постели, она привезла из дома несколько пластинок, которые теперь стояли на стеллаже. Джаз недавнего прошлого. Луи Армстронг, Билли Холидей (опять же с кларнетом Барни Бигарда), Дюк Эллингтон сороковых. Все, что слушалось постоянно и больше всего береглось. Обложки заметно полиняли, но сами пластинки остались как новенькие. Доставая их из конвертов и разглядывая одну за другой, Тэнго пытался свыкнуться с мыслью, что больше никогда не увидит Кёко Ясуду.

Говоря откровенно, любовью их отношения, конечно, считать нельзя. Тэнго никогда не думал о том, чтобы жить с нею вместе, не расстраивался, говоря ей очередное «пока», и при мысли о ней никакой *дрожи в сердце* не ощущал. Тем не менее он привык, что подруга участвует в его жизни, и сильно к ней привязался. Каждую пятницу они оказывались в его постели в чем мать родила, и этот день недели он всегда предвкушал с удовольствием. Редкий случай для Тэнго. Из всех женщин, каких он только встречал, подобной близости у него не случилось почти ни с кем. Чаще всего эти женщины — неважно, спали они с Тэнго или нет — вызывали в нем чувство дискомфорта. И чтобы как-нибудь с этим справиться, ему приходилось выстраивать вокруг себя толстую стену. Запирать в своем сердце какие-то комнаты на замок. Но с Кёко Ясудой всех этих замысловатостей не требовалось. Она всегда понимала, что ему нужно. Уже хотя бы поэтому он считал, что с *этой* партнершей ему повезло.

Однако теперь что-то случилось, и он ее потерял. По какой-то причине она *больше ни в какой форме* здесь не появится. И, как решил ее муж, ни о самой этой причине, ни о последствиях ему, Тэнго, лучше не знать.

Не в состоянии заснуть, он сидел на полу и слушал на малой громкости Дюка Эллингтона, когда телефон затрезвонил снова. Часы на стене показывали двенадцать минут одиннадцатого. Комацу? В такой час больше некому. Однако в телефонных трелях слышалось нечто иное. Звонки от Комацу звучат заполошно и торопливо — совсем не так, как сейчас. Может, Ясуда забыл о чем-то сказать и звонит еще раз? Снимать трубку совсем не хотелось. Жизненный опыт подсказывал Тэнго, что в это время суток ничего хорошего по телефону не говорят. Однако в его нынешнем положении, к сожалению, выбора не оставалось.

— Господин Кавана, не так ли? — спросил голос в трубке. Не Комацу. Не Ясуда. Это был Усикава и никто другой. С такой булькающей речью, словно набрал в рот воды или еще какой жидкости. В памяти всплыли нелепая физиономия и сплюснутый череп.— Усикава беспокоит! Премного извиняюсь. Уж простите за поздний звонок. А также за то, что недавно свалился вам на голову и отнял у вас столько бесценного времени. А сегодня хотел было позвонить пораньше, да столько всего срочного навалилось, оглянуться не успел — а уже скоро полночь! Да-да, я прекрасно знаю, что вы у нас, так сказать, жаворонок — рано ложитесь, рано встаете. И это замечательно. Во всех этих полночных бдениях, уверяю вас, ниче-го хорошего нет! Самое правильное — как только стемнело, поскорей забраться под одеяло, чтобы встать вместе с солнышком... Но именно сегодня, уж простите наглеца, интуиция подсказала мне, что вы пока еще спать не должны. Вот я и попробовал позвонить — а ну как и правда еще не спите? Надеюсь, не сильно вас потревожил?

Все услышанное очень не понравилось Тэнго. Равно как и то, что Усикава откуда-то выведал номер его домашнего телефона. Какая тут, к чертям, интуиция? Этот тип звонил, поскольку *знал*, что он, Тэнго, не может заснуть. А скорее всего — что в его квартире еще горит свет. Значит, за домом следят? Некто очень искусный и неутомимый, вооружившись полевым биноклем, прямо сейчас наблюдает за этими окнами?

— Нет, я и правда еще не ложился,— ответил Тэнго.— Вашей интуиции можно позавидовать. Пожалуй, я выпил слишком много зеленого чая.

— Да что вы? Ой как нехорошо! Бессонные ночи наводят на нездоровые мысли. А у меня, между прочим, к вам разговор. Не возражаете?

— Только если потом будет не страшно уснуть.

Усикава залился странным визгливым смехом. От которого на другом конце линии — где-то на этом свете — задергалась его плешивая голова.

— Ха-ха-ха! Ох и занятные у вас шутки, господин Кавана! Но право, не стоит беспокоиться. Конечно, разговор этот вряд ли вас убаюкает. Хотя, надеюсь, и здорового сна не отобьет. Обычная задачка на «да» или «нет». Ну то есть, э-э, я все о том же гранте. Три миллиона в год — чем плохо? Вы точно не передумали? Дело в том, что уже очень скоро нам понадобится ваше окончательное решение...

— Насчет гранта я уже все сказал. Спасибо за предложение. Но помощи со стороны не ищу и в лишних деньгах не нуждаюсь. По возможности, хотел бы и дальше жить так же.

— Не будучи никому обязанным? Вы об этом?

— Именно так.

— Достойное стремление, нельзя не признать! — Усикава легонько откашлялся.— Жить в гордом одиночестве, не принадлежа ни к какой фирме, сообществу или системе... Боже, как я вас понимаю! И все же, господин Кавана,— уж простите за назойливость,— никто не знает заранее, что и когда в этом мире может произойти. И поэтому людям всегда нужна какая-нибудь страховка. То, во что можно вцепиться, лишь бы ветром не унесло. Без этого жить на свете очень, я бы сказал, некомфортно. Между тем, господин Кавана, вы в своей жизни пока ничем подобным похвастаться не можете. Вам совершенно не на кого опереться. Любой, кто сейчас рядом с вами, в трудный час бросит вас погибать и сбежит, не задумываясь. Или я ошибаюсь? Как говорится, готовь сани летом! Чтобы не загнуться в черный день, очень важно подстраховаться, пока все идет хорошо. Я говорю не только о деньгах. Деньги в данном случае — просто *знак*.

— Простите, я плохо понимаю, о чем вы,— сказал Тэнго. Гадливое чувство, возникшее при первой встрече с Усикавой, неудержимо росло.

— Ах да! Вы пока еще молоды, полны сил. И возможно, просто не понимаете, что с вами будет дальше. Но с какого-то возраста жизнь превратится в непрерывный процесс потерь. Самые важные для вас вещи начнут выпадать из нее, как зубья из расчески, а вместо них будет оставаться сплошная фальшивка. Ваши силы, желания, мечты, идеалы, убеждения, любимые люди станут исчезать из вашей жизни чуть ли не каждый день. Когда попрощавшись, а когда и без всякого предупреждения. Ничего из потерянного вы уже не сможете вернуть никогда. И взамен ничего подходящего не найдете. Все это очень больно. Иногда будет казаться, что вас режут живьем на куски. Вам скоро тридцать, господин Кавана. Ваша жизнь

119

вот-вот начнет погружаться в сумерки. Проще говоря, вы начнете стареть. Надеюсь, в последнее время вам стало немного понятнее, что такое *потеря*. Или я ошибаюсь?

Намек на Кёко Ясуду, понял Тэнго. На их тайные свидания раз в неделю, которым больше случиться не суждено. Похоже, этому упырю все известно.

— Я смотрю, вы неплохо осведомлены о моей личной жизни,— сказал Тэнго.

— Бог с вами, о чем вы? — якобы изумился Усикава.— Уверяю вас: я просто излагаю вам мою теорию жизни как таковой. А что там происходит лично у вас — мне совершенно неведомо...

Тэнго промолчал.

— Так что, господин Кавана, примите эти деньги с легким сердцем,— вкрадчиво добавил Усикава.— Сейчас ваше положение, прямо скажем, весьма нестабильно. Не дай бог, начнете тонуть — мы могли бы всегда оказаться рядом и бросить спасательный круг. Уж поверьте, очень не хотелось бы в этом разговоре загонять вас в угол крайними аргументами.

— Крайними? — повторил Тэнго.

— Вот именно.

— Это какими же?

Усикава выдержал небольшую паузу, затем продолжил:

— Видите ли, господин Кавана, есть на свете вещи, о которых лучше не знать. Подобные знания лишают человека сна. Совсем не так, как зеленый чай. Не исключаю, что вы не сможете уснуть до конца своей жизни. Э-э... Ну хорошо, представьте себе картину. Совершенно не разбираясь в ситуации, вы открыли некий особенный кран и выпустили наружу очень специфическое Нечто. И теперь это Нечто начнет влиять на жизни окружающих вас людей. Очень негативно влиять, уверяю вас.

— И в этом как-то замешаны *LittlePeople*?

Вопрос был задан наобум, но Усикава умолк надолго. Молчание это напоминало черный булыжник, падающий в морскую бездну.

— Господин Усикава, я хочу знать совершенно конкретные вещи. Давайте отбросим недомолвки и поговорим напрямую. Что именно с ней случилось?

— С ней? Не понимаю, о ком вы.

Тэнго вздохнул. Слишком щекотливая тема для телефонной беседы.

— Вы уж простите меня, господин Кавана. Но я всего лишь курьер, посланный к вам, чтобы передать сообщение от Клиента. И обсуждения принципиальных вопросов по возможности должен избегать. Такие уж у меня полномочия,— проговорил Усикава, осторожно подбирая слова.— Очень жаль, если это вас раздражает, но более предметно говорить, увы, не могу. А кроме того, поверьте, мне тоже известно не так уж и много. Например, я не смогу понять, кто такая «она», пока вы сами не расскажете.

— Хорошо, а кто такие *LittlePeople*?

— Послушайте, господин Кавана. Лично мне об этих чертовых *LittlePeople* ничего не известно. Кроме разве того, что они появляются в книге «Воздушный кокон». А вот из беседы с вами создается впечатление, будто вы подложили белому свету какую-то большую свинью. Причем сами плохо понимаете, какую именно. И если что-то пойдет не так, эта ваша свинья может запросто разбудить чудовище. У нашего Клиента хватит силы и знаний, чтобы какое-то время этому чудовищу противостоять. Вот о какой *поддержке* идет речь, когда мы говорим, что деньги вам еще пригодятся. А кроме того, можете быть уверены: у нас очень длинные и сильные руки.

— И что это за Клиент? Он как-то связан с «Авангардом»?

— Очень жаль, но разглашать имя Клиента в беседе с вами я не уполномочен.— В голосе Усикавы и правда послышалось сожаление.— Тем не менее Клиент обладает огромной силой. Такой силой не пренебрегают. И в трудную минуту вы всегда сможете ею воспользоваться. Ну как? Мы предлагаем вам помощь в последний раз, господин Кавана. Принимать ее или нет — решать вам. Но потом обратной дороги не будет. Так что очень, очень тщательно все обдумайте. Ну и... э-э... учтите также, что если вы не займете сторону Клиента, могут возникнуть ситуации, когда нашим длинным рукам придется без сожаления совершать действия, ведущие к весьма плачевным для вас результатам.

— И к каким же плачевным для меня результатам могут привести ваши действия?

Довольно долго Усикава не отвечал ни слова. В трубке слышалось странное хлюпанье, будто он всасывал капавшую изо рта слюну.

— Сам я ничего конкретного не знаю,— наконец сказал он.— По данному вопросу никаких инструкций не получал. Так что сообщаю вам это, исходя из элементарного здравого смысла.

— А что за свинью я подложил белому свету?

— Этого мне также не сообщали,— ответил Усикава.— Повторяю, я всего лишь посредник для передачи Послания. Деталей, не входящих в Послание как таковое, не знаю. Главный источник информации связан с моей скромной заводью лишь очень тоненьким ручейком. Меня уполномочили сообщить вам то-то и то-то. Наверно, вы захотите спросить, почему сам Клиент не желает говорить с вами напрямую, сберегая время и вам, и себе, а также зачем ему нужен посредник, который не разбирается в ситуации. И действительно — хорошие вопросы. Но ответов на них у меня, к сожалению, нет.

Усикава кашлянул и подождал очередного вопроса. Однако ничего не дождался и продолжил беседу сам:

— Так вы желали бы знать, что за свинью подложили белому свету?

— Да.

— Насколько я могу судить, господин Кавана, на этот вопрос прямого и однозначного ответа *для других людей*, вероятно, не существует. Скорее, вы сами должны отыскать его в себе, поговорив со своим «я» напрямую, очень жестко и откровенно. Главное, чтобы это не произошло слишком поздно, когда уже ничего не исправить. Э-э... Впрочем, как я заметил, у вас есть особый дар. Это несомненно. Благодаря ему то, что вы натворили, излучает энергию, игнорировать которую невозможно. Мой Клиент оценил ваш дар по достоинству, отчего и предложил вам свою поддержку. Но просто одаренным в этом мире быть недостаточно. Скорее даже, *просто одаренному* жить на свете куда опасней, чем полной бездарности. Чтобы управлять своим даром, нужны силы и знания. Вот, собственно, что я думаю по вашему поводу.

— То есть у вашего Клиента достаточно сил и знаний, чтобы управлять своим даром? Вы об этом?

— Об этом судить не могу. Чего у них там хватает, чего нет, не знает никто. Но в каком-то смысле это сравнимо с эпидемией нового вируса. Клиент и его команда разрабатывают вакцину. Какое-то время вакцина действует более-менее эффективно, но постепенно вирус мутирует, приспосабливается к новой среде и вновь набирает силу. А команда — профессионалы высочайшего класса. Они совершенствуют вакцину, чтобы сбить сопротивляемость вируса до минимума. Сколько продлится действие вакцины — неизвестно. Успеют ли при нынешних ее запасах — бог знает. Поэтому Клиент и команда постоянно балансируют на грани преодоления кризиса.

— Но зачем им понадобился именно я?

— Если продолжать аналогию с вирусом, ваша парочка, уж простите,— главные носители.

— Парочка? — опешил Тэнго.— Вы о ком? Об Эрико Фукаде?

На этот вопрос Усикава не ответил.

— Э-э... выражаясь по-античному,— продолжал он,— вы распахнули ящик Пандоры. Из которого в этот мир вывалилось очень много того, чего здесь не было до сих пор. Вот это, насколько я понимаю, и привлекло внимание Клиента. Случайное слияние ваших жизней породило очень мощный союз. Куда мощнее, чем вы себе представляете. Вам удалось взаимно компенсировать то, чего каждому не хватало.

— Но ведь это никак не нарушает закона?

— Да, вы правы. С точки зрения закона ничего предосудительного нет. Но с позиций классической литературы — Джорджа Оруэлла, например,— вы совершили нечто вроде «мыслепреступления». Так уж совпало, что нынешний год — как раз тысяча девятьсот восемьдесят четвертый. Или это все не случайно? В любом случае, господин Кавана, я сегодня что-то разговорился. Хочу еще раз напомнить, что все мои речи — личные предположения, не больше. Я не располагаю никакими фактами, дабы уверенно что-либо утверждать. Просто вы задавали вопросы, а я отвечал на них, исходя из догадок, основанных на практическом опыте. Вот и все.

Усикава умолк, и Тэнго задумался. «Личные предположения, не больше»? Что же из этих «предположений» стоит принять за правду?

— К сожаленью, приходится вешать трубку,— сказал Усикава.— Разговор у нас важный, но дольше не получается. Время бежит, сами понимаете,— тик-так, тик-так! А над предложением нашим подумайте. В ближайшее время перезвоню. Спасибо за беседу. Желаю вам самых приятных снов!

Наболтав всей этой белиберды и даже не интересуясь ответом, Усикава оборвал связь. Какое-то время Тэнго смотрел на трубку в руке — примерно как крестьянин смотрит на засохший овощ в жаркий летний полдень. Что-то слишком много народу в последнее время обрывает со мной разговор, не дождавшись ответа, подумал он.

Как он и боялся, заснуть спокойно не удалось. Всю ночь напролет, пока шторы не окрасил рассвет, а за окном не защебетали птицы, Тэнго просидел на полу, опершись спиной о стену. Он думал о своей замужней подруге и длинных руках, тянущихся к его горлу черт знает откуда. Эти мысли не вели ни к чему. Все лишь прокручивалось — заново, заново — и возвращалось к началу.

Оглядевшись, Тэнго глубоко вздохнул. И вдруг отчетливо осознал, как он теперь одинок. Похоже, все-таки прав Усикава. Совершенно не на что опереться.

Глава 7

АОМАМЭ

То, куда вы сейчас попадете

Фойе гостиницы «Окура» оказалось огромной пятизвездочной пещерой с высоченным потолком и чуть пригашенным светом. Голоса посетителей на диванах сливались в сдавленный гул, напоминавший дыхание животного с вывернутыми кишками. Толстый и мягкий ковролин на полу, словно доисторический мох заполярного острова, глушил звук шагов, растворяя людскую энергию в хорошо концентрированном Времени. Сновавшие туда-сюда люди выглядели будто разреженная толпа привидений, проклятых кем-то лет восемьсот назад и обреченных раз за разом повторять одни и те же движения. Деловитые бизнесмены были затянуты в свои костюмы, точно в доспехи. Молодые стройные дамы в шикарных черных платьях собирались на некое торжество. Их мелкие, но дорогущие украшения жаждали света, как вампиры — крови, чтобы только сверкать не переставая. Пожилая чета иностранцев, будто уставшие после пира король с королевой, отдыхала на двухместном троне в углу.

Аомамэ с ее хлопчатыми брюками, дежурной блузкой, кедами и сумкой «Найки» через плечо не вписывалась в легенду этого места, хоть тресни. Больше всего она походила на няньку, вызванную сюда какой-нибудь семьей постояльцев приглядывать за их карапузами. Так, по крайней мере, думала Аомамэ, утопая в огромном кресле с мягкими подлокотниками. Ну что ж. Все-таки она сюда не на банкет пришла. Постоянно казалось, будто за ней наблюдают. Но сколько Аомамэ ни оглядывала бескрайнее фойе, никого подозрительного не замечала. Ну и черт с вами, решила она. Пяльтесь сколько влезет.

Когда часики на руке показали без десяти семь, она встала и с сумкой на плече прошла в туалет. Вымыла руки с мылом, поправила волосы и одежду. И, стоя перед огромным зеркалом, несколько раз глубоко вздохнула. В туалетной комнате не было ни души. Габаритами помещение превосходило ее квартирку. «Это задание — последнее,— прошептала она отражению в зеркале.— Выполни его как следует и исчезни. Сгинь, как призрак в ночи. Сегодня ты здесь. Завтра тебя здесь не будет. А еще через несколько дней ты получишь другое имя и другое лицо».

Она вернулась в фойе, села в кресло и поставила сумку на столик перед собой. В недрах сумки — миниатюрный пистолет с семью патронами. А также игла для протыканья мужских загривков. Успокойся, приказала она себе. Последнее задание — самое важное. А пока оставайся, как всегда, крутой и железной Аомамэ.

И все-таки стоит признать: в этот раз с ней творится что-то не то. Дышать тяжело, сердце колотится, под мышками испарина, по всей коже мурашки. Это не просто волнение, сказала она себе. Это дурное предчувствие. Мой внутренний сторож стучит мне в подкорку и предупреждает: *Вставай. Еще не поздно уйти отсюда и забыть об этом ужасе навсегда.*

Как бы ей хотелось так поступить. Бросить все к черту и уйти из проклятого фойе, не оглядываясь. В этом отеле ощущалось что-то недоброе. Сам воздух будто пропитан смертью. Тихой, медленной, но совершенно неотвратимой. И все-таки бежать, поджав хвост, она не могла. Увы, не в ее характере.

Последние десять минут текли пугающе медленно. Время никак не хотело двигаться вперед. Не вставая с кресла, Аомамэ пыталась выровнять дыхание. Посетители-призраки все наполняли фойе потусторонним гулом своих голосов, хотя их шаги по толстым коврам оставались абсолютно бесшумны. Относительно внятные звуки издавали разве что официанты с тележками, когда наливали желающим кофе, но даже в звоне посуды слышались жутковато-загробные нотки.

Так не пойдет, подумала Аомамэ. Нужно взять себя в руки — или я растеряюсь в самый важный момент. Она закрыла глаза и почти машинально произнесла про себя то, что в далеком детстве ее заставляли произносить трижды в день перед едой. И хотя прошло уже столько лет, она помнила каждое слово.

Отец наш Небесный. Да не названо останется имя Твое, а Царство Твое пусть придет к нам. Прости нам грехи наши многие, а шаги наши робкие благослови. Аминь.

Скрепя сердце приходилось признать: слова эти, когда-то причинявшие Аомамэ сплошное страдание, теперь служили ей чуть ли не единственной в жизни опорой. Их уверенная, нерушимая мощь успокаивала нервы, отгоняла наползающий страх, выравнивала дыхание. Закрыв глаза и положив пальцы на веки, она повторяла молитву снова и снова.

— Госпожа Аомамэ, не так ли? — спросили где-то совсем рядом. Молодым мужским голосом.

Она открыла глаза и медленно подняла взгляд.

Перед ней стояли двое молодых парней. В одинаковых темных костюмах. Судя по ткани и покрою, бешеных денег эти костюмы не стоили. Явно куплены на распродаже — где-то болтаются, а где-то жмут. Но выглажены безупречно — ни морщинки, ни складочки. Похоже, эти ребята сами отутюживают их всякий раз перед тем, как надеть. Оба без галстуков. На одном сорочка белая, застегнутая до верхней пуговицы, на другом — серая с округлым воротничком а-ля френч. Обуты в черные туфли с тупыми, неприветливой формы носками.

У парня в белой сорочке — рослого, за метр восемьдесят,— волосы были собраны в хвост на затылке. Длинные брови красиво изогнуты, точно ломаные диаграммы. Очень правильное и холодное лицо, точно у киноактера. Второй парень, в серой сорочке, был на голову ниже первого, стрижен как бонза — почти под ноль,— с коротким мясистым носом и крошечной бородкой, похожей на заблудившуюся тень. Под правым глазом — небольшой шрам. Оба подтянутые, загорелые, щеки впалые. Если судить по ширине плеч, под пиджаками скрываются горы мускулов. Каждому на вид лет двадцать пять — тридцать. Взгляды пристальные, колючие. Словно у хищников на охоте, зрачки нацелены только на жертву.

Машинально поднявшись с кресла, Аомамэ скользнула глазами по часикам на руке. Ровно семь. Пунктуальность стопроцентная.

— Так точно,— ответила она.

Их лица оставались непроницаемы. Оба пробежали глазами по экипировке Аомамэ и воззрились на ее сумку.

— Это все, что у вас с собой? — спросил Бонза.

— Да,— сказала она.

— Хорошо, пойдемте. Готовы?

— Конечно.

Низенький Бонза, похоже, был и по возрасту, и по рангу старше верзилы Хвостатого, который все это время молчал.

Неторопливым шагом Бонза двинулся через фойе к пассажирским лифтам. Подхватив сумку, Аомамэ последовала за ним. И тут же заметила, что Хвостатый замыкает процессию, держась в паре метров за ее спиной. Взяли в клещи, сообразила она. Очень профессионально. Осанка у парней прямая, шаг твердый. Как сказала хозяйка, занимаются каратэ. В схватке сразу с обоими победа ей, конечно, не светит. Аомамэ слишком поднаторела в боевых искусствах, чтобы этого не понимать. И все же той *мертвой хватки*, какой веяло от Тамару, в этих ребятках не ощущалось. Бывает противник, драться с которым бесполезно, но эти двое не из таких. В открытом бою первым делом следует вырубить Бонзу, он командир. А оставшись один на один с Хвостатым, попробовать как-то смыться.

Все трое вошли в лифт. Хвостатый нажал кнопку седьмого этажа. Бонза встал рядом с Аомамэ, а Хвостатый развернулся к ним лицом и занял угол, противоположный по диагонали. Оба двигались в полном молчании, и все их действия были разыграны как по нотам. Идеальная комбинация шорт-стопа с игроком второй базы, сделавших дабл-плей смыслом собственной жизни...

На этой мысли Аомамэ с удовлетворением отметила, что ее пульс и дыхание полностью восстановились. Беспокоиться не о чем. Я та же, что и всегда. Крутая и железная Аомамэ. Все будет в порядке. Дурного предчувствия как не бывало.

Двери лифта беззвучно открылись. Пока Хвостатый давил на кнопку «держать двери открытыми», Бонза вышел первым, Аомамэ вслед за ним. И только потом, отпустив кнопку, из кабины вышел Хвостатый. В том же порядке они зашагали по коридору: Бонза, Аомамэ, Хвостатый. В просторном коридоре им не встретилось ни души. Сколько ни шагай, куда ни сворачивай, повсюду —

абсолютная тишина плюс идеальная стерильность. Первоклассный отель как он есть. Ни тебе посуды, выставленной перед дверями номеров, ни окурков в пепельницах возле лифтов. Цветы в вазах источают свежесть круглые сутки. Несколько раз свернув за угол, троица наконец остановилась перед дверью. Хвостатый постучал в нее дважды и, не дожидаясь ответа, вставил в замочную щель ключ-карту. Когда дверь открылась, он вошел первым, огляделся внутри — и лишь потом, обернувшись, кивнул: все в порядке.

— Прошу,— сухо произнес Бонза.

Аомамэ ступила внутрь. Бонза вошел вслед за ней, запер дверь, набросил цепочку. Номер оказался огромным, совсем не похожим на обычные гостиничные номера. Низкий столик с диванами, письменный стол в углу. Здоровенные телевизор и холодильник, никаких кроватей. Дверь в соседнюю комнату. За окном — огни вечернего Токио. Каких бешеных денег все это стоит в сутки, можно лишь гадать. Сверившись с часами на руке, Бонза указал на диван. Аомамэ послушно села и поставила сумку рядом.

— Переодеваться будете? — спросил Бонза.

— Если можно,— кивнула Аомамэ.— В трико работать удобнее.

Бонза кивнул:

— Перед этим придется вас досмотреть. Извините, такая у нас работа.

— Да, конечно. Проверяйте что хотите,— согласилась Аомамэ. Без малейшего напряжения в голосе. Скорее даже, с ноткой любопытства: дескать, надо же, какая серьезная у вас работа.

Она поднялась с дивана, и Хвостатый методично облапал ее от шеи до пят, проверяя, нет ли под одеждой чего подозрительного. Но под тонкими хлопчатыми брюками и легкой блузкой спрятать что-либо невозможно. Парни прекрасно это видели, просто выполняли инструкцию. Прикасаясь к ней, Хвостатый так напрягался, что никакой профессиональной критики его «досмотр» не выдерживал. Было ясно: обыскивать женщин бедолаге доводилось нечасто. Бонза, прислонившись к письменному столу, бесстрастно наблюдал за работой напарника.

Как только личный досмотр закончился, Аомамэ сама распахнула сумку. И показала содержимое: легкий летний кардиган, рабочее трико — верх и низ, банное полотенце. Простенький набор косметики, книга в мягкой обложке. Расшитая бисером косметичка, внутри — бумажник, немного мелочи, брелок с ключами. Все эти вещи она доставала одну за другой и передавала Хвостатому на проверку. Наконец открыла черный мешок для белья. Сменные трусики, лифчик, прокладки...

— Я потею, нужно белье на смену,— сказала Аомамэ.

И, достав кружевные белые трусики, помахала ими у Хвостатого перед носом. Тот чуть зарделся и мелко закивал головой. Понял, понял, говорило его лицо, убери уже. «Может, он немой?» — пронеслось у нее в голове.

Аомамэ не спеша упаковала белье и прокладки обратно в мешок, застегнула молнию. И как ни в чем не бывало спрятала в сумку. Детский сад, подумала она. Фиговые же из вас телохранители, если вы краснеете и отводите глазки при виде женских прокладок! Тамару на вашем месте проверил бы все вплоть до дырки в заднице, будь я при этом хоть Снежная Королева. И мешок с женскими причиндалами переворошил бы до самого дна. Для него все это — конечно, еще и потому, что он гей,— самые обычные тряпки. А не стал бы ворошить — так хотя бы взвесил на ладони. И уж точно вычислил бы сначала «хеклер-унд-кох» (полкило с патронами!), а там и футляр с заточкой.

Итак, эти двое — дилетанты. По части каратэ, возможно, большие мастера. И наверное, фанатически преданы своему Лидеру. Но все-таки — дилетанты, как и считала хозяйка. Исходя из ее предположения, Аомамэ и придумала спрятать оружие под нижним бельем, в котором дилетанты копаться не станут. Что б она делала, кабы стали — одному богу известно. Пожалуй, оставалось бы только молиться. Но теперь она знала: *настоящие молитвы сбываются.*

В просторном туалете Аомамэ достала трико, переоделась. Блузку и брюки аккуратно сложила, спрятала в сумку. Проверила, крепко ли держит волосы гребень на затылке. Спрыснула рот освежителем дыхания. Достала из черной кошелки «хеклер-унд-кох». Нажав на слив унитаза, под шум воды передернула затвор и дослала патрон в патронник. Дальше останется только сдвинуть собачку предохранителя. Переложила футляр с заточкой так, чтобы достать из сумки сразу, как только понадобится. Ну вот, все готово. Аомамэ посмотрела в зеркало и вернула лицу расслабленное выражение. Все в порядке. Пока все идет как надо.

Когда она вышла из туалета, Бонза, стоя навытяжку, вполголоса разговаривал с кем-то по телефону. Но, завидев Аомамэ в трико, тут же прервал разговор, положил трубку — и ощупал взглядом ее фигуру с головы до ног.

— Готовы? — спросил он.

— В любую секунду,— ответила она.

— Прежде чем вы начнете, к вам будет просьба.

Аомамэ растянула губы в улыбке: слушаю.

— О сегодняшнем вечере вы не должны рассказывать ни единой живой душе,— сказал Бонза.

И выдержал паузу, словно ожидая подтвержденья того, что смысл сказанного ясен на сто процентов. Так ждут, когда впитается вода, вылитая на пересохшую землю. Но Аомамэ смотрела на него, не говоря ни слова. И он продолжил:

— Прошу понять правильно: мы заплатим вам очень хорошие деньги. И вполне возможно, еще не раз прибегнем к вашим услугам. Поэтому обо всем, что сейчас происходит, просьба забыть сразу же после ухода. *Обо всем*, что вы здесь увидите и услышите.

— Я имею дело с недугами самых разных людей,— ответила Аомамэ ледяным тоном.— Конфиденциальность — неотъемлемая часть моей работы. Информация о состоянии сегодняшнего клиента не выйдет за пределы этого номера. Можете не беспокоиться.

— Хорошо,— сказал Бонза.— Это мы и хотели услышать. И все же в данном случае мы говорим не о конфиденциальности в обычном смысле слова. То, куда вы сейчас попадете,— место святое.

— Святое?

— Именно так, я не преувеличиваю. Все, что вы там увидите и к чему прикоснетесь,— Святыня. Другими словами это выразить невозможно.

Ни слова не говоря, Аомамэ кивнула. С этими ребятами лучше не произносить ничего лишнего.

— О вас мы собрали подробную информацию,— продолжал Бонза.— Простите, но это было необходимо. У нас слишком много причин для осторожности.

Аомамэ оглянулась на Хвостатого. Тот замер в кресле у выхода, выпрямив спину и положив руки на колени. Так, словно позировал для снимка в какой-нибудь фотостудии. Его неподвижный взгляд был направлен на Аомамэ.

134

Бонза посмотрел на свои черные туфли, словно проверяя, чистые ли, и снова посмотрел на нее.

— В итоге мы пришли к выводу, что опасности вы не представляете, и решили вас пригласить. Вы действительно высококлассный инструктор с отменной репутацией.

— Благодарю вас,— сказала Аомамэ.

— Насколько мы знаем, вы из «очевидцев», не так ли?

— Мои родители были сектантами и воспитывали меня в своей вере. Сама я этого не выбирала и всякую связь с «очевидцами» оборвала уже очень давно.

Интересно, подумала Аомамэ, известно ли им, как мы с Аюми охотились на мужиков по барам Роппонги? Впрочем, не важно. Даже если известно, им эти вещи должны быть до лампочки. Иначе меня бы здесь не было.

— Это мы тоже знаем,— кивнул Бонза.— Тем не менее в раннем детстве вас растили как верующую. Именно в те годы жизни, когда формируется психика. А значит, гораздо лучше, чем простому обывателю, вам должно быть известно, что такое Святость. Это понятие общее для всех конфессий. На свете бывают места, где нам положено находиться,— и места, куда мы попадать не должны. Способность понимать эту разницу и принимать ее — первое, что прививает любое религиозное воспитание. Надеюсь, вы в курсе, о чем я?

— Думаю, да,— ответила Аомамэ.— Хотя понимать и принимать — все-таки не одно и то же.

— Безусловно,— кивнул Бонза.— *Принятия* от вас мы не ожидаем. Это наша вера, и вы здесь ни при чем. Однако сегодня — не важно, веруете вы или нет,— вам придется лицезреть нечто очень особенное. В буквальном смысле Сверхъестественную Сущность.

Аомамэ промолчала. *Сверхъестественная Сущность?*

Прищурившись, Бонза несколько секунд наблюдал за ее реакцией. И затем медленно произнес:

— Что бы вы ни увидели, во внешнем мире рассказывать об этом нельзя. Иначе наша Святыня будет осквернена и утратит силу. И дело здесь не в том, как к этому отнесется мир с его общественным мнением и нынешними законами. Главное, что ощутим мы — те, кто эту Святыню почитает. Вот на какое понимание с вашей стороны мы рассчитываем. Если это условие будет выполнено, вы, как я уже говорил, будете очень щедро вознаграждены.

— Я поняла,— сказала Аомамэ.

— Секта наша невелика,— добавил Бонза.— Однако у нас очень сильная вера — и очень длинные руки.

«Очень длинные руки»,— повторила про себя Аомамэ. Насколько длинные, ей придется проверять на себе.

Скрестив ручищи на груди и прислонившись к столу, Бонза уставился на Аомамэ тем придирчивым взглядом, каким обычно проверяют, не криво ли висит на стене картина. Поза Хвостатого за все это время не изменилась ни на миллиметр: он все так же сидел и сверлил глазами Аомамэ.

Наконец Бонза посмотрел на часы.

— Ну что ж, пойдемте,— проговорил он и сухо откашлялся.

Осторожными шагами, точно святой по воде, приблизился к двери в соседнюю комнату, чуть слышно постучал в нее дважды. Не дожидаясь ответа, открыл дверь, легонько поклонился, вошел. Аомамэ поправила сумку на плече и последовала за ним. Шагая по ковру к загадочной двери, убедилась, что дышит ровно. И представила, как ее пальцы сжимают воображаемый пистолет. Беспокоиться не о чем. Все идет как всегда. И все-таки ей страшно. Меж лопаток словно пристал кусок льда.

Странного льда, который ни за что не желает таять. Я абсолютно спокойна, сказала она себе. *Мой страх — где-то на дне души.*

«На свете существуют места, где нам положено находиться, — и места, куда мы попадать не должны», — сказал бритоголовый Бонза. Теперь ей понятно, что означали эти слова. Всю жизнь до сих пор Аомамэ находилась не там, где положено. Хотя сама этого не замечала.

Она повторила про себя слова молитвы — и, глубоко вздохнув, шагнула в дверной проем.

Глава 8

ТЭНГО

Час кошек почти настал

После всего, что случилось, Тэнго провел до странного тихую неделю. Что это было? Человек по фамилии Ясуда сообщил по телефону, что его жена пропала и что к Тэнго она больше никогда не придет. А еще через час позвонил Усикава и заявил, что Тэнго с Фукаэри совершили «мыслепреступление», а потому являются главными носителями какого-то вируса. Что один, что другой хотели сообщить ему нечто важное (иначе зачем бы звонили?). Словно трибуны в тогах выступили на Форуме перед заинтересованными согражданами. При этом оба завершили свою речь и повесили трубку, не дожидаясь ответа.

Кроме этих двоих, с ним больше никто и никак не связывался. Ни по телефону, ни письменно. Курьер не стучал в его дверь, и почтовые голуби не ворковали на подоконнике с посланьями в коготках. Комацу, Эбисуно-сэнсэй, Фукаэри, Кёко Ясуда — все, от кого он ждал какой-нибудь весточки, будто провалились сквозь землю.

С другой стороны, он и сам потерял интерес к любого рода информации — не только от них, от кого бы то ни было. Успешно ли продается «Воздушный кокон», нашлась ли Фукаэри, раскрылась ли издательская афера Комацу и что еще в ней разнюхали журналисты, преуспел ли в своих комбинациях Эбисуно-сэнсэй и как реагирует на все это «Авангард» — подобные вопросы вдруг стали ему до лампочки. Если лодке, несущейся к водопаду, суждено перевернуться вверх дном, значит, так тому и быть. Что бы теперь ни случилось, теченье реки не изменится.

Конечно, он очень хотел бы знать, что случилось с Кёко Ясудой. И помочь ей, чего бы это ни стоило. Однако в какую бы переделку бедняжка ни влипла, дотянуться до нее Тэнго не мог. И повлиять на ее судьбу никакой возможности не было.

Газетные новости Тэнго отслеживать перестал. Окружающий мир вертелся без малейшего к нему отношения. Равнодушие окутало его, словно туман. Из-за навязчивой рекламы «Воздушного кокона» он больше не заглядывал в книжные магазины. Вся активная жизнь свелась к движению по маршруту: дом — работа — дом. Обычные вузы закрылись на летние каникулы, но именно поэтому в его колледже лекции читались полным ходом, и график Тэнго стал куда плотнее обычного. Чему, впрочем, он был даже рад. По крайней мере, рассуждая за кафедрой об интегралах, можно не думать ни о чем другом.

Писать книгу он также бросил. Даже когда садился за стол и включал процессор, всякое желание написать хоть слово тут же пропадало. Как только он пытался о чем-то думать, в голове сразу всплывал оборванный разговор с мужем Кёко Ясуды — и прерванная точно так же беседа с Усикавой. Сосредоточиться на книге не получалось, хоть убей.

Моя жена уже потеряна и больше ни в какой форме не сможет вас потревожить.

Так сказал муж Кёко Ясуды.

Выражаясь по-античному, вы открыли ящик Пандоры. Случайное слияние ваших жизней породило очень мощный союз. Куда мощнее, чем вы себе представляете. Вам удалось взаимно компенсировать то, чего каждому не хватало.

Это сказал Усикава.

Оба высказывания слишком абстрактны. И в одном и в другом основная мысль заретуширована. Но схожи они тем, *что именно* недоговорено: Тэнго, сам того не ведая, выпустил в мир некую силу, вроде джинна из бутылки, и эта сила оказывает на окружающих очень дурное воздействие.

Он выключил процессор, сел на пол и уставился на телефонный аппарат. Не хватает подсказок. Для составления пазла нужно больше кусочков. Только их ему никто не дает. Определенно, его жизнь (а может, и мир вообще) переживает острый дефицит откровенности.

Может, кому-нибудь позвонить? — подумал Тэнго. Например, Комацу, сэнсэю или Усикаве? Однако набирать чей-либо номер не поднималась рука. Их прозрачными намеками он уже сыт по горло. Там, где вместо подсказок сплошные недомолвки, ничего, кроме новых загадок, не получается. И продолжать такое до бесконечности нет никакого смысла. Подумать только: *Слияние Фукаэри и Тэнго породило очень мощный союз.* Прямо Сонни и Шер, куда деваться. Звездный дуэт, черт возьми. Танцуют все...

Дни пролетали один за другим. Наконец Тэнго надоело сидеть дома и ждать, когда случится хоть что-нибудь. Рассовав по карманам бумажник и книгу в мягкой обложке, он надел кепку, нацепил очки от солнца и вышел из дома. Решительной походкой добрался до станции, предъявил на турникете проездной, сел в поезд. Никуда конкретно. Просто в электричку, и все. Вагон оказался почти пустым. Абсолютно никаких планов на сегодня не было. Полная свобода ехать куда угодно и делать (или не делать) все, что заблагорассудится. Солнечное летнее утро, десять часов, за окном вагона — ни ветерка.

По дороге к станции Тэнго, помня об Усикаве, несколько раз останавливался и, резко обернувшись, пытался вычислить, нет ли за ним хвоста. Однако ничего подозрительного не заметил. На станции сделал вид, что направляется на одну платформу, но, словно передумав в последний момент, развернулся и быстро перешел на другую. Никто вокруг не повторил его пируэта. Классическая мания преследования, вздохнул Тэнго. Очень нужно кому-то за мной следить. Не настолько важная птица. Да и люди Усикавы не стали бы тратить столько времени зря. Я ведь понятия не имею, куда еду и что собираюсь делать. Если б мог, сам бы с удовольствием последил за собой из-за какого-нибудь угла.

Поезд проехал станции Синдзюку, Ёцуя, Отяномидзу и прибыл на конечную — Токио-эки*. Пассажиры начали освобождать вагоны, вышел и Тэнго. Сел на скамейку и задумался, что делать дальше. Куда лучше съездить? Сейчас я на Токио-эки. Впереди абсолютно свободный день. Можно поехать куда угодно. Кажется, будет жарко. Махнуть на море? Он поднял голову, посмотрел на табло пересадок. И тут наконец сообразил, *что же именно собирался сделать все это время.*

Тэнго помотал головой. Снова и снова. Но странная мысль исчезать не хотела. Скорее всего, она пришла к

---

* Токио-эки (*букв.* «станция Токио») — центральная железнодорожная станция японской столицы, крупнейший в мире надземно-подземный вокзал, принимающий под одной крышей составы метро, пригородные электрички и междугородние поезда.

нему еще на станции Коэндзи, когда непонятно с чего он решил поехать по Центральной ветке. Вздохнув, он встал со скамейки, сбежал по ступенькам и перебрался к платформам линии Собу. У стойки информации спросил, когда отходит ближайший поезд до станции Тикура. Станционный служащий полистал пухлый томик всеяпонских прибытий-отбытий. В десять тридцать отходил дополнительный на Татэяму. Если там пересесть на обычный, до станции Тикура добираешься в третьем часу. Тэнго купил билеты до Тикуры и обратно. Потом зашел в ресторанчик, заказал рис-карри и овощной салат. Не спеша поел и за чашкой кофе скоротал время до отправления.

Решиться на встречу с отцом было непросто. Родственных чувств к нему Тэнго не питал, да и отцовской любви испытать на себе ни разу не довелось. Ждет ли отец этой встречи — бог знает. После того как маленький Тэнго наотрез отказался участвовать в походах за деньгами для «Эн-эйч-кей», их отношения совсем охладели. И примерно тогда же Тэнго окончательно вышел из-под родительского контроля. Без острой необходимости они больше не разговаривали. А четыре года назад, когда отец вышел на пенсию, у него обнаружилась болезнь Альцгеймера, и Тэнго устроил его в санаторий для престарелых близ городка Тикура. До сих пор Тэнго ездил туда лишь дважды. Сначала нужно было уладить формальности с госпитализацией — все-таки он оставался единственным официальным родственником пациента. А во второй раз пришлось навестить отца просто потому, что по правилам санатория больных родственников необходимо иногда навещать. И на этом — все.

Санаторий располагался у самого моря вдали от больших дорог. Когда-то это была загородная вилла какого-то воротилы-дзайбацу*, но потом участок выкупила некая страховая компания, решив, что будет весьма прибыльно организовать здесь лечебницу для престарелых. Полувековой деревянный особняк плохо сочетается с новенькими трехэтажными корпусами из железобетона. Но воздух вокруг очень чистый и, если не считать шума волн, всегда стоит тишина. В безветренный день можно прогуляться по взморью. Рядом сосновая роща. В корпусах — новейшее оборудование.

Благодаря медицинской страховке, выходному пособию, пенсии и личным сбережениям Тэнго удалось организовать все так, чтобы отец его, ни в чем не нуждаясь, провел там остаток жизни. Не будь старик официальным пенсионером корпорации «Эн-эйч-кей», так бы не получилось. Капитала папаша не оставил, но старость свою обеспечил — и слава богу. Уже за это Тэнго был ему благодарен. Являлся ли этот человек биологическим отцом Тэнго, уже не важно. Тэнго не хотел от него ничего получить — и ничего не хотел ему дать. Он и его отец прибыли в этот мир с разных планет и разлетаются по разным планетам. Несколько лет жизни им пришлось провести бок о бок. И все. Раз уж так вышло — жаль, но деваться некуда.

И теперь пришло время посетить отца в третий раз. Тэнго понимал это. Ехать не хотелось. Сильно тянуло назад, домой. Но в кармане уже лежали билеты туда и обратно, и с этим ничего не поделать.

Расплатившись, Тэнго вышел из ресторана, взобрался по лестнице на платформу и стал ждать поезда на Татэя-

---

* Дзайбацу *(яп.)*— монополии и финансовые олигархии современной Японии. Объединяют крупнейшие банки, страховые, промышленные и торговые компании страны. Наиболее известные — «Мицуи», «Мицубиси», «Сумитомо» и др.

му. В очередной раз ощупал взглядом окружающее пространство, но хвоста не заметил. На платформе были сплошь счастливые семейства с детьми, собравшиеся на пляж. Тэнго снял очки от солнца, спрятал в карман, поправил на голове бейсбольную кепку. Да идите вы все, подумал он. Хотите шпионить — шпионьте сколько влезет. А я сейчас еду в санаторий на взморье префектуры Тиба повидаться с собственным отцом. Может, он еще помнит сына, а может, и нет. В прошлую их встречу вспоминал с трудом. Теперь, наверное, будет хуже. Болезнь Альцгеймера может прогрессировать, но не лечится. Так утверждают врачи. Что-то вроде шестеренки, которое вращается только вперед. Это все, что Тэнго знал о болезни Альцгеймера.

Поезд отъехал от станции, и Тэнго достал из кармана книгу. То был сборник рассказов о путешествиях. Герой одного рассказа, молодой человек, приехал в город, которым правили кошки. «Кошачий город» — так и назывался этот рассказ. Сказочная история, автор — немец, чьего имени Тэнго раньше не слыхал. Как указывалось в комментариях, писал между Первой и Второй мировыми войнами.

Молодой человек путешествовал в одиночку, и багаж его состоял из единственного портфеля. Ехал куда глаза глядят. Просто садился в поезд и сходил где понравится. Селился в местной гостинице, осматривал город, жил там, пока не надоест. А потом снова садился в поезд и ехал дальше. Так он всегда проводил отпуска.

За окном поезда раскинулся чудесный пейзаж — зеленые холмы, огибающая их змейкой река. А вдоль реки — тихий маленький городок со старинными каменными мостами. Картина эта заворожила молодого человека. Наверняка здесь отлично готовят форель, подумал он. Поезд остановился, и он сошел. Ступил на перрон — и состав тут же унесся прочь.

Никаких служащих на станции он не встретил. Видимо, поезда здесь останавливались очень редко. Он перешел по мосту через реку, вошел в городок. Стояла полная тишина. Ни единого человека не попалось ему на глаза. Жалюзи у всех магазинчиков оказались закрыты, ни в одной конторе никто не работал. В единственной гостинице городка также не было ни души. Молодой человек позвонил в колокольчик, но тщетно. Похоже, людей в этом городе просто не существует, подумал он. Или все они где-то спят? Но на часах десять тридцать утра. Слишком рано для послеобеденного сна. А может, люди отчего-то бросили этот город и куда-то ушли? Так или иначе, до завтрашнего утра никаких поездов не будет, а значит, придется здесь ночевать. Без всякой цели он бродил по городку, убивая время.

А на самом деле то был город кошек. После захода солнца несметное количество кошек самых разных пород и расцветок, перебравшись по каменным мостам, наводнило улицы. Хоть и заметно крупнее своих обычных собратьев, это все-таки были кошки. Пораженный этим зрелищем, молодой человек взобрался на колокольню в центре города и спрятался там от кошачьих глаз. А кошки открывали жалюзи магазинчиков, садились за столы в учреждениях и принимались за работу. Через некоторое время по мостам пришло еще больше кошек. Они делали покупки в магазинах, оформляли документы в конторах и заказывали еду в гостиничном ресторане. А также пили в трактирчиках пиво и распевали жизнерадостные кошачьи песни. Одни играли на арфах, другие танцевали. Как и положено кошкам, все они прекрасно видели в темноте и в освещении не нуждались. Но в эту ночь над городом висела полная луна, и молодой человек мог наблюдать с колокольни, что происходит, во всех деталях. К рассвету кошки позакрывали магазинчики, закончили работу и по каменным мостам вернулись туда, откуда пришли.

Когда окончательно рассвело и городок опустел, молодой человек спустился с колокольни, зашел в гостиницу, упал на кровать в каком-то номере и уснул. Проснувшись, перекусил хлебом и рыбой, найденными на гостиничной кухне. А как только начало темнеть, вновь забрался на колокольню и, спрятавшись там, стал дожидаться, когда придут кошки. Поезда останавливались на станции дважды в день: утром и после обеда. Послеобеденным поездом он мог вернуться туда, откуда приехал, утренним — поехать дальше. Никто из пассажиров на перрон не сходил, никаких пересадок здесь быть не могло. Тем не менее состав прибывал строго по расписанию и, выждав ровно минуту, трогался с места. Поэтому молодой человек мог бы сразу уехать из этого зловещего места, если бы захотел. Но он решил не торопиться. Любопытство, юношеское честолюбие и страсть к приключениям переполняли его. Ему захотелось во что бы то ни стало приоткрыть завесу над тайной Кошачьего города. Когда и как он появился? Какое назначение выполняет? Чем на самом деле заняты все эти кошки? Ответы можно было найти лишь одним способом: остаться и продолжать наблюдение.

На третью ночь с площади под колокольней донеслись встревоженные голоса. «Вам не кажется, что пахнет человеком?» — спросила одна кошка. «Да, запах есть... и, сдается мне, уже не первый день!» — ответила ей другая, принюхиваясь. «Вот и мне так кажется»,— добавила третья. «Глупости! Откуда здесь взяться человеку?» — усомнился кто-то еще. «Ну а кем же, по-твоему, пахнет?»

Разбившись на несколько групп, кошки прочесали весь город до последнего уголка. Если кошка начинает принюхиваться всерьез, она очень быстро находит то, что искала. Вскоре молодой человек услышал, как чьи-то лапы, мягко шурша, взбираются по ступенькам колокольни. Теперь мне конец, понял он. Эти кошки в ярости от запаха человека. У них огромные острые когти и не менее острые зубы. А люди в их городе появляться не должны. Что эти звери сделают с ним — неизвестно, однако надеяться, что они отпустят того, кто знает их Тайну, было бы глупо.

Три кошки поднялись по ступенькам к самому колоколу и замерли, принюхиваясь в темноте.

— Странно,— произнесла одна, поводя усами.— Пахнуть пахнет, а человека нет.

— Не говори,— согласилась другая.— Здесь пусто. Давайте поищем где-нибудь еще.

— Нич-чего не понимаю! — воскликнула третья, помотала головой, и все трое исчезли; шорох шагов затих во чреве ночной колокольни.

Молодой человек перевел дыхание. Со своей стороны, он тоже ничего не понимал. Кроме разве того, что встретился с этими существами нос к носу. Глаза в глаза. Но они почему-то его не увидели. Смотрели в упор, но не увидели! Он взглянул на свою ладонь. Все в порядке, пока не прозрачная. Чудеса да и только. Завтра же отправляйся на станцию и уезжай отсюда, сказал он себе. Торчать в этом городе дальше слишком опасно. Не надейся, что тебе всю дорогу будет везти.

Однако на следующее утро поезд на станции не остановился. Пролетел мимо, даже не сбросив скорость. После обеда — точно так же. В кабине мелькнул силуэт машиниста. В окнах виднелись фигуры пассажиров. Но останавливаться никто не собирался. Как будто никто не увидел молодого человека, который ждал поезда. А может, из вагонов уже не были видны ни станция, ни сам городок? Когда послеобеденный поезд скрылся из глаз, вокруг повисла могильная тишина. Постепенно стало темнеть. Близилось время кошек. И тут он понял, что потерял себя. Это не город кошек, догадался он. Это место, где мне суждено потеряться. Иной мир, уготовленный мною для себя самого. И никакие поезда, что вернули бы меня в реальность, на этой станции больше не остановятся.

Этот рассказ Тэнго прочел дважды. Больше всего зацепили слова: *место, где мне суждено потеряться*. Он закрыл книгу и посмотрел в окно на унылый индустриальный пригород, тянущийся вдоль моря. На исполинские цистерны со сжиженным газом, высоченные заводские трубы, похожие на дальнобойные артиллерийские орудия, и бегущие по дорогам огромные грузовики. Конечно, это не город кошек, но нечто похожее. Где-то на уровне подземного градоустройства.

Тэнго закрыл глаза и попытался вообразить, где пришлось потеряться Кёко Ясуде. Там не останавливаются поезда. Там нет ни телефона, ни почтового ящика. Днем там сплошное одиночество, ночью — дотошный кошачий дозор. И так до бесконечности. Незаметно Тэнго заснул. Поспал недолго, но глубоко. Проснулся весь в поту. Стоял жаркий летний день, и электричка бежала вдоль южного берега мыса Босо.

В Татэяме Тэнго пересел со скорого на местный, доехал до Тикуры. На станции стоял ностальгический запах моря, а люди вокруг были загорелые, точно негры. Он сел в такси, добрался до санатория. У стойки приема назвался и сообщил фамилию отца.

— Вы извещали о визите заранее? — сухо спросила его средних лет медсестра.

Невысокая, очки в золотистой оправе. В коротко стриженных волосах слегка пробивается седина. На безымянном пальце — обручальное кольцо, будто специально подобранное под очки. На лацкане халата — бирка с фамилией Тамура.

— Нет,— признался Тэнго.— Сегодня утром решил, сел в поезд и приехал.

Медсестра посмотрела на него как на сумасшедшего:

— Все посещения должны согласовываться заблаговременно. У медперсонала существует график работы, а у пациентов — строго расписанный режим.

— Прошу прощения. Об этом я не знал.

— Когда вы приезжали сюда в последний раз?

— Два года назад.

— Два года назад? — повторила сестра, листая список посещений.— Иначе говоря, два года подряд вас здесь не было?

— Именно так,— подтвердил Тэнго.

— Согласно нашим данным, вы — единственный родственник господина Каваны?

— Да, это правда.

Медсестра отложила список в сторону, посмотрела на Тэнго, но ничего не сказала. В ее взгляде он не почувствовал особого сострадания. Скорее, она просто что-то проверяла. Похоже, в ее глазах он не был особо исключительным экземпляром.

— Ваш отец сейчас на групповой реабилитации. Сеанс закончится через полчаса. После этого вы сможете с ним повидаться.

— В каком он сейчас состоянии?

— Телесно здоров. В физическом смысле проблем не наблюдается. Об *остальном* судите сами.— Сказав так, она закрыла глаза и потерла указательными пальцами веки.— Кроме вас, на этот вопрос никто не ответит.

Поблагодарив сестру, Тэнго провел в зале приема еще полчаса, читая книгу на старинном диване. Из открытого окна доносились запах моря и шелест сосен. Бесчисленные цикады в сосновых кронах скрежетали из последних сил. Будто выжимая из времени, которое им осталось, все самое важное.

Наконец подошла сестра Тамура, сообщила, что сеанс реабилитации закончен и можно повидаться с отцом.

— Я провожу вас,— сказала она.

Тэнго поднялся с дивана и невольно окинул взглядом свое отражение в зеркале на стене. Линялая джинсовая рубашка без пуговиц поверх майки с гастролей Джеффа Бека, зеленые бриджи с мелкими пятнышками от пиццы на коленях, тысячу лет не стираные кеды цвета хаки, бейсбольная кепка. В общем, никак не похож на тридцатилетнего сына, который два года спустя навещает в больнице отца. В руках — ни цветов, ни гостинцев. Только из кармана торчит потрепанная книженция. Неудивительно, что сестра посмотрела на него как на идиота.

Сестра Тамура повела его куда-то через внутренний двор и по дороге вкратце рассказала, как здесь все устроено. Всего корпусов три, и каждого пациента кладут в первый, второй или третий в зависимости от стадии болезни. У отца Тэнго сейчас средняя стадия, поэтому он лежит во втором. Предыдущая стадия считается легкой, следующая — тяжелой. Обратного порядка в принципе не бывает, и после третьего корпуса не предлагается уже ничего. Кроме, понятно, крематория, о котором сестра тактично промолчала. Но ее намек Тэнго понял без объяснений.

Отцовская палата была двухместной, но сосед отлучился на какие-то курсы. Курсов здесь было множество — лепка из глины, садоводство, гимнастика и так далее. Хотя их называли реабилитационными, велись они не для того, чтоб лечить, а чтобы хоть ненадолго сдержать развитие неизбежно прогрессирующей болезни. Ну или просто занять чем-нибудь пациентов. Отец сидел в кресле у распахнутого окна, сложив руки на коленях, и смотрел на улицу. На столике рядом — горшки с какими-то желтыми цветами. На полу — особо мягкое покрытие, чтобы можно было упасть и не ушибиться. Две деревянные кровати, два письменных стола, пара шкафчиков для одежды и личных вещей. К столам приторочено по небольшой книжной полке. Когда-то белые шторы за много лет пожелтели от яркого солнца.

О том, что старик в кресле у окна — его отец, Тэнго догадался не сразу. Слишком уж тот уменьшился в размерах. Усох — так, пожалуй, будет точнее. Совсем поредевшие волосы напоминали заиндевевшую лесную лужайку. Щеки ввалились, отчего глаза казались гораздо крупнее, чем раньше. Лоб разреза́ли три глубокие морщины. Череп словно бы искривился — но, возможно, просто весь полысел. Брови стали длинными и густыми. Из ушей торчали в разные стороны длинные седые волоски. Уши, и раньше немаленькие, казались теперь огромными и походили на крылья летучей мыши. Не изменился, пожалуй, один только нос. Круглый и приплюснутый, в отличие от ушей. Странного темно-красного цвета. Из полуоткрытого рта с зубами, торчащими в разные стороны, казалось, вот-вот потечет слюна. Глядя на этого старика у окна, Тэнго невольно вспомнил последний автопортрет Ван Гога.

Когда Тэнго вошел в палату, старик обернулся к нему лишь на секунду — и уставился в окно опять. На взгляд издалека, он напоминал скорее мышь или белку, нежели человека. Примерно таким интеллектом он теперь обладал. И все же, *вне всяких сомнений*, это был отец Тэнго. Или, по крайней мере, то, что от него оставалось. За два года время отняло у старика очень многое. Отняло безжалостно, точно сборщик налогов, конфисковавший последний скарб у бедняка. Сколько Тэнго помнил отца, тот всегда был подтянутым, целеустремленным и буквально горел на работе. Пускай и не семи пядей во лбу, но со своими жизненной философией и силой воли. Ни разу Тэнго не слышал, чтобы отец на что-нибудь жаловался. Теперь же перед ним сидел не человек, а пустая оболочка. Скорлупа, в которой не осталось никакого тепла.

— Господин Кавана? — позвала сестра Тамура. Громко и внятно. Как учат медсестер разговаривать с пациентами. — Господин Кавана. Смотрите, кто к вам пришел. Это ваш сын!

Старик опять обернулся. Его глаза напомнили Тэнго два опустевших ласточкиных гнезда под крышей заброшенного дома.

— Здравствуй, — сказал ему Тэнго.

— Господин Кавана, к вам приехал ваш сын из Токио, — добавила сестра.

Ничего не отвечая, отец смотрел на сына в упор — так, словно пытался прочесть объявление на неизвестном ему языке.

— В половине седьмого ужин, — сообщила медсестра для Тэнго. — До тех пор можете побыть с ним, сколько хотите.

Когда она ушла, Тэнго в растерянности подошел к отцу и опустился в кресло напротив. Старое кресло с полинявшей обивкой, деревянные подлокотники все в царапинах. Отец, не поворачивая головы, следил за ним птичьим взглядом.

— Ну как самочувствие? — спросил Тэнго.

— Твоими молитвами,— церемонно ответил отец.

О чем говорить дальше, Тэнго не представлял. Теребя пуговицу на рубашке, он посмотрел на сосновую рощу за окном. И опять взглянул на отца.

— Из Токио приехал? — спросил отец.

— Из Токио.

— На скором поезде?

— Да,— ответил Тэнго.— Сначала до Татэямы на скором, потом на обычном до Тикуры.

— Мы с тобой встречались у моря?

Тэнго не выдержал.

— Я — Тэнго. Тэнго Кавана. Твой сын.

— А откуда в Токио? — спросил отец.

— Коэндзи, округ Сугинами.

Морщины на лбу старика вдруг сделались резче.

— Много людей часто врут, лишь бы не платить за телевидение «Эн-эйч-кей».

— Папа,— снова позвал Тэнго. Этого слова он не произносил уже тысячу лет.— Я Тэнго, твой родной сын.

— У меня нет сына,— отрезал старик.

— У тебя нет сына? — механически повторил Тэнго.

Отец кивнул.

— Кто же я для тебя?

— Никто,— ответил отец. И покачал головой.

Задохнувшись, Тэнго на несколько секунд потерял дар речи. Отец тоже умолк. Оба сидели в тишине, каждый думал о своем. И только цикады за окном стрекотали, как полоумные.

А ведь старик, похоже, не бредит, подумал Тэнго. Да, у него провалы в памяти и вывихнутое сознание. Но то, что он говорит, вполне может быть правдой. Тэнго чувствовал это интуитивно.

— Что ты имеешь в виду? — уточнил он.

— Ты — никто,— ответил отец без какой-либо интонации.— Всегда был никем, сейчас никто, да так никем и останешься.

Ну хватит! — подумал Тэнго.

Ему очень хотелось встать, уйти отсюда, добраться до станции, вернуться в Токио. Но что-то удержало его — прямо как того парня в Кошачьем городе. Возможно, любопытство. Он должен узнать, что с ним происходит. Получить конкретные ответы. Возможно, в тех ответах для него таится опасность. Но если уйти сейчас — скорее всего, шанса узнать о себе правду больше не представится. Истина просто утонет в бескрайнем хаосе этого мира.

Тэнго долго подбирал в голове слова, переставлял их местами. И наконец, разозлившись на себя, спросил именно то, что хотел спросить с детства, но никогда не решался:

— Ты хочешь сказать, я — не твой биологический сын? И мы с тобой не родня по крови?

Отец, не отвечая, смотрел на него. Дошел ли до старика смысл вопроса, разобрать было невозможно.

— Воровать радиосигналы — преступление,— сказал отец, глядя сыну прямо в глаза.— Все равно что красть золото или брильянты. Или ты не согласен?

— Пожалуй, ты прав,— на всякий случай согласился Тэнго.

Отец удовлетворенно кивнул.

— Радиосигналы не падают с неба бесплатно, как дождь или снег,— добавил он.

Не представляя, что на это ответить, Тэнго смотрел на отцовы руки, *очень правильно* сложенные на коленях.

Левая на левом колене, правая на правом. Обе замерли точно каменные. Потемневшие от времени маленькие ладони. Палящее солнце прокалило этого человека до сердцевины. Слишком много лет он проработал без крыши над головой.

— Мама не умерла, когда я был совсем маленьким, верно? — медленно и отчетливо задал вопрос Тэнго.

Отец не ответил. Не изменилось выражение глаз, не дрогнули руки. Он просто разглядывал Тэнго как нечто странное и чужое.

— Она просто нас бросила. Оставила меня с тобой, а сама сбежала с другим мужчиной. Так или нет?

Отец кивнул:

— Воровать сигналы грешно. Нельзя просто делать что хочешь и убегать когда вздумается.

Все он понимает, в очередной раз убедился Тэнго. Только не хочет ничего говорить, и точка.

— Отец! — снова позвал его Тэнго. — Может, на самом деле ты не мой настоящий отец, но пока я буду звать тебя так. Хотя бы потому, что не знаю, как еще к тебе обращаться. Признаюсь честно: я никогда тебя не любил. А частенько и ненавидел. Надеюсь, это ты понимаешь? Но если окажется, что ты мне не отец и между нами нет кровной связи, ненавидеть тебя у меня не будет никаких причин. Смогу ли полюбить — не знаю, но хотя бы сумею понять. Всю жизнь я хотел одного: понять, что случилось *на самом деле*. Кто я такой и откуда произошел. И ничего больше. Но этого мне никто никогда не рассказывал. Если ты сейчас расскажешь мне все как есть, я не буду тебя презирать или ненавидеть. Ведь я и сам этого хотел бы — наконец-то перестать ненавидеть и презирать тебя...

Ни слова не говоря, отец все так же смотрел на Тэнго. Но теперь Тэнго почудилось, будто в разоренных гнездах отцовых глазниц вновь затеплилось некое подобие жизни.

— Да, *я — никто*,— продолжил Тэнго.— Ты абсолютно прав. Одиночка, дрейфующий в ночном океане. Протяну руку — вокруг пустота. Закричу — никто не отзовется. Ни с кем на свете меня ничто не связывает. И ни один человек, кроме тебя, не считается мне родней. Но ты не хочешь рассказывать правды о нашей семье. А время бежит, и в этом прибрежном городишке с каждым новым порывом ветра твоя память все больше пустеет. Скоро в ней не останется никакой правды, как уже не осталось меня. Да, я не могу тебе ничем помочь, а значит, я — никто, и навечно останусь никем. Все, как ты и сказал.

— Наши знания — ценнейший общественный капитал,— торжественно продекламировал отец. Хотя и гораздо тише, чем прежде. Словно кто-то повернул ручку громкости и убавил звук.— Капитал этот необходимо накапливать, беречь и передавать по наследству следующим поколениям. Вот почему корпорация «Эн-эйч-кей» призывает граждан к сознательности и ожидает от вас, господа, оплаты ее радиотелевизионных...

Да он же читает это как мантру, понял Тэнго. Повторение этих слов по сто раз на дню когда-то помогло отцу выжить. Только теперь эти лозунги — стена, которую нужно проломить, чтобы вытащить из-за нее живого человека.

— Какой она была, моя мать? — перебил он отца.— Куда ушла и что с ней случилось дальше?

Отец немедленно умолк. Молитва оборвалась.

— Я устал жить с ненавистью и презрением в сердце,— продолжил Тэнго.— Страшно устал оттого, что не могу никого полюбить. У меня нет друзей. *Ни единого.* Но главное — я даже не способен полюбить себя. Почему? Да как раз потому, что не могу полюбить никого другого. Человеку удается любить себя, лишь когда он любит других — и любим другими. **Понимаешь, о чем я?** Если не любишь других, себя полюбить не выйдет... Я ни в чем не обвиняю тебя лично. Скорее всего, ты сам — такой же пострадавший. Наверно, ты за всю жизнь так и не смог себя полюбить. Или я ошибаюсь?

Отец молчал, плотно стиснув губы. По его лицу нельзя было разобрать, понял ли он, что ему говорилось. Тэнго умолк и ссутулился в кресле. Через окно в палату ворвался ветер. Распахнул занавески, потеребил цветочные бутоны в горшках и унесся через приоткрытую дверь в коридор. Сильнее запахло морем. Словно вторя скрежету цикад, зашелестели лапами сосны.

— Ко мне часто приходит видение,— продолжил Тэнго.— Одно и то же, много лет подряд. А может, даже не видение, а воспоминание — то, что я видел давным-давно. Мне полтора года, рядом мать. А с ней — молодой мужчина. *Только это не ты.* Кто — понятия не имею. Но не ты, знаю точно. Почему-то эта картинка въелась в мои веки и преследует меня всю жизнь.

Отец молчал. Но его глаза определенно на что-то смотрели. На то, чего здесь не было. В воздухе снова повисло молчание. Тэнго слушал, как шумит внезапно окрепший ветер. Что слушал отец — одному богу известно.

— Почитай мне что-нибудь, будь любезен,— вдруг учтиво попросил отец, нарушив долгую паузу.— Сам я больше не читаю — глаза болят. Книги там, на полке. Выбери что хочешь.

Глубоко вздохнув, Тэнго поднялся с кресла и пробежал глазами по корешкам книг на полке. В основном исторические романы. Плюс «Жития бодхисатв» от первого до последнего тома. Сидеть перед отцом и ковыряться в тягучем и пафосном старояпонском хотелось меньше всего на свете.

— Хочешь, почитаю про Кошачий город? — предложил Тэнго.— Эту книгу я с собой прихватил, чтобы в поезде читать.

— Про Кошачий город...— механически повторил отец.— Почитай, если не трудно.

Тэнго бросил взгляд на часы.

— Не трудно, конечно. До поезда еще времени много. Странная история, не знаю, понравится ли тебе...

Он достал из кармана книгу и начал читать рассказ о Кошачьем городе. Отец, не меняя позы, сидел у окна и слушал. Читал Тэнго не торопясь, как можно разборчивей. За весь рассказ сделал всего две-три паузы — перевести дух, а заодно проверить реакцию слушателя. Но лицо старика оставалось абсолютно бесстрастным. Даже не догадаешься, интересно ему или нет. Когда история закончилась, отец еще долго сидел недвижно с закрытыми глазами. Он походил на спящего и все же не спал. Просто погрузился в мир рассказа — так глубоко, что требовалось какое-то время оттуда выбраться. Тэнго терпеливо ждал. За окном потускнело, близились сумерки. Ветер с моря все раскачивал сосновые ветки.

— А в этом Кошачьем городе есть телевизоры? — спросил отец первым делом. Профессионал до последнего вздоха, куда деваться.

— Рассказ написан в тридцатые годы,— ответил Тэнго.— Телевизоров тогда еще не изобрели. Хотя радио уже слушали.

— В Маньчжурии мы не слушали даже радио. Не было радиостанций. Газеты доставляли с опозданием на две недели. Еды не было. Женщин тоже. Иногда приходили волки. Настоящий край света...

Отец умолк и о чем-то задумался. Видимо, вспомнил свою молодость, проведенную в Армии освоителей Маньчжурии. Скоро, впрочем, мрачные воспоминания сожрала пустота, и в памяти его полегчало. Эта метаморфоза отчетливо отразилась у него на лице.

— Город построили кошки? Или строили люди, а жить стали кошки? — спросил отец будто бы сам себя, глядя на свое отражение в оконном стекле.

— Кто знает,— ответил Тэнго.— Наверное, все-таки люди, только очень давно. Потом они почему-то исчезли, и вместо них поселились кошки. Скажем, случилась какая-нибудь эпидемия, от которой все умерли. Ну или вроде того.

Отец кивнул.

— Один рождает пустоту, а другой должен ее заполнить,— сказал он.— Все так живут.

— Все так живут? — удивился Тэнго.

— Вот именно,— отрезал отец.

— И чью же пустоту заполняешь ты?

Лицо старика перекосилось в усмешке. Густые длинные брови наползли на глаза. А в голосе послышалась издевка:

— Ты еще не понял?

— Нет,— признался Тэнго.

Отец раздул ноздри и задрал одну бровь. Как делал всю жизнь, когда был чем-нибудь недоволен.

— Если не понял без объяснений, значит, бесполезно объяснять,— произнес старик.

Тэнго, прищурившись, вгляделся в человека, который это сказал. За всю свою жизнь отец не произнес ни единой абстрактной фразы. Слова, слетавшие с его губ, всегда были до предела конкретны и прагматичны. Неизменным правилом любой беседы у отца считалось одно: когда нужно, скажи что требуется — и как можно короче. Теперь же он сам говорил загадками, и лицо его при этом оставалось непроницаемым.

— Ладно,— сдался Тэнго.— Ты заполняешь чью-то пустоту. А кто заполняет твою?

— Ты! — коротко ответил старик. И, подняв руку, с силой ткнул указательным пальцем в сторону Тэнго.— Так устроен мир, к твоему сведению. Я заполняю пустоту, порожденную кем-то другим. А пустоту, порожденную мной, заполняешь ты. Такая вот эстафета.

— Примерно как кошки заполнили опустевший город?

— Да. Все мы пустеем, как города.

— Пустеем, как города? — эхом повторил Тэнго.

— Женщины, которая тебя родила, нигде больше нет.

— Нигде больше нет. Пустеем, как города... Ты хочешь сказать, она умерла?

На это отец ничего не ответил. Тэнго вздохнул:

— Но кто же тогда мой отец?

— Пустота. Твоя мать спуталась с пустотой и родила тебя. А я заполнил эту пустоту.

Сказав так, отец закрыл глаза и умолк.

— Спуталась с пустотой?

— Да.

— А после этого ты меня вырастил. Ты об этом?

Отец кашлянул.

— Ну я же тебе сказал,— произнес он тоном, каким непонятливому ребенку в третий раз объясняют одно и то же.— Если не понял без объяснений, значит, бесполезно объяснять.

— То есть, по-твоему, я появился из пустоты? — уточнил Тэнго.

Никакого ответа.

Сцепив пальцы рук на коленях, Тэнго вновь заглянул отцу прямо в лицо. А ведь этот старик — вовсе не опустевшая скорлупа, подумал он. И совсем не безжизненная горстка костей и плоти. Сохраняя упрямый характер и сумеречный рассудок, он продолжает бороться за жизнь здесь, в лечебнице на морском берегу. Пока его память еще сражается с пустотой на равных. Но он прекрасно понимает, что уже очень скоро пустота окончательно поглотит его, хочет он того или нет. Всего лишь вопрос времени. Не эту ли пустоту он имел в виду, отвечая на вопрос, откуда появился Тэнго?

Макушки сосен в наползающих сумерках вновь качнуло порывом ветра, и Тэнго различил в их шелесте стон морских волн. Или просто почудилось?

Глава 9

АОМАМЭ

Милость, дарованная свыше

Аомамэ шагнула в комнату, и Бонза, войдя за ней следом, тихонько затворил за спиною дверь. Их встретил кромешный мрак. Толстенные шторы на окнах защищали все, что было в комнате, от света внешнего мира. Слабые лучики, пробивавшиеся в щели между ними, лишь подчеркивали и без того непроглядную тьму.

Точно в кинозале или планетарии, глаза привыкали к темноте постепенно. Сначала Аомамэ различила низкий столик, на нем — электронные часы с зелеными цифрами 7.20. А чуть погодя — огромную кровать в углу. Столик с часами стоял у самого изголовья. Хотя размерами эта комната уступала предыдущей, обычный гостиничный номер все равно не шел с нею ни в какое сравнение.

На кровати большой черной кучей громоздилось нечто бесформенное. *Настолько* бесформенное, что прошло еще с полминуты, прежде чем Аомамэ разглядела: перед ней — человек. Совершенно недвижный, без малейших признаков жизни. Дыхания тоже не слышалось. Кроме слабого шелеста кондиционера в потолке, никаких звуков в комнате не раздавалось. И все-таки человек на кровати был жив. По крайней мере, Бонза вел себя так, будто в этом не сомневался.

Исполинских размеров тело. Вероятно, мужчина. Толком не разобрать, но на вошедших, похоже, не смотрит. Не под одеялом: кровать застелена, он лежит поверх покрывала на животе. Так огромное истерзанное животное, прячась в дальнем углу пещеры, зализывает раны и сберегает остаток сил.

— Время, господин,— сказал Бонза, обращаясь в сторону кровати. Напряженным тоном, какого раньше за ним не замечалось.

Услышал ли его «господин», было неясно. Темная груда на кровати не шелохнулась. Бонза попятился, подпер спиной дверь и замер, ожидая указаний. В комнате воцарилось такое беззвучие, что стало слышно, как кто-то сглотнул слюну. Лишь пару секунд спустя Аомамэ сообразила, что этот кто-то — она сама. Держа сумку в правой руке, она тоже застыла, ожидая, что дальше. Цифры на часах сменились на 7.22, потом на 7.23.

Черная куча на кровати зашевелилась. Сначала слегка задрожала, а потом начала менять очертания. Как будто человек крепко спал — или находился в состоянии, похожем на сон,— а теперь проснулся. Задвигал конечностями, оторвал от подушки голову, попытался сообразить, что с ним происходит. И наконец сел на кровати, скрестив ноги. Определенно мужчина, убедилась Аомамэ.

— Время, господин,— повторил Бонза.

И тут мужчина с шумом выпустил воздух из легких. Его выдох был тяжелым и медленным, будто со дна глубокого колодца. Затем последовал вдох — столь же долгий, но бурный и прерывистый, как ветер меж деревьев в лесу. Два разных звука, сменяя друг друга, повторялись снова и снова, а между ними повисали долгие интервалы тишины. Слушая это размеренное и *многозначное* дыхание, Аомамэ ощутила себя в абсолютно чуждом ей мире. Все равно что на дне океана или на неведомой планете. Докуда можно только добраться, но откуда возврата нет.

Глаза Аомамэ никак не хотели привыкать к темноте. Во всей комнате она различала только огромный силуэт человека, сидящего на кровати. Куда он смотрит — не разобрать. Видно лишь, как его плечи медленно опускаются и поднимаются в такт дыханию. Само дыхание очень специфичное. Так дышат сознательно, с особой целью, подключая как можно больше внутренних органов. Она представила, как движутся при этом его мощные плечи, как поднимается и опускается диафрагма. Обычному человеку так дышать не под силу. Этот навык вырабатывается лишь долгими дыхательными практиками.

Бонза стоял за ее плечом, вытянувшись по стойке «смирно». Дышал он, в отличие от своего босса, неглубоко и часто. Застыв как статуя, он ждал, когда начальство завершит свои респираторные упражнения. Ожидание это, похоже, составляло одну из ежедневных обязанностей Бонзы. И Аомамэ оставалось только ждать вместе с ним. Видимо, дыхательная процедура была необходима человеку на кровати для полного пробуждения.

Наконец это странное дыхание начало успокаиваться, примерно как сбавляет обороты завершивший работу станок. Паузы между вдохами и выдохами становились все дольше, пока человек не выжал воздух из легких в последний раз, и комнату затопила бездонная тишина.

— Время, господин,— сказал Бонза в третий раз.

Голова человека на кровати медленно повернулась. Похоже, в сторону Бонзы.

— Можешь идти,— произнес человек глубоким баритоном. Твердо и внятно. Стопроцентное пробуждение, отметила Аомамэ.

Отвесив неглубокий поклон, Бонза вышел. Дверь закрылась, и Аомамэ осталась с клиентом один на один.

— Извини, что темно,— сказал мужчина.

— Ничего страшного,— отозвалась Аомамэ.

— Без темноты нельзя,— мягко пояснил он.— Но ты не волнуйся, тебя никто не обидит.

Она молча кивнула. Но потом сообразила, что в темноте этого не увидеть, и ответила:

— Хорошо.

Собственный голос показался ей странно высоким.

Несколько долгих секунд мужчина смотрел на нее. Даже во мраке она ощущала на себе его взгляд. Пристальный, испытующий. Этот человек не просто смотрел на Аомамэ, он будто *вглядывался в ее нутро*. Исследовал ее душу до самого дна. Ей почудилось, будто с нее сорвали одежду, всю до последней тряпки, и выставили перед этим мужчиной в чем мать родила. И теперь его взгляд забирался к ней под кожу и проникал в ее мышцы, внутренности, утробу. Этот человек видит в темноте, как кошка, подумала Аомамэ. Считывая даже то, что обычным людям и при свете не разглядеть.

— В темноте лучше видно, что происходит,— пояснил мужчина, словно угадав ее мысли.— Но когда проживешь во тьме слишком долго, потом очень трудно возвращаться на свет. Поэтому иногда нужны перерывы.

В его взгляде не было вожделения. Он просто исследовал Аомамэ, как объект. Так пассажир судна, стоя на палубе, изучает проплывающий мимо островок. Вот только пассажир не простой. Он умеет видеть острова насквозь. Под этим острым, *всепроникающим* взором Аомамэ вдруг осознала, насколько ее тело убого и несовершенно. Хотя обычно подобными комплексами не страдала. Наоборот, если не считать разнокалиберных грудей, телом своим она даже гордилась. Каждый день заботливо следила за тем, как оно себя чувствует, как выглядит. Каждая мышца подтянута, ни единой складочки. Но теперь, под взглядом этого человека, Аомамэ показалось, что ее тело — старый безобразный мешок, набитый мясом и костями.

Словно догадавшись о том, что творится в ее душе, мужчина прекратил этот жуткий досмотр. Аомамэ ощутила кожей, как его взгляд вдруг утратил силу. Так падает напор воды в шланге, из которого поливают лужайку, если кто-нибудь в доме завинтит кран.

— Извини, ты не могла бы приоткрыть шторы? — тихо сказал мужчина.— Тебе же будет легче работать.

Аомамэ опустила сумку на пол, подошла к окну, раздвинула тяжелые шторы, отдернула кружевной тюль. Вечерний город залил комнату призрачным сиянием. Огни токийской телебашни, фонари скоростной магистрали, вспышки автомобильных фар, горящие окна небоскребов, неоновые вывески на крышах зданий — вся иллюминация сумеречного мегаполиса хлынула в гостиничный номер. Светлее в комнате не стало. Но теперь хотя бы можно было разобрать, где какая мебель стоит. Тусклый сумрак вызвал прилив ностальгии. Это было свечение мира, где она привыкла существовать. Внешнего мира, которого ей так сейчас не хватало. Но даже такой слабый свет вызвал у мужчины страдания. Когда она обернулась, он все так же сидел на кровати, скрестив ноги, и прятал лицо в ладонях.

— Что-то не так? — спросила Аомамэ.

— Все в порядке,— ответил он.

— Может, все-таки немного задернуть?

— Оставь как есть. Просто у меня проблемы с сетчаткой. Глаза привыкают к свету не сразу. Нужно немного времени. Садись и подожди, если не трудно.

Воспаление сетчатки, припомнила Аомамэ. Чаще всего приводит к полной слепоте. Впрочем, это уже вне ее компетенции. То, с чем нужно работать ей, к зрению отношения не имеет.

Пока мужчина, закрыв лицо руками, привыкал к свету, Аомамэ опустилась на диван напротив и постаралась разглядеть своего визави, насколько возможно. Наконец-то пришел черед изучить того, с кем имеешь дело.

Человек и правда огромный. Не толстяк. Просто огромный — как ростом, так и вширь. Силищи не занимать. Да, хозяйка предупреждала, что он великан, но Аомамэ даже представить не могла, *насколько* это буквально. Хотя, казалось бы, глава религиозной секты вовсе не обязан быть таких исполинских размеров. Аомамэ представила, как это чудовище насилует девочек, и лицо ее невольно перекосилось. Вот он, абсолютно голый, склоняется над беззащитным тельцем. Какое сопротивление может оказать ему десятилетняя девочка? Тут и взрослой-то женщине просто некуда деться.

На мужчине — легкие тренировочные штаны на резинке и рубашка с коротким рукавом. Рубашка без узора прошита блестящей нитью. В обтяжку, две пуговицы сверху расстегнуты. И штаны, и рубашка то ли белые, то ли светло-кремовые, не разобрать. Пижамой не назовешь — скорее легкое домашнее одеяние. Или классическая униформа для отдыха под пальмами в жарких странах. Здоровенные голые ступни. Плечи широченные, как у чемпиона по спортивной борьбе.

— Спасибо, что пришла,— произнес мужчина, будто специально выдержав паузу, чтобы Аомамэ хорошенько его разглядела.

— Это моя работа. Когда вызывают, прихожу куда нужно,— отозвалась она как можно бесстрастнее.

И тут же ощутила себя кем-то вроде проститутки. Может, оттого, что под его пристальным взглядом в темноте почувствовала себя раздетой?

— Ты в курсе, куда тебя вызвали на этот раз? — спросил мужчина, не отнимая рук от лица.

— Вы хотите спросить, что́ я знаю о вас?

— Да.

— Почти ничего,— осторожно ответила Аомамэ.— Мне даже не сказали, как вас зовут. Знаю только, что вы руководите религиозной организацией то ли в Нагано, то ли в Яманаси. Что у вас проблемы с мышцами и, возможно, я могла бы вам как-то помочь.

Мужчина несколько раз покачал головой, затем отнял ладони от лица и посмотрел на Аомамэ.

Его длинные, с проседью волосы спускались до самых плеч. Возраст — около пятидесяти. Огромный нос чуть не в пол-лица — длинный, прямой и широкий — напоминал альпийскую гору с фотографии в календаре: с мощным подножием, основательную и величавую. При взгляде на этого человека именно его нос запоминался больше всего. Глаза посажены так глубоко, что и не разобрать, куда смотрят. Лицо под стать телу — широкое и мясистое, черты правильные. Гладко выбрито, на коже ни родинок, ни прыщей. В целом лицо умное и совсем не агрессивное. Но когда глядишь на него, что-то не дает глазам успокоиться. Какая-то неуловимая особенность, которая режет глаз и выбивает людей из привычной системы координат. Возможно, чересчур крупный нос нарушает баланс лица, заставляя собеседников нервничать? А может, глубоко утопленные глаза своим тусклым сиянием слишком напоминают доисторические ледники — настолько *покойные*, что разглядывать их уже нет никакого смысла? Или все дело в тонких губах, постоянно изрекающих то, что невозможно предугадать?

— Что еще? — спросил мужчина.

— Больше ничего,— сказала Аомамэ.— Мне велено прийти сюда и выполнить свою работу. Моя специальность — растяжка мышц и вправление суставов. О характере и роде занятий клиента я ни думать, ни знать не обязана.

Ну как есть проститутка, пронеслось у нее в голове.

— Понимаю, о чем ты,— отозвался мужчина.— И все-таки придется кое-что тебе объяснить.

— Я вся внимание.

— Люди зовут меня Лидером. Но я перед ними почти никогда не появляюсь. Даже из моего ближайшего окружения очень мало кто знает, как я выгляжу на самом деле.

Аомамэ кивнула.

— Однако тебе я показываю свое лицо,— продолжил мужчина.— Без этого — оставаясь в темноте — нельзя исцелиться. К тому же того требует элементарная вежливость.

— Никто не говорит об исцелении,— сказала Аомамэ как можно спокойнее.— Простая растяжка мышц. У меня нет медицинской лицензии. Я всего лишь снимаю напряжение с тех суставов и мускулов, которыми люди не пользуются в повседневной жизни.

Мужчина едва заметно усмехнулся. Хотя, возможно, просто привел в движение мышцы лица.

— Хорошо тебя понимаю. Слово «исцелиться» я сказал для удобства, не напрягайся. Я имел в виду лишь одно: сейчас ты видишь то, на что обычным людям смотреть не дано. Важно, чтобы ты это знала.

— О том, что нужно держать язык за зубами, меня уже предупредили вон там,— сказала Аомамэ, показав пальцем на дверь.— Вам не о чем беспокоиться. Все, что я здесь увижу и услышу, я заберу с собой в могилу. Моя работа постоянно связана с чьими-то секретами. Вы не исключение. И в вас меня интересуют только мускулы и суставы.

169

— Я слышал, в детстве ты была верующей из «очевидцев»?

— Не по своей воле. Меня так воспитывали. А это большая разница.

— Ты права, это большая разница,— согласился мужчина.— Хотя от образцов поведения, заложенных в детстве, избавиться невозможно.

— К счастью или к сожалению,— кивнула Аомамэ.

— Религия «очевидцев» сильно отличается от того, что проповедуем мы. Любое учение, пугающее людей концом света,— фальшивка. Я вообще считаю, что конец света — категория личностная и не более того. Но «очевидцы» — очень крепкая секта. Хотя история у них недолгая, они прошли через большие испытания. И сегодня привлекают на свой тернистый путь все больше народу. Стоит признать, у них есть чему поучиться.

— Это потому, что их мало и они не стремятся расшириться,— сказала Аомамэ.— Малым группам легче сопротивляться внешнему давлению.

— Даже не представляешь, как *страшно* ты права,— отозвался мужчина. И, выдержав паузу, добавил: — Хотя, конечно, мы встретились не для того, чтобы рассуждать о религии.

Аомамэ ничего не ответила.

— Я просто хочу предупредить: в моем теле ты можешь обнаружить много неожиданного,— пояснил он.

Аомамэ, не вставая с дивана, молча ждала продолжения.

— Как я уже говорил, мои глаза не выносят яркого света. Болезнь началась несколько лет назад. В основном из-за этого я перестал выходить к людям. И почти все время провожу в темноте.

— Но я не занимаюсь проблемами зрения,— сказала Аомамэ.— Как я и сообщала, моя специальность — мышцы и суставы.

— Да я понимаю...— Мужчина вздохнул.— Конечно же, я обращался к врачам. Сразу к нескольким знаменитым окулистам, которые проверили все, что могли. Сделать ничего нельзя, сказали они. Моя сетчатка воспалена, причина неизвестна. Болезнь со временем прогрессирует. Если так пойдет дальше, я могу ослепнуть. Ты права, это никак не связано с мышцами и суставами. Я просто перечисляю свои недуги по степени тяжести. А сможешь ли ты что-нибудь сделать, решай сама.

Аомамэ кивнула.

— Кроме этого, у меня иногда каменеют мышцы по всему телу,— продолжил он.— Так, что не пошевелить ни рукой, ни ногой. Буквально превращаюсь в булыжник и лежу так по нескольку часов. Боли не чувствую, но даже пальцем пошевелить не могу. Только глазами ворочаю, и все. Такое случается раз или два в месяц.

— Этому предшествуют какие-нибудь симптомы?

— Спазмы и судороги. Сначала охватывает дрожь по всему телу. Минут на десять или двадцать. А потом все тело парализует, словно кто-то выключил рубильник. За эти десять-двадцать минут я успеваю только залечь в постель, как судно в гавань перед штормом. А потом все тело вырубает, и в обычном режиме работает только сознание. Хотя нет — пожалуй, в эти часы оно даже яснее обычного.

— Значит, физической боли нет?

— Ничего не чувствую. Хоть иголки втыкай.

— А лечить пытались?

— Обращался в спецклиники. Встречался с несколькими врачами. В итоге понял одно: сегодняшней медицине моя болезнь не известна, и что с ней делать, никто не знает. Чего только не перепробовал — китайскую медицину, мануальную терапию, иглоукалывание, массажи, грязевые ванны... Только все не впрок.

Аомамэ слегка нахмурилась.

— Я занимаюсь восстановлением мышечной активности. Сильно сомневаюсь, что мои навыки пригодятся в *настолько* особом случае.

— Это я тоже понимаю. И все же хочу испробовать все, что можно. Даже если твоя терапия не сработает, никто не будет тебя винить. От тебя требуется лишь то, что ты умеешь. Посмотрим, как это отразится на моем самочувствии.

Аомамэ представила огромное тело, застывшее на кровати. Настоящий медведь, пережидающий зимнюю спячку в темной берлоге.

— И когда это с вами случилось в последний раз?

— Дней десять назад,— ответил мужчина.— При этом есть еще одна проблема, о которой говорить нелегко... но лучше, чтобы ты о ней знала.

— Что угодно. Пожалуйста, не стесняйтесь.

— Все время, пока я в параличе, у меня не прекращается эрекция.

Аомамэ невольно скривилась.

— То есть пока вы не можете двигаться, у вас все время стоит?

— Именно.

— И при этом вы ничего не чувствуете?

— Абсолютно,— подтвердил он.— Никакого полового влечения. Просто член превращается в камень, как и все остальные мышцы.

Аомамэ покачала головой.

— С этим я вряд ли смогу помочь. Совсем не моя специальность.

— О таких вещах и мне трудно рассказывать, и тебе воспринимать нелегко... Но все-таки я попросил бы послушать еще немного.

— Говорите, не стесняйтесь. Я умею хранить чужие тайны.

— В такие периоды ко мне и приходят женщины.

— *Женщины?*

— В моем окружении много женщин. И когда я не могу двигаться, они приходят и сами садятся на меня, хочу я того или нет. Но я их не чувствую. Просто кончаю. Раз за разом — кончаю, и все.

Аомамэ промолчала.

— Сейчас у меня три женщины. Каждой чуть больше десяти лет. Подозреваю, ты хочешь спросить, зачем таким юным женщинам необходимо со мной спариваться.

— Может, это... какой-то обряд вашей религии?

Мужчина глубоко вздохнул:

— Люди считают, что мой паралич — милость, дарованная Небесами. И когда он наступает, женщины приходят ко мне в надежде зачать моего наследника.

Повисла долгая пауза.

— Вы хотите сказать, их цель — забеременеть? — спросила наконец Аомамэ.— Причем как раз тогда, когда у вас паралич?

— Именно так.

— И пока вы в коме, к вам приходят три разные девочки и вы их всех оплодотворяете?

— Совершенно верно.

Веселенькое дело, подумала Аомамэ. Вообще-то я собираюсь переправить его на тот свет. А он доверяет мне тайны своей извращенной физиологии.

— Но я не понимаю, в чем проблема,— пожала она плечами.— Раз или два в месяц вас парализует на несколько часов. Тогда к вам приходят три ваши любовницы и занимаются с вами сексом. С точки зрения здравомыслящего человека, это, конечно, не вполне нормально. И все же...

— Это не любовницы,— перебил ее мужчина.— Это скорее наложницы. Спариваться со мной — их работа.

— Работа?

— Такая роль им отведена. Родить моего наследника.

— И кто же это за них решил?

— Долгая история,— снова вздохнул мужчина.— А проблема в том, что мое тело все больше дряхлеет.

— Девочки не могут забеременеть?

— Пока не удалось ни одной. Да, наверное, это в принципе невозможно. Потому что у них месячные еще не начались. А они требуют от меня чуда.

— Никто не беременеет, месячных нет,— подытожила Аомамэ.— А ваше тело все больше дряхлеет.

— Каждый раз моя кома длится все дольше,— сказал мужчина.— И наступает все чаще. Началось это семь лет назад. Сначала меня вырубало раз в два-три месяца. А сейчас уже пару раз в месяц. Когда паралич проходит, остаются боль и усталость. С которыми приходится жить каждый день. И никто не вставит иглу с лекарством, которое бы все излечило — и мигрень, и отчаяние, и бессонницу...

Он опять глубоко вздохнул. И продолжил:

— Где-то через неделю после этого становится легче, но боль остается. Она приходит волнами по нескольку раз на дню и скручивает так, что трудно дышать. Органы выходят из строя. Все тело начинает скрипеть, как несмазанный агрегат. Словно кто-то пожирает мою плоть и высасывает мою кровь, буквально каждую секунду... Но гложет меня не рак и не какая-нибудь зараза. Все медицинские проверки показывают, что физически я абсолютно здоров. Что со мной происходит — сегодняшняя наука объяснить не в силах. По всему получается, что моя болезнь — это дар, ниспосланный свыше.

Определенно, у мужика не все дома, подумала Аомамэ. С одной стороны, смертельного измождения она в нем почти не чувствовала. Скроен крепко и, похоже, привык выносить даже очень сильную боль. С другой стороны, ему явно осталось недолго. Этот человек смертельно болен. Какой болезнью — бог его знает. Но очень скоро — даже без моей помощи — в страшных муках переправится на тот свет.

— Остановить эту болезнь невозможно,— словно подхватил ее мысли мужчина.— Она изгложет меня изнутри, и я в страшных муках отправлюсь на тот свет. Они выкинут меня, точно старую клячу, которая отпахала свое.

— Они? — повторила Аомамэ.— Вы о ком?

— О тех, кто гложет меня изнутри,— ответил он.— Но бог с ними. Я просто хочу, чтобы ты хоть немного облегчила мою боль. Пускай это меня и не излечит. Готов на что угодно, лишь бы не болело так сильно. Эта страшная боль отнимает у меня очень многое, но многое и дарует. Я воспринимаю ее как милость, дарованную Небесами. Но от милости этой совсем не легче. И окончательного разрушения с ее помощью не избежать.

Повисла долгая пауза.

— Повторяю,— сказала Аомамэ,— с вашей болезнью я вам почти ничем помочь не способна. Тем более, если это — *милость, дарованная Небесами.*

Лидер распрямил спину, и зрачки его глубоко посаженных глаз блеснули в темноте.

— Нет,— сказал он.— Именно ты способна. Причем как никто другой.

— Хотелось бы верить, но...

— Я это знаю,— кивнул он.— Я вообще много чего знаю. Если ты не против, можешь начинать. То, что до сих пор делала с другими.

— Хорошо, попробую,— сказала Аомамэ. Голосом холодным, как кусок льда. *То, что до сих пор делала с другими,*— эхом отозвалось у нее в голове.

Глава 10

ТЭНГО

Предложение отклоняется

Незадолго до шести Тэнго расстался с отцом. Дожидаясь такси, посидел с ним бок о бок у подоконника. Оба не говорили ни слова. Тэнго думал о своем, отец с замысловатым выражением лица смотрел в окно. Солнце клонилось к закату, и небесная синева становилась все глубже.

Вопросов оставалось много. Но о чем ни спроси, ответа все равно не дождешься. Это ясно даже по тому, как плотно стиснуты отцовы губы. Он больше не хотел говорить ни слова. Потому Тэнго и не спрашивал. Если не понимаешь без объяснений, не стоит и объяснять. Как и говорил сам отец.

И вот настало время уходить.

— Спасибо за все, что ты сегодня рассказывал,— произнес Тэнго.— Не все было понятно, но я чувствую, ты говорил очень искренне.

Он взглянул на отца. Но не прочел на его лице никаких перемен.

— У меня еще много вопросов,— продолжил Тэнго.— Но я понимаю, что все они принесут тебе боль. Мне остается лишь догадываться, что произошло, исходя из того, что ты уже рассказал. Наверное, ты не мой настоящий отец. Такова моя *догадка*. Подробностей я не знаю, но вывод напрашивается сам собой. Если это не так — скажи.

Но отец молчал.

— А если так, мне станет легче. Не потому, что я тебя ненавижу. А потому, что причина тебя ненавидеть наконец пропадет. Подозреваю, ты воспитал меня как своего сына. Наверное, за такие вещи следует благодарить. К сожалению, я был тебе плохим сыном. Но это другая проблема.

Отец, ни слова не отвечая, смотрел в окно. Куда-то далеко-далеко — таким взглядом солдат в патруле проверяет, не выпустил ли неприятель сигнальную ракету над горизонтом. Тэнго проследил, куда именно смотрит отец. Никакой ракеты там не было. Только сосны в вечерних сумерках, и больше ничего.

— Прости, но я почти ничем не смог с тобой поделиться. Разве что желанием, чтобы в твоей жизни было как можно меньше пустоты, о которой ты сам говорил. Знаю, ты прожил очень трудную жизнь. И по-своему сильно любил мою мать. Мне так кажется. Но она от тебя ушла. С тем, кто был моим настоящим отцом, или с кем-то другим — не знаю. Говорить ты об этом не хочешь. Но так или иначе, она исчезла, оставив меня с тобой. И ты воспитывал меня, постоянно надеясь, что если мы будем вместе, когда-нибудь мама еще вернется. Но она не вернулась. Ни к тебе, ни ко мне. Тебе было очень трудно. Все равно что жить в опустевшем городе. Но именно в этом городе ты вырастил меня. Чтобы заполнить свою пустоту.

Лицо старика оставалось совершенно бесстрастным. Понимает ли он, да и слышит ли вообще, что ему говорят,— неясно.

— Возможно, я ошибаюсь. Ей-богу, лучше бы я ошибался! Но по крайней мере, такая догадка многое объясняет. И разрешает очень много сомнений.

Несколько ворон взмыли в небо, хлопая крыльями. Тэнго посмотрел на часы. Пора. Встав с кресла, он подошел к отцу и положил руку ему на плечо.

— До свидания, папа. В ближайшее время еще приеду.

Уже поворачивая ручку двери, Тэнго в последний раз обернулся — и с удивленьем заметил на щеке старика слезу. Будто последнее, что сумел выжать из себя этот человек. В серебристой капле отражался свет лампы на потолке. Медленно скатившись по щеке, слезинка упала отцу на колени. Тэнго открыл дверь, вышел из палаты. Забрался в такси, доехал до вокзала и сел в электричку.

Обратный поезд из Татэямы оказался куда оживленней и веселее: семьи с детьми возвращались с пляжа. Глядя на них, Тэнго вспоминал свои школьные годы. Так, как эти люди, он не путешествовал ни с кем и никогда. На Обон* и в новогодние праздники отец просто спал. Точно старый электроприбор, который отключили от розетки.

Опустившись на сиденье, Тэнго собрался было почитать дальше книгу, но понял, что забыл ее в палате отца. Он сокрушенно вздохнул, но тут же подумал: да может, оно и к лучшему. Что сейчас ни читай — все равно не полезет в голову. А история Кошачьего города так и должна была остаться со стариком.

Пейзажи за окном теперь менялись в обратном порядке. Мрачные горы, притиснутые к самому морю, вскоре перетекли в индустриальный пригород. Заводы не прекращали работу даже ночью. Длинные сполохи красного пламени из бесчисленных труб плясали, точно змеи-

---

* Обо́н — синтоистский праздник поминовения усопших. Отмечается по всей Японии в течение нескольких дней июля или августа (в зависимости от региона).

178

ные языки. Огромные грузовики разъезжали по дорогам, ослепляя все живое вокруг своими мощными фарами. Море вдалеке чернело каким-то жалким и утлым болотцем.

Домой Тэнго добрался часам к десяти. Почтовый ящик был пуст, а в квартире как будто стало чуть больше места. Дома его ждали брошенная на пол рубашка, выключенный процессор, кресло со вмятиной от его собственных ягодиц да крошки от ластика на деревянной столешнице. Он выпил два стакана воды, разделся и завалился в постель. Сон пришел сразу — такой глубокий, каким он не засыпал уже очень давно.

В девятом часу утра Тэнго проснулся новым человеком. Отлично выспался; руки-ноги так и требовали активной физической нагрузки. Вчерашней усталости как не бывало. Он чувствовал себя школьником, открывшим новый задачник в начале учебного года. Пока ничего не понимаешь, но уверен: впереди — новые знания. Он пошел в ванную и побрился. Вытерся, намазал лицо лосьоном, в очередной раз посмотрел в зеркало. И окончательно признал, что стал другим человеком.

События вчерашнего вечера казались теперь наваждением. Чем-то невозможным для этого мира. Как если бы сам он, Тэнго, съездил в Кошачий город и вернулся. Успев, в отличие от героя рассказа, на последнюю электричку. И то, что с ним в этом городе произошло, очень сильно изменило его изнутри.

Хотя, конечно, ничего конкретного в его жизни не изменилось. Он все так же скитался в лесу из неприятностей и загадок. Что с ним случится уже через час — даже представить нельзя. И все-таки новый Тэнго отличался твердой уверенностью: как-нибудь выберусь.

Он чувствовал, что вышел на новый старт. И хотя ему вовсе не стало понятнее, как жить дальше,— благодаря тому, что сказал отец, в конце запутанного тоннеля забрезжил какой-то призрачный свет. Видение, преследовавшее Тэнго всю жизнь, не было фантазией. Насколько оно соответствовало реальности — другой вопрос. Но именно эта картинка — единственное послание, которое оставила ему мать,— и определяла всю его жизнь до сих пор. Лишь теперь, когда Тэнго выяснил это, он избавился от груза, под которым сгибался долгие годы. И лишь теперь оценил его тяжесть.

Две недели прошли на удивление тихо, без каких-либо новостей. Долгие и пустые. Четыре раза в неделю Тэнго ездил в колледж читать лекции, а в остальное время работал над книгой. Никто не звонил ему. Насколько продвинулись поиски Фукаэри, по-прежнему ли успешно продается «Воздушный кокон», Тэнго не знал и знать не хотел. Пускай мир немного повертится без него. Понадобится — сами свяжутся.

Закончился август, наступил сентябрь. Как было бы здорово, если бы жизнь и текла себе дальше вот так же гладко, без происшествий, молился Тэнго про себя, готовя утренний кофе. Про себя — потому что боялся: стоит только сказать подобные мысли вслух, дьявол тут же услышит и все испортит. Однако тянуться до бесконечности подобная эйфория, увы, не могла. Окружающий мир слишком хорошо понимал, чего Тэнго хочет меньше всего на свете.

Телефон зазвонил в десять утра. Тэнго дал ему потрезвонить целых семь раз и лишь затем, чертыхнувшись, снял трубку.

— *Сейчас-к-тебе-можно-зайти,* — осведомилась трубка. Без каких-либо вопросительных интонаций.

Так умела разговаривать лишь одна особа из всех, кого Тэнго знал. Помимо ее голоса он различил объявления по громкой связи и клаксоны автомобилей.

— Где ты сейчас? — спросил Тэнго.

— *Магазин-«марусё»-возле-входа.*

Супермаркет в паре сотен метров от его дома, сообразил он. Звонит из автомата.

Тэнго невольно огляделся.

— Боюсь, сюда заходить будет неправильно. Кажется, за квартирой следят. К тому же официально ты числишься в розыске.

— *Кажется-за-квартирой-следят,* — повторила Фукаэри слово в слово.

— Да, — подтвердил он. — И вообще, в последнее время произошло много странного. Думаю, все из-за «Воздушного кокона».

— *Они-очень-злятся.*

— Вроде того. Похоже, мы с тобой здорово их разозлили.

— *Мне-все-равно.*

— Тебе все равно? — повторил за ней Тэнго. Повторять друг за дружкой у них становилось чем-то вроде заразной болезни. — Ты о чем?

— *Пускай-следят.*

Тэнго не сразу нашел, что сказать.

— Но мне-то не все равно, — вымолвил он наконец. — Об этом ты не подумала?

— *Надо-быть-вместе,* — сказала Фукаэри. — *Вдвоем-мы-сила.*

— Прямо Сонни и Шер, — вздохнул Тэнго. — Сильнейший дуэт современности.

— *Сильнейший-кто.*

— Забудь. Это я так, сам с собой.

— *Иду-к-тебе.*

И прежде чем Тэнго успел что-либо возразить, связь оборвалась. В последнее время все только и делают, что вешают трубки посреди разговора, подумал он. Словно сжигают мосты у себя за спиной.

Фукаэри появилась через десять минут. С пакетами из супермаркета в обеих руках. В полосатой бело-голубой рубашке с длинным рукавом и узеньких джинсах. Рубашка мужская, высушена второпях и не глажена. На плече холщовая сумка. Очки от солнца — надо полагать, для маскировки. Хотя результат был прямо противоположный: юная девица в таких огромных очках лишь привлекала еще больше внимания.

— *Решила-пускай-будет-много-еды,* — сообщила она.

И, разгрузив пакеты, убрала продукты в холодильник. Почти все купленное — готовые блюда для подогрева в микроволновке. Плюс галеты, сыр, яблоки, помидоры и какие-то консервы.

— *Где-микроволновка,* — спросила она.

— Нет микроволновки, — ответил Тэнго.

Фукаэри сдвинула брови и задумалась, но ничего не сказала. Похоже, ей было крайне трудно представить мир, в котором люди не пользуются микроволновками.

— *Останусь-пока-у-тебя,* — объявила она так, словно констатировала факт, не требующий обсуждения.

— Надолго? — уточнил Тэнго.

Она склонила голову набок — не знаю, мол.

— Там, где ты скрывалась, что-то произошло?

— *Не-хочу-быть-одна-когда-что-то-случится.*

— Ты полагаешь, что-то случится?

Фукаэри ничего не ответила.

— Я уже говорил, тебе здесь оставаться небезопасно,— повторил Тэнго.— Похоже, за мной следят. И я даже не знаю, кто именно.

— *Безопасности-нет-нигде,* — произнесла Фукаэри. И, зажмурившись, ущипнула себя за мочку уха. Что это означает на языке жестов, Тэнго понятия не имел. Возможно, и ничего особенного.

— Ты хочешь сказать, тебе все равно, где находиться?

— *Безопасности-нет-нигде,* — только и повторила она.

— Наверное, ты права,— сдался Тэнго.— С какого-то момента перестаешь разделять опасность на бо́льшую или меньшую. В любом случае, мне скоро на работу.

— *Ты-пойдешь-в-колледж.*

— Да.

— *Я-останусь-здесь,* — заявила она.

— Ты останешься здесь,— подтвердил Тэнго.— Так будет лучше. Никуда не выходи, дверь никому не открывай. На телефон не реагируй. Договорились?

Девушка молча кивнула.

— Кстати, как там Эбисуно-сэнсэй?

— *Вчера-«авангард»-проверяла-полиция.*

— Серьезно? — поразился Тэнго.— Значит, выбил-таки ордер на обыск?

— *Ты-что-газет-не-читаешь.*

— Не читаю,— признался он.— В последнее время новости в голову не лезут. Так что никаких подробностей не знаю. Но если все, как ты говоришь, это ж какое осиное гнездо он разворошил!

Аомамэ кивнула. Тэнго перевел дух.

— Представляю, как сейчас злятся эти осы,— добавил он.

Фукаэри сощурилась, помолчала. Видимо, представляла, как выглядит развороченное осиное гнездо.

— *Скорее-всего,* — сказала она наконец.

— Ну а насчет твоих родителей что-нибудь прояснилось?

Она покачала головой. Ничего.

— В любом случае, «авангардовцы» сейчас просто в ярости,— подытожил Тэнго.— Но кроме них на тебя сильно разозлится полиция, когда поймет, что твое похищение было липой. А заодно и на меня — за то, что я тебя покрывал.

— *Именно-поэтому-надо-объединить-наши-силы.*

— Что? — Тэнго решил, что ослышался.— Ты сказала «именно поэтому»?

— *Что-неправильно.*

— Все правильно. Просто ты никогда так раньше не говорила.

— *Если-мешаю-пойду-еще-куда-нибудь,*— сказала Фукаэри.

— Да нет, совсем не мешаешь,— сдался Тэнго.— Тем более что идти тебе больше некуда, я так понимаю?

Она чуть заметно кивнула.

Тэнго достал из холодильника бутылку зеленого чая, сделал глоток.

— Ладно,— сказал он.— Хоть это и не понравится злобным осам, о тебе я уж как-нибудь позабочусь.

Несколько секунд Фукаэри пристально смотрела на него. А затем сказала:

— *Сегодня-выглядишь-по-другому.*

— В каком смысле? — не понял Тэнго.

Губы ее на секунду скривились. Дескать, не могу объяснить.

— Можешь не объяснять,— сказал Тэнго. *Если непонятно без объяснений, значит, объяснять бесполезно.*

Перед тем как выйти из дому, он провел с ней отдельный инструктаж:

— Если буду звонить я, сначала прозвучит три звонка. Затем я повешу трубку, и сразу перезвоню еще раз. Только тогда снимай трубку. Запомнила?

— *Запомнила,*— кивнула Фукаэри. И повторила на всякий случай: — *Сначала-звучит-три-звонка. Потом-ты-звонишь-еще-раз. Тогда-я-снимаю-трубку,*— произнесла она так, словно зачитывала древнюю мантру, выбитую на каменном надгробии.

— Это важно,— напомнил Тэнго.— Поэтому ничего не перепутай.

Вместо ответа она дважды кивнула.

Отчитав две лекции, Тэнго вернулся в учительскую и начал собираться домой. Но тут в комнату заглянула секретарша и сообщила, что его дожидается господин Усикава. Голос ее звучал виновато, как у гонца, принесшего недобрую весть. Тэнго с легкой улыбкой поблагодарил ее. Все-таки за дурные вести гонцов не винят.

Усикава ждал его, потягивая кафе-о-лэ в столовой за вестибюлем. Более неподходящий напиток, чем кафе-о-лэ, для Усикавы подобрать было сложно. Не говоря уже о том, что среди юных жизнерадостных абитуриентов он выглядел абсолютным инопланетянином. Будто на столик, за которым сидел этот тип, действовали законы неземной гравитации, сам он дышал не воздухом, а какой-то иной субстанцией, и вместо Солнца его освещала совершенно другая звезда. О том, что *этот* гонец принес злую весть, Тэнго догадался издалека. В обед за столиками, как всегда, было людно, и только Усикава восседал за столом на шесть персон абсолютно один. Молодежь избегала садиться с ним рядом так же инстинктивно, как антилопы не хотят приближаться к волчьей тропе.

Тэнго взял себе кофе, с чашкой в руке прошел к столику Усикавы и занял место напротив. Усикава, похоже, только что дожевал булку с маслом. На столике перед ним валялась скатанная в шарик фольга от масла, а на губы и подбородок налипли хлебные крошки. Булка с маслом подходила этому персонажу еще хуже, чем кафе-о-лэ.

— Давненько не виделись, господин Кавана! — воскликнул Усикава, слегка оторвав зад от стула.— Как всегда, прошу извинить за нежданный визит.

Тэнго решил не размениваться на приветствия.

— Как я понимаю, вы пришли за ответом? — спросил он.— На ваше недавнее предложение, так?

— Ну, э-э, в общем, да,— кивнул Усикава.— Если выразиться совсем коротко.

— Господин Усикава, прошу вас говорить начистоту и как можно конкретнее. Чего именно хотят от меня ваши люди? Ну то есть — в обмен на этот ваш грант?

Усикава осторожно огляделся. Но рядом не было никого, а молодежь за соседними столиками галдела так, что никто бы не смог их подслушать.

— Ну хорошо,— сказал он, навалившись на стол и понизив голос.— Только из уважения к вам и в порядке большого исключения попробую рассказать все как есть. Деньги — только предлог. Да и сумма смешная, не правда ли. Самое важное, что способен предложить мой Клиент,— это ваша безопасность. Или, если совсем коротко, гарантия того, что лично вам ничто не будет физически угрожать.

— В обмен на что? — спросил Тэнго.

— Взамен от вас требуется молчание и забвение. Вы оказались втянуты в некий организованный инцидент. Не зная ни вызвавших его причин, ни намерений его организаторов. Вы просто выполняли приказ, как сол-

дат на линии огня. И лично вас за это никто не обвиня-
ет. Достаточно, если вы просто забудете все, что с этим
событием связано. И мы с вами будем квиты. Информация о том, что «Воздушный кокон» сделали бестселлером именно вы, останется между нами. Вы к этой книге отношения не имеете и на связь с ней в дальнейшем
не претендуете. Согласитесь, в этом предложении очень
много выгодных моментов и для вас самого.

— Значит, ничто не будет физически угрожать *лично мне?* — повторил Тэнго.— А другим участникам инци-
дента?

— Ну, э-э...— Усикава слегка замялся.— Тут уж, как
говорится, *case by case**. Эти вопросы решаю не я и ничего конкретного утверждать не могу. Но в большей или
меньшей степени какие-то необходимые меры, думаю,
будут приняты.

— И при этом у вас длинные и сильные руки?

— Совершенно верно, как я уже говорил. *Очень* длинные и *очень* сильные руки. Итак, каков будет ваш ответ?

— Ответ таков: никаких денег я от вас принимать не
стану.

Усикава молча протянул руку к лицу, стянул с носа
очки, достал из кармана платок, тщательно протер линзы и водрузил очки обратно на переносицу. Будто решил
удостовериться, действительно ли то, что он видит, и то,
что слышит, как-либо связано между собой.

— То есть... э-э... предложение отклоняется?

— Именно так.

Усикава поглядел сквозь линзы на Тэнго. Задумчиво,
как разглядывают причудливое облако в небесах.

— И все-таки — почему? С моей скромной точки зрения, для вас это очень выгодная сделка. Разве нет?

---

* *Зд.:* Смотря кому *(англ.).*

— В эту лодку я садился не один,— ответил Тэнго.— И спасать свою шкуру в одиночку теперь не годится.

— По-ра-зительно! — протянул Усикава, как будто и впрямь сраженный услышанным.— Ничего не понимаю. Уж если на то пошло, всем этим вашим «попутчикам» на вас глубоко плевать. Уверяю вас. Вы получили свои жалкие гроши за то, что вас использовали в неизвестных вам целях. Использовали, заметим, на полную катушку. Хорошенькие дела! Да неужели вам самому не хочется шарахнуть кулаком по столу и послать их к чертовой матери? Лично я бы на вашем месте разозлился — и очень сильно. Нет же, вместо этого вы их покрываете. И рассуждаете, точно ребенок, о каких-то там лодке и шкуре, которую, видите ли, в одиночку спасать не годится... Где тут логика? Не по-ни-маю.

— В частности, дело в женщине по имени Кёко Ясуда.

Усикава поднес к губам чашку, отхлебнул остывшего кафе-о-лэ. И повторил:

— Кёко Ясуда?

— Вам о ней что-то известно,— добавил Тэнго.

Усикава застыл с приоткрытым ртом — так, словно вообще не понял, о чем идет речь.

— Нет,— вымолвил он наконец.— Честно признаюсь, о женщине с таким именем я ничего не слыхал. Могу вам поклясться. А кто это?

Несколько секунд Тэнго неотрывно смотрел на собеседника. Но прочесть на его лице ничего не смог.

— Моя знакомая.

— Может, даже *очень близкая* ваша знакомая?

— Я хочу знать, что вы с ней сделали,— сказал Тэнго вместо ответа.

— Сделали? Да бог с вами! Ничего мы не делали,— сказал Усикава.— Поверьте, я не вру. Ну посудите сами:

как можно сделать что-либо с человеком, о котором и понятия не имеешь?

— Однако вы сами говорили, что наняли талантливого *исследователя,* который проверил обо мне все, что можно. Вам известно, что я переписал книгу Эрико Фукады. А также многие другие факты из моей личной жизни. Думаю, было бы очень странно, если бы этот ваш исследователь ничего не знал о моих отношениях с Кёко Ясудой.

— Э-э... Мы действительно задействуем очень классного исследователя. И о вас он проверил все, что только возможно. Не исключаю, что он знает и о вашей связи с госпожой Ясудой. Но даже если и так, лично ко мне подобной информации не поступало.

— С этой женщиной у меня была интимная связь,— сказал Тэнго.— Мы встречались раз в неделю. Встречались тайно. Потому что у нее своя семья. Только однажды она исчезла, не сказав ни слова.

Тем же платком, которым вытирал очки, Усикава промокнул капельки пота на переносице.

— Но почему бы, господин Кавана, не связать ее исчезновение с тем, что замужняя дама гуляла на стороне? Или вас это не устраивает?

— Подозреваю, ваши люди сообщили ее мужу о наших встречах.

Усикава задумчиво собрал губы в гармошку.

— Ну и для чего же нам это могло понадобиться?

Тэнго напряг пальцы рук на коленях.

— Для того, о чем вы сами сказали по телефону.

— И что же такого я сказал по телефону?

— Что с определенного возраста моя жизнь превратится в непрерывный процесс потерь. Что самые важные для меня вещи начнут выпадать из нее, как зубья из расчески, а взамен будет оставаться сплошная фальшивка. И что близкие мне люди начнут исчезать один за другим. Ну и все прочее в том же духе. Забыли?

— Ах да, как же, припоминаю. Что-то такое говорил. Но, дорогой мой, все эти слова — не более чем банальная житейская философия. Одиночество и тяжесть лет, давящая на плечи,— вот и все, о чем я хотел вам напомнить. Никакой госпожи Ясуды, или как ее там, у меня и в мыслях не было, поверьте.

— Тем не менее *мои* уши восприняли это как угрозу.

Усикава решительно покачал головой.

— Бог с вами! Какая угроза, о чем вы? Просто личные наблюдения за жизнью как она есть. Я готов вам поклясться на чем угодно, что сегодня слышу имя Кёко Ясуды впервые. Так вы говорите, она пропала?

— А еще вы сказали,— продолжил Тэнго,— что если я не последую вашим советам, это начнет негативно влиять на окружающих меня людей.

— Да, это я действительно говорил.

— И это вы тоже не считаете угрозой?

Усикава спрятал платок в карман и вздохнул.

— Вы правы, мои слова можно воспринять как угрозу. Но повторяю: это просто житейские наблюдения. Вы слышите меня, господин Кавана? О вашей женщине, Кёко Ясуде, я ничего не знаю. Никогда в жизни не слыхал это имя. Клянусь всеми богами!

Тэнго еще раз вгляделся в лицо Усикавы. А может, этот тип и правда ничего не знает о его замужней подруге? Уж больно озадаченная физиономия. Но даже если Усикава не знает — не факт, что с Кёко Ясудой ничего не сделали. А может, этой плешивой букашке просто о ней не сообщили?

— Господин Кавана. Я понимаю, что это не мое дело, но связываться с чужими женами вообще-то небезопасно. Вы — молодой, здоровый и неженатый мужчина. Только захотите, и от молодых одиноких женщин у вас отбоя не будет,— проговорил Усикава и отряхнул с подбородка хлебные крошки.

Тэнго молча смотрел на него.

— Разумеется,— продолжал Усикава,— отношения полов одной лишь логикой не постичь. Опять же, институт брака в последнее время, можно сказать, трещит по швам. И все же, пускай мои слова покажутся вам старческим брюзжанием, если эта женщина упорхнула из-под вашего крылышка, может, стоит оставить все как есть? Я ведь что хочу сказать. На свете много вещей, которых лучше не знать. Вот и о вашей матушке вы ничего не знаете, и слава богу. Само это знание принесло бы вам много боли. Да еще и заставило бы отвечать за него.

У Тэнго перекосилось лицо:

— Вам что-то известно о моей матери?

Усикава облизнул губы.

— Ну, э-э... определенной информацией мы обладаем. Повторяю, наш исследователь очень дотошно изучил вашу жизнь. Если желаете, эти данные мы с удовольствием вам предоставим. Ведь, насколько мне известно, с раннего детства вас воспитывали так, что о своей матери вы ничего не знали, верно? Впрочем, какая-то часть этих данных может вас не обрадовать.

— Господин Усикава,— медленно произнес Тэнго, поднимаясь и отодвигая стул.— Прошу вас оставить меня. Разговаривать с вами я не намерен. Никогда больше не появляйтесь у меня перед глазами. Не знаю, что за физический ущерб вы готовы мне нанести, но это все равно будет лучше, чем заключать с вами какие бы то ни было сделки. Я не нуждаюсь ни в ваших деньгах, ни в гарантиях моей безопасности. Я желаю только одного: больше никогда вас не видеть.

Ни малейшей реакции на лице Усикавы Тэнго не заметил. Наверняка этот тип не раз слыхал в свой адрес выражения и покрепче. В уголках его глаз даже заплескалось нечто вроде улыбки.

— Как вам будет угодно,— сказал Усикава.— В любом случае, ответ мы от вас получили. Ответ отрицательный. *Предложение отклоняется.* Очень просто и категорично. Именно так я и отрапортую тем, кто ждет от меня результата. Сам я — всего лишь мальчик на побегушках. Заметьте, я вовсе не утверждаю, что сразу после моего рапорта наверх с вами что-либо случится. Я всего лишь сказал — *может* случиться. А может, и обойдется без всяких последствий. Искренне вам этого желаю, честное слово. Ибо вы, господин Кавана, лично мне весьма симпатичны. Понимаю, что вы меня терпеть не можете, с этим ничего не поделаешь. Неприятный мужик вваливается в вашу жизнь с непонятными разговорами. О своей внешности я даже не говорю. Такой уж у меня психотип: с детства не мог похвастаться избытком любви окружающих. Но со своей стороны — уж не взыщите — я питаю к вам, господин Кавана, абсолютное расположение. И очень искренне желаю вам самых больших успехов.

Усикава уставился на свои руки. Повернул их несколько раз — то тыльной стороной, то запястьями. И наконец поднялся из-за стола.

— Вынужден откланяться. Не извольте беспокоиться: думаю, наша встреча и правда последняя. Постараюсь выполнить ваши пожелания, насколько смогу. Удачи во всем. Прощайте.

Сказав так, Усикава подхватил со стула рядом свой линялый кожаный портфель — и уже через несколько секунд смешался с толпой на выходе из столовой. Молодежь на его пути расступалась, как деревенские дети, боящиеся перебегать дорогу работорговцу.

———

Из телефона-автомата в углу вестибюля Тэнго позвонил домой. Собирался было выждать три звонка и набрать номер снова, но уже на втором сигнале Фукаэри схватила трубку.

— Мы же договорились,— рассердился Тэнго.— Три сигнала — и я перезваниваю!

— *Я-забыла,*— сказала она.

— Но я специально просил тебя не забывать.

— *Позвони-еще-раз,*— попросила Фукаэри.

— Ладно, не стоит. Все равно уже взяла трубку. Пока меня не было, ничего не менялось?

— *Телефон-не-звонил. Никто-не-приходил.*

— Хорошо. Работу я закончил, скоро приеду.

— *Большая-ворона-каркала-на-подоконнике,*— сообщила Фукаэри.

— Эта ворона каждый вечер прилетает. У нее такой ритуал, не обращай внимания. Думаю, к семи вернусь.

— *Лучше-поторопись.*

— Почему? — уточнил Тэнго.

— LittlePeople-*выходят-из-себя.*

— *LittlePeople* выходят из себя? — повторил он.— Надеюсь, не в моей квартире?

— *Нет. Где-то-далеко.*

— Далеко, но ты это знаешь?

— *Мне-слышно.*

— И что это может значить?

— *Будет-аномалия.*

Слово «аномалия» — из уст Фукаэри? Тэнго подумал, что ослышался.

— Что еще за аномалия?

— *Этого-я-не-знаю.*

— И эту аномалию устроят *LittlePeople*?

Она покачала головой. Тэнго понял это по молчанию в трубке. Дескать, не знаю.

— *Постарайся-вернуться-до-грозы.*
— Какой грозы?
— *Когда-электрички-встанут-начнется-свалка.*
Прижимая к уху трубку, Тэнго обернулся и посмотрел в окно. В мирно вечереющем небе — ни облачка.
— Как-то не похоже, что будет гроза...
— *Это-глазами-не-различить.*
— Ладно, потороплюсь,— обещал он.
— *Постарайся,*— повторила Фукаэри. И повесила трубку.

Выйдя из колледжа, Тэнго снова окинул взглядом чистейшее небо и быстрым шагом направился к станции Ёги. В его ушах, точно магнитофонная запись на автоповторе, звучали слова Усикавы:

— *На свете много вещей, которых лучше не знать. Вот и о вашей матушке вы ничего не знаете, и слава богу. Это знание принесло бы вам много боли. Да еще и заставило бы отвечать за него.*

А где-то далеко выходят из себя *Little People*. Скорее всего, нагнетая какую-то аномалию. Да, прямо сейчас в небе ни облачка, но есть вещи, которых глазами не различить. Возможно, в ближайшее время разразится гроза, пойдет дождь и остановятся электрички. Нужно быстрее вернуться домой. Голос Фукаэри сегодня звучал убедительно как никогда.

— *Нужно-объединить-наши-силы,*— сказала она.

Неизвестно откуда к Тэнго и Фукаэри тянутся чьи-то длинные руки. Поэтому им нужно объединиться. Сильнейший дуэт современности, черт возьми.

The beat goes on, произнес он про себя. Барабаны не умолкают.

Глава 11

АОМАМЭ

Равновесие — благо само по себе

Расстелив на полу резиновый коврик для йоги, Аомамэ попросила мужчину обнажиться по пояс. Тот спус-
тил с кровати ноги, снял рубашку. Без рубашки его торс
выглядел еще огромней, чем прежде. Грудная клетка широкая, но мускулистая, без единой жировой складки. На
первый взгляд — совершенно здоровое тело.

По ее просьбе мужчина лег на коврик ничком. Первым делом Аомамэ положила пальцы ему на артерию и
проверила пульс. Ровный, размеренный.

— Вы занимаетесь какими-то ежедневными упраж-
нениями?

— Нет. Только дыхательной практикой.

— Дыхательной?

— Дышу по особой системе,— пояснил мужчина.

— Это как вы делали только что, в темноте? Задей-
ствуя максимум внутренних органов?

Не поднимая головы от коврика, мужчина едва заметно кивнул.

Аомамэ ничего не сказала. Конечно, такое дыхание
требует немало физических сил. И все же одной лишь
дыхательной практикой такое огромное тело в хорошей
форме не поддержать.

— Сейчас будет немного больно,— объявила Аомамэ как можно бесстрастнее.— Без боли нет результата. Но эту боль я могу регулировать. Когда будет совсем невмоготу, дайте мне знать.

Выдержав небольшую паузу, мужчина ответил:

— Даже любопытно, есть ли на свете такая боль, которая мне неведома...

В его голосе послышалась горькая ирония.

— Никакая боль никому не приносит радости,— заметила Аомамэ.

— Но все же лечение болью гораздо эффективней обычного. Разве нет? Если в боли есть смысл, я готов потерпеть.

— Я вас услышала. Давайте посмотрим, что получится.

Аомамэ принялась за растяжку. Как всегда, начиная с плеч. И сразу же поразилась тому, насколько эти мышцы эластичны. На ощупь они вначале показались ей совершенно здоровыми. Но скроенными будто совсем из другого теста, нежели усталые, затвердевшие мышцы клиентов, которые она привыкла разминать в фитнес-клубе. И внутри этих якобы размятых и здоровых мышц Аомамэ ощущала какое-то странное сопротивление. Так обломки деревьев и прочий мусор, скопившиеся на дне реки, не дают течению бежать ровно и свободно.

Пользуясь локтем мужчины как рычагом, Аомамэ начала вправлять плечевой сустав. Сначала тихонько, потом со всей силы. Она знала, что это больно. Очень больно. Любой человек обязательно застонал бы. Но мужчина не издавал ни звука и дышал абсолютно ровно. Терпения ему было не занимать. Ладно, решила Аомамэ, проверим твой болевой порог. И надавила еще сильнее — так, что сустав звонко хрустнул, меняя позицию, точно рельсы на железнодорожной стрелке. Дыхание мужчины прервалось, но уже через секунду он опять засопел как ни в чем не бывало.

— Из-за смещения сустава ваше плечо сильно затекало,— объяснила Аомамэ.— Но теперь все встало на место, и ток крови восстановился.

Поддевая пальцами суставы с изнанки, она размяла ему скелетные мышцы.

— Действительно, теперь гораздо легче,— негромко подтвердил мужчина.

— Хотя и пришлось вас помучить.

— Ничего, терпеть можно.

— Я сама человек терпеливый, но если бы такое проделали со мной, обязательно закричала бы.

— Одна боль часто компенсирует другую. Наша чувствительность — вещь относительная.

Закончив с правым плечом, Аомамэ пощупала левое. Похоже, оно требовало такого же обращения. Ну, держись, мысленно сказала она. Сейчас проверим, насколько твоя чувствительность относительна.

— Переходим к левому плечу,— предупредила она.— Боюсь, что боль будет примерно такой же.

— Делайте, что считаете нужным,— отозвался мужчина.— О моих ощущениях не беспокойтесь.

— Значит, жалеть вас не стоит?

— Абсолютно незачем.

Аомамэ проделала те же манипуляции с суставами левого плеча. Как велено, уже не осторожничая, без всякой жалости — просто решая задачу кратчайшим путем. На взгляд со стороны ее действия могли бы напоминать бытовой садизм. Но странное дело: на все это мужчина отреагировал еще хладнокровней, чем прежде. Казалось, он накапливал боль где-то в глубине горла и просто сглатывал ее, как воду. Ну-ну, думала Аомамэ. Посмотрим, надолго ли тебя хватит.

Она разминала ему все, что можно. В строгом порядке, как по инструкции. Задумываться не нужно. Просто механически следуешь правилам, и все. Как бесстрашный ночной охранник, обходящий с фонариком огромное здание.

Каждая мышца словно забита какой-то дрянью. Точно огромная долина после страшного наводнения — реки вышли из берегов, мосты и плотины разрушены. Обычный человек в таком состоянии не смог бы ни встать, ни даже дышать. Выдержать это способен лишь тот, у кого очень много физических сил, но прежде всего — очень сильная воля. Какими бы мерзостями этот человек ни занимался, его силы и волю нельзя не уважать, признала она. Хотя бы с профессиональной точки зрения.

Аомамэ выжала из него все, что смогла. Заставила хрустеть все суставы, какие только могли быть вправлены. Прекрасно осознавая, что ее действия уже почти неотличимы от пытки. На своем веку ей довелось проводить растяжку многим атлетам, чья жизнь постоянно связана с огромными физическими нагрузками. Даже самые выносливые из этих ребят, попадая к ней на терапию, кричали — или хотя бы мычали — от нестерпимой боли по нескольку раз за сеанс. А некоторые даже мочились в штаны. Этот же человек за все время, пока она издевалась над ним, не издал ни единого звука. Крут, как никто другой. Насколько страшную боль он терпел, можно было понять лишь по капелькам пота, выступавшим на его шее. Да что говорить, и сама она взмокла, как в бане.

Чтобы вывернуть все его мышцы чуть ли не наизнанку, потребовалось около получаса. Закончив, Аомамэ глубоко вздохнула, взяла полотенце и вытерла пот с лица.

Как странно, думала она. Я пришла сюда убить этого человека. В моей сумке спрятан инструмент, который нужно просто воткнуть куда следует, чтобы покончить с этим подонком навсегда. Миг — и он, даже не поняв, что случилось, окажется на том свете. А его тело освободится от всякой боли. Но вместо этого я изо всех сил пытаюсь облегчить его страдания в *этой* реальности. Почему?

Наверное, потому что и то и другое — моя работа. Когда мне поручают мою работу, я костьми ложусь, чтобы выполнить ее в лучшем виде. Уж так я устроена, и никуда от себя не деться. Если вижу, что вышли из строя чьи-то мышцы и суставы,— делаю все, чтобы привести их в порядок. Если нужно переправить кого-то на тот свет, и для этого есть убедительное оправдание,— переправляю, выкладываясь на всю катушку.

Другое дело, что одновременно обе эти работы выполнять не получится. Слишком уж разные цели и способы их выполнения. Хочешь не хочешь, а приходится выбирать что-нибудь одно. Но прямо сейчас я восстанавливаю человеку его мышцы и суставы. Прилагая все усилия и концентрируясь до предела. Что буду делать потом — решу, когда с этим закончу.

Опять же, любопытно. Что за странная болезнь? Почему при этой болезни настолько эластичны мышцы? Откуда у него такая сильная воля и такое здоровое тело, способные выдерживать боль, невыносимую для обычного человека? Чем она реально могла бы помочь ему и как на ее терапию отреагирует его организм? Любопытство это было и профессиональным, и личным одновременно. А кроме того, ей еще предстояло убить этого человека — и как можно быстрее смыться. Если закончить работу слишком рано, парочка в соседней комнате заподозрит неладное. Значит, ей нужно провести здесь не меньше часа, как она и объявила заранее.

— Ну вот, полдела сделано,— сообщила Аомамэ.— Вы не могли бы лечь на спину?

Медленно, точно выбравшийся на сушу тюлень, мужчина перевернулся лицом вверх и глубоко вздохнул.

— Боль отступает,— сообщил он.— Никакое лечение до сих пор мне еще так здорово не помогало.

— Ваши мышцы чем-то поражены,— объяснила Аомамэ.— Причин я не знаю, но поражение очень глубокое. Я постараюсь вернуть их в состояние, близкое к норме. Для меня это будет непросто, а для вас — очень больно. Но что смогу, то сделаю. На какое-то время это облегчит ваши страдания. Но причины не устранит. И спустя какое-то время болевая атака повторится снова.

— Знаю, это ничего не решит. Все повторится, и мне будет только хуже. Но я благодарен любому, кто облегчит эту боль — пусть даже и ненадолго. Насколько благодарен, ты себе даже не представляешь. Одно время я подумывал спасаться морфием. Но если принимать такие лекарства постоянно, они разрушают мозг...

— Сейчас я продолжу,— предупредила Аомамэ.— Осторожничать не буду, так что терпите.

— Разумеется,— только и отозвался он.

Она выкинула всякие мысли из головы и продолжила растяжку. Четко следуя инструкциям, вшитым в ее профессиональную память. Какую функцию та или иная мышца выполняет, с какими костями и суставами связана, какими особенностями обладает, насколько чувствительна и так далее. Одну за другой отследить, проверить, размять до последней жилки. С той же дотошностью, с какой пастыри в религиозных сектах выискивают и расковыривают душевные муки овец-прихожан.

Через полчаса оба взмокли и тяжело дышали, как любовники после бурного секса.

— Не хочу преувеличивать,— сказал наконец мужчина,— но у меня такое чувство, будто мои мышцы заменили на новые, как запчасти в автомобиле.

— Сегодня ночью боль еще может вернуться. Как реакция на терапию. Но беспокоиться не стоит, к утру все должно пройти.

Если, конечно, в твоей жизни настанет какое-то утро, добавила она про себя.

Мужчина сел на коврике, скрестил ноги и несколько раз глубоко вздохнул, проверяя ощущения в теле.

— У тебя действительно особый дар,— сказал он с закрытыми глазами.

Вытирая лицо полотенцем, Аомамэ ответила:

— То, что я практикую, ни к дарам, ни к талантам отношения не имеет. Устройство и функции мышц и суставов я изучала в институте. Это элементарные истины, которые я использую на практике. Конечно, за несколько лет приобрела какие-то навыки, разработала свою систему. Но для меня истина — то, что можно увидеть глазами, постичь логикой и подтвердить реальными фактами, вот и все. Хотя, конечно, без боли дело не обходится.

Мужчина открыл глаза и с интересом взглянул на Аомамэ.

— Это ты так считаешь,— сказал он.

— В смысле? — не поняла она.

— Что Истину можно увидеть глазами и подтвердить реальными фактами.

Аомамэ чуть заметно скривила губы.

— Я говорю не о глобальной Истине, а лишь о *той, с которой сталкиваюсь за работой*. Будь все точно так же с глобальной Истиной, людям было бы гораздо проще жить на свете.

— Да ничего подобного,— усмехнулся мужчина.

— Это почему?

— Большинству людей на свете не нужна истина, которую можно подтвердить. Настоящая истина почти всегда связана с болью, как ты сама и сказала. А людям, за редким исключением, не хочется испытывать боль. Они хотят лишь уютной душевной истории, которая дала бы им почувствовать, будто их жизнь наполнена хоть каким-нибудь смыслом. Вот почему до сих пор процветают религии.

Разминая шею, он несколько раз покрутил головой и продолжил:

— Если история А убедит людей в том, что их жизнь наполнена глубоким смыслом, они назовут ее истиной. А если история Б покажет их жалкими пигмеями, они сочтут ее ложью. Все очень просто. И тех, кто попробует утверждать, что история Б и есть настоящая истина, всегда будут ненавидеть, тайно убивать, а то и организовывать против них совершенно реальные войны. Людям нет никакого дела до фактов, логики и доказательств. Им не хочется признавать, что они жалкие пигмеи. Лишь яростно отрицая этот печальный факт, они еще остаются в здравом уме.

— Но человеческое тело — действительно жалкий и бессильный кусок мяса. Или для вас это не очевидно?

— Ты совершенно права,— кивнул мужчина.— Чье-то сильнее, чье-то слабее, но в принципе все наши тела — жалкие и немощные куски мяса. Как бы кто ни старался, его оболочка рано или поздно разрушится и исчезнет. Этот факт отрицать бессмысленно. Но как насчет силы духа?

— О духе я, по возможности, стараюсь не думать.

— Почему?

— Не испытываю особой нужды.

— Не испытываешь нужды размышлять о собственном духе? Но ведь задумываться о духе, вне зависимости от результата,— неотъемлемая часть работы нашего мозга, разве не так?

— У меня есть любовь,— отрезала Аомамэ.

И тут же прикусила язык. Да что с тобой происходит? — одернула она себя. Приходишь к человеку, которого хочешь убить, и рассуждаешь с ним о любви?

По его лицу пробежала слабая тень улыбки. Так по озерной глади пробегает намек на волну от слабого дуновения ветерка. Очень естественный намек. Мирный и дружелюбный.

— Была бы любовь, остальное — не важно? — уточнил он.

— Именно так.

— Говоря о любви, ты имеешь в виду конкретного человека?

— Да,— кивнула Аомамэ.— Одного конкретного мужчину.

— Что я вижу? — негромко спросил он.— В жалком и бессильном куске мяса — такая неприкрытая и отчаянная любовь? — И, помолчав, добавил: — Тогда, похоже, никакая религия тебе действительно не нужна.

— Наверное, не нужна.

— И знаешь почему? Сам твой способ жизни становится отдельной религией.

— Но вы же сами сказали, что религия — это история, которая своей красотой привлекает людей сильнее, чем истина. Как же насчет секты, которую вы возглавляете?

— А я вовсе не считаю, что веду какую-то религиозную деятельность,— ответил мужчина.— Я просто слушаю некий Голос и передаю людям услышанное. Голос этот слышен только мне и больше никому. Сам этот Голос совершенно реален. Но то, что он мне сообщает, абсолютной истиной не является. Никакими *фактами* доказать истинность его Послания невозможно. Я же просто стараюсь превратить в реальность то благо, о котором он говорит.

Аомамэ закусила губу, отложила полотенце. И что же это за благо, хотела она спросить, но сдержалась. Слишком долгий разговор. В ближайшее время есть чем заняться и помимо всей этой болтовни.

— Вы не могли бы снова лечь лицом вниз? — попросила Аомамэ.— Напоследок займемся шеей.

Мужчина послушно перевернулся на коврике для йоги, и его толстая шея оказалась прямо у нее под руками.

— И все-таки у тебя есть то, что называется *magic touch**,— сказал он.

— Мэджик тач?

— Особая сила в пальцах. Способность находить на человеческом теле жизненно важные точки. Чудесный дар, которому не научиться и которым обладают очень немногие. У меня тоже свой дар, хотя и в другой сфере деятельности. Каждому из нас даровано какое-то благо, за которое приходится платить свою цену.

— Никогда так не считала,— сказала Аомамэ.— Я просто училась, тренировалась и обобщала собственные навыки, вот и все. Ничего мне никто не дарил.

— Я вовсе не собираюсь с тобой дискутировать. Но лучше запомни на будущее. Боги даруют — и боги отнимают. Даже если ты не понимаешь своего дара, они помнят о нем. Боги ничего не забывают. И то, что ими тебе дано, следует использовать очень бережно.

Аомамэ посмотрела на свои пальцы. Затем положила их на шею мужчины. И сосредоточила в их кончиках всю свою волю. *Боги даруют — и боги отнимают*.

— Осталось совсем немного,— сухо объявила она.— Финальный аккорд.

Где-то вдалеке прокатился гром. Аомамэ подняла голову и посмотрела в окно. Но увидела только черное не-

---

* Волшебное касание *(англ.)*.

бо. Через несколько секунд прогремело еще раз. В такой тишине послышаться ей не могло.

— Сейчас пойдет дождь,— объявил мужчина бесцветным тоном.

Аомамэ положила пальцы на его шею и стала искать *ту самую* точку. Нужно было сосредоточиться. Она закрыла глаза, перестала дышать и вслушалась в ток его крови. Кончики ее пальцев, считывая тепло и вибрацию кожи, подбирались к заветной точке все ближе. У одних людей она отыскивалась легко, у других — с трудом. Очевидно, Лидер был второго типа. С ним это напоминало поиски монеты в абсолютно темной комнате, где к тому же нельзя шуметь. И все же Аомамэ нашла, что искала. Благодаря особому дару, которым ее наделили боги. И чтобы запомнить, слегка надавила указательным пальцем — будто сделала пометку на карте.

— Пожалуйста, лежите так и не двигайтесь,— абсолютно спокойно сказала она. И, дотянувшись до сумки, вынула оттуда футляр с инструментом.— Осталось одно проблемное место — на шее, сейчас я им и займусь. Но одной лишь силы моих пальцев здесь недостаточно. Требуется точечное иглоукалывание. Единственный укол крошечной иглой существенно облегчит ваши страдания. Место очень деликатное, но я эту манипуляцию выполняла уже не раз, и всегда успешно. Не возражаете?

Мужчина глубоко вздохнул:

— Полагаюсь на тебя. Готов на что угодно, лишь бы эти муки прекратились.

Аомамэ извлекла инструмент из футляра, сняла пробку с иглы. Вновь проверила указательным пальцем искомую точку. Все верно, здесь. Она приставила кончик иглы куда требовалось и перевела дух. Дальше остается только ударить по инструменту правой ладонью, как молотком. Сверхтонкое жало вопьется Лидеру в мозг — и все будет кончено.

Однако что-то удерживало ее. Аомамэ словно окаменела с занесенной рукой, не в силах пошевелиться. Сейчас, повторяла она про себя. Один удар — и мерзавец *переправится* туда, куда ему и дорога. Я же выйду отсюда с каменной физиономией, а затем поменяю лицо, возьму другое имя и превращусь в нового человека. Все это я могу. Без страха и душевных терзаний. Этот подонок регулярно совершал слишком жуткие преступления, чтобы оставлять ему право на жизнь. Но ее руку будто сковала некая сила. А точнее — неразборчивое, но очень назойливое сомнение.

Все идет слишком гладко, — твердил ее внутренний голос.

Никакого подтверждения этому не было. Она просто чувствовала нутром: здесь какой-то подвох. Лицо Аомамэ перекосилось так, словно тысячи противоречий раздирали ее изнутри.

— Ну что там? — подал голос мужчина.— Я жду. Возьми свой финальный аккорд.

И тут Аомамэ осенило. *Этот человек знает, что я собираюсь с ним сделать,* — пронеслось у нее в голове.

— Колебаться нет смысла,— спокойно добавил он.— Пусть будет так. То, что ты собираешься сделать, нужно и мне самому.

Гром снаружи не умолкал, хотя молний не было. Только гулкие раскаты — да долгое эхо, как от залпов артиллерийских орудий за несколько километров отсюда.

— Лучшей *терапии* для меня не придумать,— продолжал он.— Мышцы с суставами ты мне размяла великолепно. Руки у тебя золотые. Но, как ты и сказала, это лишь временная помощь, а не исцеление. Сейчас с моей болезнью можно справиться лишь одним способом —

оборвав мою жизнь. Спуститься в подвал, дернуть главный рубильник и обесточить все здание сразу. Разве не так ты собиралась мне помочь?

Аомамэ застыла над ним как каменная: в левой руке инструмент, приставленный к шее мужчины, правая занесена для удара. Вот уж действительно: ни вперед, ни назад.

— Если бы я хотел остановить тебя, не было бы ничего проще,— добавил мужчина.— А ну-ка, попробуй опустить правую руку.

Аомамэ попыталась, как было велено, опустить правую руку. Но странное дело: та осталась висеть в воздухе, даже не дрогнув, словно ее заморозили.

— Не то чтобы мне этого хотелось, но *такой* силой я обладаю,— пояснил мужчина.— А с рукой уже можешь делать, что хочешь, мне все равно. Как и с моей жизнью, разумеется.

Аомамэ убедилась, что может снова двигать рукой. Сжала пальцы в кулак, потом разжала. Ее собственная рука, ничего чужеродного. Если это гипноз, то просто фантастической силы.

— Да, они наделили меня этой способностью, как и многими другими. Но взамен очень много чего потребовали. Постепенно их требования стали частью меня самого. Жестокие, страшные требования, не выполнить которых я, к сожалению, не мог.

— *Они?* — повторила Аомамэ.— Вы хотите сказать — *LittlePeople*?

— Ты слышала о них — это уже хорошо. Разговор быстрее закончится.

— Я знаю только, что их так зовут. Но кто они — понятия не имею.

— Кто такие *LittlePeople*, на этом свете, наверно, не знает никто,— пояснил мужчина.— Известно лишь, что они существуют. Ты не читала «Золотую ветвь» Джеймса Фрейзера?

— Нет.

— Любопытная книга, много чего объясняет. Был в Истории такой период, очень давно. Сразу несколькими землями правил царь. По истечении срока правления его полагалось казнить. Каждый царь правил то ли десять, то ли двенадцать лет, а когда срок заканчивался, его убивали. Во-первых, так было нужно для предотвращения мятежей, а во-вторых, на подобную смерть соглашались и сами цари. Казни эти были особо жестокими и кровавыми, поскольку такая смерть почиталась как геройство. Зачем народу постоянно убивать своих царей? А все дело в том, что в те времена царем назначали Того, Кто Слышит Голос. Он выступал представителем людей в сообщении *между их миром и нашим*. И его своевременная казнь являлась залогом безопасности для всего огромного государства. Благодаря периодической смене Тех, Кто Слышит Голос, поддерживался баланс между волей земных людей и силой, которую являли собой *Little-People*. Ведь для древних править страной и слышать Голос Бога означало одно и то же. Конечно, со временем такую систему упразднили, царей перестали убивать, а власть их стала мирской и наследственной. Так люди перестали слушать Голос.

Разминая в воздухе пальцы ожившей руки, Аомамэ невольно задумалась над рассказом.

— До сих пор *их* звали разными именами, но чаще всего не называли никак. *Они просто были, и все.* Термин *LittlePeople* — просто для удобства. Моя дочь в раннем детстве называла их «человечками». Она-то их и привела. А уже я потом заменил это на *LittlePeople*, так сподручнее.

— И вы что же, стали царем?

Не открывая рта, мужчина с шумом набрал полную грудь воздуха, на какое-то время застыл, потом медленно выдохнул.

— Не царем. *Тем, Кто Слушает Голос.*

— И теперь хотите, чтобы вас зверски убили?

— В зверствах сегодня смысла нет. За окном тысяча девятьсот восемьдесят четвертый год, вокруг нас — огромный мегаполис. Забрызгивать стены кровью? Зачем? Достаточно просто взять мою жизнь.

Аомамэ покачала головой и расслабилась. Смертоносная игла по-прежнему целилась в заветную точку на шее мужчины, но сам настрой его убивать пропал и не хотел возвращаться.

— Вы изнасиловали множество малолетних девочек. Некоторым из них не было и десяти.

— Да,— ответил мужчина.— Исходя из банальной бытовой логики, обвинить меня в этом можно, и возразить будет нечего. По обычным мирским законам я уголовный преступник. Я действительно спаривался с девочками до того, как у них начинались первые месячные. Хотя и занимался этим не по собственной воле.

Аомамэ перевела дух. Может, взять себя в руки и разом покончить с сомнениями? Непонятно. Лицо ее перекосилось, а правая рука словно забыла, к чему приготовилась левая.

— Я действительно хочу, чтобы ты лишила меня жизни,— добавил он.— С какой стороны ни смотри, мне больше не стоит задерживаться на этом свете. Чтобы обеспечить баланс этого мира, меня необходимо убить.

— Что же произойдет, если вас убить?

— *Little People* потеряют Того, Кто Слышит Голос. Наследников у меня нет.

И тут Аомамэ не выдержала.

— Ну и кто же поверит во всю эту чушь? — язвитель-
но усмехнулась она.— Да вы же просто маньяк, который
прикрывает свои мерзости красивыми сказочками да ум-
ными разговорами. Никаких *LittlePeople* с их Гласом Бо-
жьим и дарами небесными не существует. Вы обычный
шарлатан, выдающий себя за пророка, и не более того!

— Видишь вон там часы? — спросил мужчина, не по-
дымая головы от коврика.— На комоде справа.

Аомамэ посмотрела направо. И различила у самой
стены небольшой, в половину человеческого роста комод с вычурной резной отделкой. На комоде стояли мас-
сивные мраморные часы. Килограммов в пятнадцать,
не меньше.

— Смотри на них внимательно, не отводи глаза.

Как было велено, она уставилась на эти часы. И вдруг
ощутила пальцами, как тело мужчины напрягается в не-
человеческом усилии. Словно поддаваясь этому усилию,
часы стали медленно приподниматься над крышкой ко-
мода. Воспарив сантиметров на пять, они зависли в воздухе, чуть подрагивая, на несколько долгих секунд. Затем тело мужчины обмякло — и часы с треском рухнули
обратно на комод. Так, будто случайно вспомнили, что
у планеты Земля вообще-то есть гравитация.

Минуту, если не две, мужчина восстанавливал силы
своим необычным дыханием.

— Даже такие пустяки забирают очень много энергии,— пояснил он, шумно выдохнув в очередной раз.—
Буквально отнимают последние силы жизни. Зато, надеюсь, теперь ты не считаешь меня шарлатаном?

Аомамэ ничего не ответила. Мужчина подышал так
еще, пока не пришел в себя окончательно. Часы на комоде продолжали отмерять время, как ни в чем не бывало. Разве что стояли теперь немного под другим углом.

Ни слова не говоря, Аомамэ следила за секундной стрелкой, пока та не описала полный круг.

— У вас действительно особый дар,— признала она. В горле у нее пересохло.

— Как видишь.

— Кажется, у Достоевского в «Братьях Карамазовых» есть разговор Дьявола и Христа,— вспомнила Аомамэ.— Христос постится среди камней в пустыне, а тут приходит Дьявол и предлагает: раз уж ты сын Бога, соверши чудо и преврати эти камни в хлеб. Но Христос отказывается это сделать, отвечая, что чудеса — искушения от лукавого.

— Помню, как же. Я тоже читал «Карамазовых». Разумеется, ты права. Дешевая показуха настоящих проблем не решает. Но у нас с тобой так мало времени; как еще мне быстро тебя убедить? Вот ради этого и показал.

Аомамэ промолчала.

— На свете не бывает абсолютного добра, как не бывает абсолютного зла,— продолжил мужчина.— Ни зло, ни добро не являются чем-то застывшим и неизменным. Они постоянно перетекают друг в друга или меняются местами. Уже через миг сотворенное добро может обратиться в зло, как и наоборот. Достоевский в «Карамазовых» как раз и рисует картину мира в подобной взаимосвязи. Самое важное — поддерживать между злом и добром постоянное равновесие. Как только одно перевешивает другое, удержать моральные границы реальности становится очень сложно. Да, именно так: равновесие — благо само по себе. И то, что для его восстановления меня нужно убить,— лишь очередное тому подтверждение.

— Лично я не чувствую, что вас нужно убивать,— отрезала Аомамэ.— Хотя, как вы и догадались, пришла я сюда именно за этим. Ибо прощать сам факт существования таких подонков, как вы, не в моих правилах. Что бы со мной потом ни случилось, больше всего я хотела отправить вас на тот свет. Но больше такого желания не испытываю. Вы страшно мучаетесь при жизни, как я поняла. Вот от этих адских мук и подыхайте собственной смертью. *Даровать* вам легкую кончину я не собираюсь.

По-прежнему не поворачивая головы, мужчина еле заметно кивнул.

— Если ты меня убьешь, мои головорезы достанут тебя хоть из-под земли, можно даже не сомневаться. Эти свихнутые фанатики не остановятся ни перед чем. С моей смертью секта, конечно, на время потеряет центростремительную силу. Но Система — штука хитрая: если однажды ты построил ее и отладил, она продолжит работать даже после твоей смерти.

Аомамэ слушала, не говоря ни слова. А он продолжал, лежа все так же ничком:

— Подругу твою, конечно, жаль. Каюсь, виноват.

— Какую подругу?

— Ту, что разгуливала с наручниками... Как ее?

По телу Аомамэ вдруг разлилось подозрительное спокойствие. Вся брань из головы улетучилась. В мозгу осталась лишь тяжелая, вязкая тишина.

— Аюми Накано,— сказала она.

— Не повезло бедняжке.

— *Это сделали вы?* — ледяным тоном уточнила Аомамэ.— Вы убили Аюми?

— Нет-нет. Я не убивал.

— Откуда же вам известно, что это убийство?

— Раскопал наш *исследователь*, собирая о вас информацию. Кто убил, неизвестно. Знаю только, что твою подругу-полицейскую задушили в каком-то отеле.

Правая рука Аомамэ снова невольно сжалась в кулак.

— Но вы сказали: «Каюсь, виноват»!

— Я виноват лишь в том, что не смог этому помешать. Кто бы ни был ее убийца, не забывай про слабое звено. Любые волки в овечьем стаде первым делом атакуют самого незащищенного.

— Вы хотите сказать, Аюми была моим слабым звеном?

Мужчина не ответил.

Аомамэ зажмурилась.

— Но зачем понадобилось ее убивать? Она была очень доброй, никому не делала зла. Ее-то за что? За то, что я влезла во *всю эту кашу*? Ну так ликвидируйте меня одну, и дело с концом!

— Тебя они ликвидировать не могли,— сказал он.

— Это еще почему? — даже удивилась Аомамэ.— Что им помешало?

— Ты уже стала особой сущностью.

— Особой сущностью? В чем особой?

— В нужный час разберешься.

— В нужный час?

— Когда придет время.

Аомамэ нахмурилась.

— Совершенно не понимаю, о чем вы.

— Когда-нибудь еще поймешь.

Она пожала плечами:

— Так что же получается? На меня они напасть не могли, а потому атаковали в моем стаде самую слабую овечку, чтобы я не посмела лишать вас жизни?

Мужчина молчал. Скорее утвердительно.

— Слишком несправедливо.— Аомамэ покачала головой.— Аюми они убили, а в реальности из-за этого так ничего и не изменилось...

— *Они* тоже не убивали. *Они* вообще никого не устраняют своими руками. По большому счету твою подругу убило то, что было закупорено у нее в душе. Раньше или позже, похожая трагедия случилась бы все равно. Аюми Накано вела очень рискованный образ жизни. *Они* просто подстегнули и без того неизбежное. Все равно что переустановили программу в таймере.

Программу в таймере?!

— Послушайте,— рассвирепела Аомамэ.— Эта девочка вам не микроволновка. Она была живым человеком из плоти и крови. Очень дорогим для меня человеком. Плевать, с каким уровнем риска и образом жизни. А вы и ваши люди ее просто отняли у меня — жестоко и без всякого смысла.

— Очень праведный гнев,— согласился мужчина.— Можешь обратить его на меня.

Но Аомамэ покачала головой:

— Даже убив вас, Аюми я не вернуть не смогу.

— Зато отомстишь *LittlePeople*. Они ведь пока не планируют моей смерти. Если я умру здесь и сейчас, родится Пустота. По крайней мере, временная — пока не явится мой преемник. Для *них* это очень болезненный удар. Так что смерть моя будет выгодна и тебе.

— «Месть — самая дорогостоящая, бесполезная и саморазрушительная роскошь»,— вспомнила Аомамэ.— Кто это сказал?

— Уинстон Черчилль. Насколько я помню, этой фразой он пытался оправдать дефицит военного бюджета Британской империи. О нравственности в ней не говорится ни слова.

— Нравственность мне до лампочки. Достаточно, если вы просто издохнете от гадости, пожирающей вас изнутри. А дальше пускай хоть весь мир сгниет от безнравственности — я тут уже ни при чем.

Мужчина в очередной раз глубоко и шумно вздохнул.

— Хорошо. Я тебя услышал. Тогда предлагаю сделку. Ты навеки прекращаешь мои страдания, а взамен я обещаю, что Тэнго Кавана останется жив. Поверь, у меня еще остались силы, чтобы это обеспечить.

— Тэнго? — эхом повторила Аомамэ. Странная слабость вдруг охватила ее.— Так вам и *это* известно?

— Мне известно о тебе все. Ну или *почти* все.

— Но об этом нельзя прочитать у меня в голове! Все, что связано с Тэнго, спрятано так глубоко, что никогда не вырывается наружу...

— Госпожа Аомамэ! — прервал он ее. Снова вдохнул, снова выдохнул.— Нет таких секретов, что не вырываются из сердца наружу. А Тэнго Кавана в последнее время стал для нас весьма значительным персонажем.

Аомамэ потеряла дар речи.

— Все это не случайно,— продолжил мужчина.— В том, что ваши судьбы начинают снова пересекаться здесь и сейчас, нет ничего неожиданного. Хочется вам того или нет, но вы оба попали сюда потому, что так было необходимо, и каждый из вас — с совершенно определенным заданием.

— Куда попали? — не поняла она.

— В мир Тысяча Невестьсот Восемьдесят Четыре.

— Что? — выдохнула Аомамэ. «Но это мое название! — завертелось у нее в голове.— Я сама его придумала!»

— Да, это твое название,— прочел ее мысли мужчина.— Я просто употребил его для удобства.

«Но я никогда не произносила это вслух!»

— Нет таких секретов, что не вырываются из сердца наружу,— тихо повторил Лидер.

Глава 12

ТЭНГО

По пальцам не сосчитать

Тэнго спешил вернуться домой, пока не начался дождь. Весь путь от метро до подъезда шел быстрым шагом. В небе по-прежнему не виднелось ни облачка. Никаким дождем не пахло, и даже отдаленных раскатов грома ниоткуда не доносилось. На улицах не встречалось ни единого прохожего с зонтиком. В такой чудный вечер хотелось валяться с бутылочкой пива где-нибудь на бейсбольном поле. Но Тэнго решил для начала довериться предупреждению Фукаэри. Все-таки лучше верить, чем не верить, рассудил он. И руководствоваться не логикой, но практическим опытом.

В почтовом ящике он обнаружил конверт. Канцелярского вида, отправитель не указан. Внутри — квитанция о переводе на счет Тэнго суммы в 1 627 534 иены*. Трансфер осуществила некая фирма «Office ERI». Возможно, та самая контора на бумаге, которую собирался зарегистрировать Комацу? Или какой-то из каналов Эбисуносэнсэя? В любом случае, Тэнго вспомнил, что Комацу обещал ему: «Часть гонорара за "Кокон", безусловно, будет причитаться тебе». Видимо, это и есть та самая часть. Можно не сомневаться, на бланке перевода в графе «на-

---

* Около 15 тыс. долларов США.

значение платежа» наверняка проставлены какие-нибудь «исследовательские расходы». Еще раз проверив сумму, Тэнго убрал квитанцию в конверт и спрятал в карман.

Полтора миллиона с лишним для Тэнго — сумма немалая; да что там говорить, таких денег он сроду в руках не держал. Однако особой радости он не испытывал. Стабильной зарплаты в колледже ему вполне хватает. О старости беспокоиться тоже пока рановато. Тем не менее все вокруг только и предлагают ему деньги. Странная штука жизнь.

И все же ему показалось, что за ту правку, которую он проделал над «Коконом», полтора миллиона — явный недобор. Конечно, спроси его в лоб: «Ну а сколько, по-твоему, это стоит?» — он, пожалуй, и сам ответить не смог бы. Существуют ли вообще объективные критерии оценки такой работы? Бог его знает. Как и многих наивных бедолаг на этом свете, его затянуло в двойную ловушку — когда нет ни конкретных расценок, ни официального плательщика. Судя по всему, продажи «Кокона» в ближайшее время не упадут, а значит, дополнительные переводы еще будут поступать на счет Тэнго. Растущая сумма денег, переводимых непонятно за что, лишь усугубит ситуацию. Не говоря уже о том, что с каждым таким «гонораром» его сопричастность афере Комацу будет только расти.

А может, вернуть эти деньги обратно Комацу — завтра же, прямо с утра? И не взваливать на себя то, за что потом придется раскаиваться? Наверняка ведь и на душе полегчает сразу. И останется доказательство того, что он отказался от «гонорара». Но ведь это не снимет с него моральной вины за то, что он вообще ввязался в махинацию. И никак не исправит того, что он уже совершил. Как максимум, такой поступок станет лишь «смягчающим вину обстоятельством». А может, и наоборот, только вызовет подозрение. Дескать, наломал дров, а потом испугался и вернул денежки, чтоб замести следы...

От всех этих непонятностей у Тэнго заныло в затылке. И он решил больше не думать о чертовых деньгах. А точнее, сесть и спокойно обмозговать все как-нибудь позже. Деньги — не звери, в лес не убегут. Наверное.

Главное сейчас — понять, как изменить свою жизнь, твердил себе Тэнго, взбираясь по лестнице на третий этаж. В санатории на мысе Босо подозрение, что старик ему не отец, почти подтвердилось. А также возникло чувство, будто он, Тэнго, вышел на новый жизненный старт. Возможно, именно сейчас судьба дарует ему уникальный шанс оборвать все старые связи с миром и начать с нуля: новая работа, новое жилище, новые отношения... Да, ему пока не хватает уверенности в себе. Но в то же время не отпускает вопрос: эй, парень, разве ты не можешь вылепить что-нибудь более осмысленное, чем вся твоя жизнь до сих пор?

Но сначала он должен кое с чем разобраться. Не может же он исчезнуть, бросив на произвол судьбы Фукаэри, Комацу и Эбисуно-сэнсэя. Конечно, никому из них он ничего не должен. Моральными обязательствами ни с кем не связан. Наоборот, это его самого все используют в своих целях, здесь Усикава прав. Но даже если Тэнго не знает их истинных замыслов, теперь он связан с ними уже слишком крепко. Нельзя просто так помахать им рукой и сказать: «Мне все равно, что дальше, справляйтесь как-нибудь без меня». Куда бы дальше он ни собрался, перед уходом придется расчистить завалы вокруг себя. Иначе весь этот хаос, как вирус, переселится и в его новую жизнь.

При слове «вирус» он тут же вспомнил об Усикаве. И глубоко вздохнул. Усикава владеет информацией о матери Тэнго. И даже готов этой информацией поделиться:

Если желаете, эти данные мы вам с удовольствием предоставим... Хотя какая-то их часть может вас не обрадовать.

Тэнго не удостоил его ответом. Узнавать что-либо о собственной матери от Усикавы было бы слишком невыносимо. Все, что произносили губы этого упыря, немедленно заражалось какой-то гадостью. А если точнее — *такую информацию* Тэнго не собирался выслушивать от кого бы то ни было. Если когда-нибудь ему доведется получить известие о матери, оно не должно быть *информацией*. Оно должно сойти на него Откровением. Огромной и отчетливой картиной Космоса, переданной в один-единственный миг.

Когда это Откровение придет к нему — Тэнго, разумеется, не знал. Возможно, не придет вообще никогда. Но вдруг в его жизни появится некая всепобеждающая сила, которая поможет ему одолеть проклятый «сон наяву», что так озадачивал и терзал его все эти годы? Сила, благодаря которой он бы очистился от этой скверны? В любом случае, такая продажная тварь, как *информация*, здесь бы не помогла.

С этой мыслью Тэнго наконец добрался до третьего этажа.

Он встал перед дверью, достал из кармана ключ, вставил в замок, повернул. Не открывая дверь, постучал в нее: три раза — пауза — еще два. И только затем открыл.

Фукаэри сидела за столом и пила из высокого стакана томатный сок. Одетая так же, как и пришла: полосатая мужская рубашка и узкие джинсы. Но выглядела теперь совсем по-другому. Тэнго не сразу понял, в чем разница. И лишь через несколько секунд догадался: она подобрала волосы и завязала их в узел на затылке, открыв уши и шею. Эту пару миниатюрных ушей, казалось, только что выточили из розового мрамора и еле успели смахнуть мягкой кисточкой крошки. Изваяв их не ради того, чтоб она ими слышала, но исключительно для красоты. По крайней мере, так почудилось Тэнго. А шея напоминала стройный стебель, что вырос на залитой солнцем грядке. Чтобы подчеркнуть *незапятнанность* этой шеи, не хватало только утренней росы и божьих коровок. Фукаэри с подобранными волосами он видел впервые, и это зрелище заворожило его не на шутку.

Затворив дверь, но не проходя в дом, он стоял и любовался этими ушами и шеей. Растерянный и озадаченный примерно так же, как теряются и трогаются умом при виде полностью обнаженных женщин. Не отнимая пальцев от ручки двери, он смотрел на нее, точно первопроходец, наконец-то нашедший истоки Нила.

— *Я-принимала-душ,—* сообщила Фукаэри, будто вспомнив о чем-то важном.— *Брала-твои-шампунь-и-кондиционер.*

Тэнго кивнул, отнял пальцы от ручки, запер дверь на замок. Шампунь и кондиционер? Он прошел наконец в квартиру.

— Никто не звонил?

— *Ни-разу,—* ответила она. И чуть заметно покачала головой.

Тэнго подошел к окну, приоткрыл штору и осмотрел двор. На взгляд с третьего этажа, изменений снаружи не наблюдалось. Ни подозрительных прохожих, ни странных машин. Ничего примечательного, все как всегда. Подернутые пылью деревья, погнутая металлическая ограда, пара-тройка брошенных ржавых велосипедов. ·

Полицейский плакат с лозунгом: «Пьяное вождение — одностороннее движение к смерти» (интересно, есть ли в полиции спецотдел по сочинению лозунгов?). Безумный с виду старик выгуливает безмозглую на вид собачонку. Явно безбашенная женщина паркует как попало свою раздолбанную малолитражку. На корявых электрических столбах распята паутина проводов. В очевидности того факта, что мир застрял где-то между безысходностью и катастрофой, можно запросто убедиться из окна обычной квартиры.

С другой стороны, в том же мире, хотя и на другом его полюсе, существовали такие несомненные шедевры, как уши Фукаэри. В какой из полюсов лучше верить — задачка не из простых. Заскулив, как приблудная псина, Тэнго задернул штору и вернулся в свой мирок.

— Сэнсэй знает, что ты здесь? — спросил он.

Фукаэри покачала головой. Нет, мол, не знает.

— Не хочешь ему сообщить?

Она снова покачала головой.

— *Не-могу-с-ним-связаться.*

— Слишком опасно?

— *Телефон-наверно-подслушивают-а-письма-не-доходят.*

— Выходит, о том, что ты здесь, знаю только я?

Она кивнула.

— У тебя есть какие-то сменные вещи?

— *Немножко,* — ответила Фукаэри. И посмотрела на холщовую сумку, что принесла с собой. Много вещей туда и правда влезть не могло. — *Но-это-не-важно.*

— Ну, если тебе не важно, тогда и мне все равно, — сказал Тэнго.

Он прошел на кухню, поставил кипятиться воду и насыпал в заварник черного чая.

— *Твоя-подруга-сюда-приходит,*— спросила Фукаэри.

— Больше не придет,— только и ответил Тэнго.

Девушка уставилась на него.

— По крайней мере, в ближайшее время,— добавил Тэнго.

— *Это-из-за-меня,*— уточнила она.

Тэнго покачал головой:

— Не знаю, из-за кого. Но ты здесь ни при чем. Скорее, это я виноват. И немного она сама.

— *Значит-она-точно-не-придет.*

— Думаю, нет. Так что можешь оставаться здесь, сколько хочешь.

Фукаэри надолго задумалась.

— *У-нее-был-муж,*— наконец спросила она.

— Да. Муж и двое детей.

— *Дети-не-от-тебя.*

— Конечно, не от меня. Дети были еще до того, как мы повстречались.

— *Ты-ее-любил.*

— Наверное... В каком-то смысле.

— *У-вас-был-коитус.*

Значение слова «коитус» Тэнго вспомнил не сразу.

— А... ну конечно. Не в «монополию» же играть она приходила сюда раз в неделю.

— *В-«монополию»...*

— Забудь,— махнул рукой Тэнго.

— *Но-больше-она-не-придет.*

— По крайней мере, мне так сказали.

— *Она-сама-сказала.*

— Нет, не сама. Это сказал ее муж. Дескать, она «уже потеряна» и больше не сможет меня потревожить.

— *Потеряна.*

— Сам не знаю, что конкретно это означает. Пытался уточнить, но безуспешно. На кучу вопросов — минимум ответов. Прямо не разговор, а торговля с мошенником... Хочешь чаю?

Фукаэри кивнула.

Тэнго налил в заварник кипятку и накрыл его крышкой.

— *Ничего-не-поделаешь.*

— Это ты об ответах? Или о том, что она «потеряна»?

Но Фукаэри не ответила.

Тэнго вздохнул и разлил чай по чашкам.

— Сахар?

— *Одну-ложку-с-горкой.*

— Лимон? Молоко?

Она покачала головой. Тэнго положил в чай сахара, медленно размешал, поставил чашку на стол перед ней. Затем взял свой чай и уселся напротив.

— *Коитус-нравился.*

— Ты хочешь спросить, хорошо ли нам было в постели? — уточнил Тэнго.

Фукаэри кивнула.

— Скорее, да,— сказал он.— Большинство людей любит спать с противоположным полом при наличии взаимной симпатии.

К тому же, добавил он про себя, его подруга была в этом деле большой искусницей. Как в любой деревне найдется хотя бы один крестьянин, знающий толк в ирригации, эта женщина в постели обладала редким чутьем, настоящим даром от бога. И чего только с Тэнго не перепробовала.

— *Тебе-грустно-что-она-не-придет.*

— Пожалуй,— ответил Тэнго. И отхлебнул чая.

— *Потому-что-остался-без-коитуса.*

— В том числе и поэтому.

Фукаэри долго сверлила Тэнго взглядом в упор. Так, словно размышляла о том, что такое коитус. Хотя, конечно, о чем она думала на самом деле, было известно лишь ей одной.

— Голодная? — поинтересовался Тэнго.

Она кивнула.

— *С-утра-ничего-не-ела.*

— Сейчас что-нибудь приготовим,— сказал он.

За весь день Тэнго и сам почти ничего не съел, в животе урчало от голода. Да и никакого достойного занятия, кроме приготовления пищи, ему в голову не приходило.

Он промыл рис, зарядил в рисоварку — и, пока тот готовился, заварил мисо с морской капустой и зеленым луком, поджарил ставриды, достал из холодильника тофу замочил в маринаде имбирь. Настрогал на терке редьку, разогрел в кастрюле остатки овощного рагу, разложил на тарелках соленья из репы и сливы*. Когда такой здоровяк суетится на тесной кухоньке, та кажется еще теснее. Но Тэнго, похоже, это совсем не смущало. Слишком много лет он приспосабливал свое огромное тело к любым жилищам, которые посылала ему судьба.

— Уж извини, что все по-простому,— сказал он смущенно.

Фукаэри с большим интересом наблюдала, как ловко Тэнго управляется со стряпней и какие деликатесы рождаются в результате его стараний.

— *Привык-готовить-еду,*— заметила она.

— Это потому, что я долго жил один. Сам себе наскоро приготовишь, сам же наскоро съешь. Такая вот холостяцкая привычка.

— *Всегда-ешь-один.*

---

* Соленая слива (умэбо́си) — популярная японская закуска из слив, вымоченных в маринаде.

— Ну да. Так, как сейчас, получалось редко. С *той женщиной* раз в неделю обедал вместе. Но чтобы с кем-нибудь ужинал — такого и не припомню.

— *Это-тебя-напрягает,* — спросила она.

Тэнго покачал головой:

— Нет, совсем не напрягает. Ужин как ужин. Слегка необычно, и все.

— *А-я-всегда-ела-с-кучей-народу. Потому-что-с-детства-жила-с-ними-вместе. И-когда-к-сэнсэю-переселилась-тоже. У-сэнсэя-всегда-были-гости.*

Впервые за все их знакомство она произнесла такую длинную речь, отметил Тэнго.

— А там, где ты пряталась, ела одна? — спросил он.

Фукаэри кивнула.

— А где это было?

— *Далеко. Это-место-устроил-сэнсэй.*

— И что же ты там ела?

— *Лапшу-растворимую. Полуфабрикаты. Такую-еду-как-у-тебя-уже-долго-не-пробовала.*

Она взяла палочки, отделила мясо ставриды от костей, положила в рот и начала пережевывать. С таким видом, будто ест что-то редкое и непривычное. Взяла чашку с мисо, отхлебнула глоток, проверяя на вкус, а затем отложила палочки и надолго о чем-то задумалась.

Ближе к девяти издалека донесло что-то вроде раската грома. Приоткрыв штору, Тэнго посмотрел наружу. На потемневшее небо одна за другой наползали зловещие черные тучи.

— Ты была права, — сказал он и задернул штору. — Похоже, будет страшная гроза.

— *Потому-что-* LittlePeople *-очень-злятся,* — пояснила Фукаэри.

— Когда *LittlePeople* злятся, меняется погода?

— *Смотря-как-мы-к-погоде-относимся.*

— То есть?

Она покачала головой:

— *Я-плохо-понимаю.*

Тэнго тоже не понимал. До сих пор он считал погоду чем-то объективным и от людей не зависящим. Но уточнять, похоже, смысла не было, и он задал другой вопрос:

— *Little People* злятся на что-то конкретное?

— *На-то-что-скоро-случится.*

— И что же должно случиться?

Фукаэри покачала головой.

— *Скоро-поймем.*

Они вымыли посуду, протерли и убрали на полку тарелки, снова сели за стол и принялись пить чай. В обычный день Тэнго выпил бы пива, но сегодня почему-то казалось, что без алкоголя лучше обойтись. В воздухе растекалась странная тревога. Если что-то и правда случится, лучше оставаться в трезвом рассудке.

— *Наверно-лучше-скорей-заснуть,* — сказала Фукаэри. И, словно кричащий на мосту с картины Мунка, стиснула щеки ладонями. Но кричать не стала. Просто зевнула с закрытым ртом.

— Хорошо, — сказал Тэнго. — Ложись на кровати. А я на диване, как в прошлый раз. Все равно засыпаю где угодно.

И это было правдой: он действительно мог заснуть в любых обстоятельствах. В каком-то смысле — талант от бога.

Фукаэри кивнула, и только. Посмотрела на Тэнго, ни слова не говоря. И потрогала пальцами уши — словно проверяя, на месте ли.

— *Одолжишь-пижаму,* — наконец попросила она. — *Я-свою-не-взяла.*

Тэнго прошел в спальню, достал из шкафа запасную пижаму из голубого хлопка. Ту же, в которой Фукаэри спала в прошлый раз. Постиранную и аккуратно сложенную. На всякий случай он понюхал ее. Никакого запаха. Заполучив пижаму, Фукаэри переоделась в ванной и вернулась к столу. Уже с распущенными волосами и подвернутыми, как и прежде, штанинами и рукавами.

— Еще только девять,— сказал Тэнго.— Ты всегда так рано ложишься?

Фукаэри покачала головой:

— *Сегодня-не-как-всегда.*

— Потому что злятся *LittlePeople*?

— *Не-знаю. Просто-хочу-спать.*

— Да, вид у тебя сонный,— признал Тэнго.

— *Почитай-мне-перед-сном,* — попросила она.— *Или-расскажи-что-нибудь.*

— Это можно,— согласился он.— Все равно заняться больше нечем.

Вечер был душным, но Фукаэри, забравшись в постель, тут же натянула одеяло до самого горла. Так, словно хотела поскорей отделить свой уютный мирок от безумного внешнего мира. Под одеялом она казалась совсем девчонкой — лет двенадцати, не старше. Гром грохотал уже так, что оконные стекла жалобно звякали с каждым новым раскатом. Но и только. Ни молний, ни даже капли дождя. Видимо, нарушение каких-то природных балансов.

— *Они-смотрят-на-нас,* — сказала Фукаэри.

— Кто? — уточнил Тэнго.— *LittlePeople?*

Она не ответила.

— Думаешь, они знают, что мы здесь?

— *Конечно-знают.*

— И что же они собираются с нами сделать?

— *Нам-они-не-могут-сделать-ничего.*

— Слава богу.

— *По-крайней-мере-сейчас.*

— Значит, сейчас мы в безопасности, но надолго ли — бог его знает?

— *Этого-не-знает-никто.*

— До нас они не дотянутся, но могут навредить тем, кто нас окружает?

— *Все-может-быть.*

— И не просто навредить, а напрочь сломать людям жизни, верно?

Фукаэри с тревогой прищурилась, точно капитан судна, слушающий за штурвалом песни сирен. И наконец ответила:

— *Смотря-кому.*

— Я очень боюсь, что *LittlePeople* применили свою силу против моей подруги. Чтобы предупредить меня.

Вытащив руку из-под одеяла, Фукаэри почесала ухо и спрятала руку обратно.

— *LittlePeople-могут-не-всё.*

— Не всё?

— *У-них-есть-предел.*

Тэнго закусил губу. А потом спросил:

— На что же конкретно они способны?

Фукаэри будто собралась ответить, но передумала. Словно в последний момент решила не высказывать свое мнение — и загнала его обратно. Не очень понятно куда. Туда, где очень глубоко и темно.

— Ты сказала, что *LittlePeople* обладают знаниями и силой.

Фукаэри кивнула.

— Но теперь говоришь, что у них есть предел.

Фукаэри снова кивнула.

— А все потому, что они живут в лесу, и как только уходят из леса, не могут толком применять свою силу и знания. Ибо в нашем мире есть то, что может им сопротивляться. Так или нет?

На это Фукаэри не ответила. Наверное, слишком длинный вопрос.

— А ты сама встречалась с *LittlePeople*?

Она посмотрела на Тэнго так рассеянно, будто не понимала, о чем ее спрашивают.

— Ты видела, как они выглядят?

— *Да,* — ответила Фукаэри.

— И сколько их было?

— *Не-знаю. По-пальцам-не-сосчитать.*

— Но не один?

— *То-больше-то-меньше. Но-не-один.*

— Как ты и описала в «Воздушном коконе»?

Фукаэри кивнула.

И тогда Тэнго задал вопрос, который мучил его уже очень долго.

— То, что происходит в «Воздушном коконе», случилось с тобой взаправду?

— *Что-такое-взаправду,* — спросила она, как всегда, уничтожив вопросительный знак.

Но на это у Тэнго ответа, конечно, не было.

Гремело уже совсем рядом. Окна звенели не переставая. Но молний по-прежнему не было, как и дождя. Тэнго вдруг вспомнил увиденный когда-то фотоснимок — подводная лодка в грозу. Страшный шторм, молнии по всему небу, волны мотают лодку из стороны в сторону, но людям внутри железной коробки ничего этого не видно. Для них лишь грохочет гром да вибрирует судно.

— *Почитай-или-расскажи-что-нибудь,* — напомнила Фукаэри.

— Да, конечно, — согласился Тэнго. — Только никаких подходящих книжек у меня сейчас нет. Хочешь, расскажу про Кошачий город?

— *Кошачий-город.*

— Город, которым управляют кошки.

— *Хочу.*

— Хотя, возможно, эта история покажется тебе страшноватой.

— *Не-важно. Я-засну-все-равно.*

Тэнго принес из кабинета стул, сел у изголовья кровати, сцепил на коленях руки — и под раскаты грома за окном начал рассказывать о Кошачьем городе. Историю эту он дважды прочел в поезде, а потом читал отцу, так что помнил ее практически наизусть.

Рассказ, изначально недолгий, занял куда больше времени, чем он ожидал. То и дело он останавливался, чтобы ответить на вопросы Фукаэри — об устройстве города, о характере главного героя, о мотивах поведения кошек. А для этого приходилось допридумывать то, чего в оригинальной истории не было,— примерно так же, как он дорабатывал «Воздушный кокон».

Фукаэри погрузилась в эту историю с головой. Ей уже расхотелось спать. Иногда она закрывала глаза, чтобы лучше представить мир Кошачьего города. А потом открывала их, требуя продолжения.

Когда он закончил, она уставилась на него — тем же долгим и загадочным взглядом, каким кошка высматривает что-то в глазах человека.

— *Ты-был-в-кошачьем-городе,*— сказала она с каким-то упреком.

— Я?

— *Ты-был-в-своем-кошачьем-городе. А-потом-сел-в-поезд-и-вернулся-домой.*

— Тебе правда так кажется?

Фукаэри натянула одеяло до подбородка и кивнула.

— Ты права,— согласился Тэнго.— Я съездил в Кошачий город, а потом вернулся на поезде.

— *Ты-очистился,* — спросила она.

— Очистился? — переспросил он. — Думаю, пока еще нет.

— *Ты-должен-очиститься.*

— И что же я, по-твоему, должен сделать?

— *Если-ты-побывал-в-кошачьем-городе-оставлять-это-просто-так-нельзя.*

Долгий раскат грома, будто раскалывая небо на кусочки, грохотал все громче и беспощаднее. Фукаэри невольно сжалась под одеялом.

— *Обними-меня,* — попросила она. — *Мы-должны-уйти-в-кошачий-город.*

— Зачем?

— *Чтобы-*LittlePeople*-не-нашли-как-сюда-пробраться.*

— Потому что я не очистился?

— *Потому-что-мы-с-тобой-одно-и-то-же,* — сказала она.

Глава 13

АОМАМЭ

Мир без твоей любви

— Тысяча Невестьсот Восемьдесят Четыре,— повторила Аомамэ.— Год, в котором я теперь нахожусь. И это — не тысяча девятьсот восемьдесят четвертый год, верно?

— Различить, где истинная реальность, всегда непросто,— ответил Лидер, не отнимая лба от коврика.— В конечном итоге это вопрос метафизический. Но мир, в котором ты находишься сейчас,— настоящий, можешь не сомневаться. Боль в этом мире подлинна, смерть необратима, а кровь реальна. Никакой подделки, иллюзий или фантазий. Это я гарантирую. Только этот мир — не тысяча девятьсот восемьдесят четвертый.

— Что-то вроде параллельного мира?

Голова мужчины вздрогнула — он усмехнулся.

— Похоже, ты слишком начиталась фантастики. Нет, все не так. С параллельными мирами ничего общего. Если ты думаешь, что где-то есть мир тысяча девятьсот восемьдесят четвертый, а где-то еще — тысяча невестьсот восемьдесят четвертый, ты ошибаешься. Года тысяча девятьсот восемьдесят четвертого больше нет. Как для тебя, так и для меня существует только одна реальность: Тысяча Невестьсот Восемьдесят Четыре.

— То есть мы переселились в другое время?

— Совершенно верно. Или, можно сказать, другое время переселилось в нас. Насколько я знаю, это необратимо. Обратно уже не вернуться.

— И это случилось, когда я нырнула в пожарный выход с хайвэя?

— С хайвэя?

— Возле станции Сангэндзяя,— пояснила Аомамэ.

— Место значения не имеет,— сказал мужчина.— С тобой это произошло возле станции Сангэндзяя, но могло произойти где угодно. Дело не в месте, а во времени. В какой-то момент стрелка переключилась, и ты оказалась в тысяча невестьсот восемьдесят четвертом году.

Аомамэ представила, как сразу несколько *LittlePeople,* навалившись на рычаг, переключают огромную железнодорожную стрелку. Среди ночи, под мертвенно-бледной луной.

— И в этом тысяча невестьсот восемьдесят четвертом году в небе висит две луны? — уточнила она.

— Именно так. Здесь луны две. Считай это подтверждением того, что стрелка переключилась. Хотя далеко не все люди в этом мире видят обе луны. Большинство даже не замечают. О том, что на дворе невестьсотые годы, знает очень мало народу.

— Большинство не замечает, что время стало другим?

— В том-то и дело. Для большинства это *всегдашний* мир, в котором никаких искажений не происходит. Вот почему я и говорю, что это — настоящая реальность.

— Значит, если бы стрелка не переключилась,— предположила Аомамэ,— мы бы с вами здесь не встретились?

— Этого никто не знает. Вопрос вероятности. Но скорее всего, не встретились бы.

— То, о чем вы сейчас говорите,— это реальные факты или условная теория?

— Хороший вопрос. Отделить одно от другого — задача архисложная. Помнишь такую песенку? Without your love, it's a honkey-tonk parade...* — негромко пропел мужчина.

— «It's Only a Paper Moon»,— узнала Аомамэ.

— Она самая. Что однолунный мир, что двулунный — по большому счету разницы никакой. Если ты сама не веришь в окружающую реальность и если у тебя в ней нет настоящей любви — в каком из миров ты ни находилась бы, он будет для тебя фальшивой пустышкой. Граница между реальностью и условностью в большинстве случаев глазам не видна. Она видна только сердцу.

— Но кто же тогда переключил мою стрелку?

— Кто переключил? Сложно сказать. Это уже законы причинно-следственных связей, в которых я, увы, не силен.

— Так или иначе, в *невестьсотые* годы меня занесло не по собственной воле,— сказала Аомамэ.— Кому-то все это было нужно.

— Ты права. Перед поездом, в котором ты ехала, переключили стрелку и отправили тебя в другую сторону.

— И в этом как-то замешаны *LittlePeople*?

— В *этом* мире действительно есть *LittlePeople*. По крайней мере, здесь их так называют. Однако и название, и форма у этих существ могут меняться.

Закусив губу, Аомамэ задумалась над услышанным.

— По-моему, вы себе противоречите,— наконец сказала она.— Допустим, эти самые *LittlePeople* переключили стрелку и переправили меня в этот мир. Я же в этом мире прихожу сюда, чтобы лишить вас жизни, что для них совсем нежелательно. Зачем они тогда это сделали?

---

* *Зд.*: Мир без твоей любви — лишь клоунов карнавал *(англ.)*.

Разве им не выгодней было, чтобы мой поезд ехал своей дорогой?

— Объяснить это не просто,— бесстрастно ответил мужчина.— Однако ты быстро соображаешь. И возможно, даже уловишь то, о чем я тебе не скажу. Как я уже говорил, самое важное в нашем мире — сохранять равновесие между добром и злом. Те, кого называют *Little People,*— или та воля, которую они представляют,— действительно очень сильны. Но чем больше они используют свою силу, тем больше становится и сила, которая им противостоит. На подобном хрупком балансе и держится этот — да, впрочем, и любой другой мир. Как только *Little People* начали применять свою силу в действии, тут же автоматически возникла и обратная сила — та, что противодействует самим *Little People*. Полагаю, именно момент столкновения этих двух сил и закинул тебя в тысяча невестьсот восемьдесят четвертый год...

Он громоздится на коврике для йоги, точно выброшенный на берег кит, вдруг подумала Аомамэ. Мужчина глубоко вздохнул и снова заговорил:

— Если продолжить аналогию с поездом, получается примерно вот что. *Little People* способны переключать стрелки. Поэтому твой поезд и привез тебя в этот двулунный мир. Но они не могут осознанно выбирать, какому пассажиру куда ехать. Иначе говоря, они могут прислать сюда и *нежелательных* для себя персонажей.

— То есть я — незваная гостья? — уточнила Аомамэ.

— Именно так.

Прогремел гром. На этот раз куда ближе и раскатистее, чем раньше. Но по-прежнему без молний и без дождя.

— До сих пор понятно?

— Слушаю дальше,— отозвалась Аомамэ.

Левую руку с инструментом от шеи мужчины она уже отвела — и теперь держала пестик острием вверх, предусмотрительно отставив в сторону. Прежде чем случится что-либо еще, она должна внимательно выслушать все, о чем этот человек сейчас говорит.

— Без света не может быть тени, а без тени — света. Об этом писал еще Карл Юнг,— продолжил мужчина.— Точно так же и в каждом из нас есть как добрые намерения, так и дурные наклонности. Чем сильнее мы тянемся к совершенству в светлых деяниях, тем беспросветней и разрушительнее становится сила наших темных инстинктов. Когда в стремлении к свету человек пытается *выйти из собственных рамок,* его же собственная тьма затягивает бедолагу в преисподнюю и превращает в дьявола. Ибо так уж устроено у людей: любые попытки стать больше или меньше самого себя греховны и заслуживают наказания... Добром или злом являются сами *LittlePeople* — не знаю. Подобные вещи — за гранью нашего понимания. *LittlePeople* живут в контакте с людьми уже очень давно. С тех далеких времен, когда добро и зло еще не разделялись в наших сердцах и сознание наше пребывало во мраке. Но главное — когда *LittlePeople* что-либо затевают, обязательно рождается сила, которая им противостоит. Действие обязательно вызывает противодействие. И как только я стал представителем *LittlePeople*, моя дочь выступила посланником диаметрально противоположных сил.

— Ваша родная дочь?

— Да. Прежде всего, она сама привела их сюда. Ей тогда было десять. Сейчас — семнадцать. Они пришли к ней из темноты и появились в нашей реальности. А потом сделали меня своим представителем. Дочь выступила как персивер — тот, кто все осознает через чувства. А я — как ресивер, тот, кто все на себя принимает. В любом случае, это *они* нашли нас, а не мы *их*.

— Но в итоге вы изнасиловали собственную дочь.

— Совокупление имело место,— признал он.— И твои обвинения почти справедливы. Мы с ней познали друг друга в разных ипостасях. Благодаря чему стали единым целым. Как и положено персиверу и ресиверу.

Аомамэ покачала головой:

— Я не могу понять, о чем вы говорите. Вы насиловали свою дочь или нет?

— И да, и нет.

— А как насчет малышки Цубасы?

— То же самое. В концептуальном смысле.

— Но утроба ребенка разворочена в *физическом* смысле.

Мужчина покачал головой:

— Ты рассматриваешь только внешнюю оболочку концепции. Но не концепцию как таковую.

Аомамэ не успевала соображать. Она выдержала паузу, глубоко вздохнула и продолжала гнуть свое:

— По-вашему, концепция приняла форму человека и сбежала от вас?

— Проще говоря, да.

— И та Цубаса, которую видела я,— не настоящая?

— Настоящую Цубасу из внешнего мира уже изъяли.

— Изъяли?

— Изъяли и вернули куда положено. Сейчас она проходит необходимую реабилитацию.

— Я вам не верю,— резко сказала Аомамэ.

— Не смею тебя винить,— бесстрастно ответил мужчина.

Аомамэ не представляла, что на это сказать. Поэтому сменила тему:

— Вы много раз *концептуально* насиловали свою дочь, благодаря чему стали представителем *LittlePeople*. Но как только вы им стали, ваша дочь сбежала и обернулась против *LittlePeople*. Так получается?

— Именно так. Ради этого она и бросила свою До́ту... Хотя пока ты не поймешь, что это значит.

— Доту?

— Нечто вроде ожившей тени... Ей помог один человек, мой старый друг, которому я полностью доверяю. Фактически я передал ему свою дочь на попечение. А не так давно уже твой хороший знакомый, Тэнго Кавана, познакомился с ними обоими. Тэнго и Эрико образовали очень удачный союз.

Аомамэ показалось, что Время встало. Никаких слов больше в голову не приходило. Она заставила свое тело окаменеть — и ждала, когда все снова придет в движение.

Мужчина тем не менее продолжал:

— Они восполнили друг в друге то, чего каждому не хватало. Объединив усилия, Тэнго и Эрико произвели работу, результат которой превзошел все ожидания. Между ними возникла связь, по силе способная противостоять *LittlePeople*.

— «Образовали удачный союз»?

— Их связь — не любовная и не телесная. Можешь не волноваться, если ты об этом. Эрико больше ни с кем не совокупляется. Все это для нее уже в прошлом.

— И что же за работу они произвели?

— Проведу еще одну аналогию. Если сравнить *Little-People* с вирусом, они вдвоем создали вакцину против этого вируса. Разумеется, с человеческой точки зрения. С точки зрения *LittlePeople*, они сами являются носителями вируса. То же самое, но в зеркальном отражении.

— Действие и противодействие?

— Совершенно верно. Человек, которого ты любишь, и моя дочь, объединившись, породили силу противодействия. Так что, как видишь, в этом мире твой Тэнго буквально следует за тобой по пятам.

— Вы сказали, что все это не случайно. Значит, я тоже появилась в этом мире по чьей-то воле?

— Несомненно. По чьей-то воле — и с совершенно конкретной целью. Связь между тобой и Тэнго, какую бы форму она ни принимала, совершенно не случайна.

— Но чья тогда это воля и какова ее цель?

— Объяснять эти вещи я не могу,— ответил мужчина.— Уж извини.

— Не можете? Почему?

— Не то чтобы я не мог объяснить словами. Но если облечь этот смысл в слова, он тут же будет потерян.

— Хорошо, тогда спрошу по-другому,— сказала Аомамэ.— Почему это должна быть именно я?

— Ты что, действительно не понимаешь?

Аомамэ решительно покачала головой:

— Нет.

— Это как раз очень просто. Потому что тебя и Тэнго очень сильно притягивает друг к другу.

Довольно долго Аомамэ не могла произнести ни слова. Только чувствовала, что по лбу стекают капельки пота, а лицо будто стягивает какая-то невидимая защитная пленка.

— Притягивает? — повторила она.

— Да. Взаимно и очень сильно.

В ее животе заворочалась злость. Острая до тошноты.

— Не верю,— сказала она.— Он *не может* меня помнить.

— Это не так. Тэнго прекрасно помнит о том, что ты есть в этом мире. И очень хочет тебя увидеть. Потому что, кроме тебя, до сих пор никогда никого не любил.

Она снова потеряла дар речи. В повисшей паузе гром гремел, уже не смолкая. Наконец пошел дождь, и крупные капли с силой забарабанили по окну. Но все эти звуки почти не достигали ее слуха.

— Верить или не верить — дело твое. Но лучше все-таки верить. Потому что это чистая правда.

— Вы хотите сказать, он помнит меня двадцать лет спустя? Я ведь даже ни слова толком ему не сказала!

— Тогда в пустом классе ты крепко пожала ему руку. Вам было по десять лет. И тебе потребовалось огромное усилие над собой.

— Откуда вам все это известно? — нахмурилась Аомамэ.

— Той сцены Тэнго не забыл до сих пор,— продолжал мужчина, словно не слыша вопроса.— Все это время он думал о тебе. И продолжает думать прямо сейчас, уж поверь мне. Я многое вижу. Например, мастурбируя, ты думаешь о Тэнго, не так ли?

Аомамэ в изумлении раскрыла рот. И почти перестала дышать.

— Ничего постыдного в этом нет,— добавил он.— Совершенно естественное занятие. Он делает то же самое, думая о тебе. Вот прямо сейчас.

— Но откуда вы это...

— Откуда знаю? Да просто слышу. Слушать голоса — моя работа.

Аомамэ не знала, чего ей хотелось больше — расхохотаться или расплакаться. Но в итоге не смогла ни того ни другого. Просто зависла меж этими крайностями, не в силах издать ни звука.

— Трусить не нужно,— сказал мужчина.

— Трусить?

— Ты трусишь. Примерно как люди из Ватикана, когда узнали, что Земля круглая. Не то чтобы они сильно верили в то, что она плоская. Просто боялись того, что теперь придется все поменять. Всю систему собственного мышления. Хотя Католическая церковь *до сих пор* не приемлет того, что Земля круглая и вертится вокруг Солнца. Точно так же и ты. Боишься отбросить то, что так долго тебя защищало.

Аомамэ стиснула лицо ладонями — и невольно всхлипнула. Она постаралась выдать это за смех. Не получилось.

— Можно сказать, вы прибыли в этот мир на одном и том же поезде,— тихо сказал мужчина.— Тэнго с моей дочерью создал силу, противостоящую *Little People*, а ты пришла сюда, чтобы убить меня. И каждого из вас сейчас подстерегает большая опасность.

— Тем не менее *какая-то воля* хочет, чтобы мы оба здесь были?

— Скорее всего, да.

— Но зачем? — спросила Аомамэ. И тут же поняла, что ответа ждать бесполезно.

— Оптимальнее всего вам, конечно, было бы встретиться и, взявшись за руки, уйти из этого мира,— сказал мужчина, проигнорировав ее вопрос.— Но это очень непросто.

— Очень непросто? — повторила она.

— «Непросто» — еще слабо сказано. Как ни жаль, это практически невозможно. Слишком уж беспощадным силам вы бросили вызов.

— Но теперь...— бесцветным голосом начала Аомамэ и откашлялась. Хаос в ее голове почти унялся. Но плакать было еще не время.— Теперь вы предлагаете мне

241

сделку. Я безболезненно лишаю вас жизни, а вы даете мне что-то взамен. Другую ветку развития событий, я правильно понимаю?

— Ты соображаешь отлично,— сказал мужчина, не отнимая лба от коврика.— Все именно так. Я предлагаю тебе другую событийную ветку, при которой вы с Тэнго наконец-то сможете повстречаться. Не обещаю, что это принесет вам радость. Но по крайней мере, у вас будет какой-то выбор.

— *LittlePeople* боятся меня потерять,— продолжил он.— Пока для них слишком важно, чтобы я жил дальше. Я очень способный их представитель, и найти мне замену — дело нелегкое. Никакого преемника пока не подготовлено. Чтобы стать их послом, нужно отвечать очень многим запутанным требованиям. Я им подходил на все сто. Если сейчас я исчезну, родится пустота. Поэтому они стараются оградить меня от тебя. Им необходимо, чтобы я оставался живым еще какое-то время. Гром за окном — подтвержденье их гнева. Но тронуть тебя они не в силах. Таким образом они просто сообщают тебе, что очень рассержены. Примерно так же они наслали смерть на твою подругу. И прямо сейчас насылают опасность на Тэнго.

— Насылают опасность?

— О том, чем занимаются *LittlePeople*, Тэнго написал роман. Эрико предложила ему историю, а он превратил ее в литературный шедевр. Книга послужила очень эффективным противодействием *LittlePeople*. Ее издали, она стала бестселлером. И пускай ненадолго, но ограничила способности *LittlePeople* вытворять, что им вздумается. Роман этот называется «Воздушный кокон». Может, слышала?

Аомамэ кивнула.

— Встречала в газетах рецензии, рекламу видела. Но книгу не читала.

— Текст ее написал Тэнго. А сейчас он пишет новый роман. В этом, двулунном мире он *нашел* собственную историю. Эрико выступила персивером и запустила ее у него в голове. А он получился ресивером — и начал очень талантливо ее разрабатывать. Возможно, именно его талант и переключил стрелку твоего поезда — для того, чтобы ты попала в этот мир.

Лицо Аомамэ скривилось. Ну хватит, решила она. Подведем черту.

— Выходит, благодаря таланту Тэнго как писателя — или, по-вашему, ресивера — я попала в тысяча невесть-сот восемьдесят четвертый год?

— По крайней мере, я это предполагаю.

Аомамэ посмотрела на свои пальцы, мокрые от слез.

— Если так пойдет дальше, твоего Тэнго, скорее всего, постараются ликвидировать. Сегодня он самый опасный для *LittlePeople* человек. И уверяю тебя — мир, в котором ты сейчас, совершенно реален. В нем течет настоящая кровь и наступает настоящая смерть. Та самая, из которой уже никуда не вернуться.

Аомамэ закусила губу.

— Подумай вот о чем,— предложил мужчина.— Если ты убиваешь меня, я исчезаю. И в этом случае у *Little-People* пропадают причины вредить Тэнго. Ведь с моей смертью пропадет канал, по которому моя дочь и Тэнго им до сих пор досаждали. Тэнго перестанет представлять для них угрозу. Они оставят его в покое и начнут искать какой-нибудь другой канал. Ибо для них это первоочередная задача. Понимаешь?

— Теоретически,— кивнула Аомамэ.

— С другой стороны, если ты меня убиваешь, за тобой начинает охоту моя секта. Возможно, это займет какое-то время. Ты наверняка сменишь имя, жилье и, возможно, даже внешность. Но они все равно найдут тебя и очень жестоко с тобой расправятся. Слишком уж безупречна и безжалостна система, которую я *вместе с ними* создал... Это одна событийная ветка.

Аомамэ задумалась над услышанным. Тот, кого называют Лидером, подождал, пока его логика уложится у нее в голове.

— А теперь предположим, что ты меня не убиваешь,— добавил он наконец.— Ты спокойно уходишь отсюда, а я живу дальше. Для того чтобы защитить меня как своего представителя, *Little People* постараются уничтожить Тэнго. Его защита пока не способна этому помешать. Уже сейчас они выискивают его слабые стороны и перебирают разные способы, стремясь покончить с ним раз и навсегда. Поскольку дальше терпеть его противостояние не намерены. Зато ты останешься в безопасности: у них не будет никаких причин тебя наказывать. Это другая событийная ветка.

— В этом случае Тэнго погибает, а я живу дальше. В этом, тысяча невестьсот восемьдесят четвертом году. Так?

— Скорее всего,— подтвердил мужчина.

— Но для меня жить в мире без Тэнго нет никакого смысла. Ведь тогда вероятность нашей встречи исчезнет навеки.

— С твоей точки зрения — да.

Аомамэ закусила губу еще сильнее.

— Но все это — *ваши слова*,— заметила она.— Почему я должна вам верить?

Мужчина покачал головой:

— Да, никаких причин, чтобы верить, у тебя нет. Я просто говорю то, что ты слышишь. Но десять минут назад ты своими глазами наблюдала, какими способностями я наделен. Никаких веревочек к тем часам не привязано. Они очень тяжелые. Можешь убедиться сама. Тебе остается либо принять мои слова за правду — либо нет. А времени у нас в обрез.

Аомамэ скользнула взглядом по часам на комоде. Стрелки показывали без малого девять. Сами часы были *сдвинуты с прежнего места*. Потому что их подняли, а затем уронили.

— Вариантов, чтобы спасти вас обоих, в этом мире пока не существует. Или — или. Либо умираешь ты, а Тэнго остается жив, либо наоборот. Как я и предупреждал, выбрать очень непросто.

— То есть больше вообще никак?

— У настоящего времени есть только две этих ветки, — печально ответил мужчина.

Аомамэ с трудом перевела дух.

— Мне очень жаль, — добавил он. — Останься ты в тысяча девятьсот восемьдесят четвертом году, такого выбора перед тобой не стояло бы. Но тогда бы ты не узнала о том, что Тэнго все это время помнил о тебе. И о том, что вас всю жизнь с небывалой силой тянет друг к другу.

Аомамэ закрыла глаза. Только не реви, приказала она себе. Плакать еще рано.

— Но разве я действительно ему нужна? Как вы можете определить это наверняка? — спросила она.

— До сих пор никого, кроме тебя, Тэнго не любил от всего сердца. Это совершенно объективный, не подлежащий сомнению факт.

— И при этом даже не пытался меня найти?

— Ты тоже не старалась его разыскать. Разве не так?

Не открывая глаз, она попыталась оглядеть всю свою жизнь до сих пор. Как осматривают морскую бухту, взобравшись на высокий утес. Она вглядывалась так пристально, что даже услышала запах моря и шелест ветра.

— Нам следовало не трусить и попытаться найти друг друга еще много лет назад, вы об этом? Тогда мы сейчас были бы вместе и никаких стрелок бы не переключилось?

— Теоретически — да. Но в тысяча девятьсот восемьдесят четвертом году ты бы до этого не додумалась. Ваша взаимосвязь с ее причинами и следствиями очевидна только в таком перекрученном виде, как здесь и сейчас. И от этого никуда не деться.

Из глаз Аомамэ снова закапали слезы. Она плакала обо всем, что потеряла за все эти годы, и о том, что еще потеряет. Пока не наступил момент, когда слез уже не осталось.

— Ладно,— сказала она.— Ни причин верить, ни доказательств — одни сплошные вопросы. Но, боюсь, придется ваше предложение принять. Я согласна отправить вас на тот свет — мгновенно и без малейшей боли. Но только ради того, чтобы Тэнго остался жить.

— Значит, мы заключаем сделку?

— Да.

— Тогда, вероятнее всего, ты скоро умрешь,— сказал мужчина.— Тебя выследят и накажут. Очень жестоко накажут. Эти люди безумны.

— Мне все равно.

— Потому что у тебя есть любовь?

Аомамэ кивнула.

— Прямо как в песне,— невесело усмехнулся он.— *Мир без твоей любви — лишь клоунов карнавал...*

— Если я вас убью, Тэнго точно останется жив?

Выдержав долгую паузу, мужчина ответил:

— Да, можешь не сомневаться. Я смогу обеспечить это ценой своей жизни.

— И моей жизни,— добавила Аомамэ.

— Есть вещи, которых иной ценой не обеспечить.

Аомамэ стиснула кулаки.

— А ведь я так хотела, чтобы мы были вместе...

Комнату затопила тяжелая тишина. Даже гром затих на какое-то время.

— Хотел бы тебе помочь,— тихо сказал мужчина.— Честное слово. Но к сожалению, такой событийной ветки не существует. Ни в однолунном, ни в двулунном мире. Ни в каком из возможных сценариев.

— Значит, останься я в тысяча девятьсот восемьдесят четвертом году, мы бы с Тэнго никогда больше не пересеклись?

— Да. Скорее всего, так и вспоминали бы друг друга в одиночестве до самой старости.

— Но в тысяча *невестьсот* восемьдесят четвертом я хотя бы знаю, что могу умереть для того, чтоб он жил?

Ничего не ответив, мужчина глубоко вздохнул.

— Объясните мне одну вещь,— попросила Аомамэ.

— Постараюсь,— ответил он, по-прежнему не отнимая лба от коврика.

— Когда я умру — ради того, чтобы Тэнго жил,— он как-нибудь узнает об этом? Или проживет всю жизнь, так и не поняв, что случилось?

Ее собеседник надолго задумался.

— Это зависит от тебя,— ответил он наконец.

— От меня? — переспросила она. И слегка нахмурилась.— В каком смысле?

— Тебе предстоят нелегкие испытания. А потом ты увидишь, что должно наступить, когда эти испытания закончатся. Ничего больше я тебе сейчас сказать не могу. Никто не знает, что такое смерть, пока не умрет.

———

Аомамэ взяла полотенце, вытерла пот с лица. Подняла с пола пестик, проверила, в порядке ли игла. И, зажав инструмент в правой руке, снова нащупала нужную точку на шее мужчины. Много времени все это не заняло. Легонько надавила пальцем на точку, проверила, не ошиблась ли. Все в порядке. Несколько раз вздохнула, восстановила пульс и успокоила нервы. Главное — освободить голову от ненужных мыслей. Аомамэ сосредоточилась на мыслях о Тэнго. А ненависть, гнев, сомненья и сожаления заперла на замок. Ошибка недопустима. Нужно сосредоточиться на *смерти как таковой*. Сфокусироваться на линии, отделяющей свет от тени.

— Итак, позвольте мне закончить работу,— объявила она.— Я должна вычеркнуть вас из этого мира.

— Наконец-то мои страдания прекратятся.

— Все прекратится. И страдания, и *LittlePeople*, и меняющиеся миры, и теории... и даже любовь.

— И даже любовь,— эхом повторил он.— Да, у меня тоже были люди, которых я очень любил. Заканчивай свою работу. Все-таки ты необычайно талантливый человек. Я это отлично вижу.

— Вы тоже,— отозвалась Аомамэ. Так, словно зачитывала смертный приговор.— Вы тоже очень необычный и талантливый человек. Наверняка где-нибудь существует мир, в котором вас бы не пришлось убивать.

— Такого мира больше нет,— сказал мужчина. И это были его последние слова.

Такого мира больше нет.

Она приставила жало инструмента к *той самой* точке. Сосредоточилась, рассчитала нужный угол. Занесла правую руку для удара — и затаила дыхание в ожидании сигнала. Ни о чем не думай, велела она себе. Здесь каждый просто выполняет свою работу. Не о чем думать и нечего объяснять. Просто жди сигнала, когда опустить руку. Твердую как камень — и лишенную всякого сострадания.

Очередной раскат грома прогремел за окном. Капли дождя все барабанили по стеклу. Аомамэ показалось, что она попала в некую доисторическую пещеру. Темную и сырую, с низким потолком. Выход охраняли дикие звери и призраки мертвецов. На секунду свет и тень вокруг слились воедино. В комнате словно пахнуло ветром далекого моря. Это был сигнал, и ее правая рука опустилась сама собой.

Все закончилось без единого звука. Звери и призраки неслышно вздохнули, отступили от выхода и возвратились в бездушный лес.

Глава 14

ТЭНГО

Послание вручено

— *Обними-меня,*— сказала Фукаэри.— *Мы-должны-уйти-в-кошачий-город.*

— Обнять тебя? — удивился Тэнго.

— *Не-хочешь-меня-обнимать,*— спросила она.

— Да не в этом дело, просто... Не совсем понимаю зачем.

— *Чтобы-очиститься,*— пояснила она без всякой эмоции в голосе.— *Иди-сюда-и-обними-меня. Только-надень-пижаму-и-выключи-свет.*

Тэнго выполнил все, что она просила. Выключил свет, достал пижаму и переоделся. Попытался вспомнить, когда он стирал эту пижаму в последний раз, но так и не вспомнил. В общем, очень давно. Но потом не пахнет, и слава богу. Сам Тэнго не из потливых. Хотя это вовсе не значит, что пижамы не нужно стирать, мысленно укорил он себя. Кто в этой жизни знает, что с ним произойдет уже через час? Стирка собственного белья — хороший способ приготовиться к неожиданностям.

Он забрался в постель и осторожно, почти неуклюже обнял Фукаэри за плечи. Она положила голову ему на плечо. И застыла, точно зверек, впавший в зимнюю спячку. Теплый, мягкий, беззащитный. И при этом совсем не потный.

Гроза разбушевалась. Капли дождя стучали по оконным стеклам как полоумные. В мокром воздухе ощущался конец света. Как в Ноевом ковчеге во время потопа. В такую страшную грозу каждая пара тварей — что носороги, что львы, что питоны — наверняка пребывала в жуткой депрессии. Слишком непригодные условия для жизни, слишком ограничена свобода передвижения, да еще и вонь такая вокруг, что хоть нос зажимай.

Подумав о «паре тварей», Тэнго невольно вспомнил о Сонни и Шер. Хотя, конечно, чтобы представлять в ковчеге людское племя, запросто нашлась бы пара и подостойнее.

Обнимать Фукаэри, одетую в его пижаму, было очень странно. Все равно что обнимать какую-то часть себя — отделившуюся от тела и обретшую собственные запах, дыхание и мысли.

Тэнго представил, что вместо Сонни и Шер в ковчег посадили его самого с Фукаэри. Тоже, мягко говоря, не самая представительная парочка. Их объятия в постели казались ему чем-то *неподобающим*, и эта мысль не давала ему покоя. Тогда он переключил воображение — и представил, как Сонни и Шер подружились в ковчеге с четой питонов. Картинка была совершенно бредовой, но помогла ему хоть немного расслабиться.

Застыв на его плече, Фукаэри не говорила ни слова. Тэнго тоже молчал. Обнимая ее, он почти не испытывал физиологического искуса. Секс для Тэнго всегда был продолжением общения. И если общения не происходило, секс оказывался чем-то *неправильным*. А главное — Фукаэри явно требовала от него не секса, а чего-то еще. Вот только чего именно — непонятно.

Но так или иначе, обнимать в постели семнадцатилетнюю красавицу — дело приятное. Время от времени ее ухо касалось его щеки. Теплое дыхание щекотало шею.

Груди, упиравшиеся в него, казались настолько идеальными, что останавливалось Время. Живот у Тэнго сжимался, и напряжение растекалось по всему организму. А еще ее кожа пахла. Чем-то совершенно восхитительным. Так может пахнуть только то, что еще растет. Например, луговые цветы на рассвете. Аромат которых Тэнго вдыхал в далеком детстве, когда делал зарядку под звуки радио перед походом в школу.

Только б не кончить, думал Тэнго. Если кончу, она сразу поймет. И это нарушит равновесие в их отношениях. Как объяснить семнадцатилетней девчонке, что даже без особого сексуального влечения можно кончить в ее объятьях? Впрочем, пока, слава богу, эрекции не наступало. Он просто вдыхал запах Фукаэри. Нужно отвлечься от ее запаха. Да и вообще от секса.

Он решил думать о Сонни и Шер. Об их отношениях с питонами. Интересно, нашли бы они, о чем пообщаться? Смогла бы звездная парочка и дальше петь свои песни? Когда фантазии о ковчеге в бурных водах окончательно истощились, Тэнго начал перемножать в уме трехзначные числа. К этой уловке он частенько прибегал во время секса с замужней подругой, чтобы задержать оргазм (а подруга была очень требовательна к тому, чтобы оба кончали одновременно). Действительно ли это помогало, он толком не понимал. Но все лучше, чем вообще ничего не делать.

— *Если-у-тебя-встает-я-не-против,*— вдруг сказала Фукаэри.

— Не против?

— *В-этом-нет-ничего-дурного.*

— Ничего дурного,— повторил Тэнго.

Прямо урок сексологии для старшеклассников. В оргазме, дети, нет ничего дурного или постыдного. Просто выбирайте для этого правильные время и место.

— Ну и как там мое очищение? Уже началось? — спросил он, решив сменить тему.

Фукаэри ничего не ответила. Ее точеные уши, похоже, вслушивались в раскаты грома за окном. И Тэнго решил больше ничего не спрашивать. А заодно перестал умножать в уме трехзначные числа. Если Фукаэри не против, чтоб у него вставал, пускай встает. Вот только сейчас беспокоиться было не о чем. Его мужское достоинство мирно дремало без всякой эрекции.

— Обожаю твой член,— сказала как-то подруга.— И форму, и цвет, и размер.

— Ну сам-то я не особый его фанат,— отозвался Тэнго.

— Почему? — спросила она, взвешивая его пенис на ладони, как мирно спящую домашнюю зверушку.

— Не знаю,— ответил он.— Наверно, потому, что я сам его себе не выбирал.

— Ты извращенец,— резюмировала подруга.— И мысли у тебя извращенные.

Разговор этот случился очень давно. Задолго до Всемирного потопа. По крайней мере, теперь ему так казалось.

Дыхание Фукаэри, тихое и ритмичное, согревало шею Тэнго. В зеленоватом отсвете цифр на часах и во вспышках наконец-то засверкавших молний Тэнго разглядывал ее ухо. Оно напоминало ему некую таинственную пещеру. Будь мы с нею любовниками, вдруг подумал он, я бы только и делал, что целовал ее уши. Во время секса, пока я в ней, целовал бы их, лизал и легонько покусывал, дул в них и вдыхал их аромат. Не то чтобы ему хотелось этого *прямо сейчас*. Скорее, то была фантазия на тему: «Что бы я обязательно сделал, будь мы с нею любовниками». В которой, рассуждая логически, нет ничего дурного или постыдного. Наверное.

Хотя, конечно, если отослать логику куда подальше, думать обо всем этом Тэнго не следовало. Его член начал медленно пробуждаться, точно спящий, которому ласково щекочут спину. Вот он сладко зевает, затем поднимает голову и потягивается, наливаясь силой. А еще через полминуты реет, тугой и уверенный, как парус яхты под крепким северо-западным ветром. И теперь совершенно недвусмысленно упирается Фукаэри в бедро. Тэнго обреченно вздохнул. С тех пор как пропала его подруга, он уже месяц без секса. Видимо, все из-за этого. Уж лучше бы он перемножал трехзначные числа и не останавливался.

— *Не-волнуйся,*— сказала Фукаэри.— *Когда-там-твердо-это-наша-природа.*

— Спасибо,— ответил Тэнго.— А *LittlePeople* не смотрят на нас?

— *Они-все-равно-ничего-не-могут-нам-сделать.*

— Это, конечно, хорошо,— проворчал Тэнго с тревогой.— Только мне самому не все равно, смотрит на меня кто-то чужой или нет.

Очередной раскат грома разорвал небо в клочья, точно старую штору. Окна задребезжали так, будто и правда кто-то хотел ворваться в квартиру. Вообще-то рамы крепкие, но если будет так продолжаться — рано или поздно стекло разлетится вдребезги. Капли дождя лупили по стеклу, точно пули охотников по оленям.

— Гроза все не кончается,— заметил Тэнго.— Похоже, зарядила надолго.

Фукаэри открыла глаза.

— *Какое-то-время-еще-продлится,*— сказала она.

— Сколько?

Она ничего не ответила. А Тэнго все лежал и зачем-то обнимал ее, терзаясь мощной, но никому не нужной эрекцией.

— *Мы-должны-снова-попасть-в-кошачий-город,—* сказала Фукаэри.— *Поэтому-нужно-заснуть.*

— Заснем ли? — усомнился Тэнго.— Такая гроза... Да и времени еще только десятый час.

Он старался выстроить в уме ряды цифр подольше и загадать себе что-нибудь посложнее. Но какую бы задачу ни ставил, то была его собственная задача, где ответ известен заранее. А проклятая эрекция только усиливалась.

— *Заснем-не-волнуйся,—* ответила Фукаэри.

И оказалась права. Несмотря на грозу, от которой качались здания, дикую эрекцию и до предела натянутые нервы, Тэнго неожиданно для себя заснул.

Моя жизнь — абсолютный хаос, успел он подумать, прежде чем провалился в сон. Я должен срочно отыскать решение. Времени в обрез. И места на странице контрольной работы — совсем чуть-чуть. Тик-так, тик-так, тик-так.

Внезапно он осознал, что лежит совершенно голый. И Фукаэри — тоже в чем мать родила. Ее грудь идеально округлая. Две совершенно безупречные полусферы. Соски, пока не очень большие, еще не приняли своей настоящей формы и походили на тянущиеся к солнцу почки юного деревца. Но сами груди зрелые, крупные и так упорно тянутся к потолку, будто на них не распространяется закон гравитации. Но что особенно бросалось в глаза, так это отсутствие волос на ее лобке. Вместо них светлела абсолютно гладкая кожа, лишь подчеркивая незащищенность ее причинного места. Как и уши, розовато-мраморная вагина казалась чуть ли не новорожденной (или оно действительно так и было?) — и даже формой напоминала ухо, которое внимательно к чему-то прислушивается. Например, к едва различимому звону далекого колокольчика.

И наконец Тэнго сообразил, что вообще-то лежит в постели навзничь, а Фукаэри, оседлав его, нависает сверху. Его эрекция продолжалась, а гроза все никак не заканчивалась. Еще немного — и от грохота небо разлетится вдребезги, пронеслось у Тэнго в голове. Кто же тогда будет склеивать небосвод по кусочкам?

Я же уснул, вспомнил он. С окаменевшим членом, который так и не расслабился до сих пор. Неужели его эрекция сохранялась и во сне? Или *та* прекратилась, а *эта* — уже вторая? Примерно как повторное заседание Кабинета министров, когда на первом не сумели договориться? Сколько же он спал? Впрочем, уже не важно. Главное — сейчас его пенис снова рвется в бой, и успокоить его, похоже, не смогут ни Сонни и Шер, ни трехзначные числа, ни прочие радикалы с интегралами.

— *Я-не-против,*— сказала Фукаэри. Она приподнялась над Тэнго, чуть раздвинув колени, и ее вагина коснулась головки его пениса.— *Когда-твердо-это-не-плохо.*

— Я не могу двинуться,— ответил Тэнго.

И это было правдой. Он попытался привстать на локтях, но не вышло. Физически он чувствовал все — и вес ее тела, и твердость своего члена. Однако не мог даже пальцем пошевелить.

— *Двигать-ничем-не-нужно,*— только и ответила Фукаэри.

— Что значит «не нужно»? Это же мое тело!

Она ничего не ответила. Тэнго больше не был уверен, что его голос вообще звучит. Губы и горло напрягались как полагается, но хорошо ли слышна его речь, он и сам не разбирал. Больше половины того, что он говорил, Фукаэри вроде бы понимала. Но в целом их диалоги напоминали разговор по междугороднему телефону с постоянно прерывающимся сигналом. По крайней мере, Фукаэри словно не слышала того, что ей было не нужно, а разговор все равно продолжала. Тэнго так не умел.

— *Волноваться-тоже-не-нужно,*— сказала она и медленно опустилась всем телом вниз. Глаза ее будто вспыхнули странным призрачным сиянием, какого Тэнго в них прежде не замечал.

Как такой огромный и твердый член может поместиться в столь миниатюрном влагалище, Тэнго даже представить себе не мог. Однако не успел опомниться, как его агрегат уже заполнил ее лоно до последнего уголка — легко и без всякого сопротивления. Нанизав себя на Тэнго, Фукаэри ничуть не изменилась лицом. Только дыхание стало немного прерывистым, а грудь едва приметно заколыхалась. В остальном же девушка выглядела так естественно, словно ничего особенного не произошло.

Фукаэри приняла в себя Тэнго до самых глубин, чуть ли не до утробы — и вдруг замерла. Его по-прежнему сковывал паралич, а она, закрыв глаза, застыла над ним, как шпиль громоотвода. Рот слегка приоткрыт, по губам словно пробегает мелкая рябь. Будто в прострации она подыскивает слова, чтобы высказать самое главное,— и ждет, когда же случится *то, что ей нужно принять на себя.*

Сердце Тэнго зашлось от отчаяния. Вот-вот должно произойти невесть что, а он не управляет ситуацией. Его тело ничего не чувствует. Осязание срабатывает только у члена. Вернее, даже не осязание, а *осознание* членом того факта, что он, абсолютно крепкий и твердый, находится внутри Фукаэри. Дала бы сперва хоть резинку надеть, забеспокоился Тэнго. А вдруг залетим? Хлопот же не оберешься. Кёко Ясуда была настолько педантична в вопросах контрацепции, что предохраняться вошло у него в привычку.

Изо всех сил Тэнго старался переключиться на что-нибудь другое, но ничего конкретного в голову не приходило. В голове царил хаос, и время как будто встало. Хотя, конечно, остановиться время не может, это противоречит основным законам природы. Скорее всего, оно течет постоянно, хотя и не всегда равномерно. Если сравнивать между собой долгие периоды времени, получится, что в целом оно бежит с одной и той же определенной скоростью. Однако если сопоставить совсем небольшие его отрезки, вполне возможно, скорости окажутся неравны. Ну а в мимолетных кусочках времени даже такие базовые понятия, как причинно-следственный порядок или событийная вероятность, утрачивают всякий смысл.

— *Тэнго,*— произнесла Фукаэри, впервые назвав его по имени.— *Тэн-н-го.*

Словно и не звала, а заучивала произношение иностранного слова. С чего это она вдруг зовет меня так, удивился Тэнго. Девушка же наклонилась и поцеловала его. Сначала чуть разомкнутыми губами. Но уже вскоре те раскрылись пошире, и ее мягкий язычок скользнул Тэнго в рот. Этим упрямым язычком она словно пыталась нащупать слова, которые пока не стали словами, но уже таят в себе некий секретный код. И язык Тэнго, хочешь не хочешь, безвольно отдавался ее экспериментам. Так две змейки, проснувшись от зимней спячки и почуяв запах друг друга, вожделенно сплетаются телами в весенней траве.

Внезапно Фукаэри стиснула его ладонь. Так крепко, будто хотела раздавить. Так сильно, что острые ноготки пронзили кожу. И наконец, завершив поцелуй, отстранилась и вновь распрямила спину.

— *Закрой-глаза.*

Тэнго повиновался. Он закрыл глаза, и перед ним распахнулась сумеречная пропасть, в которую можно провалиться и падать до самого центра Земли. Вокруг мерцали разноцветные сполохи: то ли мириады осколков заката, то ли просто пылинки или цветочная пыльца. А может, и еще что-нибудь. Но вскоре у пропасти показалось дно. Становилось светлее, и окружающий мир принимал все более конкретные очертания.

Тэнго вдруг осознал, что ему десять лет и вокруг него — стены класса. В реальном месте и в настоящем времени. За окном светит неподдельное солнце, и сам он, десятилетний,— именно тот, кто есть. Дышит подлинным воздухом, различает запахи лакированного дерева и мела на полочке у доски. В классе только он и она. Не испугалась ли Аомамэ, вдруг оставшись с Тэнго наедине? Или, наоборот, давно ждала, когда же это случится? Так или иначе, она подходит к Тэнго, стискивает правой рукой его левую. И смотрит ему в глаза — очень долго и пристально.

У Тэнго пересыхает горло. Все слишком внезапно; как ему поступить, что сказать, он понятия не имеет. Просто стоит и глядит на нее, пока она сжимает его руку. Где-то в животе странно зудит — несильно и все же отчетливо. Ничего подобного с ним еще никогда не случалось. Нечто вроде зова морских волн. До его слуха доносятся звуки реальности: смех и крики детей, удары ногами по мячу, стук бейсбольной биты, писклявый голосок обиженной кем-то первоклашки, нестройный хор дудок, в сотый раз выводящий осточертевшую всем мелодию. Сегодня уроки закончены.

Тэнго хочет ответить ей таким же крепким пожатием. Но силы вдруг покидают его. Конечно, пальцы могут онеметь, если их слишком сильно стиснуть. Однако Тэнго не может пошевелить вообще ничем. Словно его связали по рукам и ногам.

Как будто время остановилось, думает Тэнго. Он тихонько вздыхает, проверяя, дышит ли вообще. Никаких звуков больше не слышно. Зуд в животе не проходит, но превращается в парализующую истому. Эта истома заражает кровь, и сердце начинает разгонять ее по всему телу. В груди набухает плотное облако, из-за которого дыхание учащается, а пульс становится жестче.

Когда я вырасту, обязательно разберусь, что же со мной сейчас происходит, какой в этом смысл и зачем это нужно, решает Тэнго. Для этого я должен очень крепко и точно запомнить все, что чувствую в эту минуту. Пока я всего лишь десятилетний пацан, которому нравится математика. Передо мною — много разных дверей, но что меня ждет за ними — понятия не имею. Ни силы, ни знаний, эмоции спутанные, вечно чего-то боюсь. Вот и эта девчонка даже не надеется, что я пойму ее. Просто хочет выразить мне свое чувство. Это чувство упрятано в маленькую шкатулку, обернуто красивой бумагой, перевязано тонкой ленточкой — и в таком виде вручено мне как Послание.

Прямо сейчас открывать не нужно, говорят ее глаза. Придет время — откроешь. А сейчас просто прими, и все.

А ведь ей уже столько всего известно, чувствует Тэнго. Куда больше, чем ему. На этом поле у нее бесспорное право лидера. Да и сама игра — по новым правилам, с новыми целями и новыми законами механики, которых он не знает. *А она — знает.*

Наконец Аомамэ отпускает его руку, молча разворачивается и, не оглядываясь, быстро выходит из класса. Тэнго остается совершенно один. За окном снова слышатся детские голоса.

Дверь за ней закрывается — и в следующую секунду Тэнго кончает. Бурно, обильно и долго семя извергается прямо в штаны. Боже мой, паникует он, неужели я делаю это в классе? Если меня вдруг заметят, скандала не избежать... Но вокруг него уже не школьная аудитория.

И кончает он не в штаны, а во влагалище Фукаэри. Против собственного желания — и не в состоянии этому помешать. *Здесь о его желаниях никто и не спрашивал.*

— *Не-волнуйся,*— прозвучал немного спустя ее голос. Как всегда, абсолютно бесстрастный.— *Я-не-беременею. У-меня-не-бывает-месячных.*

Тэнго открыл глаза. Фукаэри склонилась над ним и глядела ему в лицо. Она дышала абсолютно спокойно, и ее безупречная грудь чуть заметно вздымалась и опадала прямо у него перед носом.

«Значит, мы с тобой съездили в Кошачий город? — попробовал он спросить.— И что же это за место?»

Но его губы даже не шелохнулись.

— *Это-было-необходимо,*— сказала Фукаэри, будто угадав его мысли.

Слишком простой ответ, если считать это ответом. Всё как всегда.

Тэнго снова закрыл глаза. Значит, он оказался *там*, кончил — и вернулся *сюда*. С ним случился настоящий оргазм с реальным семяизвержением. Если Фукаэри утверждает, что это было необходимо,— что ж, наверное, так и есть. Тэнго по-прежнему не мог пошевелиться и ничего не чувствовал кожей. Лишь вялость, навалившаяся после оргазма, будто невидимой пленкой стягивала все тело.

Очень долго Фукаэри оставалась недвижной, пока не вобрала в себя его семя до последней капли — так же старательно, как пчела собирает нектар. Затем аккуратно вынула из себя его член, молча встала с кровати и отправилась в ванную. Тэнго вдруг заметил, что гром больше не гремит, а жестокий ливень успел прекратиться. Гроза, разрывавшая небо прямо над его многоэтажкой, наконец унялась. Вокруг стояла нереальная тишина. Кроме слабого шелеста душа, не было слышно ни звука. Глядя в потолок, Тэнго ждал, когда к нему вернется чувствительность. Член по инерции все еще рвался в бой, но с каждой секундой эрекция ослабевала.

Мыслями Тэнго оставался в школьном классе. Его левая ладонь помнила силу девичьих пальцев. Он не мог поднести к глазам руку, но наверняка там краснели следы от ее ноготков. Сердце все еще стучало как бешеное. Странное облако из грудной клетки исчезло, но вместо него внутри поселилась сладкая и щемящая боль.

Аомамэ, понял Тэнго.

Я должен встретиться с Аомамэ. Отыскать ее. Это же так очевидно. Почему я додумался только сейчас? Она же оставила мне Послание. Почему я не открыл его, а забросил на пыльный чердак своей памяти? Тэнго хотел покачать головой, но не смог. Голова, как и все прочие части тела, пока не двигалась.

Фукаэри вошла в спальню, завернутая в полотенце. И присела на край кровати.

— LittlePeople-*больше-не-злятся,*— отрапортовала она, точно опытный разведчик, вернувшийся из-за линии фронта.

И указательным пальцем прочертила в воздухе небольшую окружность. Красивую и безупречную, какие рисовали на стенах соборов итальянские художники эпохи Возрождения. Идеальный замкнутый круг. Довольно долго он стоял у Тэнго перед глазами.

— *Все-закончилось.*

Сказав так, Фукаэри поднялась с кровати, развернула полотенце и застыла. Словно хотела просушить в недвижном воздухе спальни пока еще влажное тело. Поразительно красивое тело — с полной высокой грудью, точеными бедрами и без единого волоса на лобке.

Через несколько секунд она ожила, подобрала с пола пижаму, надела. Застегнула все пуговицы, затянула тесьму на поясе. В призрачных сумерках Тэнго рассеянно наблюдал за ее движениями. Как наблюдают за насекомым, сменяющим оболочку при вступлении в новую фазу жизни. К тому, что пижама ей велика, Фукаэри уже привыкла. Забравшись в постель, она прижалась к Тэнго и положила голову ему на плечо. Он ощутил на горле тепло ее дыхания. Неторопливо, точно морской отлив, паралич отступал, и осязание постепенно возвращалось к Тэнго.

По воздуху спальни растекалась приятная влага. За окном застрекотали насекомые. Пенис Тэнго наконец-то успокоился и обмяк. Должные события произошли, идеальный круг замкнулся. Очередной природный цикл завершен. Звери сошли с ковчега на берег и разбрелись по долгожданной земле. Каждая пара тварей вернулась туда, где ей быть полагалось.

— *Теперь-лучше-заснуть,* — прошептала Фукаэри. — *Очень-очень-крепко.*

Очень-очень крепко, повторил про себя Тэнго. Засну, а потом проснусь. Что за мир будет окружать меня, когда я открою глаза?

— *Этого-не-знает-никто,* — ответила она, в который раз угадав его мысли.

Глава 15

АОМАМЭ

Время оборотней началось

Аомамэ достала из шкафа запасное одеяло, укрыла им тело мужчины. Приложила пальцы к его горлу и еще раз убедилась, что пульса нет. Тот, кого называют Лидером, переправился в мир иной. Какой именно мир — неизвестно. Но уж никак не Тысяча Невестьсот Восемьдесят Четыре. Что бы ни ждало его там — в *этой реальности* от него осталось лишь труп. Не способный вымолвить больше ни слова, он будто съежился от холода лишь на миг — да так и перешел границу жизни и смерти. А его тело, не пролив ни капли крови, осталось лежать ничком на коврике для йоги. Свою работу Аомамэ выполнила, как всегда, безупречно.

Насадив на жало инструмента защитную пробку, Аомамэ уложила пестик в футляр и спрятала в сумку. Достала из болоньевого мешка «хеклер-унд-кох», заткнула за пояс трико. С предохранителя снят, в обойме девять патронов. Пожалуй, ничто так не успокаивает нервы, как ощущение твердого металла голой кожей. Аомамэ подошла к окну, плотно задернула толстые шторы, и комната вновь погрузилась во мрак.

Она взяла сумку, подошла к двери. Коснувшись дверной ручки, оглянулась на едва различимый силуэт человека на полу. Казалось, тот мирно спит. Точно так же, как спал, когда она вошла сюда. О том, что его жизнь оборвалась, во всем мире знает только Аомамэ. Хотя нет — наверное, *Little People* тоже знают. Иначе с чего бы так резко перестал греметь гром? Они поняли, что все их угрозы разом лишились смысла, вот в чем дело. Их представителя среди людей в *этом* мире больше не существует.

Аомамэ повернула ручку, придала лицу расслабленное выражение и вышла из мрака на свет. Осторожно, стараясь не шуметь, затворила дверь за спиной. Бонза сидел на диване и потягивал кофе. На столике перед ним стоял большой поднос с кофейником и тарелкой сэндвичей — очевидно, заказывали в номер. Половину сэндвичей они уже съели. Рядом с кофейником стояла пара чистых кофейных чашек. Хвостатый застыл в резном кресле стиля рококо, как и прежде, выпрямив спину. Похоже, эта парочка просидела вот так, не меняя поз, уже очень долго. По крайней мере, именно на это указывала атмосфера полной недвижности, повисшая в комнате.

Как только Аомамэ вошла, Бонза тут же поставил чашку на блюдце и бесшумно поднялся с дивана.

— Все закончилось,— доложила Аомамэ.— Сейчас он спит. Он только что пережил тяжелую и длительную нагрузку на мышцы. Теперь ему необходимо поспать.

— Так он уснул?

— Как младенец,— кивнула Аомамэ.

Бонза посмотрел ей в лицо. Заглянул глубоко в глаза. Ощупал взглядом с головы до пят, проверяя, ничего ли не изменилось. И опять посмотрел в лицо.

— Это нормальная реакция?

— После того как из мышечных тканей выведен стресс, очень многие немедленно засыпают. В этом нет ничего необычного.

Бонза подошел ко входу в темную комнату, осторожно повернул ручку, приоткрыл дверь и заглянул в щель.

Аомамэ положила правую руку на бедро, чтобы в случае чего мигом выхватить пистолет. Секунд десять Бонза вглядывался в темноту, но в итоге закрыл-таки дверь и повернулся к Аомамэ.

— Сколько же он проспит? — уточнил Бонза.— Нельзя допустить, чтобы он долго лежал на полу.

— Думаю, сам проснется часа через два. На это время, если не трудно, оставьте его в покое.

Бонза скользнул глазами по часам на руке, засекая время. И легонько кивнул.

— Ясно. Пока оставим как есть,— пообещал он.— Изволите принять душ?

— Нет, душ не нужен. Если можно, просто переоденусь.

— Разумеется. Ванная в вашем распоряжении.

Ей страшно хотелось сгинуть отсюда — как можно скорее, безо всяких переодеваний. И все-таки — стой, подруга, сказала она себе. Не оставляй противнику ни малейшего повода для подозрений. Раз уж переодевалась, когда пришла, значит, должна переодеться обратно перед уходом. А потому — идешь в ванную, снимаешь трико. Стягиваешь пропитавшиеся потом лифчик и трусики, обтираешься полотенцем, надеваешь свежее белье. Облачаешься в те же блузку и джинсы, в которых пришла. Под ремень джинсов сзади заталкиваешь пистолет — так, чтобы не заметили со стороны. Двигаешь бедрами, проверяя, не мешает ли железяка нормальной походке. Умываешь с мылом лицо, расчесываешь гребнем волосы. А потом встаешь перед зеркалом и корчишь сама себе рожи, чтобы снять проклятое напряжение с физиономии. Затем приводишь лицо в порядок. После стольких кривляний свое настоящее лицо вспоминаешь с трудом. Но постепенно находишь оптимальный вариант. Внимательно изучаешь его в зеркале. Признаешь, что ошибки нет: вот оно, твое обычное лицо. Даже улыбнуться может, если потребуется. Руки не дрожат, глаза не бегают. Та же, что и всегда, крутая сестренка Аомамэ...

Аомамэ вспомнила, как пристально уставился на нее Бонза, когда она вышла из спальни. Может, разглядел остатки слез? Все-таки плакала она очень долго, наверняка остались какие-то следы. От этой мысли ее бросило в жар. Возможно, он сразу заподозрил: «А ведь она пришла делать массаж. С чего бы ей самой плакать? Наверняка здесь что-то не так!» Может, пока Аомамэ в ванной, он уже зашел в эту чертову спальню — и обнаружил, что сердце Лидера остановилось?

Она резко завела руку за спину, проверяя, сразу ли рукоять пистолета ляжет в ладонь. Успокойся, велела она себе. Бояться нельзя. Страх проступит на лице и сразу же тебя выдаст.

Прокручивая в голове самые жуткие повороты событий, Аомамэ взяла сумку в левую руку и осторожно вышла из ванной. Правая рука готова нырнуть за спину в любую секунду. Однако в номере все оставалось по-прежнему. Бонза, скрестив руки на груди и прищурившись, стоял в задумчивости посреди комнаты. Хвостатый, сидя в кресле у выхода, ощупывал пространство холодным взглядом. Глаза у этого типа были спокойные, как у стрелка-радиста в пикирующем бомбардировщике. Одинокие глаза, привыкшие разглядывать небо долго и пристально, до полного посинения.

— Устали небось? — спросил Бонза.— Как насчет кофе с сэндвичами? Угощайтесь.

— Благодарю,— ответила Аомамэ.— Но сразу после работы я обычно есть не хочу. Голод просыпается примерно через час.

Понимающе кивнув, Бонза достал из кармана пиджака толстый конверт, взвесил на ладони и протянул Аомамэ.

— Прошу извинить,— сказал он,— если сумма окажется несколько больше оговоренной. Как я уже объяснял, постарайтесь, чтобы об увиденном вами сегодня не узнала ни одна живая душа.

— Бонус за молчание? — попыталась пошутить Аомамэ.

— Премия за дополнительные усилия,— без малейшей улыбки ответил он.

— Тайны клиентов я храню вне зависимости от суммы. Это тоже часть моей работы, и до сих пор еще ни разу никто не жаловался,— сказала Аомамэ, взяла конверт и сунула в сумку.— Где-нибудь расписаться?

Бонза покачал головой:

— Не нужно. За эту часть дохода вам не придется отчитываться перед налоговой.

Аомамэ кивнула.

— Полагаю, вы потратили на него много сил? — вкрадчиво спросил Бонза.

— Больше, чем на обычного человека,— согласилась Аомамэ.

— Это потому, что он — не обычный человек.

— Мне тоже так показалось.

— Его невозможно никем заменить,— продолжил Бонза.— Вот уже много лет он страдает от невыносимой боли. Потому что вбирает в себя наши боли и мучения. Все мы молимся за то, чтобы ему стало хоть немного легче.

— Я не знаю главной причины болезни, поэтому точно утверждать не могу,— сказала Аомамэ, осторожно подбирая слова.— Но думаю, сегодня ему действительно стало *немного легче*.

Бонза кивнул.

— Когда вы оттуда вышли, у вас был очень изможденный вид.

— Возможно,— сказала Аомамэ.

Пока они беседовали, Хвостатый, сидя истуканом в кресле у выхода, ощупывал взглядом номер. Голова не двигалась, но глаза так и зыркали по сторонам. А на лице ничего не менялось. Непонятно было даже, слышит ли он, о чем рядом с ним говорят. Одинокий, молчаливый — и предельно осторожный тип. Различит меж облаков вражеский истребитель, даже если тот пока не больше горчичного зернышка.

Аомамэ чуть помялась, но все же спросила:

— Возможно, это не мое дело, но... разве кофе и сэндвичи не противоречат вашим заповедям?

Бонза оглянулся на столик с кофейником и едой, и на его лице проступило слабое подобие улыбки.

— *Настолько* жестких заповедей у нас практически нет. Алкоголь с сигаретами, понятно, запрещены. Однако насчет еды все относительно свободно. Как правило, мы едим очень скромную пищу, но кофе и сэндвичи с ветчиной не возбраняются.

Аомамэ промолчала. С любыми фанатиками лучше держать свое мнение при себе.

— Людей у нас собирается много,— продолжил Бонза.— И общие заповеди, конечно, необходимы. Но если из каждой заповеди делать догму, пропадет ее изначальная цель. В конце концов, любые заповеди и доктрины создаются для удобства людей. Главное — не форма, а содержание. Наполнение, если угодно.

— И этим содержанием вас наполняет Лидер?

— Да. Он способен слышать Голос, который нам недоступен. Это очень особенный человек,— подчеркнул Бонза и посмотрел на Аомамэ.— Мы вам очень признательны за сегодня. Ливень как раз закончился.

— В жизни не слыхала такого жуткого грома,— сказала она.

— И не говорите,— согласился Бонза. Хотя было видно, что ему ливень с громом совершенно до лампочки.

Аомамэ отвесила прощальный поклон, взяла сумку и направилась к выходу.

— Постойте! — бросил Бонза ей в спину. Резко и агрессивно.

Она остановилась посреди комнаты, обернулась. Сердце заколотилось, как деревянное. Правая рука словно бы невзначай легла на бедро.

— Коврик,— сказал он.— Вы забыли свой коврик для йоги. Там, на полу в спальне.

Аомамэ улыбнулась:

— Ну не выдергивать же из-под спящего. Считайте, коврик ваш. Дешевый, сильно подержанный. Не пригодится — выбросьте в мусор.

Бонза на пару секунд задумался, но все же кивнул.

— Спасибо за работу,— только и сказал он.

Когда Аомамэ приблизилась к выходу, Хвостатый поднялся с кресла, открыл дверь и отвесил неглубокий поклон. С момента их встречи этот тип не произнес ни словечка. Аомамэ кивнула в ответ и, минуя Хвостатого, шагнула в коридор.

И в этот миг ее будто пронзило электрическим разрядом. Она поняла: рука Хвостатого вот-вот взметнется, чтобы схватить ее за правое запястье. Молниеносно — с такой скоростью обычно ловят мух на лету. Это его *намерение* Аомамэ различила настолько ясно, что тело невольно сжалось, руки и ноги покрылись гусиной кожей, а сердце пропустило один удар. Дыхание остановилось, в спину впились десятки ледяных пиявок. Сознание вдруг озарило вспышкой белого света: если этот громила схватит мою правую руку, я не дотянусь до оружия. И тогда мне конец. Шестое чувство у этого парня будь здоров. Уж он-то чувствует: я — не та, за кого себя выдаю. И там, в спальне, делала совсем не то, за чем приходила. Он не знает, что именно, но что-то неправильное. Внутренний голос велит ему: «Задержать! Завалить мордой на пол, прижать и вывихнуть плечо, чтоб не рыпалась!» Но к сожалению, это всего лишь внутренний голос. Никаких аргументов. А если потом окажется, что он ошибся, неприятностей будет не расхлебать. И Хвостатый сдался. Все равно решения здесь принимает Бонза... В последний момент верзила сдержался и расслабил плечи. Все стадии его спора с самим собой Аомамэ отследила за какие-то пару секунд.

Она вышла в застеленный коврами коридор и, не оглядываясь, зашагала к лифтам походкой человека, которому все на свете до фонаря. Можно было не сомневаться: Хвостатый пристально следил за ней, высунув голову из дверного проема. Аомамэ ощущала спиной его взгляд — острый, как нож для разделки тунца. И хотя ее так и подмывало оглянуться, чтобы это проверить, она заставила себя сдержаться. Лишь за углом коридора ей удалось хоть немного сбросить напряжение. Но расслабляться еще рано. Черт его знает, что может случиться дальше. Она подошла к дверям лифта, нажала на кнопку «вниз». И все время, пока лифт ехал (а на это ушла чуть не целая вечность), простояла, стискивая рукоять пистолета за спиной. Чтобы выстрелить сразу, едва Хвостатый выскочит из-за угла. Прежде чем ее успеют схватить, она должна без малейших колебаний уничтожить противника. Или же, не мешкая ни секунды, застрелиться сама. Решить, что правильнее, у нее не получалось. И наверное, не получится до последнего.

Но никто не гнался за ней. В гостиничном коридоре было тихо, как в склепе. Дзынь! — разъехались двери лифта, и Аомамэ вошла в кабину. Нажала на кнопку «фойе», дождалась, когда двери закроются. И, покусывая губы, стала следить, как меняются на табло номера этажей. Наконец лифт остановился. Она пересекла огромное фойе, вышла из отеля и села в такси, поджидавшее клиентов у самого выхода. Дождь совсем прекратился, но с машины еще капало так обильно, словно она проехала сквозь водопад.

— Станция Синдзюку,— сказала водителю Аомамэ.

Такси тронулось с места, и когда отель остался за спиной, она с шумом выдохнула. А потом закрыла глаза и выкинула все мысли из головы. По крайней мере в ближайшие полчаса не хотелось думать о чем бы то ни было.

Ее сильно мутило. Едкая горечь подступала со дна желудка к самому горлу. Нажав кнопку на двери, Аомамэ опустила оконное стекло до половины и набрала в легкие как можно больше сырой вечерней прохлады. Затем откинулась на спинку, несколько раз глубоко вздохнула. Во рту ощущался привкус какой-то дряни. Словно внутри у нее что-то разлагается.

Она вспомнила о жвачке в кармане джинсов. Достала, развернула, отправила в рот и неторопливо задвигала челюстями. «Супермятная». Ностальгический вкус немного успокоил нервы. Гадкий привкус постепенно исчез изо рта. Ерунда, сказала она себе. Ничего у тебя не разлагается. Просто от страха немного съехала крыша.

В любом случае, все закончилось. Больше тебе не придется никого убивать. И главное — ты поступила правильно. Этот подонок заслуживал смерти — и получил по заслугам. А кроме того (хоть это и не самое важное), он и сам хотел, чтоб его убили. Я обеспечила человеку спокойный уход из мучительной жизни по его же собственной просьбе. С какой стороны ни смотри — ничего неправильного. Разве что противозаконно.

Но сколько Аомамэ ни уговаривала себя, в душе продолжали копошиться сомнения. Только что она своими руками убила *очень необычного человека*. Ее пальцы прекрасно помнят, как острое жало инструмента вошло в его шею. *Очень необычное* ощущение. От этого воспоминания ей стало не по себе. Аомамэ поднесла к лицу раскрытые ладони и долго смотрела на них. Что-то здесь не так. Совсем не так, как всегда. Но что именно не так, в чем ошибка — понятия не имею.

Если верить тому, о чем он рассказывал перед смертью, получается, я убила Пророка. Человека, который принимает и передает Глас Божий. Только хозяин этого Голоса — не Бог, а, скорее всего, *LittlePeople*. Пророк одновременно выступает Царем, а судьба царей — быть убитыми, когда истекает их срок. Стало быть, я — убийца, нанятая судьбой? Убив Пророка и Царя, я восстановила равновесие Добра и Зла в этом мире. И в результате должна погибнуть сама. Но я все-таки успела заключить сделку, чтобы своей смертью спасти Тэнго. Это — главное условие моей смерти, *если верить тому, что я слышала*.

Но разве есть хоть малейший повод не верить ему? На религиозного фанатика он не похож, да и перед смертью люди не врут. Но главное — сама его речь звучала как-то очень убедительно. Основательно, точно огромный якорь на мощной цепи. У каждого судна — якорь своего веса и своей величины. Какие бы мерзости ни совершил этот человек — его габариты поражали воображение. Не признать это невозможно.

Осторожно, чтобы не заметил таксист, Аомамэ вытащила из-за пояса «хеклер-унд-кох», поставила на предохранитель, спрятала в сумку. Теперь, без этих смертоносных полкило, ей всерьез полегчало.

— Ну и гром сегодня, слыхали? — сказал водитель.— А ливень — просто как из ведра!

— Гром? — повторила Аомамэ. С тех пор как гроза унялась, не прошло и получаса. Но ей показалось — таксист говорит о каком-то далеком прошлом. Если так, можно и согласиться.— Не говорите. Чуть уши не заложило.

— Странно, что в прогнозе погоды об этом ни словечка. Обещали, что весь день будет солнце...

Аомамэ попыталась найти слова для ответа, но на ум ничего не пришло. Голова совсем одеревенела и соображала крайне медленно.

— Прогнозы сбываются далеко не всегда,— только и сказала она.

Водитель скользнул глазами по ее отражению в зеркале. Может, у меня с голосом что-то не так? — насторожилась Аомамэ.

— Затопило станцию Ака́сака-Мицукэ,— сообщил таксист.— А все потому, что ливень долго шел над одним районом города и никуда не смещался. На линиях Гиндза и Ма́руноу́ти остановлены поезда. Так передали по радио минут двадцать назад.

Прицельный ливень парализовал метро, завертелось в голове Аомамэ. Как это может помешать тебе улизнуть? Соображай скорее. На станции Синдзюку ты идешь в камеру хранения, забираешь саквояж и сумку. Звонишь Тамару, получаешь дальнейшие указания. Плохо, если для их выполнения понадобится сесть на линию Маруноути. На то, чтобы замести следы, у нее всего пара часов. Потом охранники в отеле заметят, что Лидер не желает просыпаться, заподозрят неладное, войдут в спальню и обнаружат, что их гуру больше не дышит. Вот тут-то все и начнется.

— Значит, поезда по линии Маруноути до сих пор не ходят? — уточнила Аомамэ.

— Кто знает,— пожал плечами водитель.— Включить вам новости?

— Да, прошу вас.

Если верить Лидеру, вызвали эту грозу *Little People*. Это они сосредоточили дождь вокруг Акасака-Мицукэ, из-за чего саму станцию парализовало. Аомамэ покачала головой. Если все это спланировано заранее — так просто от них не уйти.

Водитель настроил приемник на радио «Эн-эйч-кей». Играла музыка, японский фолк — лучшие песни второй половины шестидесятых. Шлягеры, которые Аомамэ слышала по радио в детстве, особой ностальгии не вызывали. Наоборот, ей стало неуютно. Эти звуки вызывали из глубин памяти события, вспоминать о которых совсем не хотелось. Несколько минут она терпеливо ждала, но сводок о движении поездов метро не передавали.

— Извините, вы не могли бы выключить радио? — попросила она.— Все равно на Синдзюку придется действовать по ситуации.

Водитель послушно выключил музыку.

— На Синдзюку сейчас столпотворение,— предупредил он на всякий случай.

Таксист не ошибся: станция Синдзюку оказалась забита до отказа. Все-таки именно здесь на линию Маруноути пересаживаются те, кто приехал по государственным веткам*. И как только эта линия встала, одна из крупней-

---

* Токийская подземка представляет собой комбинацию двух систем — частной и государственной. У каждой системы свои дороги и станции, а пересадки с одной сети на другую возможны лишь на крупнейших, узловых станциях мегаполиса. Синдзюку — вторая по величине станция подобного рода после Токио-эки.

ших станций Токио превратилась в бурлящий людской водоворот. Чтобы избежать свалки, пассажиры инстинктивно разбивались на левый и правый потоки. И все равно, хотя час пик давно миновал, продираться через такую толпу было ужас как непросто.

Кое-как добравшись до камеры хранения, Аомамэ извлекла багаж — дорожную сумку и саквояж из искусственной черной кожи. В саквояже хранились деньги, которые она забрала из абонентского ящика. Из спортивной сумки «Найки» Аомамэ переложила полученный от Бонзы конверт с наличными, кошелку с пистолетом и футляр с инструментом. Саму сумку заперла в ячейку камеры хранения и опустила в щель стоиеновую монету. Забирать эту сумку нужды уже не было. Ничего, что говорило бы о личности ее хозяйки, там не осталось.

С дорожной сумкой через плечо и саквояжем в руке она зашагала вдоль станции, выискивая телефон-автомат. Но все телефоны были заняты. У каждого выстроилась длинная очередь: тысячи людей хотели позвонить домой и предупредить, что опаздывают. Аомамэ озабоченно нахмурилась. Похоже, *LittlePeople* и правда не дадут мне так просто скрыться, подумала она. Если верить Лидеру, дотянуться до меня они не могут. Зато могут очень сильно помешать мне передвигаться.

Махнув рукой на очередь, она вышла на улицу, прошагала пару кварталов, заглянула в первый попавшийся кафетерий и заказала кофе со льдом. Розовый телефон у выхода тоже был занят, но никакой очереди, слава богу, не оказалось. Аомамэ встала за спиной у говорившей — женщины средних лет — и стала терпеливо дожидаться, пока та закончит. Не прерывая беседы, женщина то и дело нервно оглядывалась на Аомамэ, но минут через пять устала напрягаться и повесила трубку.

Загрузив в аппарат всю мелочь, какая была, Аомамэ набрала заученный номер. После трех гудков в трубке раздался дежурный голос автоответчика: «В данный момент абонент недоступен. Пожалуйста, оставьте сообщение после сигнала».

Пропищал сигнал.

— Тамару! Если вы там, снимите трубку,— сказала Аомамэ.

Трубку сняли.

— Я здесь,— отозвался Тамару.

— Слава богу,— выдохнула она.

Тамару, похоже, уловил в ее голосе необычные нотки.

— У тебя все в порядке? — спросил он.

— Пока да.

— Как работа? Успешно?

— Клиент заснул, и очень глубоко. Глубже некуда.

— Отлично,— сказал Тамару с явным облегчением. Для вечно бесстрастного Тамару — большая редкость.— Так и передам. Уверен, эта новость хорошо успокаивает.

— Хотя пришлось попотеть.

— Представляю. Но теперь все закончилось?

— Худо-бедно,— ответила Аомамэ.— Ваш телефон безопасен?

— Это спецлиния. Можешь не беспокоиться.

— Вещи из камеры хранения забрала. Что дальше?

— Сколько времени в запасе?

— Полтора часа,— ответила она.

И наскоро объяснила ситуацию. Через полтора часа два охранника проверят обстановку и обнаружат, что Лидер не дышит.

— Полтора часа хватит,— сказал Тамару.

— Интересно, сообщат ли они в полицию?

— Трудно сказать. Буквально вчера полиция заявилась в «Авангард» с ордером на обыск. Сейчас все зависло до выяснения обстоятельств, и официального дела пока не заведено. Но если всплывет труп их лидера, от следствия им уже не отмазаться.

— Иначе говоря, секта может просто уничтожить труп втихомолку?

— По крайней мере, они на это способны. Чем дело кончится, газеты расскажут завтра. По крайней мере, узнаем, заявили они в полицию или нет. Не люблю азартные игры. Но если бы пришлось — ставил бы на то, что полицию они звать не станут.

— Даже если смерть Лидера признают естественной?

— По внешним признакам этого не понять. Пока не произведут официального вскрытия, никто не возьмется судить, убит он или сам помер. В любом случае, первым делом они захотят послушать, что скажешь ты — последний человек, который общался с Лидером перед тем, как он умер. И если ты сменишь жилье и захочешь куда-нибудь спрятаться, у них буду все основания полагать, что Лидер умер не своей смертью.

— Значит, они попытаются меня найти? Чего бы это ни стоило?

— Можешь даже не сомневаться,— сказал Тамару.

— Но как я могу от них спрятаться?

— Для этого разработан план. Очень непростой. Следуй ему терпеливо — и будешь в безопасности. И главное — не дергайся. Подвести тебя может только твой собственный страх.

— Стараюсь,— сказала Аомамэ.

— Старайся и дальше. Реагируй быстро. Заставь время работать на тебя. Ты человек осторожный и терпеливый. Продолжай в том же духе.

— Над Акасакой прошел концентрированный дождь,— сказала Аомамэ.— Все поезда на станции остановлены.

— Знаю,— ответил Тамару.— Но тебе волноваться не о чем. Метро для твоего отхода не планировалось. Сейчас ты сядешь в такси и приедешь в безопасное место.

— Такси? — удивилась Аомамэ.— Но разве я не должна уматывать из города как можно дальше?

— Конечно должна,— неторопливо подтвердил Тамару.— Но сначала тебе нужно подготовиться. Сменить имя и внешность. Кроме того, работу ты проделала адскую. Сейчас у тебя в голове полный хаос. В таком состоянии лучше на время залечь на дно и отдышаться. Не беспокойся: все, что нужно, мы тебе обеспечим.

— И где это место?

— В Коэндзи.

— Коэндзи,— повторила Аомамэ. И легонько постучала ногтями по зубам. Никаких ассоциаций этот район не вызывал.

Тамару продиктовал адрес. Она, как всегда, запомнила наизусть.

— Станция Коэндзи, южный выход. Номер квартиры — триста три. Код в подъезде — двадцать восемь тридцать один.

Тамару выдержал паузу. Аомамэ впечатала в память: 303 и 2831.

— Ключ прицеплен скотчем к дверному коврику. В квартире есть все необходимое, чтобы несколько дней вообще не выходить из дома. В ближайшее время я позвоню. Три звонка, пауза в двадцать секунд — и новый звонок. Сама постарайся на связь не выходить.

— Ясно,— сказала она.

— Противник серьезный попался?

— Те двое, что его охраняли, конечно, крутые. Поначалу даже растерялась немного. Но не профи. С вашим уровнем не сравнить.

— Специалистов моего уровня очень немного.

— И слава богу.

— Наверное,— согласился Тамару.

На стоянке такси перед станцией растянулась длинная очередь. Судя по всему, поезда метро до сих пор стояли. Аомамэ встала в конец шеренги и набралась терпения. Ничего другого все равно не оставалось.

Стоя среди людей, с раздраженными лицами ожидавших такси, Аомамэ повторяла в уме адрес и номер квартиры, код подъезда, а также телефон Тамару. Исступленно — как отшельник, что взобрался на гору, сел на камень и твердит великие мантры. Памятью своей Аомамэ гордилась. Запомнить подобную информацию для нее — сущий пустяк. Но сейчас от этих цифр зависело слишком многое. Ошибись хоть на одну, и выжить станет гораздо сложнее.

Наконец Аомамэ села в такси. Ровно час назад она вышла из номера убитого Лидера. И добиралась до Синдзюку в два раза дольше, чем планировала. *LittlePeople* отвоевали у нее это время. Сгустили прицельный дождь над Акасакой, вывели из строя метро, заполнили станции толпами опаздывающего народа, спровоцировали нехватку такси — в общем, сделали все, чтобы она передвигалась как можно медленней. И при этом оставалась на грани нервного срыва. Аомамэ вздохнула. Или все-таки то, что со мной происходит,— цепочка случайных событий? И про козни *LittlePeople* я насочиняла из чистого страха?

Сообщив таксисту адрес, Аомамэ устроилась поудобней и закрыла глаза. Парочка телохранителей сейчас наверняка смотрит на часы и гадает, когда же проснется их гуру. Она представила, как Бонза потягивает кофе и о чем-то думает. Такая у него работа — думать и принимать решения. Возможно, сомневается, не слишком ли тихо Лидер спит. Конечно, Лидер всегда спит глубоко, не храпит. Но в нынешней тишине за дверью спальни как будто чего-то недостает. Девчонка сказала, что Лидер проспит два часа. Дескать, столько нужно для полного восстановления мышц и так далее. Но что-то во всей этой ситуации не дает Бонзе покоя. Может, зайти в спальню и проверить, что происходит? Или не стоит?

На самом деле куда больше следует опасаться Хвостатого. Аомамэ отлично запомнила, как он чуть не сграбастал ее на выходе. Молчаливый громила с острейшей интуицией. Наверняка черный пояс сразу по нескольким боевым искусствам. Аомамэ при всем ее опыте самообороны с ним бы не справилась, это ясно как день. Скорее всего, он даже не дал бы ей дотянуться до пистолета. Но слава богу, не профессионал. Между инстинктом и действием включает голову. Видимо, слишком привык повиноваться чужим приказам. То ли дело Тамару. Принцип Тамару — первым делом подавить и обезвредить, а затем уже рассуждать. Действие прежде всего. Доверяешь только собственному чутью, все мысли оставляешь на потом. Задумался на миг — потерял инициативу.

Аомамэ вспомнила, как выходила из номера, и у нее тут же взмокли подмышки. Она покачала головой. Как же мне повезло, только и вертелось в голове. По крайней мере, они не взяли меня живьем. Теперь нужно быть крайне осторожной. Как и сказал Тамару, осторожной и терпеливой, это самое важное. На секунду расслабишься — беды не миновать.

Водитель такси — средних лет мужчина — оказался учтивым и доброжелательным. Доехав до района Коэндзи, любезно выключил счетчик — и отслеживал переулки по

281

номерам, пока не нашел здание с нужным названием*. То была новенькая шестиэтажка в самом центре жилого квартала. У входа в подъезд — ни души. На пульте домофона Аомамэ набрала код — 2831, и двери открылись. Она села в лифт, поднялась на третий этаж. Выйдя из кабины, первым делом проверила, где расположен пожарный выход. Затем отвернула коврик перед дверью, нашла ключ, открыла замок и вошла в квартиру. Свет в прихожей зажегся автоматически. В квартире стоял особый запах только что построенного жилища. Мебель, электроприборы и прочая утварь — все абсолютно новое. Похоже, вещи просто вынули из коробок и расставили по местам то ли день, то ли два назад. Весь интерьер выдержан в едином дизайне. Словно кто-то поставил себе целью обставить квартиру для рекламы образцового жилья. Просто, эффективно — и абсолютно безжизненно.

По левую руку от входа — гостиная с кухней, прямо по курсу — коридор с дверями в ванную и туалет, а дальше — еще две комнаты, налево и направо. В спальне — королевских размеров кровать. Застелена безупречно. Жалюзи на окнах плотно закрыты. Откроешь окно — услышишь далекий гул Седьмой кольцевой магистрали. Закроешь — почти ничего снаружи не слышно. Стеклянная дверь ведет из гостиной на крошечный балкон, с которого видно дорогу, за которой раскинулся небольшой парк с незатейливой детской площадкой. Качели, горка, песочница и общественный туалет. Высокие фонари освещают площадку неестественно ярким белым светом. По краям парка раскинули ветви огромные дзельквы.

---

* В японских городах обычно нумеруются переулки, а здания либо получают какое-нибудь поэтическое название, либо закрепляются за фамилией хозяина или именем фирмы-владельца, о чем извещает специальная вывеска на входе.

Квартира на третьем этаже, но других зданий по соседству нет, так что стороннего взгляда можно не опасаться.

Аомамэ вспомнила квартирку на Дзиюгаоке, которую сегодня оставила. В старом доме, не очень чистую, с тонкими стенами. А иногда и с тараканами. Не то чтобы Аомамэ *любила* свое прежнее жилище. Но теперь невольно по нему затосковала. В этой новенькой, без единого пятнышка квартире она казалась самой себе человеком-инкогнито, у которого отняли память и личность.

В холодильнике она обнаружила четыре банки пива «Хайнекен». Открыла одну, отпила глоток. Включила телевизор с огромным экраном, посмотрела новости. Главной новостью дня был репортаж о том, что в результате сильнейшей грозы станция Акасака-Мицукэ оказалась затоплена, из-за чего на линиях Гиндза и Маруноути остановились поезда. По ступенькам станции сбегали натуральные водопады. Хотя служащие станции в дождевиках и пытались выстроить преграду из мешков с песком, тщетность их усилий была очевидна. Поезда все еще стояли, и предсказывать, когда движение будет восстановлено, никто не брался. Репортер подбегал к людям, которые не могут вернуться домой, и спрашивал, что они думают. «Утром синоптики обещали, что весь день будет солнце!» — жаловались недовольные.

Она досмотрела новости до конца, но сообщения о смерти лидера секты «Авангард», конечно же, не услышала. Два часа пока не прошло, и Бонза с Хвостатым еще надеются, что их хозяин скоро проснется. Но вот-вот они узнают правду. Аомамэ прошла в гостиную, достала из саквояжа «хеклер-унд-кох» и выложила на стол. Немецкий автоматический пистолет на новеньком обеденном столе смотрелся грубо, мрачно и молчаливо. И казался слишком черным на белой столешнице. Но теперь в безликой гостиной хоть что-то задерживало на себе взгляд.

«Натюрморт с пистолетом», — пронеслось в голове Аомамэ. Теперь эту штуку придется все время держать под рукой. Чтобы выстрелить сразу, если потребуется. В кого-то или в себя — вопрос отдельный.

Огромный холодильник был забит так, чтобы добрых полмесяца не нужно было ходить за продуктами. В основном — фрукты, овощи и готовые блюда для подогрева в микроволновке. В морозилке обнаружились несколько видов мяса, рыба, хлеб и даже мороженое. На полках кухонного шкафа рядами выстроились растворимые супы, консервы, соусы, приправы. А также рис и лапша. Нашлись и минералка, и вино — по две бутылки красного и белого. Неизвестно, кто собирал все эти запасы, но здесь было все. Чтобы добавить сюда что-либо еще, пришлось бы изрядно поломать голову.

Аомамэ достала камамбер из холодильника и съела его с галетами. Затем сполоснула под краном стебель сельдерея и схрумкала, обмакивая в майонез.

Перекусив, она прошла в спальню и принялась открывать один за другим все ящики шкафа. В самом верхнем лежали ночная пижама и банный халат. Не распакованные, в пластиковых пакетах. Хорошо. В следующем ящике были майки, носки, чулки и трусики с лифчиками. Все белье очень простое, в основном белое, в магазинной упаковке. Наверняка такое же выдают в приюте для избиваемых жен. Качество достойное, но от каждой вещи отдает чем-то казенным.

В ванной на полке стояли шампунь, кондиционер, крем для кожи и одеколон. Все, что нужно. Обычно Аомамэ не красилась, и косметика ее не интересовала. Здесь же обнаружились зубная паста со щеткой, палочки для чистки ушей, щетка для волос, бритва, маникюрные ножницы и гигиенические прокладки. Туалетная бумага и одноразовые салфетки с запасом. Банное и прочие полотенца, аккуратно развешанные на перильцах. Все продумано и собрано — комар носа не подточит.

Аомамэ открыла платяной шкаф в коридоре. Не удивлюсь, если там окажутся платье и туфли моего размера, думала она. А если от «Армани» или «Феррагамо» — о лучшем даже мечтать нельзя. Но, вопреки ее ожиданиям, шкаф оказался пуст. Тот, кто обставлял квартиру, знал, где остановиться. Примерно как с книгами в библиотеке Джея Гэтсби. Все книги настоящие, но страницы не разрезаны. Потому что их никто не читает. Того, в чем нет жизненной необходимости, здесь не встретишь. Хотя плечиков в шкафу хоть отбавляй.

Аомамэ достала из саквояжа одежду, убедилась, что та не измята, и развесила на плечики. Конечно, человеку в бегах одежду лучше хранить упакованной. Но больше всего на свете она не любила измятую одежду. И тут уже ничего не поделаешь.

Да, профессионального преступника из меня не получится, сказала она себе. В таком форс-мажоре думать об измятой одежде! Ей вдруг вспомнилось, как сказала Аюми, щелкнув в воздухе пальцами:

— Точно! Как в «Побеге» со Стивом Маккуином. Куча денег и стволов. Просто обожаю!

Обожать тут особо нечего, подумала Аомамэ, упираясь взглядом в стену.

Она пошла в ванную, разделась, приняла душ и смыла с себя весь пот этого жуткого дня. Выйдя из душа, села за стойку в гостиной и выпила еще пива.

За сегодняшний день кое-что в этой жизни *реально* изменилось, подумала Аомамэ. Зубчатое колесо, лязгнув, провернулось на зубец вперед. А если оно проворачивается вперед, то назад уже не возвращается. Таковы правила этого мира.

Она взяла пистолет, перевернула его рукояткой вверх и сунула дулом в рот. Зубы лязгнули о твердый и холодный металл. В нос ударил запах смазки. Лучший способ — это вышибить себе мозги. Просто спускаешь курок, и все кончено. Ни о чем не думаешь. И ни от кого не убегаешь.

Смерти Аомамэ не боялась. Я умру, думала она, а Тэнго останется жить. В этом Тысяча Невестьсот Восемьдесят Четвертом году с двумя лунами в небе. В мире, которому *я не принадлежу.* И в котором нам никогда не встретиться. Сколько новых реальностей ни наворачивай, встретиться снова нам не дано. По крайней мере, так сказал Лидер.

Она еще раз окинула мысленным взглядом квартиру. Образцовую, чистую, универсальную. В которой собрано все, что нужно для выживания. Но само жилище абсолютно холодное и безжизненное. Декорация — вот что это такое. Очень невесело было бы здесь умирать. Впрочем, даже будь у нее какой-нибудь выбор — разве существуют веселые способы ухода из жизни? Тут уж, как ни крути, весь мир похож на гигантское образцовое жилище. Заходишь, пьешь чай, смотришь в окно. Наступает время — благодаришь и уходишь. А вся эта мебель вокруг — просто фикция. И даже луна за окном вырезана из бумаги.

Но я люблю Тэнго, подумала Аомамэ. И даже тихонько произнесла это вслух. *Я люблю Тэнго.* И это не строчка из дешевого телесериала. К черту этот невестьсотый год. Реальность есть реальность, и кровь остается кровью. Боль настоящая, и страх неподдельный. И луна в небе — никакая не аппликация. Нормальная луна, одна-единственная. Под которой я согласилась умереть, чтобы Тэнго остался в живых. И назвать это фикцией никому не позволю.

Она изучила взглядом часы на стене. Дизайн фирмы «Браун» — скромный, незатейливый. Хорошо сочетается с изделиями фирмы «хеклер-унд-кох». Одиннадцатый час. Еще немного — и парочка телохранителей обнаружит, что их Лидер мертв.

В роскошном номере отеля «Окура» лежит бездыханный человек. *Очень необычный* человек огромных размеров. Он уже переправился в мир иной. И как ни пытайся, обратно его уже не вернешь.

Время оборотней началось.

Глава 16

ТЭНГО

Корабль-призрак

Что за мир будет окружать меня, когда я открою глаза?
— *Этого-не-знает-никто,* — ответила Фукаэри.

Тем не менее, проснувшись, Тэнго не заметил, чтобы мир вокруг как-то особенно изменился. На часах у изголовья — шесть с небольшим. Светает. Воздух свежий, в щель между шторами пробивается косой луч света. Лето подходит к концу. За окном жизнерадостно щебечут птицы. Вчерашняя гроза вспоминается как страшный сон. Или как нечто случившееся давно, не здесь и не с ним.

Не ушла ли куда-нибудь Фукаэри, пока он спал? Но нет — девушка тихонько сопела, как зверек в зимней спячке, свернувшись калачиком у него под боком. Тонкая прядь волос расчертила ее щеку замысловатым узором. Уха под шевелюрой не видно. Минуту-другую Тэнго лежал, глядя в потолок, и слушал ее мирное дыхание.

Он вспомнил вчерашнюю постельную сцену, и в голове началась какая-то неразбериха. Вчера он кончил в Фукаэри. Бурно и обильно. Теперь, поутру, это событие казалось далеким и нереальным, как и прошедшая гроза. А может, это был эротический сон? В юности с ним не раз такое случалось. Ему снилось что-нибудь сексуальное, он кончал и просыпался. Все происходило во сне, и только семя было настоящим. Разве то, что случилось вчера, не похоже?

И все-таки это не было сном. Вчера он *реально* кончил в Фукаэри. Она сама нанизала себя на Тэнго и не слезла, пока не вобрала его семя до капли. А ему оставалось только молча повиноваться, ведь он и пальцем не мог пошевелить. И что важно — ведь кончить он собирался в классе. А успокоила его уже Фукаэри, сказав, что месячных у нее нет и потому она не может забеременеть. Как такое могло случиться? И все-таки это случилось. В реальном месте и реальном времени. Наверное.

Тэнго встал с кровати, оделся и отправился на кухню, где вскипятил воды. Заваривая кофе, попытался навести порядок в голове. Примерно как в ящике письменного стола. Но проклятый порядок не наводился. Просто поменялись местами некоторые предметы. Там, где раньше был ластик, теперь лежали скрепки, на месте скрепок — точилка для карандашей, а на месте точилки — ластик. Тот же бардак, только в новой форме.

Он выпил кофе, затем пошел в ванную и, включив радио, побрился под музыку барокко. Партита Телемана для флейты и клавесина. Все как всегда. Каждое утро он выпивал кофе, а потом брился, слушая передачу «Барокко для вас». День ото дня менялись только названия произведений. Вчера, например, передавали клавесинные сюиты Рамо.

Зазвучал голос радиоведущего:

— В первой половине восемнадцатого века Телеман снискал в Европе славу как выдающийся композитор. Но к началу девятнадцатого века распространилось мнение, что он сочинил слишком много, и к его творчеству стали относиться с пренебрежением. В том не было вины самого Телемана. Европейское общество трансформировалось, а вслед за этим менялась и сама цель написания музыки, что и повлекло за собой столь разительный переворот в оценке жизнедеятельности этого человека.

И это — новый мир? — невольно подумал Тэнго.

Он окинул мысленным взором свою нынешнюю реальность. Но никаких изменений не обнаружил. Людей, относящихся к нему с пренебрежением, тоже пока не видать. А вот бриться приходится каждый день. Меняется этот мир или нет — соскабливать щетину за него никто не станет. Что-что, а это всегда приходится делать самому.

Побрившись, он пожарил на кухне тосты, намазал маслом и съел, запивая остатками кофе. Заглянул в спальню проверить, как там Фукаэри. Но та спала как сурок и, похоже, в ближайшее время просыпаться не собиралась. Даже позы не изменила с тех пор, как он встал. На щеке — все тот же узор из волосков. Дыхание тихое и спокойное.

Особых планов на сегодня у Тэнго не было. Никаких лекций в колледже. Некого ждать — и никуда не нужно идти. Абсолютно свободный день. Усевшись за стол на кухне, он продолжил работу над книгой. Выводя иероглифы перьевой ручкой на разлинованной бумаге. Как всегда, сосредоточиться ему удалось практически сразу. Сознание переключилось на нужный канал, и все, что не касалось сочиняемой истории, напрочь улетучилось из головы.

Фукаэри проснулась в девять. Пришла на кухню в майке из японского тура Джеффа Бека — той самой, в которой Тэнго ездил к отцу в Тикуру. Грудь с острыми сосками оттягивала ткань, напоминая о событиях прошедшего вечера.

По радио передавали органные прелюдии Марселя Дюпре. Оторвавшись от текста, Тэнго приготовил девушке завтрак. Фукаэри выпила чаю «Earl Grey» и съела тосты с клубничным джемом. Джем на хлеб она выдавливала с той же педантичностью, с какой Рембрандт выписывал складки на одежде.

— Сколько книг уже продано? — спросил Тэнго.

— *Ты-про-«воздушный-кокон»,*— уточнила она.

— Ну да.

— *Не-знаю.*— Она потерла пальцами веки.— *Очень-много.*

Количество ее не интересует, это ясно. Подобные вещи она воспринимает как клевер на огромной поляне. Понятно, что клевера на поляне до чертиков. Но кто возьмется его считать?

— Твою историю читают миллионы людей,— напомнил Тэнго.

Она ничего не ответила, занятая выдавливанием джема.

— Тебе нужно поговорить с господином Комацу — и как можно скорее,— сказал Тэнго, упершись ладонями в стол. Лицо Фукаэри, как всегда, оставалось бесстрастным.— Вы с ним уже встречались, так ведь?

— *На-пресс-конференции.*

— Говорили о чем-нибудь?

Фукаэри еле заметно покачала головой. Почти не говорили, понял Тэнго. Он представил, как выглядела та беседа. Комацу, как и всегда, болтал со страшной скоростью о том, что думал — а может, и о том, чего не думал,— а Фукаэри за всю беседу выдавила от силы пару слов. При этом она совершенно его не слушала, но ему было все равно. Если бы проводился конкурс на самую безнадежную пару собеседников, Комацу с Фукаэри забрали бы главный приз.

— Сам я встречался с Комацу давно,— сказал Тэнго.— И он уже очень долго не звонил мне. Человек и так занятой, а с тех пор, как «Воздушный кокон» стал бестселлером, забегался еще больше. Но теперь пора встретиться с ним и очень серьезно обсудить накопившиеся проблемы. Тем более, что и ты сейчас здесь. Все шансы в наших руках. Ты согласна?

— *Втроем.*

— Да. Так оно будет быстрее.

Фукаэри ненадолго задумалась. А может, что-то представила.

— *Мне-все-равно,* — сказала она. — *Если-это-возможно.*

«Если это возможно?» — повторил про себя Тэнго. В этой фразе чудилось нечто пророческое.

— Ты думаешь, это невозможно? — осторожно уточнил он.

Фукаэри ничего не ответила.

— В общем, если возможно, давай попробуем встретиться и поговорить, — подытожил Тэнго. — Ты согласна?

— *О-чем-будешь-говорить.*

— О чем? — переспросил он. — Прежде всего, я должен вернуть ему деньги. За редактуру «Воздушного кокона» я никаких гонораров получать не хочу. Хотя о сделанном совсем не жалею. Эта работа меня вдохновила и направила в нужное русло. Неохота себя хвалить, но, по-моему, текст получился отличный. Вот и отзывы положительные, и продажи лучше не бывает. В общем, я совсем не жалею, что взялся за «Кокон». Конечно, я сам согласился на такую странную работу и свою ответственность ни на кого перекладывать не собираюсь. Но получать за нее деньги не намерен.

Фукаэри чуть заметно пожала плечами.

— Да, ты права, — уловил он ее реакцию. — От того, что я не возьму этих денег, уже ничего не изменится. Но свою позицию я хочу обозначить четко.

— *Перед-кем.*

— Прежде всего перед самим собой...

Она взяла крышку от банки с джемом и уставилась на нее, как на диковинку.

— Хотя, возможно, я уже опоздал,— закончил Тэнго.

Фукаэри ничего не ответила.

Во втором часу дня он позвонил в издательство (до обеда Комацу на работе не появлялся), но секретарша сообщила, что господин Комацу взял отпуск на несколько дней. Ничего больше она не знала. А если и знала, сообщать это, похоже, никому не собиралась. Тогда Тэнго попросил соединить его с редактором, для которого он писал под псевдонимом авторскую колонку в ежемесячном журнале. Редактор был на два или три года старше Тэнго, закончил его же институт и относился к нему дружелюбно.

— Господин Комацу уже неделю как в отпуске,— сообщил редактор.— На третий день позвонил, сказал, что чувствует себя неважно и потому отдохнет еще какое-то время. С тех пор в конторе не появлялся. В редакционном отделе все просто за голову схватились. Ведь он целиком и полностью отвечал за все, что связано с изданием «Воздушного кокона». Единолично, никому ничего не доверяя. Без него никто в отделе не может решить ни одного вопроса в связи с этой книгой. Хотя, конечно, если здоровье шалит, ничего не поделаешь...

— Серьезно шалит? — уточнил Тэнго.

— Да бог его знает. Сказал только, что чувствует себя неважно, да трубку повесил. И с тех пор ни слуху ни духу. Пытались домой дозвониться — сразу автоответчик включается. В общем, ерунда какая-то.

— А он без семьи живет?

— Один как перст. Вроде когда-то была супруга с ребенком, но развелся давно. Сам ничего не рассказывал, так что все на уровне слухов.

— Единственный звонок за неделю — очень странно, я так понимаю?

— Ну ты же знаешь Комацу. Обычным человеком его не назовешь...

Тэнго на секунду задумался.

— Конечно, никогда не знаешь, чего от него ожидать,— согласился он.— И с людьми себя ведет как анархист, вечно творит что вздумается. Но все-таки в работе он безответственным он никогда не был. Теперь, когда у «Кокона» такие бешеные продажи, трудно представить, чтобы он бросил начатое и вообще не интересовался делом. Это уж совсем на него не похоже.

— Ты прав,— согласился редактор.— Возможно, стоит нагрянуть к нему домой и проверить, что происходит. После исчезновения Фукаэри вопрос о дальнейшем издании «Кокона» встал ребром. Где она сейчас — по-прежнему неизвестно. Может, мы еще чего-то не знаем? Скажем, он выдумал свою болезнь, взял отпуск и прячет где-нибудь автора книги?

Тэнго промолчал. Не мог же он сказать, что автор «Кокона» прямо сейчас сидит перед ним и чистит палочками уши.

— Вообще, вне зависимости от Комацу, с этой книгой что-то не так. Продается хорошо, никто не спорит. Но слишком уж много вокруг нее тумана. Так думаю не только я. Все в издательстве это чувствуют... А что, у тебя к Комацу какое-то дело?

— Да нет, ничего особенного. Давно не общались, вот и решил проверить, как он там.

— В последнее время он выглядел совсем замотанным. Наверное, стресс накопился. Но так или иначе, «Воздушный кокон» — бестселлер года. В декабре нас всех ждет весьма аппетитная премия. Ты сам-то книгу читал?

— А как же,— ответил Тэнго.— Вычитывал, когда рукопись только прислали.

— Ах да. Ты же был в отборочной комиссии. Ну и как тебе?

— Крепкий текст, интересная история.

— Да, к содержанию не придерешься. По крайней мере, прочитав, не чувствуешь, что потратил время зря.

В тоне собеседника Тэнго ощутил недобрую ноту.

— Но что-то не так?

— Да понимаешь... Скорее, ощущение на уровне редактуры. Написано мастерски, не придерешься. И все-таки — *слишком мастерски*. Для семнадцатилетней девчонки, по крайней мере. Которая к тому же куда-то пропала. А ответственный редактор на связь не выходит. Все куда-то исчезли, и только сама книга, точно корабль-призрак, раздувает паруса на прилавках книжных магазинов.

Из горла Тэнго вырвался какой-то невнятный звук.

— Зловещий текст,— продолжил редактор.— Таинственный, слишком качественно выполненный. Между нами говоря, все в издательстве полагают, что Комацу принял в судьбе этой книги очень большое участие. *Куда больше, чем требовалось*, если ты понимаешь, о чем я. А если это действительно так, получается, что мы сидим на бочке с порохом.

— А может, вам просто повезло? — спросил Тэнго.

— Если это и везение, вечно оно продолжаться не может,— ответил редактор.

Тэнго поблагодарил и повесил трубку.

Обернувшись, он сказал Фукаэри:

— Вот уже неделю господин Комацу не подходит к телефону. И сам никому не звонит.

Она ничего не ответила.

— Люди вокруг меня исчезают один за другим,— добавил он.

Снова молчание.

Тэнго вспомнил статистику: сорок миллионов клеток нашего тела каждый день пропадают неизвестно куда. Исчезают, теряются, превращаются в невидимую пыль. В каком-то смысле для этого мира мы — постоянно тающая биомасса. Что уж тут удивляться, если иногда человек пропадает целиком.

— Возможно, дальше моя очередь,— добавил он.

Фукаэри *аккуратно* покачала головой.

— *Ты-не-потеряешься.*

— Почему ты в этом уверена?

— *Ты-очистился.*

Тэнго задумался. Но ни к чему не пришел. Сколько тут ни думай — все без толку, это ясно с самого начала. Хотя и не значит, что думать вообще не стоит.

— В любом случае, с господином Комацу в ближайшее время встретиться не выйдет,— сказал Тэнго.— И деньги вернуть не получится.

— *Проблема-не-в-деньгах,*— отозвалась Фукаэри.

— А в чем? — спросил Тэнго.

Но ответа не последовало.

Как и обещал себе накануне, Тэнго отправился на поиски Аомамэ. Надеялся, что за целый день удастся что-нибудь раскопать, но все оказалось сложнее, чем он думал. Оставив Фукаэри дома (и несколько раз повторив ей, чтобы никому не открывала), он отправился на телефонную станцию. Там ему предоставили телефонные справочники по всем двадцати трем районам Токио. И он начал искать фамилию Аомамэ. Даже если это не будет она сама — могут найтись ее родственники, рассчитывал Тэнго. Через которых, возможно, получится разузнать что-нибудь и о ней.

Однако ни в одном из справочников фамилии Аомамэ не значилось. Он расширил поиск до пригородов столицы. Префектура Тиба, префектура Канагава, префектура Сайтама... На этом его энергия иссякла. От мелких иероглифов в толстенных справочниках уже болели глаза.

В голове всплывало сразу несколько возможных версий:

1) Она живет в какой-нибудь маленькой деревушке на Хоккайдо.

2) Она вышла замуж, и теперь ее фамилия — Ито́.

3) Защищая свою частную жизнь, она не помещает свою фамилию в телефонные справочники.

4) Два года назад она скончалась от эпидемии гриппа.

Разумеется, на самом деле вариантов могло быть гораздо больше. Да и проверить телефонные справочники всех городов Японии возможности не было. На Хоккайдо он смог бы приехать не раньше следующего месяца. Нужно искать как-нибудь иначе.

Купив телефонную карточку, он позвонил из телефона-автомата в школу, где они оба учились, и попросил проверить, не оставила ли Аомамэ своих координат после очередного вечера выпускников. Секретарша на проводе оказалась очень любезной и проверила все, что могла, однако в выпускниках Аомамэ не значилась, так как покинула школу после пятого класса. Поэтому никакой информации о ней не хранилось и нынешнего места проживания не зарегистрировано. Хотя адрес и телефон того времени остались. Хотите узнать?

— Хочу,— сказал Тэнго.

Он записал адрес и номер телефона семьи Аомамэ на момент ее ухода из школы. Токио, район Адати, кварталы Тадзаки. Как раз в то время она должна была расстаться с родителями. Что-то у них там не ладилось. Без особой надежды Тэнго набрал номер. Как и следовало ожидать, тот больше не использовался. Шутка ли — двадцать лет прошло. Тэнго позвонил в справочную, но никакого адреса с таким номером зарегистрировано не было.

Тогда он решил позвонить в штаб-квартиру «очевидцев». Но сколько ни рылся в справочниках, номера секты не обнаружил. Ни на «Великий потоп», ни на «Очевидцы» ничего не находилось. Отдельной главы «Религиозные организации» в справочниках также не было. Вывод оставался только один: эти люди не хотят, чтобы им звонили.

А вот это само по себе очень странно. Когда им хочется, они приходят к людям в дома и затевают разговоры. Ты готовишь в духовке суфле, паяешь контакты в усилителе, моешь голову шампунем или дрессируешь морскую свинку — а в твою дверь вдруг стучат и с жизнерадостной улыбкой предлагают: «Давайте вместе почитаем Библию». Они вваливаются в твою жизнь, когда им вздумается. Но попробуй сам к ним прийти (если только ты не член секты) — ни до кого не достучишься. Никаких вопросов не задашь. Только запутаешься так, что проклянешь все на свете.

Но даже если каким-то чудом вычислить их номер и дозвониться, человек на телефоне вряд ли выдаст какую-либо информацию о том или ином сектанте. Да, у них есть отчего быть такими закрытыми... Из-за их чудаковатой религии, из-за их квадратных, бескомпромиссных догм люди не любят «очевидцев», и они это чувствуют. Не раз они напрягали людей вокруг себя и в итоге стали изгоями. От мира, который их изгнал, им приходится защищаться.

Выходит, по телефону Аомамэ искать бесполезно. А никаких других способов ее найти в голову не приходило. Аомамэ — фамилия редкая. Один раз услышав, уже не забудешь. Но все попытки отыскать человека с таким именем упираются в глухую стену.

Может, встретиться с сектантами лично? Официально, по телефону они вряд ли что-нибудь объяснят, но, возможно, расскажет какой-нибудь маленький человечек? К сожалению, ни одного из «очевидцев» Тэнго не знал. За последние лет десять никаких миссионеров на его пороге не появлялось. И почему они вечно приходят, когда не ждешь, а когда нужно, не появляются?

Можно, конечно, дать объявление в газету. Три дурацкие строчки: «Аомамэ, выйди на связь. Кавана». Но даже если они попадутся ей на глаза — станет ли она куда-то звонить? Тэнго даже не был уверен, что она помнит, как его зовут. Фамилия Кавана встречается сплошь и рядом. Какой еще Кавана? — спросит она и даже не подумает подойти к телефону. Да и кто вообще читает эти трех-строчные объявления?

Еще, разумеется, можно подать официальный запрос в головную контору секты. Уж там-то привыкли разыскивать людей. Подключат все каналы связи — и с такой кучей исходных данных наверняка разыщут как миленькие. Причем вряд ли запросят большие деньги. Но этот способ лучше оставить напоследок. Сначала попробуем отыскать своими силами. В конце концов, неплохо проверить, на что способен ты сам, без чьей бы то ни было помощи.

Он вернулся домой уже в сумерках. Фукаэри сидела на полу и слушала пластинки. Старый джаз, оставшийся от замужней подруги. Вокруг разбросаны обложки — Дюк Эллингтон, Бенни Гудмен, Билли Холидей. На вертушке крутилась пластинка — Луи Армстронг, «Chantez les Bas». Поразительная мелодия. Тэнго тут же подумал о Кёко Ясуде. Эту музыку они часто слушали вместе в постели. В конце песни Трамми Янг забыл об условленном финале и после припева выдал на своем тромбоне целых восемь лишних тактов. «Вот они, слышишь?» — всякий раз говорила подруга. Сторона А заканчивалась, и Тэнго всякий раз приходилось нагишом вылезать из постели, чтобы перевернуть пластинку. Теперь он вспоминал об этом с ностальгией. Конечно, он всегда понимал, что их отношения долго продлиться не смогут. Но никак не ожидал, что все оборвется так скоро и так внезапно.

Увидев, с каким вниманием Фукаэри слушает пластинку Кёко Ясуды, Тэнго на несколько секунд остолбенел. Сдвинув брови, девушка ушла в музыку так глубоко, словно помимо самой песни вслушивалась во что-то еще. А может, и всматривалась, пытаясь различить в воздухе призрак этой старой мелодии.

— Нравится эта пластинка?

— *Ставила-уже-много-раз,* — ответила Фукаэри. — *Ты-не-против.*

— Конечно, не против. Скучала здесь одна?

Она покачала головой.

— *Много-думала.*

Тэнго очень хотел найти слова и объяснить ей, что произошло вчера во время грозы. *Что с ними случилось и почему.* Он не собирался заниматься с нею сексом — и не заметил, чтобы ее так уж сильно влекло к нему. Следовательно, называть это сексом в прямом смысле слова нельзя. Но как тогда это назвать, он и сам толком не понимал.

Спрашивать ее напрямую, скорее всего, бесполезно. Да и выяснять отношения в этот мирный сентябрьский полдень никак не лежала душа. Их странное совокупление происходило в сумерках под грохот страшной грозы. Если обсуждать его в обычное время дня, смысл самого события может сильно исказиться.

— У тебя не бывает месячных? — спросил он тогда. По крайней мере, между ответами «да» или «нет» Фукаэри не должна заблудиться.

— *Не-бывает,* — ответила она.

— И никогда в жизни не было?

— *Ни-разу.*

— Возможно, я не должен тебе этого говорить, но тебе уже семнадцать. И если у тебя до сих пор ни разу не было месячных, это ненормально.

Фукаэри едва заметно пожала плечами.

— И ты никогда не обращалась к врачу?

Она покачала головой:

— *Врач-не-поможет.*

— Почему ты в этом уверена?

Но девушка ничего не ответила. Тэнго даже почудилось, будто она его не услышала. Словно в ушах у нее были клапаны, которые открывались, только если ей это нужно — а точнее, когда звучали вопросы, отвечать на которые она соглашалась.

— В этом как-то замешаны *LittlePeople*?

Как и прежде, молчание.

Тэнго вздохнул. Никаких других вопросов о минувшей ночи в голову не приходило. Узенькая кривая тропинка оборвалась, потянулся дремучий лес. Он проверил землю у себя под ногами, огляделся и посмотрел на небо. Вечная проблема общения с Фукаэри. Любая дорожка непременно обрывается на середине. Возможно, гиляки и могут жить без дорог и тропинок. Но Тэнго так не умел.

— Я разыскиваю одного человека, — рубанул он тогда. — Женщину.

На ответную реакцию Тэнго не рассчитывал. Ему просто нужно было это высказать. Кому угодно. Просто уложить мысли об Аомамэ в слова. Казалось, не сделай он этого, Аомамэ вновь начнет от него отдаляться.

— Мы не встречались вот уже двадцать лет. А последний раз виделись в десятилетнем возрасте. Одногодки, учились тогда в одном классе. Я проверил все, что мог, но так и не понял, где она сейчас обитает.

Пластинка закончилась. Фукаэри сняла ее с вертушки, поднесла к лицу и, прищурившись, вдохнула запах винила. Затем бережно, не касаясь бороздок пальцами, уложила диск в бумажный конверт и упаковала в обложку — мягко и ласково, будто укладывала спать котенка.

— *Хочешь-с-ней-встретиться,* — спросила Фукаэри.

— Это очень важный для меня человек.

— *Ты-искал-ее-двадцать-лет.*

— Нет, — признался Тэнго. Выдержал паузу, подбирая слова. А затем сел за стол и сцепил пальцы рук перед собой. — На самом деле искать эту женщину я начал только сегодня.

В глазах Фукаэри читалось непонимание.

— *Только-сегодня,* — повторила она.

— Ты хочешь спросить, почему я не искал ее раньше, раз она для меня так важна?

Фукаэри смотрела ему в глаза, не говоря ни слова.

Тэнго собрался с мыслями.

— Пожалуй, я шел к этому очень долгой окольной дорогой. Как бы лучше сказать... Просто Аомамэ — так ее зовут — играет в моей жизни очень важную роль. Только сам я очень долго об этом не догадывался.

Фукаэри смотрела на Тэнго не отрываясь. По ее лицу сложно было разобрать, насколько она понимает его слова. Но это уже не так важно. Он проговаривал все это, обращаясь прежде всего к самому себе.

— А теперь наконец осознал, что она — не абстракция, не символ, не придуманный подсознанием образ. Что это живая душа, человек из плоти и крови, который живет в одной со мною реальности. И эти душу, плоть и кровь я не должен потерять. Для того чтобы дойти до этой элементарной истины, мне потребовалось двадцать лет. Возможно, я уже опоздал. Но все равно хочу найти Аомамэ. Даже если мне в ее жизни уже не осталось места.

Все еще упираясь коленями в пол, Фукаэри выпрямила спину. Майка с Джеффом Беком плотно облегла ее грудь с выпирающими сосками.

— *Аомамэ,* — повторила она.

— Да. Пишется иероглифами как «синий горошек». Очень редкая фамилия.

— *Хочешь-ее-найти,* — уточнила Фукаэри.

— И очень сильно, — кивнул Тэнго.

Она закусила губу и о чем-то задумалась. А потом подняла голову и с крайне глубокомысленным видом произнесла:

— *Она-может-быть-где-то-рядом.*

Глава 17

АОМАМЭ

Извлекая мышей

На следующее утро в семичасовой сводке новостей по телевизору подробно рассказывали о вчерашнем наводнении в метро, однако о смерти лидера секты «Авангард» в отеле «Окура» не прозвучало ни слова. Когда закончились новости «Эн-эйч-кей», Аомамэ довольно долго переключала каналы, но о том, что в гостиничном номере найден труп человека исполинских размеров, сообщать миру никто не собирался.

Аомамэ нахмурилась. Значит, они все-таки спрятали тело? Вполне вероятный поворот событий, которого не исключал и Тамару. Хотя верилось в это с большим трудом. Что ж получается — каким-то немыслимым способом труп Лидера вытащили из номера, погрузили в машину и увезли в неизвестном направлении? Огромную и тяжелую тушу? Ведь там, в отеле, столько служебного персонала. Столько камер включено круглые сутки. Как можно спуститься с такой ношей на подземную стоянку никем не замеченным?

Так или иначе, труп наверняка увезли в штаб-квартиру «Авангарда» в горах Яманаси. И долго ломали голову, как с ним поступить. По крайней мере, полиции о смерти Лидера не сообщили. А труп, который был спрятан однажды, приходится прятать до скончанья веков.

Видимо, им помогли вчерашняя гроза и возникшая из-за нее суматоха. В любом случае, огласки избежать удалось. Тем более, что на людях Лидер появлялся крайне редко. Его образ жизни и маршруты передвижения постоянно держались в секрете. Поэтому его внезапное исчезновение еще очень долго может оставаться тайной, о которой знают от силы пять-шесть человек.

Чем и как они собираются заполнить пустоту, образовавшуюся после смерти их гуру, никому не известно. Ясно одно: для сохранения власти руководство секты не остановится ни перед чем. Как и сказал сам Лидер, если Система построена и отлажена, она продолжает работать, даже потеряв своего создателя. Кого же выберут следующим Пророком? Впрочем, это уже не касалось Аомамэ. В ее задачу входило убрать самого Лидера, а не разваливать его организацию.

Она подумала о парочке телохранителей в темных костюмах, Бонзе и Хвостатом. Придется ли им отвечать за то, что Лидера убили буквально у них под носом? Аомамэ представила, как секта велит им найти и уничтожить ее — а может, даже поймать и привезти живьем. «Отправляйтесь и найдите эту женщину,— звучит приказ.— А до тех пор чтобы духу вашего здесь не было!» Что ж, такое вполне возможно. Ведь оба знают ее в лицо. У обоих так и чешутся руки расквитаться с нею по полной. Спустить именно их с поводка — лучше не придумаешь. А ведь им еще предстоит узнать, кто стоял за Аомамэ, посылая ее на задание...

Есть совсем не хотелось, и на завтрак она съела небольшое яблоко. Пальцы еще помнили, как жало инструмента вонзалось в мужскую шею. Срезая яблочную кожуру ножом, Аомамэ заметила, что ее трясет мелкой дрожью. Хотя обычно шок от убийства проходил после первой же ночи, стоило лишь хорошенько выспаться.

Понятно, что убивать человека — занятие не из приятных. Но жизни всех мужчин, которых она отправила на тот свет, не стоили ломаного гроша. И отвращение от совершенных ими зверств перевешивало в ее сердце остатки сострадания. Однако на этот раз все не так. Конечно, *этот* человек натворил слишком много того, что с человеческой моралью несовместимо. И тем не менее во многих смыслах он был *не такой, как все.* И эта его необычность, возможно, превосходила обычные критерии добра и зла. Даже убить его получилось совсем не так, как всегда. После того как он умер, в ее пальцах поселилось странное, необъяснимое ощущение, от которого она никак не могла избавиться.

А после смерти этот человек оставил ей Обещание. Немного подумав, Аомамэ пришла к выводу: именно это Обещание и зудит теперь в ее пальцах. И этот зуд, наверно, уже не уймется до ее последнего вздоха.

В десятом часу утра зазвонил телефон. Тамару, сообразила она. Три звонка, пауза в двадцать секунд, потом звонит снова.

— Как я и думал, полицию они звать не стали,— сказал Тамару.— В новостях ни слова, в газетах ни строчки.

— И все же он мертв на сто двадцать процентов.

— Это я знаю. В том, что Лидер на том свете, нет никаких сомнений. Они засуетились сразу. Отель уже зачистили. Ночью вызвали сразу несколько молодчиков из столичного отделения секты. Наверняка чтобы увезти труп незаметно. В такой работенке они большие специалисты. А примерно в час ночи со стоянки отеля выехали «мерседес» суперкласса и джип «хай-эйс». Обе машины с тонированными стеклами и номерами префектуры Яманаси. Можно не сомневаться: в штаб-квартиру «Авангарда» они успели уже к рассвету. Днем раньше туда наведывалась с осмотром полиция, но детального обыска не проводилось. Копы закончили работу за день и уехали восвояси. А между тем на территории секты установлена плавильная печь. Если туда загрузить человеческий труп, ни косточки не останется. Все превратится в чистый белый дым.

— Жуть какая...

— Да уж, манеры у ребят неприятные. Скорее всего, «Авангард» продолжит разрастаться и без Лидера. Как змея, которая ползет дальше и после того, как ей отрубили голову. Потому что тело знает, куда ползти, даже без головы. Что с ней будет там, впереди — неизвестно. Может, сдохнет через какое-то время. А может, отрастит себе новую голову.

— Этот Лидер оказался очень непростым человеком,— сказала Аомамэ.

На эту тему Тамару высказываться не стал.

— Совсем не как те, кого я переправила до сих пор,— добавила она.

Тамару будто взвесил на ладони ее интонацию. И затем ответил:

— Что он не такой, как все до сих пор, я могу представить неплохо. Но сейчас тебе лучше думать о том, что делать, *начиная с этих пор*. Возвращайся понемногу в реальность. Иначе тебе не выжить.

Аомамэ попыталась что-то сказать, но слова застревали в горле. Мелкая дрожь по всему телу никак не унималась.

— Мадам желает поговорить,— добавил Тамару.— Найдешь силы?

— Да, конечно,— сказала Аомамэ.

Трубку взяла хозяйка. На этот раз старушка говорила так, словно у нее камень с души свалился.

— Очень тебе благодарна,— сказала старая женщина.— Не могу даже выразить насколько. Свою работу ты выполнила идеально.

— Спасибо. Хотя еще на один раз меня бы уже не хватило.

— Прекрасно тебя понимаю. Извини, сказала лишнее. Просто я очень рада, что ты вернулась целой и невредимой. И просьбы подобного рода ты больше от меня никогда не услышишь. На этом — все. Теперь ты в безопасности, ни о чем не беспокойся. Побудь там какое-то время. А мы пока приготовим все, что потребуется для твоей новой жизни.

— Благодарю вас,— сказала Аомамэ.

— Возможно, тебе чего-нибудь не хватает прямо сейчас? Только скажи, Тамару немедленно все организует.

— Нет, спасибо. Похоже, здесь собрано все, что нужно.

Хозяйка негромко кашлянула.

— И главное — помни: то, что мы совершили,— дело абсолютно правильное. Больше это человеческое отродье никому не сможет причинить зла. Мы предотвратили новые жертвы. И сожалеть тут совершенно не о чем.

— Он говорил точно так же.

— Кто?

— Лидер «Авангарда» — перед тем, как умереть.

Несколько секунд хозяйка не говорила ни слова.

— То есть он знал? — наконец уточнила она.

— Да, этот человек знал, что я пришла его умертвить. Потому и принял меня. Вопреки нашему ожиданию, он сам желал себе смерти. Его организм был уже наполовину разрушен и неизбежно, хотя и медленно, умирал. Своим убийством я просто ускорила смерть и освободила его от невыносимых страданий.

От удивления хозяйка снова потеряла дар речи. Что само по себе большая редкость.

— Иными словами...— выговорила старушка и запнулась, подбирая слова.— Выходит, он сам желал себе казни?

— Он желал одного: чтобы его мучения закончились как можно скорее.

— И с радостью принял смерть из твоих рук?

— Именно так.

О сделке, которую Лидер заключил с ней перед смертью, Аомамэ умолчала. Договор о том, что она умрет, но Тэнго останется жив, касался только его участников. Никому другому знать об этом не следовало.

— Разумеется, он был извращенцем и в итоге получил по заслугам. Но все-таки это был очень необычный человек. По крайней мере, в нем ощущался особый дар. Можете мне поверить.

— Особый дар? — переспросила хозяйка.

— Трудно как следует объяснить...— Аомамэ поискала слова.— Во-первых, он как будто обладал сверхъестественной силой. И в то же время — словно нес какое-то тяжелейшее бремя, которое постепенно разъедало его изнутри.

— Ты хочешь сказать, этот особый дар и сделал его извращенцем?

— Скорее всего.

— В любом случае, ты выполнила то, за чем приходила.

— Совершенно верно,— выдавила Аомамэ. В горле у нее пересохло.

Переложив трубку в другую руку, она поднесла к глазам правую ладонь, которая еще помнила чужую смерть на ощупь. Что такое «познать друг друга в разных ипостасях», Аомамэ понимала плохо. Но и хозяйка вряд ли ей объяснила бы.

— Труп, как всегда, выглядел так, будто смерть была ненасильственной,— сказала Аомамэ.— Но я не думаю, что они так просто в это поверят. Все события указывают на то, что я так или иначе причастна к его кончине. А в полицию, как вы знаете, они заявлять не стали.

— Какую бы дальнейшую тактику ни избрал «Авангард»,— проговорила хозяйка,— мы сделаем все, чтобы тебя защитить. Да, у них мощная организация. Но с нашей стороны — очень крепкие связи и неограниченный капитал. А кроме того, ты сама человек умный и осторожный. Так что их планам сбыться не суждено.

— Малышку Цубасу до сих пор не нашли? — спросила Аомамэ.

— Увы, пока нет. Боюсь, она снова в секте. Идти ей больше некуда. Пока я даже не представляю, как ее можно вернуть. Однако теперь, со смертью Лидера, секту начнет лихорадить. Надеюсь, скоро мы сумеем воспользоваться суматохой, чтобы вызволить ее оттуда. Эту девочку обязательно нужно спасти и защитить.

Лидер сказал, что Цубаса, которая обитала в приюте,— *не настоящая*, вспомнила Аомамэ. Что якобы то была *не сама девочка, а ее материализованная концепция.* И что настоящую Цубасу уже *изъяли* из внешнего мира. Но сообщать такое хозяйке, пожалуй, тоже не стоит. Что конкретно означают эти слова, Аомамэ и сама не понимала. Однако никак не могла забыть, как парили в воздухе огромные мраморные часы. Уж она-то видела это своими глазами.

— Как долго я должна оставаться в этой квартире? — спросила Аомамэ.

— Рассчитывай на срок от четырех дней до недели,— ответила хозяйка.— Затем у тебя сменятся имя и место жительства. Ты окажешься в безопасности очень далеко отсюда. Какое-то время, пока не улягутся здешние страсти, тебе нельзя будет выходить на связь. Встречаться с тобой я пока не смогу. А если учесть мои годы — возможно, мы с тобой больше и не увидимся. Наверное, не стоило втягивать тебя в этот хаос. Поверь, такая мысль не раз приходила мне в голову. Тогда не пришлось бы сейчас тебя терять. И все-таки...

Старушка вдруг замолчала. Аомамэ терпеливо ждала продолжения.

— И все-таки я ни о чем не жалею. Видимо, такова была воля Судьбы — воспользоваться твоими способностями. Выбора не оставалось. Всем этим подонкам противостояла очень мощная сила — она в том числе повелевала и мной. Ты уж меня прости.

— Зато теперь нас кое-что связывает,— ответила Аомамэ.— Очень важное. То, что не связывает больше никого и ни с кем.

— Это правда,— подтвердила хозяйка.

— И эта связь для меня очень важна.

— Спасибо. Надеюсь, твои слова мне зачтутся на Небесах.

От мысли, что хозяйку она больше не увидит, Аомамэ стало не по себе. Одна из немногих ниточек, связывавших ее с этим миром, похоже, обрывалась теперь навсегда.

— Здоровья вам,— сказала Аомамэ.

— А тебе — удачи,— ответила старушка.— Постарайся стать счастливой, насколько возможно.

— Если удастся,— отозвалась Аомамэ. Именно счастье для нее было, пожалуй, самым далеким из всех абстрактных понятий на свете.

Трубку опять взял Тамару.

— Насколько я понял, *сувениром* ты пока не воспользовалась? — спросил он.

— Пока еще нет.

— Хорошо, если не воспользуешься и дальше.

— Постараюсь,— обещала Аомамэ.

Тамару выдержал паузу, затем продолжил:

— Помнишь, я рассказывал о детском приюте в горах Хоккайдо?

— Как вас разлучили с родителями, увезли с Сахалина и отдали в приют? Конечно помню.

— Так вот, в том приюте был парень, на два года младше меня. Сын японки и негра. Думаю, его блудный папаша служил на военной базе в Мисаве, как раз там неподалеку. Матери своей парнишка не знал — видно, какая-нибудь проститутка или девка из бара, где собирались американские офицеры. Вскоре после рождения мать пацана бросила, и его определили в приют. Ростом выше меня, но соображал туговато. Понятно, все вокруг над ним издевались. Туповат, да еще и цвет кожи другой, можешь себе представить...

— Да уж.

— А поскольку я тоже не японец, нас худо-бедно прибило друг к другу, и мне то и дело приходилось его защищать. Все-таки два сапога пара: беглый сахалинский кореец и полукровка от негра со шлюхой. Низшие касты из всех возможных. Но я научился драться и выживать. А у парня постоять за себя не получалось никак. Уверен, брось я тогда его — он сыграл бы в ящик, и очень скоро. В приюте выживали либо те, кто быстро соображал, либо те, кто здорово дрался. Третьего не дано.

Аомамэ слушала его, ни о чем не спрашивая.

— За что бы тот парень ни взялся, все валилось у него из рук. Вообще ни на что не способен. Ни штаны застегнуть как положено, ни задницу подтереть. И только одно у него получалось здорово: вырезать фигурки из дерева. Дай ему несколько ножичков и деревяшку, таких шедевров настрогает — любо-дорого посмотреть. Без набросков, без чертежей, просто представит что-нибудь — и выстругивает по картинке у себя в голове. Очень реалистично, со всеми мелкими деталями. Такой вот убогий гений, человек единственного таланта.

— Idiot savant,— вспомнила Аомамэ.

— Да, точно. Это потом я узнал, что на свете бывают люди с таким синдромом. Но тогда об этом никто не слыхал. Все просто считали парня тугодумом. Ребенком, который с головой не в ладах, зато фигурки из дерева здорово режет. Но что самое странное — вырезал он только мышей. Эти зверьки получались у него как живые. Поначалу его просили выстругать что-нибудь другое — лошадь, к примеру, или медведя — и даже сводили для этого в зоопарк. Но больше ни к каким животным парнишка интереса не выказал. В итоге на него махнули рукой, и он продолжил выстругивать своих грызунов — разных по размеру и характеру, в самых различных позах... Странная, в общем, история. Хотя бы потому, что ни одной мыши в том горном приюте не водилось. Слишком уж холодно — и совершенно нечем поживиться. Мыши оказались бы просто роскошью для этого нищенского заведения. С чего этот парень свихнулся именно на мышах, не понимал никто... Тем не менее слухи о его деревянных игрушках расползлись по округе, о парнишке написали в местной газете, и вскоре даже появилось несколько желающих его работы купить. Тогда директор приюта, католический священник, выставил несколько фигурок в местной сувенирной лавке, и их успешно продали как изделия народного творчества. Казалось бы, запахло деньгами — но творцу, понятно, не досталось ни иены. Скорее всего, святой отец просто потратил эти деньги на нужды приюта. А юному скульптору выдали резцы и материал, а также предоставили мастерскую, где он стал проводить день за днем, выстругивая мышку за мышкой. По большому счету пацану повезло: от каторжных работ на полях его освободили, и теперь он мог оставаться один и с утра до вечера вырезать любимых животных.

— Что же с ним стало в итоге?

— Не знаю. Когда мне было четырнадцать, я из приюта сбежал и с тех пор живу сам по себе. Пробрался тайком на почтовое судно, доплыл до Хонсю и больше на Хоккайдо не возвращался. Когда уходил из приюта, парнишка все так же сидел, согнувшись над верстаком, и выстругивал очередную хвостатую зверушку. В такие минуты он не реагировал ни на что вокруг, так что я с ним даже не попрощался. Думаю, если выжил — так и сейчас сидит где-нибудь да вырезает своих мышей. Ни на что другое все равно не способен.

Аомамэ молча ждала продолжения.

— Я и сейчас еще вспоминаю его. Жизнь в приюте была невыносимой. Жрать давали мало, все ходили голодные, зимой зуб на зуб не попадал. Работать нас заставляли как проклятых, старшеклассники издевались над мелюзгой. А этому хоть бы хны. Взял резец и деревяшку — и вроде бы жизнь налаживается. Иногда, заканчивая фигурку, впадал в какой-то безумный экстаз, но в целом был тихим, незлобивым, никогда никому не мешал. Просто сидел себе и выстругивал деревянных мышей. Когда брал в руки очередную деревяшку, очень долго разглядывал ее со всех сторон, пытаясь разглядеть, что за мышь в ней сидит — какого размера, в какой позе и так далее. Мог это делать часами. Как только увидит, хватает резцы — и ну извлекать на свет очередное животное. Помню, он так и говорил: «Я *извлекаю* мышей». Как будто оживлял придуманных им зверей и выпускал из дерева на свободу.

— А вы, стало быть, его защищали?

— Не то чтобы как-то осознанно, так уж сложились обстоятельства. Просто однажды я занял определенную позицию, а дальше уже приходилось ее подтверждать. Таково правило собственной позиции. Например, когда у него в очередной раз отбирали резцы, я шел и давал в морду. Будь то старшеклассник или сразу несколько обидчиков — не важно: шел и размазывал их по стенам. Бывало, конечно, что размазывали меня самого, и не раз. Но дело тут не в том, кто кого. Просто, даже избитый, я всегда возвращался с резцами. И это было самое важное. Понимаешь меня?

— Думаю, да,— сказала Аомамэ.— Но потом вы его все-таки бросили.

— Я должен был выживать один. Всю жизнь за этим недотепой присматривать не годилось. Подобной роскоши я тогда позволить себе не мог, не взыщи.

Аомамэ снова уставилась на свою правую ладонь.

— Пару раз я видела у вас в руках деревянную мышку. Это его творение?

— Да, одну маленькую он мне подарил. А я забрал с собой, когда убегал из приюта. Вот и храню до сих пор.

— Послушайте, Тамару. А зачем вы рассказали мне эту историю? Ведь вы не из тех, кто просто так рассказывает о себе.

— Рассказал я тебе это потому, что до сих пор вспоминаю этого парня. Новой встречи с ним не ищу, но если встречу — не пройду мимо. Хотя нам, скорее всего, будет совершенно не о чем говорить. Я просто до сих пор отчетливо вспоминаю, как он *извлекает* зверушек из деревянных чурок, согнувшись над верстаком. Эта сцена многому научила меня — или еще научит. Любому из нас для выживания нужны такие вот картинки из прошлого. Пускай мы не можем их толком описать или объяснить, но они значат для нас очень много. Говорят, мы вообще живем для того, чтобы наполнять картинки из прошлого нашим собственным смыслом. И я с этим согласен.

— То есть вы говорите о смысле жизни?

— Возможно.

— У меня тоже есть такие картинки.

— Береги их, они очень важны.

— Постараюсь,— обещала Аомамэ.

— А рассказал я это еще и затем, чтоб ты знала: тебя я постараюсь вытащить из любой передряги. Если появится тот, кого нужно размазать по стенке,— кто бы он ни был, ему от меня не уйти. И чем бы дело ни кончилось, я тебя не брошу.

— Благодарю.

Они помолчали.

— В ближайшее время на улицу не высовывайся,— добавил Тамару.— Считай, что выйдешь из дома хотя бы на шаг — окажешься в джунглях. Поняла?

— Поняла,— ответила Аомамэ.

На том их разговор завершился. И лишь тогда она заметила, как крепко стискивает телефонную трубку.

А ведь Тамару хотел передать мне, что отныне я — член их Семьи, подумала Аомамэ. И нить, которая нас связала, никогда не оборвется. Конечно, за это она ему благодарна. Уж он-то хорошо понимает, как ей сейчас нелегко. И если говорит, что ее приняли в Семью — значит, понемногу раскрывает перед нею свои тайны.

Но стоило только подумать, что «семейными» узами их связало насилие, как внутри Аомамэ что-то обрывалось. Ведь *настолько* тесно я сошлась с ними лишь потому, что укокошила несколько человек, а теперь скрываюсь от погони и смерти. Разве доверили бы они мне свои тайны, не стань я изгоем в бегах и вне закона? Ох, вряд ли...

Потягивая зеленый чай, Аомамэ посмотрела новости. О наводнении на станции Акасака-Мицукэ уже не упоминалось. К рассвету вода ушла, метро возобновило работу, и все, что там происходило еще вчера, превратилось в обычное прошлое. А вот насчет смерти Лидера «Авангарда» миру по-прежнему не сообщали ни слова. На всем белом свете правду об этом знали всего несколько человек. Аомамэ представила, как огромную тушу Лидера сжигают в плавильной печи. Не остается ни косточки, сказал Тамару. Ни природных даров, ни страданий, ни боли — все превращается в дым и растворяется в осеннем небе. Вообразить эти небо и дым ей удалось хорошо.

Автор романа-бестселлера «Воздушный кокон», семнадцатилетняя Эрико Фукада, пишущая под псевдонимом Фукаэри, числится пропавшей без вести, сообщил телевизор. Получив от опекуна девушки заявление, полиция прилагает все усилия по ее розыску. Никаких подробностей пока не известно, заявил диктор. Камера показала прилавки какого-то большого книжного магазина, заваленные стопками «Воздушного кокона». Тут же на стене висел плакат с фотографией красавицы-автора. Молоденькая продавщица щебетала в сунутый под нос микрофон:

— Книга продается великолепно, я даже сама решила ее купить и прочесть. Замечательное произведение, написано с большой фантазией. Было бы очень здорово, если бы пропавшую госпожу Фукаэри нашли как можно скорее.

О связи Эрико Фукады с сектой «Авангард» в новостях ничего не говорилось. Если дело касается религиозных организаций, сверхосторожные СМИ всегда поджимают хвост.

Так или иначе, местонахождение Фукаэри никому не известно. Когда ей было десять лет, ее изнасиловал собственный отец. Или, по его собственному выражению, они «познали друг друга в разных ипостасях». А потом она привела к нему *LittlePeople*. Как он там говорил — персивер и ресивер? Фукаэри «осознавала все через чувства», а папаша эти осознания «на себя принимал». И в результате начал слышать некий Голос. *LittlePeople* назначили его своим представителем среди людей, и он стал Пророком и гуру религиозной секты «Авангард». После чего Фукаэри из секты сбежала — и на пару с Тэнго написала книгу, в которой рассекретила существование *LittlePeople*. Книга мгновенно стала бестселлером, а Фукаэри исчезла неизвестно куда, и теперь ее разыскивает полиция.

С другой стороны, думала Аомамэ, вчера вечером я убила Лидера «Авангарда» и отца Эрико Фукады оружием собственного изготовления. Члены секты вытащили его труп из отеля и тайком уничтожили. Как, интересно, Фукаэри воспримет известие о его смерти? Одному богу известно. Конечно, Лидер сам умолял убить его, и смерть от моих рук наконец-то избавила его от невыносимых страданий. И все-таки человеческая жизнь — штука одинокая, но не одиночная. Оборвешь одну жизнь — а обрывок ниточки сразу потянется к кому-то другому. Хочешь не хочешь, а придется отвечать еще и за это.

Но в этой истории замешан Тэнго. И главное связующее звено между Тэнго и мной — эта парочка, покойный Лидер и его дочь. Ресивер и персивер. Где же Тэнго сейчас, чем занят? Имеет ли отношение к пропаже Фукаэри? По телевизору о нем ни словечка не сообщали. Похоже, о том, что он — настоящий автор книги, пока никому не известно. Но я-то знаю.

Кажется, расстояние между нами понемногу сокращается. Как Тэнго, так и ее саму забросило в мир тысяча невестьсот восемьдесят четвертого года — и словно закручивает в гигантский водоворот, притягивая все ближе друг к другу. Похоже, водоворот этот гибельный. Но, как намекнул перед смертью Лидер, *негибельных* вариантов на их событийной ветке не остается. Примерно как не втереться в чье-то доверие, если кого-нибудь не убить.

Глубоко вздохнув, Аомамэ взяла со стола «хеклерунд-кох» и стиснула в вытянутой руке, проверяя металл на жесткость. А затем представила, как вставляет дуло в собственный рот и спускает курок.

Большая ворона спустилась к ней на балкон, уселась на перила и хрипло закаркала. Некоторое время они с вороной глядели друг на друга через стекло балконной двери. Поблескивающими глазками ворона оглядывала комнату, словно проверяя, чем занята Аомамэ. И похоже, пыталась разгадать назначение черной железяки у девушки в руке. Вороны — птицы умные. Они прекрасно знают, зачем нужны подобные железяки. По крайней мере, *эта* ворона знала наверняка.

Затем ворона расправила крылья и сгинула так же внезапно, как и появилась. Словно увидела все, что хотела. Аомамэ поднялась из-за стола, выключила телевизор и снова вздохнула. Дай бог, чтобы эту милую птичку не подослали ей *Little People*, помолилась она.

———

На ковре в гостиной она занялась растяжками. Как всегда, ровно час терзала мышцу за мышцей, доводя каждую до болевого порога. Бросала вызов каждой связке и сухожилию, проверяла на работоспособность каждый участок мускулатуры. И всякий раз вспоминала, что это за мышца, как называется, как работает и какую нагрузку выдерживает. Не упустила ничего. В итоге с Аомамэ сошло семь потов, ее сердце заработало как хорошенько разогретый мотор, легкие отлично проветрились, а сознание полностью обновилось. Она прислушалась к пульсу и прочла бессловесный отчет своих внутренних органов.

Покончив с разминкой, она отправилась под душ и смыла с себя весь пот. Встала на весы, убедилась, что ничего не убавилось и не прибавилось. Встав перед зеркалом, изучила каждую грудь и волосы на лобке. Без изменений. И от всей души скорчила самой себе рож пятнадцать одну за другой. Ежеутренний ритуал завершен.

Выйдя из ванной, Аомамэ облачилась в легкий спортивный костюм и, чтобы как-нибудь убить время, решила еще раз исследовать каждый угол квартиры. Начала с кухни. Какие конкретно продукты заготовлены? Что за посуда и утварь в ее распоряжении? Она перебрала все вещи одну за другой и составила план, что приготовить и съесть пораньше, а что оставить на потом. Похоже, за продуктами можно было не ходить неделю, не меньше. А если экономить, то и недели две. Просто с ума сойти.

Дальше — хозяйственные принадлежности. Туалетная бумага, одноразовые салфетки, стиральный порошок, мешки для мусора... Всего в изобилии. Ничто не забыто. Подготовку квартиры явно доверили женщине. Чувствуется рука домохозяйки со стажем. Идеально просчитано, сколько чего потребуется, чтобы одинокая тридцатилетняя дама провела здесь безвылазно несколько суток подряд. Обычный мужчина такого бы не потянул. Если, конечно, он не супербдительный и сверхнаблюдательный гей-аккуратист. Тогда, конечно, всякое возможно.

В раздвижном шкафу спальни Аомамэ нашла все нужные простыни, наволочки и подушки, одеяла и пододеяльники. По запаху белье абсолютно новое, белоснежное — и без каких бы то ни было узоров. Любые украшения здесь игнорировались. Ибо вкусы и личные пристрастия для выживания не нужны.

В гостиной она исследовала аппаратуру — телевизор, видеодеку, миниатюрные стереоколонки. Обнаружила также вертушку для грампластинок и кассетный магнитофон. Нишу между окном и стеной занимала невысокая, до пояса, этажерка с парой десятков книг. Неизвестный радетель позаботился и о том, чтобы ей не пришлось скучать. Все книги в твердых обложках, новые, никем не читанные. Аомамэ пробежала взглядом по названиям на корешках. Большей частью — бестселлеры последнего года. Скорее всего, просто скупили по экземпляру с витрины большого книжного. Хотя и не что попало: некий принцип отбора все-таки ощущался. Не то чтобы вкус, но именно принцип: беллетристика и нон-фикшн — примерно пятьдесят на пятьдесят. Нашелся здесь и роман «Воздушный кокон».

Кивнув непонятно кому, Аомамэ сняла книгу с полки и села в кресло, на которое падал мягкий свет из окна. Книга оказалась не очень толстой, с крупными иероглифами. Аомамэ посмотрела на обложку, прочла имя автора — Фукаэри, взвесила легкий томик на ладони, прочла рекламный анонс на задней обложке и понюхала переплет. Обычный запах новой, нечитаной книги. Пускай на обложке и не значится имя, подумала она, в этой книге есть частичка Тэнго. Каждое слово этого текста прошло через его душу и пальцы. Аомамэ собралась с духом и открыла первую страницу.

Чашка с чаем и «хеклер-унд-кох» ждали ее на расстоянии вытянутой руки.

Глава 18

ТЭНГО

Спутник безмолвный и одинокий

— *Она-может-быть-где-то-рядом,* — очень серьезно сказала Фукаэри после долгой задумчивой паузы и закусила губу.

Тэнго расцепил пальцы, сцепил их заново и уставился на нее.

— Ты хочешь сказать, *совсем* рядом? Прямо здесь, в Коэндзи?

— *Отсюда-пешком-дойти-можно.*

«Да откуда тебе это известно?» — хотел он спросить, но махнул рукой: ответа, скорее всего, не последует. Пора уже привыкнуть: ответы поступают, только если ей задаешь вопросы на «да» или «нет».

— Значит, если побродить по округе, с нею можно встретиться?

Фукаэри покачала головой.

— *На-улице-не-найдешь.*

— Пешком дойти можно, но на улице не найду?

— *Она-прячется.*

— Прячется?

— *Как-раненая-кошка.*

Тэнго представил, как Аомамэ прячется на дне какой-нибудь заплесневелой канавы.

— Но зачем ей прятаться? От кого?

На такой вопрос ответа он, как водится, не получил.

— Но если она прячется, значит, она в критической ситуации?

— *В-критической-ситуации,* — эхом повторила Фука-эри. И стала похожа на малого ребенка, которому взрослые хотят скормить горькое лекарство. Уж больно ей не понравилось, как это звучит.

— Ну, например, за ней гонятся? — подсказал Тэнго.

Она слегка наклонила голову вбок. Дескать, не знаю.

— *Только-она-здесь-недолго.*

— У нее мало времени?

— *Мало.*

— Стало быть, она прячется, как раненая кошка, поэтому, сколько б я ни бродил по округе, найти ее не получится?

— *Не-надо-бродить.*

— Значит, я должен искать какое-то особенное место?

Фукаэри кивнула.

— В каком смысле особенное?

Разумеется, никакого ответа. Однако, выдержав паузу, она проговорила:

— *Ты-должен-о-ней-что-нибудь-вспомнить. Может-помочь.*

— Помочь? — переспросил Тэнго. — Значит, если я о ней что-нибудь вспомню, это может подсказать тебе место, где она прячется?

Фукаэри молча втянула голову в плечи. Скорее утвердительно.

— Спасибо, — сказал Тэнго.

Она кивнула — лениво, как здоровая кошка, которую все устраивает.

———

Тэнго отправился на кухню готовить ужин, а Фукаэри копалась на полке с пластинками и никак не могла решить, что поставить. Хотя пластинок там было раз-два и обчелся, выбирала она, как всегда, очень долго. И в конце концов вытащила старый альбом «Роллинг Стоунз». Поставила на вертушку, опустила иглу. Эту пластинку Тэнго одолжил у кого-то еще в старших классах школы и почему-то не вернул. Тысячу лет ее не слушал.

Под «Mother's Little Helper» и «Lady Jane» Тэнго приготовил плов из темного риса с ветчиной и грибами, а параллельно сварганил суп-мисо с кусочками тофу и ламинарией. Отварил цветной капусты, залил ее разогретым заранее соусом карри. Настрогал овощной салат с фасолью и белым луком. Приготовление еды никогда не претило Тэнго. Наоборот — у плиты ему всегда отлично думалось. О бытовых проблемах, математических формулах, недописанной книге или основных тезисах метафизики. Беспрестанно делая что-нибудь руками на кухне, он умудрялся гораздо быстрей и эффективнее упорядочивать мысли. Однако на сей раз никакие кулинарные ритуалы не помогали ему догадаться, что же это за «особенное место», где может прятаться Аомамэ. Пытаться упорядочить то, в чем никакого порядка не было изначально,— занятие безнадежное. Слишком ограничен выбор финалов, к которым это может тебя привести.

Сев за стол, Тэнго с Фукаэри поужинали, ни о чем особенно не разговаривая. Словно давно уставшие друг от друга супруги, оба ели молча, и каждый думал о чемто своем. А может, и не думал совсем ни о чем. По крайней мере, угадать по лицу Фукаэри, думает она или нет, было невозможно. После еды Тэнго выпил кофе, а Фукаэри достала из холодильника пудинг и сжевала до крошки. Что бы эта девчонка ни ела, выражение лица у нее не менялось. Будто в этой прелестной головке не было ничего, кроме пищи.

Выпив кофе, Тэнго сел за письменный стол и, как советовала Фукаэри, попытался вспомнить что-нибудь важное об Аомамэ.

Ты-должен-о-ней-что-нибудь-вспомнить. Может-помочь.

Но как назло, сосредоточиться не получалось. Играл уже другой альбом Роллингов, песня «Little Red Rooster»,— из тех времен, когда Мик Джеггер сходил с ума по чикагскому блюзу. В целом неплохо. И все-таки — не та музыка, что помогает сосредоточиться на путешествии по уголкам своей памяти. Нужно признать, задушевная ностальгичность этой банде почти никогда не давалась. Эх, посидеть бы сейчас одному в каком-нибудь местечке поспокойнее, подумал Тэнго.

— Пойду погуляю немного,— сказал он Фукаэри.

Держа в руке обложку от «Роллингов», она кивнула — давай, мол, дело твое.

— Кто бы ни пришел — двери не открывай,— добавил он напоследок.

В темно-синей футболке с длинным рукавом, вытертых бриджах цвета хаки и кедах Тэнго прогулялся почти до станции, свернул в привокзальный квартал, зашел в кабачок под названием «Пшеничная голова» и заказал пива. В заведении подавали выпивку и легкую закуску. Совсем небольшой ресторанчик, набьется десяток-другой посетителей — и уже яблоку негде упасть. Тэнго не раз сюда заходил. Ближе к ночи здесь становится слишком шумно от подвыпившей молодежи, но часов в семь-восемь, пока тихо и народу совсем немного, атмосфера очень достойная. Идеальное место, чтобы забраться в угол и читать книгу, потягивая пиво. Плюс — что важно — очень удобные кресла. Откуда у заведения такое название и что за иностранец имелся в виду*, Тэнго не знал. Можно было, конечно, спросить у персонала, но заводить с незнакомцами светские разговоры он был не мастак. Да и название вполне гармоничное. Уютное заведение — «Пшеничная голова». Никаких возражений.

Слава богу, музыку здесь не включали. Тэнго сел за столик у окна, отхлебнул разливного «Карлсберга», отправил в рот пару орешков из блюдца — и попробовал вспомнить Аомамэ. Мысли о ней всегда уводили в детство — к событию, перевернувшему его жизнь. Ведь именно после того, как Аомамэ пожала ему руку, он пришел к отцу и отказался от дальнейшего участия в воскресных походах за деньгами для «Эн-эйч-кей». Не говоря уже о том, что вскоре после ее рукопожатия он впервые кончил, пускай и во сне. А уж это событие для юного Тэнго было поистине судьбоносным. Конечно, не пожми тогда ему руку Аомамэ, рано или поздно это все равно случилось бы с его организмом. Но именно Аомамэ его *благословила* — и тем самым стимулировала его взросление. Подтолкнула вперед, проще говоря.

Он раскрыл левую ладонь, поднес к лицу и долго ее разглядывал. Много лет назад десятилетняя девочка пожала эту руку — и что-то очень сильно изменилось внутри его. Что и как изменилось — толком не объяснить. Но там, в пустом классе, они поняли и приняли друг друга очень естественно, до глубины души. Подобное чудо посещает людей очень редко. Да что говорить — у многих бедолаг такого не случается ни разу в жизни. Конечно,

---

* Для поголовно черноволосой нации «Пшеничная голова» — явная аллюзия на какого-то блондина-иностранца.

в те минуты Тэнго не понимал, насколько рукопожатие этой худышки определит его дальнейшую судьбу. Да и теперь, похоже, понимает это не до конца. Но по крайней мере, сегодня Тэнго твердо уверен в одном: в размытом, абстрактном образе Аомамэ, который ему удалось сберечь на задворках своей детской памяти.

Теперь этой женщине тридцать, и внешне она изменилась настолько, что при встрече он, Тэнго, может запросто ее не узнать. Наверняка выросла, отрастила солидную грудь и уж по-любому сменила прическу. А если ей удалось-таки сбежать от «очевидцев» — может, не чурается и косметики. Одевается во что-нибудь шикарное и сексуальное от «Калвина Кляйна», на ногах — двенадцатисантиметровые шпильки... Впрочем, *такую* Аомамэ он даже представить себе не мог. Хотя, конечно, все возможно. Время идет, люди меняются — как внутренне, так и внешне. А может, она вообще сейчас сидит в этом ресторанчике, только он, Тэнго, ее не замечает?

Он отхлебнул пива и огляделся. Аомамэ где-то близко, до нее можно дойти пешком. Так заявила Фукаэри, и он ей поверил. Если эта девочка что-то сказала — значит, так оно и есть.

Но в заведении, кроме самого Тэнго, сидела одна-единственная пара студентов. Эти двое смотрели друг другу в глаза и вели долгую романтическую беседу. Глядя на них, Тэнго подумал, как бесконечно он одинок — и как безнадежно ни с кем не связан.

Он закрыл глаза, сосредоточился и снова представил себя в школьной аудитории. Прошлой ночью, в разгар ужасной грозы, как только Фукаэри оседлала его, Тэнго вдруг забросило в это воспоминание из далекого детства. Реальное до мельчайших деталей. Его память вспыхнула ярче, чем когда-либо раньше, и как будто навела долж-

ную резкость у давно знакомой, но размытой прежде картинки. А может, это гроза отмыла всю пыль и грязь, ме-
шавшие увидеть, что же с ним тогда случилось на самом
деле? Все его беспокойства и страхи попрятались, как
трусливые зверьки, по углам огромного класса. Нестер-
тые формулы на доске, сломанные палочки мела, выго-
ревшие от солнца дешевые занавески, в которых играет
ветер, цветы в вазе на кафедре (как же они назывались-
то?), ребячьи рисунки на деревянных стендах, раскинув-
шаяся во всю стену карта мира, запах воска, которым на-
терли пол, детский смех из распахнутого окна — все это
память Тэнго воспроизвела без малейших потерь. Включая надежды, предчувствия, планы на будущее и нераз-
решимые загадки, наполнявшие его душу в тот далекий
солнечный день.

Все, что Тэнго увидел, пока Аомамэ сжимала его руку,
отпечаталось в его памяти, будто на кинопленке.

Сцена в пустом классе стала фундаментом, на который он опирался, выживая с десяти до двадцати лет. Все
эти годы он чувствовал, как крепко пальцы Аомамэ сжи-
мали его ладонь, неизменно ободряя его, пока он взрос-
лел. *Спокойно,* словно сообщали они ему. *Я рядом.*
Ты не один.

«Она где-то прячется,— сказал ему Фукаэри.— Как
раненая кошка».

Если подумать, странное совпадение: Фукаэри ведь
и сама прячется у него от погони. Из квартиры не выходит ни на шаг. Хороша картинка: на одном и том же краю
Токио две женщины скрываются от преследования. Что
одна, что другая значат для Тэнго очень много. Связывает ли их нечто общее? Или все это просто случайность?

Ответа, конечно, ждать бесполезно. Но вопрос остается. Слишком много вопросов — и слишком мало ответов. Вечная проблема...

Он допил пиво, и официант сразу же подскочил с вопросом, не угодно ли чего еще. Немного поколебавшись, Тэнго попросил-таки бурбон со льдом и добавку орешков.

— Из бурбонов есть только «Four Roses»,— сообщил официант.— Не возражаете?

— Не возражаю,— ответил Тэнго. Что угодно.

Он вернулся к мыслям об Аомамэ. Из кухни потянуло соблазнительным запахом жареной пиццы.

От кого скрывается Аомамэ? От полиции, от суда? Но Тэнго представить не мог, чтобы Аомамэ стала преступницей. Тогда что же она совершила? Нет, конечно, полиция тут ни при чем. Кто и зачем бы ее ни преследовал — к закону это отношения не имеет.

Или за ней гонятся те же, кто преследует Фукаэри? Но зачем им могла понадобиться Аомамэ?

А если за Аомамэ тоже гонятся *Little People* — не получается ли, что проблема в самом Тэнго? За какие грехи они назначили Тэнго ключевой фигурой своего мракобесия — непонятно. Но кроме Тэнго, двух этих женщин абсолютно ничто не связывает. Может, сам того не ведая, он применяет некую силу и подтягивает Аомамэ все ближе к себе?

Некую силу?

Тэнго уставился на свои руки. Ну, не знаю, вздохнул он. Какая в них может быть особая сила?

Принесли «Four Roses» со льдом и еще орешков. Тэнго сделал глоток, зачерпнул из блюдца сразу несколько ядрышек и подбросил их на ладони, точно игральные кости.

Итак, Аомамэ где-то в этом районе. Можно дойти пешком, сказала Фукаэри. А этой девчонке я верю. Почему — сам не знаю, но верю. Так что главный вопрос — *как* понять, где прячется Аомамэ. Тут и обычного-то человека попробуй найти — проклянешь все на свете. А если кто-то еще и скрывается, задачка на порядок сложнее. Что же делать? Ходить по улицам с мегафоном и выкрикивать ее имя? Чушь собачья. Не дай бог, только ей же и наврежу.

Остается только одно — что-нибудь вспомнить.

Ты-должен-о-ней-что-нибудь-вспомнить. Может-помочь.

До того как Фукаэри это сказала, он как будто знал об Аомамэ что-то важное, но забыл. Ощущение это походило на мелкий камешек в ботинке — не болит, но успокоиться не дает.

Взяв мысленную тряпку, Тэнго стер с доски у себя в голове все привычные формулы — и попробовал заново поковыряться в памяти. Как рыбак, вытягивающий из моря сети с тиной да илом, он отчаянно пытался вытащить из глубин подсознания что-нибудь еще. О ней, о себе. О том, что их тогда окружало. Однако прошло уже двадцать лет. Сколь бережно ни храни такие старые воспоминания, все подробности из них давно улетучились.

Но ведь было там, в этом воспоминании, *что-то еще* — какая-то важная деталь, которую Тэнго упустил. Он должен вспомнить, что именно. Прямо здесь и сейчас. Иначе ему не понять, где прячется Аомамэ. А у нее слишком мало времени, говорит Фукаэри, ее очень скоро могут поймать.

Он напряг память. На что смотрела Аомамэ? А что видел он сам? Как менялись направленья их взглядов в течение целой минуты?

Стиснув руку Тэнго, девочка заглянула ему в глаза. Не понимая, в чем дело, он посмотрел на нее — просто чтобы спросить, чего она хочет. Дескать, ты перепутала.

331

Или ошиблась. Так ему показалось сперва. Но никакой ошибки, похоже, не было. Тэнго увидел лишь потрясающую бездну ее зрачков. Глаз такой глубины он не встречал еще ни у кого на свете. Проваливаешься в них, как в омут. И он отвел взгляд в сторону, чтобы не утонуть.

Сначала его испуганный взгляд уперся в пол, затем метнулся к выходу, потом убежал на улицу за окном. Аомамэ продолжала смотреть на Тэнго не отрываясь. И все так же стискивала его руку. Уверенными, недрожащими пальцами. Ей не было страшно. Она абсолютно ничего не боялась. И силой своих пальцев передавала ему свою уверенность.

В классе только что закончилась уборка; чтобы проветрить помещение, окна оставили широко открытыми, и ветер с улицы легонько покачивал белые занавески. За окном синело небо. Стоял декабрь, но было не холодно. Высоко в небе плыли облака. Белые, перистые — последний привет от ушедшей осени. Что-то в небе вдруг привлекло его внимание. Что-то между этими облаками. Солнце? Да нет, какое солнце.

Тэнго вздохнул, прикрыл глаза рукой, всмотрелся в непроглядную память еще глубже. И наконец заметил слабый проблеск. Ну, точно.

В том небе висела луна.

До вечера оставалось еще несколько часов, но луна уже белела в полуденной синеве. Видимая на три четверти. Тэнго еще удивился: разве может такая отчетливая луна висеть в небе в столь ранний час? Он вспомнил, как выглядел лунный лик. Бесстрастная маска из пепельно-серого камня, одиноко висящая на невидимой ниточке не слишком высоко над горизонтом. Как объект искусственного происхождения. Как элемент декора-

332

ции какого-то спектакля. И все-таки то была настоящая луна. Чего уж тут сомневаться. Кто же станет вешать на реальное небо фальшивую луну?

И тут он заметил, что Аомамэ больше не смотрит ему в глаза. Теперь она глядела туда же, куда и он,— на луну, висевшую в небе средь бела дня. Пальцы девочки все так же стискивали руку Тэнго, лицо оставалось абсолютно серьезным, но зрачки стали непроницаемы. Сияние, только что исходившее из ее глаз, вдруг превратилось в холодный иней. Что это означало, Тэнго понятия не имел.

Наконец Аомамэ будто приняла какое-то важное решение. Не говоря ни слова, отпустила его ладонь, развернулась, быстро вышла из класса — и оставила Тэнго наедине с пустотой.

Он открыл глаза, вздохнул, приходя в себя, и отпил еще бурбона. Оценил, как тонко тот обжигает горло, прежде чем провалиться в желудок. И опять глубоко вздохнул. Аомамэ больше не было перед глазами. Она исчезла из аудитории. И одновременно — из его жизни.

Прошло двадцать лет.

Луна, думал он.

Все это время я смотрел на луну. И туда же стала смотреть Аомамэ. В четвертом часу дня они стояли с нею, рука в руке, и оба видели одно и то же: круглый пепельно-серый булыжник на светлом еще небосводе. Безмолвный и одинокий. Но что это может значить? Неужто луна должна привести меня туда, где прячется Аомамэ?

А может, глядя на луну так решительно, Аомамэ предлагала ей частичку своей души? Может, луна и девочка заключили тайное соглашение? По крайней мере, так показалось Тэнго при виде этих серьезных глаз. Что Аомамэ пообещала луне, Тэнго не знал. Но чем луна поделилась с нею — вроде догадывался. Идеальное одиночество и покой — лучшее, что способен подарить людям единственный спутник Земли.

Расплатившись, Тэнго вышел из «Пшеничной головы» и взглянул на небо. Луны он там не увидел. В таком чистом, безоблачном небе где-нибудь непременно должна быть луна. Просто с улицы, окруженной многоэтажками, ее не видно. Сунув руки в карманы, Тэнго обходил квартал за кварталом. Он пытался отыскать место, откуда видно много неба. В Коэндзи задача почти безнадежная. Ландшафт плоский, как стол, куда ни пойди — ни пригорка, ни холмика. И на крышу так просто не заберешься — по крайней мере, окружающие здания случайным зевакам были бы явно не рады.

И вдруг он вспомнил, что совсем недалеко отсюда есть парк с детской площадкой. Мимо которого он постоянно проходит по дороге от дома до станции. Сам парк небольшой, но там стоит довольно высокая горка. С которой, пожалуй, можно увидеть куда больше неба, чем с любой улицы в этом районе. И Тэнго пошел туда. Стрелки часов показывали без малого восемь.

В парке он не встретил ни души. В центре площадки стоял одинокий фонарь, который, впрочем, горел так ярко, что освещал всю округу. По периметру парка раскинули ветви исполинские дзельквы. Их листва почему-то даже не начала увядать. На площадке — несколько молоденьких саженцев, колонка для питья, скамейки, качели, общественный туалет. Если верить объявлению, за порядком в туалете неусыпно следили служащие рай-управы. Видимо, чтобы там не селились бомжи. Днем молодые мамаши приводили сюда детей, которые пока не ходили в садик, отпускали их на горку с качелями, а сами наспех болтали друг с дружкой. Такие картины Тэнго наблюдал много раз. Но после захода солнца здесь, как правило, не было ни души.

Взобравшись на горку, Тэнго встал во весь рост и посмотрел на вечернее небо. С северной стороны парка, сразу через дорогу, громоздилась новенькая шестиэтажка. Раньше Тэнго ее здесь не замечал. Видимо, построили совсем недавно. Здание это закрывало северный край неба, но со всех остальных сторон дома были невысокие. Тэнго поискал глазами луну — и обнаружил ее на юге, над крышей старого двухэтажного особняка. «Надкусанную» на треть. Как и двадцать лет назад, подумал он,— в той же фазе, того же размера. Случайность? Наверное.

И все-таки луна в начале осени казалась гораздо ярче и теплее, чем тогда, в декабре, на взгляд из школьного окна. Ее нынешнее сияние дарило душе покой — примерно так же, как успокаивают человека течение глубокой реки или шелест листвы на деревьях.

Стоя на детской горке, Тэнго все смотрел на эту луну. Со стороны Седьмой кольцевой магистрали доносился тысячеголосый шепот автомобильных покрышек самого разного калибра. Слушая его, Тэнго невольно вспомнил, как шумит морской прибой за окном больничной палаты отца на краю префектуры Тиба.

Призрачное сияние мегаполиса гасило на небосводе почти все звезды. Разве только самые яркие несмело проглядывали то там, то здесь. В абсолютно безоблачном небе одна лишь луна светила ярко и уверенно. Не жалуясь ни на свет, ни на шум, ни на грязный воздух мегаполиса, исправно висела, где ей положено. Если вглядеться внимательней, можно изучать ее географию — со всеми ее гигантскими кратерами и безбрежными пустынями. Разглядывая ночное светило, Тэнго ощутил, как из глубин подсознания всплывает память далеких предков. С незапамятных времен, когда у людей еще не было ни огня, ни простейших инструментов, ни даже слов для общения, луна была на их стороне. Своим ангельским сиянием она рассеивала самую ужасную мглу и разгоняла самые дикие страхи. Ее регулярно сменяющиеся фазы подарили людям концепцию Времени. И даже сегодня, когда абсолютной мглы уже почти никогда и нигде не встретишь, благодарность луне за столь бескорыстное свечение остается в людях на уровне генетической памяти. Коллективной памяти, согревающей наши одинокие души.

Как давно я уже не смотрел на луну, вдруг подумал Тэнго. Когда это было в последний раз? Жизнь в городах приучает смотреть разве что себе под ноги. О том, что на свете бывает небо, никто и не вспомнит...

И вдруг рядом с луной Тэнго заметил что-то еще. Сперва он принял это за мираж. За тусклое отражение луны, эффект преломленья ее же лучей. Но сколько он ни вглядывался, вторая луна не исчезала. Он стоял, разинув рот, и не знал, что подумать. Луна и ее двойник никак не хотели сходиться в единое целое. Примерно как высказанные слова порой не сходятся с мыслью.

Вторая луна?

Тэнго закрыл глаза и с силой потер пальцами веки. Что это с ним? Вроде не пьян. Он глубоко вдохнул, с шумом выдохнул. Убедился, что сознание чистое, как стекло. Проверим, кто я такой, сказал он себе. Где нахожусь и что делаю. На дворе сентябрь 1984 года, меня зовут Тэнго Кавана, я живу в кварталах Сугинами района Коэндзи, стою на детской горке неподалеку от дома и смотрю на луну. Все точно, нигде не ошибся.

Он открыл глаза и снова взглянул на небо. Внимательно и хладнокровно. Но там по-прежнему висели две луны.

Никаких миражей: лун стало две. Тэнго стиснул руку в кулак и простоял так бог знает сколько.

Луна в небе висела, как и всегда. Но ей больше не было одиноко.

Глава 19

АОМАМЭ

Когда просыпается Дота

«Воздушный кокон» оказался романом-фантазией, читать который было на удивленье легко. Написан разговорным языком десятилетней девчонки. Ни сложных терминов, ни натужной логики, ни спорных формулировок. С начала и до последней страницы — история от первого лица. Язык простой, интонация искренняя. Слова бегут перед глазами легко, как хорошая музыка, без назойливых разъяснений. Девочка просто рассказывает о том, что с нею случилось. История развивается плавно и не прерывается нудной заумью типа «что же сейчас происходит» или «какой в этом смысл». Неторопливо и уверенно рассказчица уводит читателя в дебри повествования. Читатель принимает ее точку зрения, ступает по ее следам. Очень доверчиво и естественно. Как вдруг понимает, что его завели совсем в другой, *нездешний* мир. Туда, где *Little People* прядут из воздуха огромный кокон.

Уже первые десять страниц произвели на Аомамэ сильное впечатление. Если это действительно писал Тэнго — у него отменный литературный талант. Хотя Тэнго, которого она знала, отличался прежде всего любовью к математике. Его даже называли вундеркиндом. Задачи, которые не всякому взрослому по зубам, раскалывал, как орешки. Да и по другим предметам оставлял большинство сверстников позади. Здоровяк, лидировал почти в любом виде спорта. Но чтобы хорошо писал сочинения — такого она не помнила. Может, раньше этот талант был толком не виден за формулами и цифрами?

Или же Тэнго просто записал чужую историю, как ему надиктовали, слово в слово? И его индивидуальность в этой книге никак не проявилась? Да нет, не может быть. Этот текст лишь на первый взгляд кажется простым и даже наивным, но если читать внимательно — очень скоро заметишь, как грамотно расставлены акценты, как верно рассчитаны смысловые нюансы. Ничего лишнего, и в то же время — все, что нужно. Метафоры выверены, образы богаты и точны. Более того — в этом тексте чувствовалась неповторимая мелодика. Даже не читая его вслух, можно было ощутить глубокий внутренний ритм и конкретную интонацию. Что бы там ни говорили, а семнадцатилетней девчонке такой труд не под силу.

Аомамэ покачала головой и стала читать дальше.

Главной героине — десять лет. Она живет в горах с небольшой группой людей, которая называет себя «Собрание». И отец ее, и мать — члены Собрания, живут и трудятся вместе со всеми. Ни братьев, ни сестер у нее нет. Привезли ее сюда через несколько месяцев после рождения, поэтому о жизни в большом мире она почти ничего не знает. Все в Собрании трудятся с утра до вечера, и с родителями она почти не видится, хотя живут они дружно. Днем девочка ходит в деревенскую школу, а мать с отцом работают в поле. В свободное от школы время дети также выходят в поле и помогают родителям.

Взрослые члены Собрания не любят внешний мир. Свою же общину называют цитаделью, прекрасным островком человеческой жизни в жестоком океане капитализма. Что такое капитализм (иногда они еще называют это «материализм»), девочка не знает. Просто когда слышит подобные слова, подсознательно ощущает, будто это что-то неправильное, некое нарушение природы вещей. Взрослые учат ее не общаться с внешним миром, насколько это возможно. Иначе тот осквернит ее.

Всего в Собрании около полусотни сравнительно молодых мужчин и женщин, но люди эти разделены на две группы. Она группа мечтает о революции, другая — о мире. Родители девочки принадлежат ко вторым. Из всех членов общины они самые старшие и с первого дня Собрания играют в нем главную роль.

Разницу между этими группами девочка понимает плохо. И отличить мир от революции пока не способна. Только где-то в душе ощущает: революция — это что-то острое, а мир — нечто круглое. Два этих типа мышления в ее представлении имеют разную форму, окрашены в разные цвета — и точно так же, как луна в небе, бывают то большими, то маленькими. Больше об этом она ничего не знает.

Как сформировалось Собрание, ей тоже неизвестно. По словам взрослых, лет десять назад, когда она только родилась, во внешнем мире произошли изменения. Люди решили оставить жизнь в больших городах, ушли в горы и организовали сообщество. О больших городах девочка тоже почти ничего не знает. Никогда не ездила на электричке, ни разу не входила в кабину лифта. И не видела даже во сне домов выше трех этажей. Того, чего она не знала, на свете было слишком много. А все, что знала, находилось вокруг нее: протяни руку — дотянешься.

Но, несмотря на узость своего взгляда на мир и скупость окружающего пейзажа, девочке удалось описать жизнь общины весьма увлекательно. Она хорошо чувствовала, что всех этих людей объединяло одно: решение уйти от капитализма. И что при всей разнице мировоззрений им приходилось выживать сообща, каждый день подставляя друг другу плечо. Они жили на грани голода и работали с рассвета до заката, не ведая отдыха. Выращивали овощи и обменивали их на самое необходимое в ближайшей деревне, стараясь не использовать продукцию массового производства. Их единственный электрогенератор, без которого все же не обойтись, был восстановлен из металлолома, а одежда походила на самую настоящую рухлядь.

Кто-то от такой простой, но суровой жизни сбегал, а кто-то, напротив, узнав о Собрании, приезжал и вливался в ряды общины. Поскольку вторых было больше, коммуна росла, и руководством это приветствовалось. Они заселили брошенную деревню, где жилья и полей и огородами хватало с избытком, и новым рабочим рукам были только рады.

Детей там было человек десять — в основном тех, кто родился уже в коммуне,— но девочка была самой старшей. Все они посещали деревенскую школу. Вместе уходили и вместе возвращались. Учиться в школе было обязательно по закону. Да и основатели коммуны надеялись, что общение их детей с деревенскими поможет Собранию наладить контакты с жителями окружающих деревень. Но местные дети не любили детей общины, ополчались против них, и «общинным» то и дело приходилось защищаться — как от физических издевательств, так и от духовной скверны.

Вот почему Собрание организовало свою собственную школу. Учили там даже лучше, чем в деревенской, поскольку у многих членов общины были дипломы преподавателей. Они составили свои учебники и сами обучали детей чтению и письму, а также химии, физики, биологии, анатомии. Объясняли, как устроен мир. Согласно их объяснениям, в мире существовали две системы, ненавидящие друг друга,— коммунизм и капитализм. Каждая из этих систем загнивала по-своему. Коммунизм задавал людям очень высокие идеалы, но на практике постоянно упирался в алчность чиновников — и в итоге уводил людей совсем не туда, куда призывал. Портрет одного такого чиновника девочке показали. У него были большой нос и черные усы, и выглядел он настоящим исчадием ада.

Телевизора, газет и журналов в Собрании не было, а слушать радио разрешалось только в особых случаях. Все необходимые (по мнению руководства) новости сообщались устно перед ужином в столовой. Каждую новость люди встречали воплями радости или недовольства. Второе, как правило, звучало чаще. Для девочки это был единственный опыт знакомства с масс-медиа. За все свое детство она не посмотрела ни одного кинофильма. В руках не держала комиксов. Из всей информации внешнего мира разрешалась только классическая музыка. В дальнем углу столовой пылился привезенный кем-то проигрыватель с большой коллекцией пластинок. И когда выдавалось свободное время, девочка слушала симфонии Брамса, фортепьянные концерты Шумана, клавиры Баха и религиозную музыку. Больше никаких развлечений она не знала.

Однажды девочку наказали. Взрослые поручили ей целую неделю утром и вечером присматривать за четырьмя козами. Но она так закрутилась с домашним заданием и хлопотами по хозяйству, что совершенно о том забыла.

А на следующее утро самая старая коза околела, и девочку на десять суток изолировали от людей.

Коза эта считалась священной, но была совсем дряхлая и страдала неизвестной болезнью, сжиравшей ее изнутри. Присматривай тут, не присматривай — все равно бы померла, не сегодня, так завтра. Однако это вовсе не означало, что девочка не виновата. Наказание полагалось ей не за смерть козы, а за халатность, которая считалась в коммуне преступлением номер один.

Девочку заперли в тесном глинобитном амбаре вместе с трупом слепой козы. Амбар тот еще называли «комнатой для медитаций». Туда сажали тех, кто по решению Собрания должен подумать над совершенными проступками. За десять дней, пока девочка размышляла там над своей халатностью, никто не заговорил с ней. Все это время она провела в абсолютной тишине. Раз в день ей приносили минимум пищи и воды, и она сидела в холоде, сырости и темноте. Труп козы разлагался и страшно вонял. Дверь амбара запиралась снаружи, а в углу стояло ведро для экскрементов. Через маленькое оконце в амбар заглядывали солнце или луна. Ночью, когда не было облаков, девочка различала в оконце несколько звезд. Больше никакого света она не видела. На жестком матрасе, постеленном прямо на доски пола, она куталась в пару стареньких одеял, и ее зубы стучали от лютого горного холода. По ночам в глазах околевшей козы сияли отблески звезд. Это было так страшно, что девочка не могла заснуть.

На третью ночь рот козы распахнулся. Челюсти разжались кем-то изнутри. А потом из горла наружу вышли маленькие человечки. Всего шестеро. Сначала эти существа были ростом не больше ладони, но стоило им спрыгнуть на землю, как они начали расти быстрей, чем грибы после дождя. Очень скоро они выросли сантиметров до шестидесяти. И сказали, что их зовут *Little People*.

Прямо Белоснежка и семь гномов, подумала девочка. Когда она была совсем маленькой, отец читал ей эту сказку. Только одного гнома недостает.

— Если нужно, будет семь,— тихонько сказали *Little-People*. Потому что могли читать ее мысли.

И не успела девочка опомниться, как их тут же стало семеро. Но девочка даже не удивилась. Ведь уже когда *Little People* выбирались изо рта козы, было ясно: мир больше не живет по обычным правилам. И что бы ни происходило дальше, удивляться особо нечему.

— Почему вы пришли изо рта козы? — спросила девочка. И не узнала своего голоса. Обычно она разговаривала не так. Может быть, оттого, что уже трое суток не говорила ни слова?

— Потому что рот козы — это коридор,— ответил *Little People*-бас.— Перед тем как прийти, мы не знали, что она околела.

— Но нам все равно,— добавил *Little People*-меццо-сопрано.— Мы и не думали, что на этот раз придем изо рта козы. Если в этот раз коридор такой — значит, так надо.

— Ты сама создала коридор,— прогудел *Little People*-бас.— И мы им воспользовались. Не важно, коза это, выброшенный на берег кит или фасолина в дорожной пыли. Был бы проход, а остальное не важно.

— Я создала коридор? — переспросила девочка. Но не услышала собственного голоса.

— И очень нам помогла,— кивнул тот, кто был тише всех.

— Не хочешь ли сплести Воздушный Кокон? — предложило меццо-сопрано.

344

— Тем более теперь, когда ты все понимаешь,— добавил *LittlePeople*-баритон.

— Воздушный Кокон? — повторила она.

— Ты выхватываешь из воздуха нужные нити и плетешь Обитель,— объяснил бас.— Все крупней и крупней.

— Обитель? — спросила девочка.— Для кого?

— Пока делаешь — поймешь,— ответил баритон.

— Когда появится — сообразишь,— добавил бас.

— Хо-хо! — проскандировали *LittlePeople* все до единого.

— И что же? — спросила она.— Я могу вам помочь?

— Еще как! — проскрипел самый хриплый.

— Ты уже оказала нам большую услугу,— похвалил ее тенор.— Давай попробуем вместе.

Вытягивать нити из воздуха оказалось не так уж и сложно, если привыкнуть. Пальцы у девочки двигались очень проворно, и она быстро обучилась премудростям воздушного плетения. Если хорошенько приглядеться, в воздухе много самых разных нитей. Нужно только научиться смотреть.

— Вот-вот! Именно то, что нужно,— одобрил тихоня.

— Ты очень смышленая,— похвалило меццо-сопрано.— Запоминай — и вперед!

Одинаково одетые и похожие, как близнецы, они отличались друг от друга только голосами. Внешность самая заурядная: отвел взгляд — и не вспомнишь, как выглядят. Не злые, не добрые. Лица без выражений. Прически — не длинные, не короткие. И никакого запаха.

На рассвете, с первыми петухами *LittlePeople* закончили работу и с удовольствием потянулись. Незаконченный каркас Воздушного Кокона — размером примерно с кролика — они спрятали где-то в дальнем углу амбара. Видимо, чтобы не обнаружили те, кто приносит девочке еду и питье.

— Утро приходит,— проговорил тихоня.

— Закончилась ночь,— подтвердил *LittlePeople*-бас. Они все повторяли одно и то же. Лучше бы сразу пели хором, думала девочка.

— Мы не поем песен,— сказал тенор.

— Хо-хо,— пропел аккомпаниатор.

Затем *LittlePeople* уменьшились обратно до десяти сантиметров, построились в шеренгу — и один за другим исчезли во рту козы.

— Сегодня ночью придем опять,— сказал самый тихий из *LittlePeople*, прежде чем затворить за собой козью челюсть.— Никому не говори, что мы приходили.

— Расскажешь про нас — случится беда,— на всякий случай добавил хриплый.

— Хо-хо,— отозвался аккомпаниатор.

— Я никому не скажу,— пообещала девочка.

Да и что рассказывать, подумала она. Все равно никто не поверит. Девочке и так никто не верил, о чем бы она ни рассказывала. Не раз ей говорили в лицо, что она не способна отличать фантазии от реальности. Ее сознание настолько отличалось от мыслей обычных людей, что она и сама постоянно путала, где у нее в голове правда, где вымысел. И все-таки она понимала: про *LittlePeople* лучше никому не рассказывать.

После того как *LittlePeople* исчезли, а козий рот закрылся, девочка попыталась найти Воздушный Кокон, но не смогла. Слишком уж хорошо его спрятали. Куда же он мог подеваться в пустом и тесном амбаре?

Тогда она закуталась в одеяла и уснула. И впервые за несколько суток спала глубоко и спокойно. Без снов и внезапных пробуждений от страха — просто наслаждаясь тем, что спит.

Весь следующий день труп козы оставался недвижным. Глаза околевшего животного напоминали шары из мутного стекла. Но как только амбар окутала тьма, в них снова вспыхнули звезды. Рот трупа открылся, и *Little-People* выбрались наружу. Теперь уже сразу семеро.

— Продолжим, что делали вчера,— сказал хриплый.

— Да-да! — радостно закричали остальные.

LittlePeople и девочка сели вокруг Кокона и продолжили работу. Вытягивали из воздуха белые нити и наматывали на корпус. Все работали молча. Девочка старалась изо всех сил и совсем не мерзла. Время летело незаметно. Скучно девочке не было и спать совсем не хотелось. С каждым часом Воздушный Кокон становился все крупней и объемнее.

— Какого он будет размера? — спросила девочка перед рассветом.

— Чем больше, тем лучше,— ответил меццо-сопрано.

— Придет время — сам лопнет,— добавил тенор.

— И кое-что появится,— сказал баритон.

— Что появится? — спросила девочка.

— Интересно, что же появится? — переспросил самый тихий.

— Вот и посмотрим,— ответил бас.

— Хо-хо,— поддержал аккомпаниатор.

— Хо-хо! — согласились шестеро остальных.

Текст романа источал какую-то особую мрачность. Подумав об этом в очередной раз, Аомамэ нахмурилась. С одной стороны, история эта казалась всего лишь фантазией, обычной волшебной сказкой. Однако в ее глубине бежало некое подводное течение — не видимое глазу, но очень трагичное по своей сути. В наивном, без прикрас изложении словно таилось предчувствие страшной болезни, которая гложет человека изнутри, пока не пожрет его полностью. И болезнь эту принесли с собой они — *Little People*. Как только эти создания появились в романе, Аомамэ сразу ощутила в них что-то нездоровое. И тем не менее в их голосах ей слышалось нечто *пугающе близкое* всему ее существу.

Она подняла голову от книги и вспомнила о том, что сказал перед смертью Лидер:

— *Little People* живут в контакте с людьми уже очень давно. С тех далеких времен, когда добро и зло еще не разделялись в наших сердцах и сознание наше пребывало во мраке.

Аомамэ вздохнула и продолжила чтение.

Через несколько суток Воздушный Кокон уже напоминал размерами большую собаку.

— Завтра заканчивается мое наказание,— объявила девочка.— Меня здесь больше не будет, и я не смогу плести с вами дальше воздушный кокон.

— Очень жаль,— печально произнес тенор.

— Благодаря тебе мы сделали так много,— добавил баритон.

Но тут подключился *Little People*-меццо-сопрано.

— Кокон почти закончен,— объявил он.— Еще немного — и финиш!

Собравшись вокруг Кокона, *Little People* огляделили результат своих трудов.

— Еще чуть-чуть,— произнес хриплый, прищурившись.

— Хо-хо,— поддержал его аккомпаниатор.

— Хо-хо! — согласились шестеро остальных.

———

Десятидневное наказание закончилось. Девочка вернулась к жизни по правилам общины и больше не оставалась одна. **Каждый вечер перед сном она представляла, как семеро** *LittlePeople* **садятся кольцом и продолжают плести Воздушный Кокон, который становится все больше и больше. Ни о чем другом она думать уже не могла.** Казалось, этот кокон поселился у нее в голове.

Что же находится там, внутри? — не переставала гадать она. И что оттуда появится, когда придет время? Больше всего девочка жалела, что не увидит, как лопнет кокон. Ведь она так старалась, помогая его плести! Неужели ей не дадут присутствовать при этом событии? А может, стоит совершить еще какой-нибудь проступок, чтобы ее опять посадили в амбар? Но в том, что *Little-People* появятся снова, никакой уверенности не было. Труп козы унесли и где-то похоронили. А кроме остекленевших козьих глаз, звездам отражаться там больше не в чем.

Весьма подробно в книге описывались будни общины. Жесткий распорядок дня. Строгое распределение обязанностей (ей поручалось присматривать за остальными детьми). Скудная пища. Сказки родителей перед сном. Классическая музыка в редкие часы отдыха. Ни ванны, ни душа, ни просто бани в Собрании нет и в помине.

LittlePeople посещают девочку во сне. Они способны приходить в сон, к кому захотят. В ее сне они рассказывают, что Воздушный Кокон вот-вот должен лопнуть, и приглашают девочку прийти посмотреть.

— После захода солнца возьми свечу и приходи в амбар,— говорят они.— Только так, чтоб никто тебя не заметил.

Девочка едва дожидается заката. С наступлением темноты она выбирается из постели, берет приготовленную свечу и прокрадывается к амбару. Но там никого нет. Только Воздушный Кокон лежит на полу — в два раза больше, чем она его помнила. Теперь он метра полтора в длину. Весь окутан призрачным голубым сиянием. Формой напоминает фасолину, чуть зауженную посередине. Хотя когда он был меньше, никакой зауженности не было. Здорово же поработали без нее *Little People,* думает девочка. И вдруг замечает: по всему кокону пробегает длинная извилистая трещина. Девочка наклоняется и заглядывает через трещину внутрь.

Внутри кокона девочка видит саму себя. Она лежит там, свернувшись калачиком, абсолютно голая. Лицо смотрит вверх, но глаза крепко закрыты, будто она без сознания. Дыхания тоже не слышно. Настоящая кукла.

— Там, внутри — твоя Дота,— говорит *Little People*-хрипун и откашливается.

— Дота...— повторяет девочка незнакомое слово.

— А ты, стало быть, ее Маза,— добавляет самый тихий.

— Маза и Дота,— опять повторяет она.

— Дота работает представителем Мазы,— поясняет меццо-сопрано.

— Значит, теперь меня две? — спрашивает девочка.

— Нет, не так,— отвечает тенор.— Тебя ни в коем случае не две. Ты — одна-единственная с макушки до пят. Можешь не волноваться. Дота — это не Маза. Это тень сердца Мазы, принявшая форму Мазы.

— И когда же она проснется?

— Уже скоро,— отвечает баритон.— Когда придет время.

— Тень моего сердца? Но что она будет делать?

— Работать персивером,— говорит самый тихий.

— Персивером? — не понимает девочка.

— Она будет чувствовать и запоминать,— поясняет хриплый.

— И передавать все ресиверу,— добавляет меццо-сопрано.

— Твоя Дота станет для нас коридором,— говорит тенор.

— Вместо слепой козы? — спрашивает девочка.

— Дохлая коза была временным коридором,— говорит бас.— Для постоянной связи с местом, где мы обитаем, необходима живая Дота.

— А что должна делать Маза?

— Быть рядом с Дотой,— отвечает меццо-сопрано.

— Когда же проснется Дота?

— Дня через два,— сообщает тенор.— Или через три.

— Одно из двух,— подтверждает самый тихий.

— Заботься о ней как следует,— наставляет девочку баритон.— Все-таки она твоя Дота.

— Без заботы Мазы Дота неполная,— добавляет меццо-сопрано.— Если за ней не ухаживать, ей будет трудно выжить.

— Что же случится, если сердце Мазы потеряет свою тень? — спрашивает девочка.

Все семеро переглядываются. На этот вопрос ответа никто не дает.

— Когда Дота проснется, в небе появятся две луны,— сообщает хриплый.

— Вторая луна отражает тень твоего сердца.

— Две луны? — повторяет девочка.

— Это знак,— добавляет самый тихий.— Всегда хорошенько считай, сколько в небе лун.

— Хо-хо,— вторит ему аккомпаниатор.

— Хо-хо! — соглашаются остальные шестеро.

———

Девочка в панике убегает.

Это неправильно, повторяет она, здесь какая-то ужасная ошибка. Такого не должно быть в природе. Неизвестно, чего хотят *LittlePeople*, но от увиденного внутри Кокона у нее просто волосы встали дыбом. Жить рядом с *частью* меня самой, да еще когда эта *часть* отдельно дышит и шевелится? Ну уж нет! Я должна бежать отсюда, решает она. И как можно скорее. Пока не проснулась Дота, а в небе не появилась вторая луна.

Иметь при себе наличные деньги в Собрании запрещено. Но однажды отец девочки под большим секретом передал ей десятитысячную купюру* и немного мелочи.

— Спрячь, чтоб никто не нашел,— сказал он дочери. И написал на листе бумаги чьи-то адрес, имя и телефон.— Если придется отсюда бежать, купишь билет, сядешь в поезд и доберешься до этого человека.

Выходит, отец заранее знал, что в Собрании случится что-то ужасное? Значит — никаких колебаний. Нужно торопиться. Времени нет даже на то, чтобы проститься с родителями.

Девочка выкапывает спрятанную бутылку с деньгами и адресом. В школе посреди урока отпрашивается к врачу. Украдкой выходит из школы, садится в автобус, едет на станцию. Там протягивает купюру в кассовое окошко и покупает билет до Такао. Получает сдачу. Ни покупать билеты, ни получать сдачу, ни садиться в поезд ей не приходилось еще ни разу в жизни. Как и что нужно делать, ей подробно рассказал отец.

Следуя отцовой записке, девочка доезжает по центральной ветке до станции Такао, выходит из поезда, отыскивает телефон-автомат и звонит по нужному номеру.

---

* Около 100 долларов США.

Трубку берет старый друг отца, известный японский художник. Старше отца лет на десять, он живет с дочерью в горной усадьбе за городом. Супруга его недавно скончалась, а Куруми — так зовут дочь — старше самой девочки всего на год. Сразу после звонка он садится в машину, приезжает на станцию и увозит девочку к себе домой, где оказывает ей самый теплый прием.

Уже на следующий вечер в доме художника девочка смотрит в окно и видит, что в небе висят две луны. Рядом со старой, привычной луной — еще одна, чуть поменьше и кривая, точно высохшая фасолина. Дота проснулась, понимает девочка. Вторая луна — для тени ее сердца. Девочка содрогается от ужаса. Мир изменился. Теперь должно случиться что-то непоправимое.

Никаких вестей от родителей девочки не поступает. Может, ее побега никто не заметил? — гадает она. Ведь там, в амбаре, осталась Дота. Похожая на нее как две капли воды — обычному человеку не отличить ни за что. Хотя родители, конечно, сразу поймут, что это не их дочь. И что девочка сбежала из общины, оставив вместо себя двойника. Они же сами указали ей, куда бежать и где прятаться. Хотя теперь и не дают о себе знать. А может, таков их безмолвный наказ — сиди, мол, тихо и не высовывайся?

В местную школу она то ходит, то нет. Реальный мир за пределами Собрания слишком отличается от мирка, в котором ее воспитали. Буквально все здесь другое: правила, поступки, слова. Ни подружиться с кем-нибудь в классе, ни привыкнуть к распорядку школьной жизни ей долго не удается.

Классе в пятом, правда, она знакомится с мальчиком по имени Тору. Мальчик невысокий, худенький, со сморщенным, как у обезьянки, лбом. В раннем детстве он, похоже, переболел какой-то тяжелой болезнью, и от физкультуры в школе его освободили. Позвоночник у бедняги искривлен. На переменах он убредает от любых компаний в какой-нибудь уголок и читает в одиночестве книжки. У Тору друзей тоже нет. Слишком уж маленький и некрасивый. Однажды девочка присаживается рядом и заговаривает с ним. Спрашивает о книге в его руках. Он зачитывает вслух какой-то отрывок. Ей нравится, как звучит его голос. Чуть хрипловатый, но глубокий и очень внятный. История голосом Тору завораживает девочку. Он читает книгу с таким выражением, будто декламирует стихи. Они начинают встречаться на каждой большой перемене — он ей читает, она внимательно слушает.

Но вскоре она теряет Тору. *Little People* забирают у девочки единственного друга. Как-то ночью в спальне Тору появляется Воздушный Кокон. И пока мальчик спит, *Little People* плетут очередную Обитель. Ночь за ночью они делают Кокон все больше — и регулярно показывают это девочке во сне. Но помешать их работе она не может. Наконец кокон становится совсем большим и растрескивается. Как и тогда, в амбаре. Только внутри *этого* Кокона — три огромные черные гадюки. Их туловища сплелись так, что ни самим гадюкам, ни кому-либо еще никогда не размотать этот скользкий трехголовый клубок. Змеи в ярости оттого, что не могут освободиться. Чем сильнее они стараются расползтись в разные стороны, тем лишь больше запутываются. *Little People* показывают это девочке близко-близко. Ничего не подозревая, Тору мирно спит рядом. Кроме девочки, никому на свете не видно, что происходит.

Так проходит несколько дней, и Тору вдруг тяжело заболевает. Его увозят в больницу, куда-то страшно далеко. И даже названия больницы официально никому не сообщают. Постепенно девочке становится ясно, что она потеряла Тору и больше никогда не увидит.

Это — послание от *Little People*, догадывается девочка. Поскольку она — Маза, они не причиняют вреда ей самой. Но могут очень сильно навредить тому, кто ей дорог. Хотя и не каждому. Ведь ни ее опекуна-художника, ни его дочь Куруми они не тронули. Значит, они выбирают в жертву самого слабого и беззащитного? *Little People* проникли в ее мозги, вытащили самые жуткие страхи и оживили их. А поразив болезнью бедного Тору, призывают девочку вернуться к Доте. Словно бросают ей в лицо: *На, смотри! Ты сама виновата в том, что случилось!*

Она снова остается одна. Перестает ходить в школу. Старается ни с кем не дружить, чтоб не навлечь на людей беду. Теперь она понимает, что значит жить под двумя лунами сразу.

И наконец девочка начинает плести свой собственный Воздушный Кокон. Это она умеет. *Little People* сказали, что по созданному коридору они приходят оттуда, где обитают. Но если так, значит, по такому же коридору можно пробраться и в обратную сторону — туда, к ним! И выяснить наконец, зачем она им понадобилась, для чего нужны Маза и Дота, и разгадать их проклятые тайны. Может, там даже найдется потерявшийся Тору? Девочка принимается за работу. Вытягивает из воздуха нить за нитью и сплетает в единый каркас. Зная, что закончит не скоро. Но закончит обязательно.

Иногда ее гложут сомнения. В душе воцаряется хаос. Действительно ли я — Маза? Или уже незаметно превратилась в Доту?

Она уже ни в чем не уверена.

Как я вообще могу доказать, что я — настоящая?

———

Книга заканчивалась символично: девочка изготавливает Кокон и собирается открыть двери, ведущие неизвестно куда. Что должно произойти с нею *там* — не написано. А может, этого просто еще не случилось.

Дота, задумалась Аомамэ. Перед смертью Лидер употребил это слово. Дескать, ради того, чтобы обернуться против *Little People*, его дочь бросила свою Доту и сбежала. Скорее всего, так оно и было на самом деле. А теперь получалось, что две луны в небе видит не только Аомамэ?

Так или иначе, она вроде бы поняла, в чем секрет успеха «Воздушного кокона». Понятно, что какую-то роль здесь сыграли красота и молодость Фукаэри. Но чтобы превратить книгу в бестселлер, этого недостаточно. Живые и емкие метафоры, которыми буквально дышал роман, заставляли читателя смотреть на мир неискушенным взглядом ребенка. И пусть даже эти события были сказочными, аудитория искренне сопереживала маленькой героине. Автор знал, как задеть нужные струнки читательского подсознания, чтобы люди, забыв о времени, проглатывали страницу за страницей.

Да, наверняка плюсы этого текста — в огромной степени заслуга Тэнго; однако теперь Аомамэ думала совсем не об этом. А о том, что она должна перечитать всю книгу сначала, сосредоточившись на образе *Little People*. Для нее это — совершенно *реальная* история, некий анализ ее собственного вопроса жизни и смерти. Что-то вроде инструкции к применению, откуда она просто обязана выудить все возможные знания, хитрости и «ноу-хау». И вычерпать как можно больше подробностей о мире, в который ее занесло.

Что бы ни думали миллионы читателей, история «Воздушного кокона» — не фантазия. Аомамэ была твердо уверена: хотя имена и названия изменены, большинство событий романа случилось в реальности и девочка пережила все это на самом деле. Фукаэри постаралась рассказать о своем опыте как можно подробнее, чтобы открыть миру эту мрачную тайну: кто такие *Little People* и чего от них следует ожидать.

Из брошенной ею Доты, скорее всего, *Little People* сделали очередной коридор. Он вывел их на Лидера, отца девочки, которого они обратили в ресивера — принимающего. Ставшую обузой «Утреннюю зарю» раздавили и потопили в крови руками полиции и спецназа, а оставшийся «Авангард» превратили в радикальную, крайне закрытую религиозную секту. Видимо, в таком качестве они чувствовали себя на этом свете комфортней всего.

Смогла ли выжить девочкина Дота без своей Мазы? Если верить *Little People*, без заботы Мазы шансов у нее очень мало. А каково самой Мазе существовать без тени своего сердца?

После девочкиного побега *Little People* наплодили еще несколько новых Дот. Так же, как это делали с нею, и с тем же умыслом — обеспечить себе широкий и стабильный доступ в наш мир. В результате появилась целая команда девочек-персиверов, которые стали наложницами Лидера. Цубаса была одной из них. Но совокуплялся Лидер не с настоящими Мазами, а с их тенями-Дотами. Вот что имел он в виду, говоря: «Мы познали друг друга в разных ипостасях». Этим объясняются и молчаливость Цубасы, и ее странный взгляд — глаза точно из матового стекла. Как и отчего она, будучи Дотой, сбежала из секты — загадка. Но в любом случае, *из внешнего мира ее изъяли и вернули куда положено.* То есть буквально — положили обратно в Кокон и вернули назад к ее Мазе. Кровавые останки собаки, будто взорванной изнутри, для Цубасы были таким же предупреждением от *LittlePeople*, как сон о Тору для Фукаэри.

Все Доты стремились зачать от Лидера ребенка. Но поскольку оставались тенями, месячных у них не было. И тем не менее, по словам Лидера, именно Доты постоянно им овладевали. Почему?

Аомамэ покачала головой. По-прежнему слишком много загадок.

Аомамэ просто разрывалась от желания немедленно рассказать обо всем хозяйке. О том, что Лидер на самом деле насиловал не девочек, а их тени. И что, возможно, его совершенно не стоило убивать.

Но разве хозяйка поверит таким объяснениям? И разве сама Аомамэ сразу поверила Лидеру на слово? Да что говорить — любой нормальный человек, вывали на него все эти россказни о *LittlePeople*, Мазах-Дотах и Воздушном Коконе, хотя бы мысленно покрутит пальцем у виска. Для нормального человека все это — фикция из модной книжки. Все равно что карточные королевы и Кролик с часами из «Алисы в Стране чудес».

И все-таки Аомамэ видит в небе две луны. Живет под ними и каждую ночь ощущает силу их притяжения. И человека по кличке Лидер она убила во мраке гостиничного номера своими руками. Ее пальцы отлично помнят, как остро заточенная игла впилась в нужную точку на его шее. От этого воспоминания до сих пор мурашки бегут по коже. А незадолго до смерти Лидера она своими глазами наблюдала, как тот силой мысли поднял в воздух тяжеленные часы. И это не обман зрения, не трюк, а реальный факт, с которым нельзя не считаться.

В целом ясно одно: именно *LittlePeople* подмяли под себя «Авангард». Чего они хотят добиться в итоге, Аомамэ не знает. Возможно, их цели вообще за гранью нашего понимания добра и зла. Тем не менее девочка, героиня книги, инстинктивно почуяла в этих созданиях *что-то неправильное* — и решила по-своему дать им отпор. Бросила свою Доту, сбежала из общины. А дальше — как сказал Лидер, «чтобы поддержать равновесие добра и зла» — задумала вызвать «момент столкновения сил»: залезть в коридор, из которого появляются *LittlePeople*, и перебраться к ним *на ту сторону*. В качестве транспортера девочка использовала свою же историю. А Тэнго стал ее партнером и попутчиком. Вряд ли, конечно, он осознавал это, когда помогал Фукаэри. И возможно, не осознает до сих пор.

Так или иначе, «Воздушный кокон» — главный двигатель в их путешествии. *История, с которой все началось.*

Где же в этой истории появляюсь я? — озадачилась Аомамэ.

В тот самый миг, когда под «Симфониетту» Яначека я ступила на пожарную лесенку Токийского хайвэя, в небе появилось две луны и меня закинуло в загадочный год — тысяча невестьсот восемьдесят четвертый. Что это может значить?

Аомамэ закрыла глаза и задумалась.

Может, я угодила в коридор, который Тэнго и Фукаэри проделали своей книгой, чтобы вызвать «момент столкновения» с *LittlePeople*? И меня перебросило на *эту сторону*? Вполне возможно. По крайней мере, более стройных версий в голову не приходит. Но тогда получается, что в этой истории мне уготована очень важная роль. Да что там — чуть ли не основная!

Аомамэ огляделась. Значит, я нахожусь в истории, которую написал Тэнго? — осенило ее. И даже в каком-то смысле — внутри его самого? В его теле как храме души?

Когда-то она смотрела по телевизору старый фантастический фильм. Названия уже и не вспомнить. История о том, как ученые уменьшили свои тела до микроскопических размеров, сели в нечто вроде подводной лодки (тоже уменьшенной), проникли в кровеносную систему пациента и по ней добрались до мозга, чтобы совершить сложнейшую операцию, невозможную в обычных условиях.

Может, что-то подобное происходит теперь со мной? — размышляла Аомамэ. Я путешествую по кровеносной системе Тэнго и исследую его изнутри. Белые кровяные тельца пытаются вытеснить из организма инородное тело (то есть меня). Отчаянно сражаясь с ними, я шаг за шагом продвигаюсь к болезнетворному очагу. И наконец, проникнув в номер отеля «Окура», убиваю Лидера. Операция проходит успешно, причина болезни устранена.

От этих мыслей на душе Аомамэ посветлело. А ведь я молодец, подумала она. Порученную мне миссию — очень сложную и страшную — выполнила на все сто. И даже под страшными раскатами грома осталась крутой и стильной Аомамэ. Если Тэнго действительно это видел, он должен мною гордиться.

Конечно, если продолжать аналогию с кровеносной системой, уже совсем скоро меня затянет в венозную артерию и вымоет прочь из организма, как любой отработанный шлак. Так уж оно устроено, человеческое тело. И мне своей судьбы не избежать. Ну и ладно, бог с ней. Пока я еще нахожусь внутри Тэнго. Окруженная его теплом, я подчиняюсь его пульсу, следую его логике, правилам и привычкам. И конечно же, языку его историй. Господи, какое это блаженство — быть частью Тэнго...

Сидя на полу, Аомамэ закрывает глаза, подносит книгу к лицу. Вдыхая запахи бумаги и типографской краски, она погружается в невидимый поток повествования и вслушивается в сердцебиение Тэнго.

Вот оно, Царство Небесное, понимает она.

Теперь не жаль и погибнуть. Когда угодно.

Глава 20

ТЭНГО

Моржи и безумные шляпники

Никакой ошибки. Луны в небе — две.

Одна старая и большая, которая сияла всегда. Другая — поменьше, скукоженная, тусклая и зеленоватая, будто никому не нужный, грязный и некрасивый ребенок — бедный родственник первой луны. Тем не менее вторая луна теперь тоже сияет в небе, и погасить ее невозможно. Не мираж, не обман зрения. Отчетливо виден и сам ее серп, и ободок вокруг темной стороны. Не дирижабль, не стратостат, не искусственный спутник — и уж точно не декорация из папье-маше. Ужасным родимым пятном, как отметиной злой судьбы, этот огромный булыжник обезобразил ночное небо.

Тэнго смотрел на вторую луну очень долго, почти не мигая. Казалось, еще немного — и пробуравит ее взглядом насквозь. Но та не исчезала, не менялась и никак не реагировала своим каменным сердцем на его смятение.

Тэнго разжал кулак и ошалело покачал головой. Просто «Воздушный кокон» какой-то, подумал он. Когда рождается Дота, лун становится две...

— Это знак, — сказал самый тихий из LittlePeople. — Всегда хорошенько считай, сколько в небе лун.

362

Фразу эту Тэнго сочинил, когда, следуя рекомендации Комацу, пытался расширить описания новой луны. Пожалуй, именно на эти пассажи он потратил больше всего усилий.

— Сам подумай, дружище,— убеждал его Комацу.— Небо, в котором висит одна-единственная луна, читатель видел уже тысячи раз. Так или нет? А вот неба, в котором бок о бок висят сразу две луны, большинство и представить не в состоянии. Если ты пишешь о том, чего никто никогда не видел, объясняй все как можно подробнее.

Очень дельный совет.

Все еще глядя в небо, Тэнго снова покачал головой. Вторая луна выглядела в точности так, как он ее описал. Тот же цвет, та же форма, те же размеры. Даже почти все его метафоры казались вполне уместны.

Но ведь это невозможно, подумал он. Какая же объективная реальность станет подстраиваться под чьи-то метафоры?

— Быть не может,— попытался сказать он вслух, но не вышло. Горло пересохло так, словно он только что выиграл забег на длинную дистанцию.

Быть не может, повторил Тэнго уже про себя. Получается, что вокруг — не объективная реальность, а фикция? Действительность, которой *на самом деле* не существует? Мир истории Фукаэри, которую та надиктовала Адзами, а я перелопатил, дополнил и превратил в удобочитаемый текст?

Но ведь это значит, что я нахожусь внутри выдуманной истории! По какой-то случайности я выпал из реального мира и угодил в мир «Воздушного кокона» — совсем как Алиса в погоне за Кроликом. Или же наоборот — реальный мир принял форму чьей-то персональной фантазии. Считать ли теперь, что мира с одной луной больше не существует? И насколько в этом замешаны *Little-People*?

Словно пытаясь найти ответ, Тэнго огляделся. Но вокруг раскинулся обычный спальный район огромного мегаполиса. И весь пейзаж отличался от привычной для Тэнго реальности только одной деталью. А в остальном — ни тебе карточных королей, ни моржей, ни безумных шляпников. Лишь пустая песочница, качели, неестественно яркий фонарь, разлапистые старые дзельквы, ухоженный общественный туалет, совсем недавно построенная шестиэтажка (свет горит всего в четырех квартирах), доска с объявлениями районной администрации, красный автомат напитков с эмблемой «Кока-колы», нелегально припарковавшийся зеленый старичок «фольксваген», электрические столбы с проводами, разноцветная неоновая вывеска в соседнем квартале — да, пожалуй, больше и ничего. Обычный шум машин, обычная городская иллюминация. Здесь, в Коэндзи, Тэнго прожил уже семь лет. Не сказать, чтоб ему особенно нравился именно этот район. Просто однажды нашел здесь дешевую квартирку недалеко от метро — взял да и перебрался. На работу ездить удобно, связываться с очередными переездами не хотелось — в общем, так и осел. Но к окружающему пейзажу давно привык, и малейшее изменение заметил бы сразу.

Однако на вопрос «Когда же лун в небе стало две?» Тэнго ответить не мог. А что, если это случилось много лет назад, просто он не заметил — точно так же, как не замечает в жизни много чего еще? Газет он не читает, телевизор не смотрит. Даже представить трудно, сколько вещей на свете известно кому угодно, только не ему. А может, наоборот — вторая луна появилась совсем недавно в результате каких-нибудь катаклизмов? Хорошо бы спросить у кого-нибудь. Извините, мол, за странный вопрос, но вы не подскажете, с каких пор лун в небе две? Но спрашивать некого. Вокруг ни единой живой души.

Впрочем, нет. Где-то совсем рядом забивают в стену гвозди молотком. Тук, тук, тук — без остановки. Очень крепкие гвозди в очень твердую стену. Какому идиоту приспичило заколачивать гвозди в такой поздний час? Тэнго огляделся, но ни стен, ни людей с молотками поблизости не увидел.

Лишь через несколько секунд он сообразил, что это стучит его сердце. Получив сумасшедшую порцию адреналина, разгоняет по всему телу новую кровь — и колотится так, что можно оглохнуть.

От вида двух лун у Тэнго закружилась голова. Похоже, нервы не выдержали. Боясь потерять равновесие, он присел на горке, ухватился за поручни, закрыл глаза. Притяжение земли как будто слегка изменилось. Или это ему только кажется? Где-то резко поднялись приливы, где-то стремительно упали отливы. Жизнь Земли стала другой, а люди все так же бродили по ней, заблудившись между *lunatic* и *insane*.

Пока голова кружилась, Тэнго успел подумать о том, что в последнее время фантом матери больше не беспокоит его. Вот уже очень давно он не видел, как мать, спустив с плеч лямки белоснежной комбинации, дает чужому дяде сосать ее грудь. Даже почти забыл о видении, которое мучило его столько лет. Когда же его накрыло в последний раз? Вспоминалось с трудом, но в любом случае — до того, как он начал писать свою книгу. Словно именно это явилось границей, за которую назойливый призрак матери уже не смел заходить.

Теперь же одно навязчивое видение сменилось другим. Теперь он сидит на детской горке и разглядывает небо с двумя лунами. И неведомый новый мир, словно темные воды, без единого звука вот-вот затопит его с головой. Похоже, это нынешнее наваждение родилось из неизгнанного старого страха. А новая загадка — из неразгаданной старой головоломки. Так думал Тэнго. Не особенно критикуя себя, не пытаясь найти какое-нибудь решение. Этот новый мир придется принять как есть — молча, без возражений. Выбора все равно никакого. Ведь и мир, в котором он жил до сих пор, ему выбирать никто не предлагал. Та же проблема, вид сбоку. Да и будь у него возражения — кому их высказывать?

Сердце все колотилось как бешеное. Но головокружение, слава богу, прошло. Слушая собственный пульс, Тэнго откинулся затылком на поручни и снова уставился в небо над Коэндзи. До отвращения странный пейзаж — новый мир с еще одной луной. Никакой определенности, все рассыпается на миллионы смыслов. Лишь одно понятно наверняка: как бы ни сложилось дальше, к двум лунам в небе он не привыкнет никогда. Без вариантов.

Какой же тайный договор с луной могла заключить Аомамэ? Он снова вспомнил ее глаза, так пристально глядевшие на луну средь бела дня. Что же она обещала луне и что попросила взамен?

И что будет дальше со мной?

Именно этот вопрос гвоздем застрял у Тэнго в голове, когда в пустом классе она стиснула его руку. Испуганный мальчик перед огромной дверью. Точно так же он и чувствует себя до сих пор. Те же страхи, та же неуверенность и та же самая дрожь. Только дверь перед глазами стала теперь еще больше. И лун на небе уже не одна, а две.

Где же ты сейчас, Аомамэ?

Он еще раз внимательно осмотрел все вокруг. Но нигде не увидел того, что искал. Поднес к лицу руку, вгляделся в линии на ладони. В ярком свете фонаря они напоминали оросительные каналы на поверхности Марса. Но ни черта не объясняли. Кроме разве того, что после той встречи с Аомамэ в пустом классе он, Тэнго, прожил очень долгую жизнь. Жизнь, которая в итоге и привела его сюда, в Коэндзи, на детские качели, над которыми висят две луны.

Куда же ты спряталась, Аомамэ? Где прикажешь тебя искать?

— *Она-может-быть-где-то-рядом,* — сказала Фукаэри. — *Отсюда-пешком-дойти-можно.*

А если Аомамэ где-то рядом — сколько лун она видит в небе?

Наверняка тоже две. В этом Тэнго был уверен. Без каких-либо оснований — просто уверен, и все. Все, что видно сейчас ему, должно быть видно и ей. Тэнго постучал по перильцам горки — несколько раз, до боли в руке.

Вот почему мы *просто обязаны* встретиться, понял он. Ты где-то рядом, пешком дойти можно. Зализываешь раны, как раненая кошка. За тобой кто-то гонится, у тебя совсем мало времени. Но где именно ты находишься — неизвестно.

— Хо-хо, — сказал *Little People*-аккомпаниатор.

— Хо-хо! — подтвердили шестеро остальных.

Глава 21

АОМАМЭ

И что теперь делать?

В эту ночь для того, чтобы глядеть на луны, Аомамэ вышла на балкон в сером спортивном костюме и шлепанцах. С чашкой какао в руке. В кои-то веки ей захотелось какао. Просто нашла в кухонном шкафу банку с надписью «Ван Хаутен» и подумала: а не выпить ли какао? Две луны висели в абсолютно безоблачном небе на юго-западе. Большая и маленькая. Аомамэ захотела вздохнуть, но из горла вырвался лишь слабый стон. Воздушный кокон лопнул, из него родилась Дота, в небе появилась вторая луна. 1984 год сменился на 1Q84-й. Прежний мир исчез, и вернуться в него невозможно.

Усевшись в пластиковое кресло, Аомамэ отхлебнула горячего какао и, глядя на две луны, попыталась вспомнить, каким он был, прежний мир. Но ей почему-то вспоминался лишь фикус, оставленный в старой квартире. Где-то он сейчас? Заботится ли о нем Тамару, как обещал по телефону? Наверное. Волноваться не стоит. Тамару свое слово сдержит. Конечно, если понадобится, он без колебаний тебя убьет. Но о твоем фикусе, раз обещал, позаботится обязательно.

Почему же этот чертов фикус не выходит у нее из головы?

До того как оставить бедное растение на произвол судьбы, Аомамэ никогда о нем не задумывалась. Фикус как фикус, ничего примечательного — так и казалось: еще немного, и увянет совсем. На распродаже стоил тысячу восемьсот иен*. На кассе сделали скидку до полутора тысяч. Поторгуйся — скинули бы еще больше. Никому он там был не нужен. Всю дорогу домой Аомамэ сомневалась, не зря ли купила. Ведь о невзрачной жизни этого бедолаги нужно заботиться.

Теперь ей принадлежала чья-то жизнь. Ничего подобного с ней до сих пор не случалось. Ни домашних животных, ни растений она раньше не заводила, не покупала, в подарок не получала, на улице не подбирала. А теперь у нее в руках — чужая жизнь, с которой нужно делить свою.

Аомамэ вспомнила о золотых рыбках, которых хозяйка купила для Цубасы. И о том, как сильно ей захотелось таких же. Эти рыбки заворожили ее так, что глаз не отвести. Наверное, она завидовала малышке Цубасе. Аомамэ ни разу в жизни не водили в магазины ради подарков, и никто никогда ничего ей не покупал. Ее родители чтили только Священное Писание, а любые мирские праздники в семье презирались.

Вот почему Аомамэ решила пойти в зоомагазин на станции Дзиюгаока и купить себе золотых рыбок. Ведь если никто не покупает тебе ни рыбок, ни аквариума, только и остается, что пойти и купить самой. Так или нет? Взрослая тридцатилетняя женщина, живешь в квартире одна. В абонентском ящике хранишь толстенную пачку денег. И если купишь себе несколько рыбок в аквариуме, кто станет тебя ненавидеть?

---

* Около 18 долларов США.

Но когда Аомамэ пришла в зоомагазин и увидела, как рыбки в аквариуме плавают наперегонки, раздувая жабры, покупать их ей расхотелось. Эти крохотные бессознательные существа являли собой настолько совершенную форму жизни, что покупать их как вещь казалось чем-то неправильным. Глядя на них, она вспомнила себя в детстве. Такую же бессильную, втиснутую в рамки, лишенную возможности плыть куда хочется. Хотя рыбкам, судя по выражениям на физиономиях, уплывать никуда особенно не хотелось. Личная свобода была им до лампочки. В отличие от Аомамэ.

Наблюдая за рыбками в «Плакучей вилле», Аомамэ ни о чем подобном не рассуждала. Тамошние рыбки плавали гордо и жизнерадостно, рассекая лучи летнего солнца, преломленные в воде. Словно демонстрировали, как это здорово — жить вместе с ними, и как ярко они могли бы раскрасить чьи-нибудь серые будни. Но при виде, казалось бы, точно таких же рыбок на распродаже Аомамэ закусила губу и серьезно задумалась. Нет, решила она в итоге. Держать дома рыбок — занятие не для меня.

И тут ее взгляд упал на одинокий фикус в самом дальнем углу магазина. Он стоял там, как провинившийся ребенок, которого прогнали с глаз долой и забыли. Жухлый, искалеченный. Аомамэ тут же захотела купить его. Не потому, что понравился. Просто надо было его забрать оттуда. И даже поставив его дома в углу, она обращала на него внимание, лишь когда поливала.

Но теперь мысль о том, что этого фикуса она уже не увидит, вдруг пронзила ее сердце, точно иглой. Лицо Аомамэ перекосилось, как случалось всегда, если хотелось завыть во весь голос. Мышцы носа, губ, век разъезжались в стороны под разными углами — до тех пор, пока Аомамэ не ощутила себя совершенно другим человеком. И лишь тогда она вернула лицу его обычное выражение.

Так почему же этот фикус не выходит у нее из головы? В любом случае Тамару о нем позаботится, можно не сомневаться. У такого аккуратиста это выйдет даже лучше, чем у меня, признала она. Этому человеку можно доверить чужие судьбы, не то что мне. Со своими собаками он обращается, будто с частями своего тела. А как тщательно ухаживает за деревьями в хозяйском саду. И с каким самозабвением защищал младшего товарища в приюте. Мне до такого отношения к чужой жизни — как до луны. Тут дай бог сил справиться с собственным одиночеством...

Подумав об одиночестве, она вспомнила Аюми. Бедняжку приковали наручниками к кровати, изнасиловали и задушили поясом от халата. Насколько известно, преступника до сих пор не нашли. У Аюми была семья, были соседи по общежитию. Но она оставалась бесконечно одинокой. Настолько, что довела себя до такой дикой, нелепой смерти. А я не смогла ей ничего дать, когда бедняжке это было так нужно. Ведь она просила меня о помощи, это факт. Но я предпочла защитить свои секреты и свое одиночество. Почему же Аюми выбрала для своей просьбы меня? Именно меня — из стольких людей на свете?

Аомамэ закрыла глаза, и ей тут же представился фикус, оставленный в прежней квартире.

Так какого же черта проклятый фикус не выходит у меня из головы?!

Потом она плакала. Что со мной, думала она, размазывая слезы и качая головой. Слишком часто я плачу. Вроде ведь не собиралась. Но при мысли о фикусе плечи затрясло, и слезы закапали сами собой. У меня не осталось ничего. Даже кривого, пожухлого фикуса. Все, что имело какую-то ценность, потерялось одно за другим. Все, кроме воспоминаний о Тэнго.

Ну хватит реветь, сказала она себе. Все-таки я нахожусь внутри Тэнго. Как те ученые из фильма «Фантастическое путешествие». Да-да, вот как он назывался! Оттого, что вспомнилось название фильма, стало немного легче. Аомамэ перестала плакать. Сколько ни реви, слезами проблем не решить. Пора превращаться обратно в крутую и стильную сестренку Аомамэ.

Кому это нужно?

Мне же самой.

Она поглядела на небо. Там по-прежнему висели две луны.

— Это знак,— сказал самый тихий из *LittlePeople*.— Всегда хорошенько считай, сколько в небе лун.

— Хо-хо,— подтвердил аккомпаниатор.

И тут Аомамэ заметила, что смотрит в небо не одна. На детской площадке через дорогу стоит детская горка, а на ее перильцах сидит, задрав голову, молодой человек. *И тоже видит две луны сразу.* Каким-то шестым чувством она поняла: ему видно то же, что и ей. Для него луны в небе — две. А это, по словам Лидера, способен увидеть далеко не каждый.

Но молодой человек — видит. Аомамэ готова поспорить на что угодно. Он сидит на детской горке и разглядывает: одну луну желтую и еще одну — маленькую, зеленовато-замшелую. Явно озадаченный этим зрелищем. Неужели его тоже забросило сюда из 1984 года? И он тоже не может понять, что это за новый мир? Очень похоже на то. Огорошенный, забрался на детскую горку и подбирает в уме разумное объяснение происходящему.

А может, и нет? Вдруг это шпион «Авангарда», который наконец-то вычислил, где я скрываюсь?

От этой мысли сердце на секунду встало. Ладонь сама потянулась за пояс трико к пистолету, и пальцы стиснули металлическую рукоять.

Однако молодой человек вовсе не выглядит угрожающе. Просто сидит себе на детской горке, положив голову на перильца, разглядывает две луны в небесах и о чем-то думает. А она пьет какао в пластиковом кресле на балконе третьего этажа и смотрит на него сверху через железные прутья. Даже обернувшись сюда, он бы ее не заметил. К тому же, он слишком погружен в свои мысли о небесах — и даже не догадывается, что его могут разглядывать с балкона соседнего дома.

Успокоившись, Аомамэ глубоко вздохнула, расслабила пальцы и отняла руку от пистолета. Незнакомец ей виден в профиль. Яркий свет фонаря контрастно очерчивает его фигуру. Высокий, широкоплечий. Короткие жесткие волосы ежиком. Футболка с длинными рукавами, закатанными до локтей. Красавцем не назовешь, но мужчина, похоже, надежный. И, судя по всему, не дурак. Чуть состарится, немного полысеет — превратится для Аомамэ в идеал.

И тут ее пронзило:

Да это же Тэнго.

Быть не может, думает она. И нервно качает головой. Это ошибка. С чего бы на нее вдруг обрушилось такое счастье? Ей становится трудно дышать, руки-ноги не слушаются. Похоже, она принимает желаемое за действительное. А ну-ка, вглядись повнимательней, приказывает она себе. Но вглядеться не может. Взгляд не фиксируется, а лицо опять перекашивает.

И что теперь делать?

Она встает с кресла, беспомощно оглядывается. Вспоминает, что бинокль оставила на полке в гостиной, идет за ним. Находит, быстро возвращается на балкон, смотрит на горку. Молодой человек еще здесь. На том же месте, в той же позе. Повернувшись к ней в профиль, глядит на небо. Аомамэ поднимает к глазам бинокль, наводит дрожащими руками резкость, изучает его лицо во всех подробностях. Не дыша, сосредоточившись до предела. Ошибки нет. *Это Тэнго.* Даже спустя двадцать лет Аомамэ узнает его сразу. Он и никто другой.

Самое удивительное как раз в том, что с десяти лет он почти не изменился. Словно десятилетнему пацану вдруг стукнуло тридцать. Не в том смысле, что он остался ребенком. Конечно же, он вырос, у него окрепла шея, возмужало лицо. Руки, сложенные сейчас на коленях, стали большими и сильными — даже трудно представить, как двадцать лет назад она могла пожать такую ладонь. Но при взгляде на его фигуру было сразу понятно: это абсолютно тот же Тэнго, что и раньше. Те же широкие плечи, от которых веяло добротой и спокойствием. Та же широкая грудь, в которую ей тут же захотелось уткнуться. Очень сильно захотелось, Аомамэ с удовольствием это отметила. И посмотрела туда же, куда смотрел он. Да, две луны. Мы оба видим одно и то же.

И что теперь делать?

Ответа не находилось. Она положила бинокль на колени и стиснула кулаки. Так, что ногти до боли впились в ладони. Даже крепко сжатые, эти руки дрожали как ненормальные.

Так что же делать?

Она прислушалась к собственному дыханию. Ее тело словно раздваивалось. Одна Аомамэ стремилась к Тэнго, сидевшему прямо перед нею. Другая Аомамэ сопротивлялась, упрямо твердя, что это не может быть Тэнго. Две равные силы буквально разрывали ее на части. Так беспощадно, что казалось, ее мышцы оторвутся сейчас от костей и разлетятся в разные стороны.

Одна ее половинка дико хотела выбежать на улицу, взобраться на горку к Тэнго, заговорить с ним. Но только что она ему скажет? «Меня зовут Аомамэ, вы не помните, как двадцать лет назад я пожала вам руку в пустом школьном классе?»

Бред какой-то, сказала она себе. Сочини что-нибудь получше.

Вторая же половинка приказывала: сиди на балконе и не высовывайся. Это все, что ты сейчас можешь. Разве не так? Вчера ты прикончила Лидера. И пообещала отдать свою жизнь за Тэнго. Таков уговор, которого уже не изменить. Ты сама согласилась на это, прежде чем отправить Лидера на тот свет. И если сейчас заговоришь с Тэнго, а он тебя и не вспомнит или вспомнит лишь костлявую дурочку, что вечно молилась перед обедом,— с каким сердцем тебе придется ради него умирать?

От этой мысли Аомамэ затрясло, и она плотней вжалась в кресло. Но с дрожью было не совладать. Ее лихорадило так, будто она промерзла на лютом морозе до самых костей. Она обхватила руками плечи и попыталась унять эту дрожь, не спуская глаз с Тэнго на детской горке. Казалось, отведи она взгляд хоть на миг — и Тэнго тут же исчезнет.

Вот бы сейчас оказаться в его объятьях. Чтобы его большие руки гладили и утешали ее. Чтобы она ощутила всем телом его тепло. Чтобы он заласкал ее — и наконец-то изгнал из самых глубин ее тела проклятую многолетнюю стужу. А потом вошел в нее — и хорошенько перемешал все внутри. Как она сейчас мешает ложечкой какао. Медленно, основательно, до самого дна. И если после этого ей суждено умереть — не страшно. Честное слово.

Честное слово? — задумалась она. Но если все повернется именно так — может, мне и не захочется умирать? Может, я захочу остаться с ним до скончанья века? Раствориться с ним в лучах солнца, как утренняя роса? Или наоборот, мне захочется размозжить ему мозги из пистолета «хеклер-унд-кох»? Никто не знает, что будет, если я все-таки выскочу ему навстречу.

Так что же мне делать?

Она не знает, что делать, вот в чем беда. Ей становится трудно дышать. Воспоминания сталкиваются в голове и разбегаются в разные стороны. Ни к какому единому решению она прийти не способна. Как понять, что правильно, а что нет? Но разве не главное — чтобы он просто обнял ее поскорее, а потом можно доверить себя хоть богу, хоть черту?

Аомамэ принимает решение. Идет в ванную, берет полотенце, вытирает слезы. Наскоро причесывается перед зеркалом. Выглядит она, конечно, ужасно. Глаза красные. Одежда измята. Штаны сзади оттопырены, поскольку за пояс заткнут девятимиллиметровый автоматический пистолет. Отменный видок для свидания двадцать лет спустя. Не могла хотя бы одеться приличнее? Но теперь уже ничего не поделаешь. Переодеваться некогда. Она сунула ноги в кеды и выбежала из квартиры. Не заперев дверь, слетела по лестнице с третьего этажа, перенеслась через дорогу и добежала до детской площадки. Но горка была пуста. Одинокий фонарь освещал искусственным светом площадку, на которой не было ни единой живой души. Лишь пустота и холод, как на обратной стороне Луны.

Неужели все это ей привиделось?

Нет, не привиделось, твердо сказала себе Аомамэ. Тэнго только что был здесь. Без сомнения. Она взобралась на горку и огляделась. Никого. Но далеко он уйти не мог. Ведь он был здесь всего пять минут назад! Если побежать — можно догнать без труда...

Но тут она решила остановиться. Взяла себя за шиворот и хорошенько встряхнула. Прекрати, сказала она себе. Ты ведь даже не знаешь, в какую сторону он ушел. Не бегать же ночью по всему Коэндзи в поисках человека. Пока ты в своем кресле на балконе рассуждала, как поступить, Тэнго слез с горки и ушел. Значит, такая твоя судьба. Ты слишком долго сомневалась, перестала понимать, что происходит,— и потому упустила его. Ничего не поделаешь.

И слава богу. Так оно правильнее всего. Ведь самое главное — наши жизни снова пересеклись. Я узнала, как теперь выглядит Тэнго. *Реально* задрожала при мысли о том, что он мог бы меня обнять. И пускай всего на пару минут, но ощутила эту надежду всем телом.

Аомамэ закрыла глаза, прислонилась к перильцам и закусила губу. А затем присела на горку в той же позе, в какой сидел Тэнго, и уставилась в небо на юго-западе. Две луны висели там как ни в чем не бывало. Она перевела взгляд на балкон третьего этажа, откуда наблюдала за Тэнго. И ей почудилось, будто за балконными прутьями все еще роятся ее дурацкие, никчемные сомнения.

Тысяча Невестьсот Восемьдесят Четыре. Вот как теперь называется этот мир. Я прибыла сюда полгода назад, а теперь собираюсь исчезнуть. Прибыла не по своей воле — но исчезаю осознанно. Я уйду, а Тэнго останется. Каким будет этот мир для него, понятия не имею. Ну и ладно. Главное — я умру за него. Жить для себя у меня все равно не вышло. Такую возможность у меня отняли с самого начала. Но слава богу, за Тэнго могу умереть с улыбкой на губах.

Легко.

Сидя на горке, Аомамэ пыталась уловить хотя бы дух Тэнго, сидевшего здесь так недавно. Но, увы, ничего не осталось. В предчувствии осени ветер раскачивал кроны старых деревьев, рассеивая по свету любые следы прошедших событий. А она все сидела и смотрела на две луны в небесах, утопая в их бесстрастном свете и в шелесте автомобильных шин с хайвэя. Ей вспомнились паучки, что плели свою паутину над лесенкой пожарного выхода. Как они там, интересно? Все еще ловят мух?

Аомамэ улыбнулась.

Вот я и готова, подумала она.

Только прежде нужно кое-куда наведаться.

Глава 22

ТЭНГО

Покуда лун будет две

Спустившись с горки, Тэнго вышел из парка и побрел по городу куда глаза глядят. На ходу пытаясь хоть как-то упорядочить хаос в голове. Но ничего не получалось. Слишком много разных мыслей посетило его, пока он сидел на горке. О второй луне, о кровных узах, жизни с нуля, фантоме матери, о Фукаэри, «Воздушном коконе» — и, наконец, об Аомамэ, которая где-то здесь, совсем рядом. Мыслей было столько, что охватить их уже не хватало воображения. Хорошо бы сейчас просто завалиться в постель и заснуть. И все, что можно, додумать завтра. Сейчас никакие размышления уже ни к чему не приведут.

Когда он вернулся домой, Фукаэри сидела за его рабочим столом и сосредоточенно точила карандаш. Обычно он хранил в деревянном стакане с десяток карандашей, но теперь их почему-то стало уже около двадцати. Она точила их один за другим. Никогда еще до сих пор Тэнго не видал настолько безупречно заточенных карандашей. Каждый грифель походил на жало какого-то насекомого.

— *Тебе-звонили,* — сказала она, проверяя пальцем на остроту очередной карандаш. — *Из-тикуры.*

— Я же просил не брать трубку.

— *Слишком-важный-звонок.*

Можно подумать, заранее знала, подумал Тэнго.

— Чего хотели? — спросил он.

— *Не-сказали.*

— Но звонили из санатория в Тикуре? Ты уверена?

— *Просили-чтоб-ты-позвонил.*

— Чтобы я позвонил?

— *Лучше-сегодня-даже-если-поздно.*

У Тэнго перехватило дыхание.

— Но я не знаю их номера...

— *Я-запомнила.*

Фукаэри продиктовала номер, он записал и взглянул на часы. Полдевятого.

— А когда звонили?

— *Недавно.*

Тэнго прошел на кухню, выпил стакан воды. Опер-ся ладонями о раковину, закрыл глаза и дождался, пока мысли в голове не придут хоть в какой-то порядок. За-тем подошел к телефону и набрал номер. Возможно, умер отец. С чего бы иначе звонили в такое время, да еще и просили перезвонить?

Трубку сняла женщина. Тэнго представился и сооб-щил, что звонили из санатория, пока его не было дома.

— Вы — сын господина Каваны? — уточнила жен-щина.

— Да,— ответил он.

— Значит, мы с вами недавно встречались.

Он вспомнил лицо медсестры, ее очки в золотистой оправе. Имя в памяти не всплывало.

— От вас звонили, пока меня не было дома,— повто-рил он.

— Да, действительно. Сейчас я передам трубку ле-чащему врачу, и вы поговорите с ним напрямую.

Прижав к уху трубку, Тэнго ждал, пока его свяжут с врачом. Но быстро этого почему-то не получалось. Казалось, механические трели «Отчего дома в горах»* не смолкнут в трубке никогда. Закрыв глаза, Тэнго вспоминал санаторий на мысе Босо. Волны Тихого океана, без устали набегающие на берег, приемный покой без единого посетителя, скрип колес больничных кроватей в коридорах, выцветшие занавески в палатах, отутюженный белый халат медсестры и паршивый кофе в столовой.

Наконец на том конце взяли трубку.

— Извините, что заставил ждать,— сказал врач.— Срочный вызов в другую палату.

— Не страшно,— ответил Тэнго, пытаясь вспомнить лицо врача. Но потом сообразил, что вообще-то ни разу с ним не встречался. Все-таки голова соображала еще неважно.— Что-то с моим отцом?

Врач выдержал паузу.

— За сегодня ничего нового, но... в последнее время его состояние неутешительное. Нелегко это говорить, но ваш отец в коме.

— В коме? — эхом повторил Тэнго.

— В состоянии очень глубокого сна.

— То есть — без сознания?

— Как ни жаль.

Соберись, велел себе Тэнго. Думай же, черт побери.

— Эта кома — результат какой-то болезни?

— Если быть точным — скорее, нет,— с явным затруднением ответил врач.

Тэнго ждал, что дальше.

---

* «Отчий дом в горах» («Тоогэ́-но вага-и́э», *яп.*) — композиция известной японской поп- и джаз-пианистки Акико Яно (р. 1955).

— Сложно объяснить по телефону,— продолжил врач,— но дело здесь не в какой-то определенной болезни. Это не рак, не воспаление легких, не что-либо с конкретным медицинским названием. Никаких симптомов у него не наблюдается. Просто по каким-то причинам из организма вашего отца уходят силы, необходимые для поддержания жизнедеятельности. А поскольку причины эти неизвестны, мы не можем определить и способ лечения. Капельницу ставим, искусственное питание вводим, но это меры профилактические и лечением как таковым не являются.

— Можно откровенный вопрос?

— Разумеется,— сказал врач.

— Ему осталось совсем недолго?

— Если состояние не изменится — скорее всего, да.

— Значит, он просто умирает от старости?

Врач издал какой-то неопределенный звук.

— Вашему отцу всего шестьдесят,— ответил он.— В таком возрасте от старости не умирают. Тем более, что и здоровьем его господь не обидел. Кроме собственно болезни Альцгеймера, никаких серьезных недугов. Все проводимые нами анализы и измерения показывали, что физически его организм в удовлетворительной форме и амбулаторного лечения не требует.

Врач словно бы пожевал губами, затем продолжил:

— С другой стороны... наблюдения последних дней показывают, что, возможно, вы правы: это похоже на умирание от старости. Все функции организма заторможены, и желания их поддерживать пациент не выказывает. Обычно подобные симптомы проявляются годам к восьмидесяти, когда люди попросту устают жить дальше. Хотя остается неясным, почему с господином Каваной это происходит в шестьдесят.

Тэнго закусил губу и задумался.

— И сколько он уже в коме? — спросил он наконец.

— Четвертые сутки,— ответил врач.

— Ни разу не очнулся?

— Пока нет.

— А его силы стремительно угасают?

— Не стремительно — постепенно. Хотя за эти три дня его жизненный тонус понизился весьма заметно. Словно поезд, который сбрасывает скорость перед тем, как остановиться.

— Сколько же ему осталось?

— Точно сказать не берусь,— ответил врач.— Но если ничего не изменится, в худшем случае — около недели.

Тэнго переложил трубку в другую руку и снова закусил губу.

— Завтра я к вам приеду,— сказал он.— Я и так собирался, даже если бы вы не позвонили. Но все равно большое спасибо.

Услышав это, врач, похоже, вздохнул с облегчением.

— Да-да, приезжайте непременно. И чем скорее, тем лучше. Поговорить вам вряд ли удастся, но, думаю, ваш отец будет очень рад.

— Но ведь он без сознания?

— Да, сознание отсутствует.

— У него что-нибудь болит?

— Нет, боли он, скорее всего, тоже не чувствует. И это, к сожалению, единственное утешение. Просто очень глубоко спит.

— Огромное вам спасибо,— сказал Тэнго.

— Господин Кавана,— добавил врач.— Должен вам сказать, что ваш отец был, наверное, самым безобидным из наших пациентов. Он никогда не доставлял никому беспокойства.

— Да, таким он и был всю жизнь,— отозвался Тэнго. И, поблагодарив врача еще раз, повесил трубку.

———

Подогрев кофе, Тэнго с чашкой в руке сел за стол перед Фукаэри.

— *Завтра-едешь,* — спросила она.

Он кивнул.

— С утра, на поезде. Нужно еще раз съездить в Кошачий город.

— *В-кошачий-город,* — бесстрастно повторила она.

— А ты подожди меня здесь.

— *А-я-подожду-тебя-здесь.*

— В Кошачий город я съезжу один, — добавил он, отпил кофе и только тут спохватился: — Чего-нибудь выпьешь?

— *Если-есть-белое-вино.*

Он открыл холодильник проверить, есть ли вино, и в самом дальнем углу обнаружил бутылку шардонне с диким кабанчиком на этикетке, купленную недавно на распродаже. Вынул пробку, налил вина в бокал, поставил на стол перед Фукаэри. Затем, поколебавшись немного, налил и себе. Что и говорить, настроение совсем не для кофе. Пускай даже это вино слишком холодное и сладковатое, но успокаивает куда лучше.

— *Завтра-едешь-в-кошачий-город,* — снова сказала Фукаэри.

— С утра, на поезде, — повторил и он.

Чокаясь с нею бокалами, он вспомнил, как еще вчера вечером в эту семнадцатилетнюю красотку, сидящую теперь напротив, он кончал, себя не помня. Сейчас это казалось далеким прошлым. Событием, вошедшим в историю. Но странное ощущение тех минут оставалось с ним до сих пор.

— Лун в небе стало больше, — сказал Тэнго, медленно поворачивая в пальцах бокал. — Совсем недавно я посмотрел на небо и увидел, что луны теперь две. Большая желтая — и маленькая зеленая. Возможно, так стало уже давно, просто я не замечал. И только теперь заметил.

Новость эта, похоже, не произвела на Фукаэри особого впечатления. Ни удивления, ни каких-либо иных эмоций на ее лице не проступило.

— Извини, что напоминаю, но вообще-то две луны в небе — это мир «Воздушного кокона»,— продолжил Тэнго.— Не говоря уже о том, что вторая луна оказалась в точности такой же, как я ее описал. И размерами, и цветом, и формой.

Но Фукаэри молчала. Вопросы, которые не требовали ответов, она, как всегда, игнорировала.

— Как это могло случиться? — спросил тогда Тэнго.— Как вообще такое возможно?

В ответ — по-прежнему тишина.

— Что ж получается? — рубанул он тогда.— Мы вляпались в мир, который сами же сочинили?

Держа руки перед собой, Фукаэри долго разглядывала свои ногти. И наконец произнесла:

— *Потому-что-писали-вдвоем.*

Тэнго поставил на стол бокал.

— Да, мы с тобой вдвоем написали «Воздушный кокон» и передали рукопись в издательство. Роман напечатали, он стал бестселлером, и про всех этих *LittlePeople* и Мазу с Дотой узнала куча народу. Ты хочешь сказать, что именно поэтому мир вокруг изменился, подстроившись под нашу книгу?

— *Ты-стал-ресивером.*

— Я стал ресивером? — эхом повторил Тэнго.— Погоди. Я, конечно, писал о ресиверах в тексте. Но что это слово значит, до сих пор понимаю плохо. Кто они вообще такие?

Фукаэри едва заметно покачала головой. Дескать, этого объяснить не могу.

Если не понимаешь без объяснений — значит, бесполезно и объяснять. Так говорил ему когда-то отец.

— *Мы-должны-быть-вдвоем,* — сказала Фукаэри.— *Пока-не-найдешь-кого-ищешь.*

Очень долго Тэнго смотрел на нее, не говоря ни слова. Лицо ее, как всегда, оставалось бесстрастным. Тогда он рассеянно перевел взгляд за окно. Но никаких лун не увидел. За окном виднелись только безобразные электрические провода.

— Чтобы стать ресивером, нужно какое-то особое умение?

Фукаэри почти незаметно кивнула. Да, нужно.

— Но ведь изначально «Кокон» — твоя история. Ты сама ее сочинила. Она родилась внутри тебя и лишь потом вышла наружу. А я всего лишь придал ей нужную форму. Дело техники, не больше.

— *Потому-что-писали-вдвоем,* — механически повторила девушка.

Тэнго потер пальцами веки.

— И ты хочешь сказать, что тогда я и стал ресивером?

— *Еще-раньше,* — сказала Фукаэри.— *Я-персивером-ты-ресивером.*

— То есть ты что-то чувствуешь, передаешь мне, а я транслирую для окружающих?

Она коротко кивнула.

Тэнго нахмурился.

— Выходит, ты знала, что я ресивер — или хотя бы способен на то, что должен уметь ресивер,— и потому доверила мне рукопись «Кокона»?

Никакого ответа.

Тогда он спросил ее, глядя прямо в глаза:

— Я, конечно, не помню всего в деталях. Но по-моему, именно тогда меня и закинуло в этот мир с двумя лунами. А догадался я об этом только сейчас — просто потому, что редко смотрю на небо. Я правильно понимаю?

Молчание Фукаэри напомнило ему микроскопическую пыльцу, которая окутывает все вокруг. Пыльцу, которую совсем недавно некие специальные бабочки перенесли сюда из очень особого места и распылили по всей квартире. Он почувствовал себя чем-то вроде позавчерашней газеты. Мир вокруг менялся, информация обновлялась каждый день, и только он один ничего не знал.

— Такое впечатление, что причины перепутались со следствиями,— продолжил он, когда немного перевел дух.— Что было раньше, что позже — вообще непонятно. Ясно одно: мир, в котором мы сейчас,— не тот, что был раньше.

Фукаэри посмотрела на Тэнго. Ему вдруг почудилось, будто в глазах ее зажегся необычно мягкий и ласковый свет.

— То есть мира, в котором мы жили раньше, больше нет? — уточнил он.

Фукаэри еле заметно пожала плечами.

— *Теперь-мы-всегда-будем-здесь.*

— Под двумя лунами?

Она ничего не ответила. Эта юная красавица стиснула губы и разглядывала Тэнго в упор. Так же пристально, как двадцать лет назад в пустом классе на него смотрела Аомамэ. Взглядом человека, который принял жизненно важное решение. При виде этих глаз Тэнго словно окаменел. Ему чудилось, будто он превратился в булыжник и попал на небо вместо второй луны — маленький, кривоватый, скукоженный. Чуть погодя взгляд Фукаэри смягчился. Она прикрыла рукой глаза и коснулась пальцами век. Словно сверяясь с некой тайной своей души.

— *Ту-женщину-ты-искал,*— спросила Фукаэри.

— Искал.

— *Но-не-нашел.*

387

— Не нашел,— вздохнул Тэнго.

Да, он не смог найти Аомамэ. А вместо этого обнаружил в небе вторую луну. По наводкам Фукаэри закопался в самые глубины своей памяти — и наконец-то решил посмотреть на небо.

Она взяла бокал и пригубила вина — бережно, точно бабочка, утоляющая жажду росой.

— Ты сама говорила, что она прячется,— добавил Тэнго.— Поэтому найти ее не так-то и просто.

— *Волноваться-не-нужно,*— отозвалась Фукаэри.

— Волноваться не нужно?

Фукаэри убежденно кивнула.

— Ты хочешь сказать,— найдется?

— *Она-сама-тебя-найдет,*— полушепотом ответила Фукаэри. Ее слова прошелестели, как легкий ветерок в шелковистой траве на лугу.

— Здесь, в Коэндзи?

Фукаэри склонила голову вбок. Не знаю, мол. Но — где-нибудь.

— Где-нибудь в *этом* мире?

Девушка снова кивнула.

— *Покуда-луны-будет-две.*

— Ну что ж,— вздохнул Тэнго.— Остается поверить тебе на слово.

— *Я-чувствую-а-ты-принимаешь.*

— Ты чувствуешь, а я принимаю?

Она еще раз кивнула.

«Так вот зачем мы *познавали* друг друга вчера, в такую жуткую грозу?» — хотел он спросить ее. Что вообще это было? Какой в этом смысл? Но спрашивать не стал. Наверняка сам вопрос поставлен как-то неправильно, и ответа все равно не последует.

Если не понимаешь без объяснений — значит, бесполезно и объяснять,— говорил отец.

— Выходит, ты у нас чувствуешь, а я принимаю...— задумался Тэнго.— Так же, как мы написали «Воздушный кокон»?

Фукаэри склонила голову набок. И, отведя волосы назад, выставила одно ухо наружу, как антенну радиопередатчика.

— *Ты-не-такой,*— сказала она.— *Стал-другой.*

— То есть я изменился? — уточнил Тэнго.

Фукаэри кивнула.

— Как именно?

Очень долго она смотрела на донышко бокала в руке, словно увидела там что-то важное.

— *Поймешь-в-кошачьем-городе,*— наконец сообщила юная красавица. И, не пряча своего божественного уха, осушила бокал до дна.

Глава 23

АОМАМЭ

Тигры в бензобаке

Проснулась Аомамэ в седьмом часу. Прекрасным солнечным утром. Приготовила кофе, поджарила тосты, сварила яйцо и позавтракала. Посмотрела по телевизору новости, убедилась, что о смерти лидера «Авангарда» по-прежнему не говорится ни слова. Скорее всего, труп и правда уничтожили, не сообщив об этой смерти никому. Если так, то и ладно. Это как раз не проблема. Как ни обращайся с останками мертвеца, он все равно не воскреснет, и уж ему-то действительно все равно.

В восемь она приняла душ, привела в порядок волосы, чуть заметно подкрасила губы, натянула чулки. Достала из шкафа блузку из белого шелка, стильный костюмчик от «Дзюнко Симады», оделась. Поправляя бюстгальтер «на косточках», вздохнула: эх, хорошо бы грудь была чуточку больше! Как вздыхала уже сто тысяч раз. Что ж, пусть будет сто тысяч первый. Мое дело, в конце концов: пока не помру, буду вздыхать о чем захочу, не спрашивая ничьего разрешения.

Обулась в шпильки от «Шарля Жордана». Повертелась у большого зеркала в прихожей — все ли сидит как нужно? Небрежно взмахнула рукой — и прикинула, насколько она сейчас похожа на Фэй Данауэй из «Аферы Томаса Крауна». Там Фэй играла невозмутимую, как лезвие ножа, инспекторшу страховой компании. Крутую, эротичную бизнес-леди в деловом костюме, который ей очень к лицу. Разумеется, внешне Аомамэ сильно отличалась от Фэй Данауэй, но общий стиль вроде бы вышел похожим. Та же особая аура классной специалистки с пистолетом в дамской сумочке.

Надев очки от солнца, она вышла из дома. Переправилась через дорогу, заглянула в парк на детскую площадку, остановилась у горки, на которой вчера сидел Тэнго, и еще раз прокрутила в голове события прошлого вечера. Всего двадцать часов назад здесь сидел *настоящий* Тэнго, и от Аомамэ его отделяла всего лишь узенькая дорога. Он сидел долго и неподвижно, глядя в темное небо. И видел там те же две луны, что и она.

То, что произошло, казалось ей чудом, чем-то вроде библейского откровения. Какой неведомой силой Тэнго занесло именно сюда? Похоже, с ее организмом происходит что-то необычное. Ощущение это пришло еще утром, с пробуждением, и больше не отпускало ни на минуту. Тэнго появился перед нею и исчез. Она не успела ни поговорить с ним, ни даже коснуться его рукой. Но увидеть Тэнго прямо у себя под окном оказалось достаточно, чтобы в ее душе и теле начались необратимые изменения. Теперь Аомамэ и правда напоминала себе чашку с какао, которое хорошенько взболтали ложечкой. И перемешали в ней все, что было внутри, до самых кишок и утробы.

Минут пять Аомамэ стояла у подножия горки, положив руки на перильца, и прислушивалась к тому, что творилось у нее внутри. Нога на острой шпильке легонько постукивала по земле. Убедившись, что какао перемешано хорошо, Аомамэ насладилась этим чувством еще немного. А затем вышла из парка на дорогу и поймала такси.

— Сначала до станции Ёга, оттуда на Третью Скоростную — и до спуска на Икэдзири,— сказала она таксисту.

Как и стоило ожидать, водитель мгновенно запутался.

— Простите, госпожа, но... где же вы собираетесь выходить? — как можно отчетливей уточнил он.

— На спуске с Икэдзири.

— Так не проще ли поехать сразу на Икэдзири? Зачем делать круг аж до Ёги? К тому же по Третьей Скоростной в час пик? Там сейчас пробки на километры! Это так же точно, как и то, что сегодня у нас среда.

— Значит, постоим в пробках. Мне совершенно не важно, четверг у вас сегодня, пятница или день рожденья императора. Мне нужно, чтобы вы доехали до Ёги, а оттуда поднялись на Третью Скоростную. Времени у меня хоть отбавляй.

На вид таксисту было слегка за тридцать. Худой, кожа светлая, лицо продолговатое. Похож на пугливое травоядное. Разве только овалом лица и выпирающей челюстью напоминал скорее статую острова Пасхи. Сейчас он осторожно подглядывал за Аомамэ в зеркале заднего вида. Видимо, никак не мог решить: с приветом его пассажирка или все же нормальная, просто влипла в какието особые обстоятельства? Однако по лицу ее разобрать это было непросто. Тем более в таком маленьком зеркале.

Аомамэ достала из сумки кошелек, выудила оттуда новенькую десятитысячную купюру и сунула таксисту чуть ли не в нос.

— Сдачи не нужно,— рубанула она.— Чека тоже. Поэтому давайте перестанем болтать и поедем, как я прошу. Сначала до Ёги, потом по Третьей — до Икэдзири.
Даже если застрянем в пробке, этих денег все равно хватит. Я правильно понимаю?

— Конечно, даже больше, чем хватит, но...— Он с
подозрением уставился на купюру.— У вас что, деловая
встреча прямо на скоростной магистрали?

Аомамэ потрясла перед ним банкнотой — так, словно деньги вот-вот унесет шальным ветром.

— Если вы не едете, я выхожу и ловлю другое такси.
Поэтому решайте прямо сейчас.

Водитель сдвинул брови и задумался секунд на десять, не сводя глаз с купюры в ее руке. Наконец решился
и взял. Проверил на просвет — не фальшивка ли? — и
спрятал в рабочую сумку.

— Ладно, поехали,— изрек он.— Я вас понял, Третья
Скоростная. Но в пробке мы там встанем обязательно.
Также учтите, что между Ёгой и Икэдзири остановиться будет негде. Поэтому если нужен туалет, лучше схо-
дить сейчас.

— Не беспокойтесь, езжайте.

Выбравшись из микрорайона, таксист вырулил на Вось-
мую Кольцевую и погнал машину к станции Ёга. И водитель, и пассажирка молчали. Он слушал по радио новости, она дрейфовала в собственных мыслях. Перед тем
как взобраться на Третью Скоростную магистраль, таксист пригасил звук в динамиках и спросил:

— Извините за личный вопрос, но... что у вас за профессия?

— Инспектор страховой компании,— ответила Аомамэ, не задумываясь.

— Инспектор страховой компании? — с чувством повторил водитель. Словно, пробуя неизвестное кушанье, решил для начала покатать его на языке.

— Расследую случаи мошенничества при получении страховки,— пояснила она.

— Ух ты,— с интересом отозвался водитель.— И это как-то связано с вашей встречей на Третьей Скоростной?

— Вот именно.

— Смотри-ка... Прямо как в том кино.

— В каком кино?

— Да старый фильм. Со Стивом Маккуином в главной роли. Как же назывался-то?

— «Афера Томаса Крауна»,— подсказала Аомамэ.

— Точно! Она там тоже играла страхового инспектора и ловила всяких мошенников. А Маккуин был богачом и занимался аферами ради спортивного интереса. Хорошее кино. Помню, смотрел еще старшеклассником. И музыка отличная.

— Мишель Легран.

Водитель напел с закрытым ртом первые такты мелодии. И снова стрельнул глазами по отражению Аомамэ.

— Должен вам сказать, госпожа... Вы — прямо вылитая Фэй Данауэй из той картины.

— Большое спасибо,— сказала Аомамэ. Скрыть улыбку оказалось не так-то просто.

Как и предсказывал таксист, уже через сотню метров после заезда на Третью скоростную магистраль они угодили в образцовую токийскую пробку. Впрочем, именно этого и желала в душе Аомамэ. Та же одежда, та же дорога — и такая же пробка. Жаль, конечно, что в этом такси из динамиков не льется «Симфониетта» Яначека и что стерео в этой машине не идет ни в какое сравнение с аппаратурой «тойоты-краун». Но желать еще и этого было бы уже слишком.

Зажатая грузовиками, машина ползла, как сонная улитка. Останавливалась, спохватывалась, продвигалась чуть-чуть вперед — и опять замирала. Молодой водитель рефрижератора на соседней полосе при каждой остановке начинал листать комиксы. Муж и жена средних лет в кремовой «тойоте-короне» всю дорогу смотрели прямо перед собой в напряженном молчании. Возможно, просто не о чем говорить. А может, уже договорились до того, что дальше некуда. Утопая в подушках сиденья, Аомамэ предавалась собственным мыслям, а таксист все слушал свое радио.

Через некоторое время они добрались до указателя «На Комадзаву» и все так же, улиткой, поползли в направлении Сангэндзяи. Иногда Аомамэ поднимала голову и разглядывала жизнь за окном. Пора прощаться с этим городом, думала она. Ведь уже очень скоро я буду далеко-далеко отсюда. Но Токио, проплывавший перед глазами, совершенно не располагал к сантиментам. Дома вдоль магистрали уродливые, воздух серый от выхлопных газов, рекламные щиты на обочинах — один тупее другого. Смотреть на все это было тяжело. И зачем людям нужно создавать такие идиотские пейзажи? Понятно, что весь белый свет красивым не сделаешь. Но хотя бы такое безобразие можно не городить?

И тут наконец впереди замаячила знакомая картинка. Место, где она вышла на хайвэй в прошлый раз. Недалеко от пожарного выхода, о котором ей рассказал таксист-меломан. Вот он, рекламный плакат, на котором тигренок «Бензина Эссо» призывно размахивает заправочным пистолетом. Точно такой же, как раньше.

«Нашего тигра — в ваш бензобак»...

В горле вдруг запершило. Аомамэ нашарила в сумке лимонные леденцы от кашля, положила один под язык. Когда прятала упаковку обратно, ее пальцы наткнулись на «хеклер-унд-кох» и непроизвольно стиснули рукоятку. Пистолет был тяжелым и твердым, как ему и положено. Такси снова тронулось с места.

— Перестройтесь в левый ряд,— попросила она водителя.

— Но ведь правый пока еще движется,— удивился тот.— Да и спуск на Икэдзири по правую руку. Потом обратно перестраиваться замучаемся.

Его аргументы эффекта не возымели.

— Ничего,— сказала Аомамэ.— Уходите влево, прошу вас.

— Как скажете...— обреченно пожал плечами таксист.

Он высунул из окна левую руку, посигналил ползущему сзади рефрижератору, убедился, что его поняли, и втиснулся в левый ряд. Они проехали еще метров пятьдесят, и весь левый ряд застыл как вкопанный.

— Я выхожу,— объявила Аомамэ.— Откройте дверь.

— Выходите? — Водитель решил, что ослышался.— Но куда?

— Сюда! — отрезала она.— У меня здесь дело.

— Но, госпожа, здесь же самая середина хайвэя! Во-первых, это опасно, а во-вторых, куда вы отсюда пойдете?

— Не волнуйтесь. Там впереди есть пожарная лестница вниз.

— Пожарная лестница? — Он покачал головой.— Насчет этого не скажу. Но если моя контора узнает, что я высаживаю людей в таком месте, мне голову оторвут.

Хорошенькое дело — скандал с администрацией Токийской магистрали! Нет уж, увольте.

— Но у меня есть свои *очень веские* основания, чтобы выйти именно здесь,— сказала Аомамэ, достала из кошелька еще одну стотысячную купюру и, звонко щелкнув по ней пальцем, протянула таксисту.— Простите, ради бога, но это вам за беспокойство. И больше ничего не говорите. Просто откройте дверь, и я выйду. Очень вас прошу.

Вторую купюру таксист не взял. Просто глубоко вздохнул — и, передвинув рычаг, открыл для нее заднюю дверь.

— Уберите деньги,— проговорил он.— Вы и так дали больше, чем нужно. Но прошу вас, будьте осторожней. Тротуаров здесь нет, и даже в пробке очень опасно.

— Спасибо! — сказала Аомамэ. Выйдя из машины, она постучала в переднее окно и подождала, пока водитель опустит стекло. Наклонившись, просунула ему банкноту, которую до сих пор не выпустила из руки.— Возьмите, пожалуйста. Не напрягайтесь, денег у меня до чертиков.

Водитель посмотрел на деньги, перевел взгляд на нее.

— А если будут проблемы с полицией или с вашей конторой,— добавила она,— скажите, что я приставила к вашему виску пистолет. В этом случае претензий к вам быть не должно.

Таксист, похоже, не вполне уловил, о чем она говорит. Денег до чертиков? Пистолет к виску? Но деньги взял. Возможно, просто от страха. Кто знает, что эта сумасшедшая вытворит, если не взять?

Как и в прошлый раз, она двинулась к левому борту ограды, лавируя между машинами. Весь путь составлял метров пятьдесят. Как и в прошлый раз, люди за рулем таращились на нее, не веря своим глазам. А она шагала, гордо выпрямив спину и виляя бедрами, как модель на показе парижской коллекции. С развевающимися по ветру волосами. Тяжелые грузовики проносились по встречной полосе, сотрясая дорогу. Рекламный щит «Эссо» перед глазами становился все больше, пока она не достигла кармана с пожарным выходом.

Вокруг все выглядело точно таким же, как раньше. Металлическая ограда и желтая будка с телефоном для экстренного вызова.

Вот где была ее стартовая площадка для переброски в мир 1Q84, подумала Аомамэ. Отсюда я спустилась по лестнице на 246-ю магистраль — и очутилась в новой реальности. А сейчас должна пройти по этой лестнице заново. В тот раз был апрель, я надела короткий бежевый плащ. Теперь начало сентября, для плаща пока слишком жарко. Но в остальном на мне все то же самое. Именно в этой одежде я убила подонка из нефтяной корпорации в отеле на Сибуе. Юбка с жакетом от «Дзюнко Симады», каблучки от «Шарля Жордана», белая блузка, чулки, бюстгальтер «на косточках». Во всем этом я, задрав мини-юбку, перелезала через ограду и спускалась по лесенке вниз.

Теперь нужно проделать это снова. Хотя бы из чистого любопытства. Что, интересно, может произойти, если я в том же месте и в той же одежде еще раз совершу то же самое? Не потому, что от кого-то убегаю. И не оттого, что боюсь умереть. Когда мой час пробьет, я готова принять смерть, не колеблясь. С улыбкой, легко. Просто не хотелось бы умирать, так и не поняв, что же со мною творилось в последнее время. И если есть шанс это выяснить, почему бы не попытаться? Не получится — черт с ним. Но что смогу, то сделаю. Такова уж моя природа.

Приготовившись лезть через ограду, Аомамэ поискала пожарный выход. *Но выхода нигде не было.*

Она поискала еще и еще. Бесполезно. Выход исчез. Аомамэ закусила губу и скривилась.

Ошибиться местом она не могла. Тот же самый карман для аварийной парковки. Вокруг тот же пейзаж, впереди по курсу — тот же тигренок «Эссо», что и раньше. В 1984 году здесь была пожарная лестница, о которой рассказал ей чудаковатый таксист. Аомамэ увидела ее сразу, как только дошла досюда, и спустилась по ней на землю. Но в тысяча невестьсот восемьдесят четвертом году на этом месте никакой лестницы не было.

Обратный ход заказан.

Аомамэ еще раз огляделась и уперлась взглядом в рекламу «Эссо». Задрав хвост трубой, тигренок наводил заправочный пистолет на зрителя и жизнерадостно улыбался. Словно хотел сказать: большего счастья, чем в эту секунду, я и представить себе не могу.

Ну еще бы, подумала Аомамэ.

А ведь она давно уже знала. С той самой минуты, когда в отеле «Окура» Лидер сказал ей перед смертью: «Это движение в один конец. Назад уже не вернуться».

Знала — и все равно захотела убедиться, увидеть своими глазами. Такая уж натура. Вот и убедилась. Все кончено. Q. E. D.*

Она прислонилась к ограде и посмотрела в небо. Безупречная погода. В глубокой синеве плывут редкие перистые облака. Взгляд улетает далеко-далеко. Просто не верится, что это небо огромного мегаполиса. Но лун нигде не видно. Куда же они подевались? А, ладно. Лунам —

---

* «Quod erat demonstrandum» *(лат.)* — «Что и требовалось доказать».

луново, а мне — мое. У каждого свой способ жизни и свое расписание.

Фэй Данауэй на ее месте сейчас бы достала тоненькую сигарету и эффектно прикурила от зажигалки. Очень круто прищурившись, ясное дело. Но Аомамэ не курит, и сигарет с зажигалкой у нее нет. В ее сумке — только лимонные леденцы от кашля, стальной пистолет и самодельный инструмент, которым она отправила на тот свет несколько ублюдков мужского пола. Не считая леденцов, игрушки посмертельнее курева.

Аомамэ опустила взгляд на дорогу. Стоявшие в пробке водители и пассажиры таращились на нее во все глаза. Понимаю, усмехнулась она. Когда вы еще увидите такое шоу — одинокая гражданка разгуливает по обочине Токийской скоростной магистрали. Тем более такая молодая и сексапильная. Да еще в мини-юбке, темных очках, на тоненьких шпильках и с улыбкой на симпатичной физиономии. Тут уж только идиот не засмотрится.

Бо́льшая часть машин — крупногабаритные фуры. Из тех, что каждое утро доставляют в Токио мириады разных товаров. Их водители-дальнобойщики, надо полагать, не спали за баранкой всю ночь. А теперь встали намертво в пробке. Им скучно, им все обрыдло, они уже вымотались до предела. Им хочется принять душ, побриться и завалиться спать. Больше они не хотят ничего. Они смотрят на Аомамэ как на диковинную зверушку, чьи порода и повадки слишком непостижимы для их усталого мозга.

Неожиданно взгляд Аомамэ наткнулся на серебристый «мерседес-купе», затерявшийся в веренице грузовиков, точно стройная антилопа в стаде носорогов. Новенькая элегантная красотка горделиво поблескивала на утреннем солнце, и даже колпаки на колесах были подобраны под цвет корпуса. Переднее стекло опущено, и водитель — миловидная женщина лет тридцати — тоже смотрит на Аомамэ. Темные очки от Живанши. Пальцы в золотых кольцах покоятся на руле.

Эта женщина смотрит приветливо. Похоже, волнуется за Аомамэ. Недоумевает, как такую молодую симпатичную бедняжку могло занести на обочину хайвэя? И даже готова пообщаться. Если попросить — наверно, куда-нибудь подвезет.

Аомамэ сняла очки, убрала их в нагрудный карман жакета и подставила лицо мягким солнечным лучам. Потерла переносицу, разминая следы от оправы. Облизнула пересохшие губы, ощутила на языке привкус помады. Опять посмотрела на небо, затем на всякий случай себе под ноги.

Плавно, никуда не торопясь, она открыла сумочку и достала «хеклер-унд-кох». Сбросила сумку с плеча на землю, высвободила руки. Пальцами левой сняла пистолет с предохранителя, передернула затвор, дослала патрон в патронник. Все движения отточены до безупречности. Каждый щелчок ласкает слух. Взвесила оружие на ладони. Четыреста восемьдесят граммов плюс семь патронов. Все в порядке, вес совпадает. Чувствовать разницу она уже научилась.

На ее губах еще играет улыбка. Все, кто смотрит, могут в этом убедиться. Вот почему никто не испугался, когда она достала из сумки оружие. По крайней мере, она не увидела ни одного испуганного лица. Может, просто никто не верит, что пистолет настоящий?

Она повернула пистолет к себе и засунула дуло в рот. Целясь в проклятое серое вещество, где роятся все наши мысли.

О молитве задумываться не пришлось — слова пришли в голову сами собой. С пистолетным стволом во рту она повторяла их, как могла. Никто вокруг не понял бы, что она говорит, ну и ладно. Бог разберет — и слава богу. С самого детства она плохо понимала, что эти слова означают. Но их *упорядоченность* всегда проникала ей в самую душу. Перед каждым школьным обедом нужно было непременно сказать их вслух. Громко, чтобы все слышали. Не обращая внимания на презрительные взгляды и смешки окружающих. Главное — помнить, что на тебя взирает Господь. А от Его взгляда не убежать никому.

Большой Брат смотрит на нас.

Отец наш Небесный. Да не названо останется имя Твое, а Царство Твое пусть придет к нам. Прости нам грехи наши многие, а шаги наши робкие благослови. Аминь.

Женщина за рулем новенького «мерседеса» смотрела на Аомамэ не отрываясь. Похоже, она, как и все окружающие, не понимала, что означает странный предмет во рту странной девушки на обочине. Понимай она, что происходит,— наверняка отвернулась бы. По крайней мере, так подумала Аомамэ. Ведь если тебе довелось увидеть, как из чьего-то черепа вылетают мозги,— ни обедом, ни ужином ты сегодня насладиться уже не сможешь. Поэтому извини, дорогая, но лучше тебе не смотреть, мысленно посоветовала ей Аомамэ. Я тут не зубы чищу. У меня во рту — автоматический пистолет немецкой марки «хеклер-унд-кох». И молитву я уже прочитала. Ты все еще не понимаешь, что это значит?

Тогда вот тебе мое предупреждение. Это очень важно, запомни. Отвернись и не гляди на меня. Возвращайся в своем серебристом «мерсе» домой. Туда, где тебя ждут не дождутся твои драгоценные муж и дети. И живи себе дальше тихой, спокойной жизнью. Таким, как ты, нельзя смотреть на подобные вещи. Потому что это настоящий боевой пистолет. А в нем целых семь патронов. И, как писал Антон Чехов, если в пьесе появляется пистолет, он непременно стреляет. Иначе пьеса не имеет смысла.

Но женщина в «мерсе», несмотря ни на что, продолжала пристально глядеть на нее. Аомамэ покачала, как смогла, головой. Прости, дорогая, но больше я ждать не могу. Время вышло. Шоу начинается.

Тысячу тигров тебе в бензобак.

— Хо-хо,— произнес *LittlePeople*-аккомпаниатор.

— Хо-хо! — подтвердили шестеро остальных.

— Тэнго,— сказала Аомамэ. И легонько сдвинула палец на спусковом крючке.

Глава 24

ТЭНГО

Пока остается тепло

Рано утром, добравшись до Токио-эки, Тэнго сел в поезд на Татэяму. Там пересел на местную электричку и доехал до Тикуры. Утро выдалось идеальным: в небе ни облачка, в воздухе ни ветерка, почти никаких волн у побережья. Лето кануло в прошлое, и на майку с короткими рукавами пришлось натянуть пиджак. Из окна поезда Тэнго не заметил на взморье ни человека. Настоящий Кошачий город, подумал он.

Перекусив в привокзальном ресторанчике, он сел в такси. В санаторий прибыл во втором часу дня. За стойкой регистратуры дежурила та же медсестра, что и раньше. Сестра Тамура, с которой он вчера говорил по телефону. Она помнила Тэнго в лицо и сегодня держалась немного приветливей. Даже слегка улыбнулась при встрече. Возможно, просто потому, что на этот раз Тэнго был опрятней одет.

Сестра Тамура пригласила его в столовую, угостила кофе.

— Подождите немного. Доктор скоро придет,— сказала она и ушла.

Врач появился минут через десять. Мужчина лет пятидесяти с проседью в волосах. Вошел, вытирая руки полотенцем. Казалось, он только что работал по хозяйству:

белого халата на нем не было. Серая рубашка, серые брюки, на ногах потрепанные кроссовки. Крепко сложен. Этот врач куда больше смахивал на университетского тренера по бейсболу, который никак не вытянет свою команду из второй лиги.

Рассказ врача мало чем отличался от того, что он сообщил вчера по телефону. К великому сожалению, на данный момент медицина практически бессильна. Судя по его голосу и выражению лица, ему и правда было очень жаль.

— Похоже, остается одно: вам самому нужно попробовать как-то ободрить вашего отца и, дай бог, вернуть ему волю к жизни.

— Но если с ним говорить, он услышит? — спросил Тэнго.

Врач отхлебнул остывшего зеленого чая. На лице его читалось сомнение.

— Если честно, не знаю. Он в коме, и на слова не реагирует. Однако известны случаи, когда пациенты даже в глубокой коме слышали и понимали, что им говорят.

— Значит, слышит он или нет — непонятно?

— К сожалению.

— Сегодня я останусь до половины седьмого,— сказал Тэнго.— Посижу с ним и постараюсь поговорить.

— Если заметите какую-либо реакцию, сообщайте,— кивнул врач.— Я буду неподалеку.

В палату к отцу Тэнго провела молоденькая медсестра. Судя по бирке на груди, звали ее Адати. Отец лежал теперь в одноместном боксе совсем другого здания — корпуса для тяжелобольных. Колесо провернулось еще на один зубец вперед. Дальше двигаться некуда. В узкой клетушке со стылым воздухом половину места занимала кровать. Сосновая роща за окном защищала здание от морского ветра. Деревья были высажены так густо, что казались огромной глухой стеной, отделявшей санаторий от остального мира. Медсестра вышла, и Тэнго остался с отцом наедине. Тот лежал с закрытыми глазами, лицом к потолку. Тэнго присел на деревянный табурет у кровати и взглянул на это лицо.

У изголовья стояла капельница. Жидкость из пластикового мешочка поступала по тоненькой трубке в вену, почти не различимую на левой руке отца. Еще одна трубка использовалась для сбора мочи и заканчивалась другим мешочком. Жидкости в этом мешочке было пугающе мало. С прошлого визита Тэнго отец будто высох и ужался еще сильнее. На ввалившихся щеках и окостеневшем подбородке белела двухдневная щетина. Глубоко посаженные глаза совсем утонули в глазницах. Казалось, достать их оттуда можно лишь каким-то очень особенным инструментом. Ввалившиеся веки захлопнуты, точно металлические шторы придорожной лавки в ночи. Рот приоткрыт. Дыхания Тэнго не услышал, но, когда приблизил ухо к отцовым губам, уловил слабое колебание воздуха. Элементарные жизненные функции организмом еще поддерживались.

«Словно поезд, который сбрасывает скорость перед тем, как остановиться»,— сказал по телефону лечащий врач. До ужаса реалистичное сравнение. Поезд отца сбрасывал скорость и, двигаясь по инерции, плавно останавливался посреди пустынной долины. Утешало лишь то, что ни одного пассажира в этом поезде уже не осталось. И когда он остановится окончательно, жаловаться никто не станет.

Я должен заговорить с ним, подумал Тэнго. О чем? И каким тоном?

— Отец...— позвал он вполголоса. И хотел было продолжить, но никаких подходящих слов не нашел.

Тэнго встал с табурета, подошел к окну, окинул взглядом аккуратно ухоженный сад, сосновую рощу, высокое небо. Одинокая ворона, сидя на большой антенне, грелась в лучах солнца и задумчиво озирала окрестности. На тумбочке у изголовья стоял радиоприемник со встроенным будильником. Ни та ни другая функция отцу были не нужны.

— Это я, Тэнго. Приехал к тебе из Токио,— продолжил он, стоя у окна и глядя на отца сверху.— Ты меня слышишь?

Никакой реакции. Голос Тэнго сотряс воздух тесной палаты и растворился в пустоте без следа.

А ведь старик сам собирается умереть, вдруг понял Тэнго. Это видно даже по его ввалившимся глазам. Принял решение оборвать свою ниточку жизни, сомкнул веки и провалился в глубокий сон. Что ему теперь ни говори, как ни ободряй, этого решения не отменишь. Физиологически он еще жив. Но для него самого жизнь закончилась, и цепляться за нее больше незачем. Все, что теперь может Тэнго,— уважая волю умирающего, дать ему отойти в мир иной. Лицо у старика очень спокойное. Сейчас на этом лице — ни страданий, ни боли. И это, как сказал врач по телефону, единственное утешение.

Но все-таки Тэнго должен что-нибудь говорить. Во-первых, сделать это он обещал врачу. А этот врач, нужно признать, искренне заботится о старике. И во-вторых — как бы лучше назвать? — нужно соблюдать приличия. Все-таки вот уже столько лет они с отцом не общались ни словом, ни жестом. Последний разговор между ними состоялся, когда Тэнго ходил в пятый класс. В результате той беседы Тэнго почти перестал жить дома, а если все-таки забегал по какой-нибудь надобности, встреч с отцом избегал.

Однако теперь этот человек впал в глубокую кому и умирал у него на глазах. В их прошлую встречу старик дал понять, что он — не настоящий отец Тэнго. Сделав это, он наконец-то сбросил с плеч тяжелую ношу и обрел душевный покой. А точнее, они оба избавились каждый от своей ноши. В самый последний момент.

Но пусть даже между ними не было кровного родства, этот человек официально усыновил Тэнго и присматривал за ним, пока мальчик не стал самостоятельным. Уже одно это стоит благодарности. И теперь Тэнго обязан хотя бы сообщить старику, как его приемный сын жил, о чем думал, мечтал, беспокоился. Хотя нет, обязанность тут ни при чем. Скорей уж — внутренний долг. А услышит старик эти слова или нет, помогут ли они ему хоть как-то — уже не важно.

Тэнго снова опустился на табурет у кровати — и начал рассказ о том, как жил до сих пор. В старших классах он поступил в секцию дзюдо и перебрался в общежитие спортшколы. С тех пор дороги Тэнго и отца перестали как-либо пересекаться, и они больше не слышали ничего друг о друге. Наверное, стоит хотя бы сейчас заполнить эту пустоту, зиявшую между ними так долго, подумал Тэнго.

Впрочем, о его жизни в старших классах рассказывать особенно нечего. Учился он в частной спортшколе префектуры Тиба. Мог бы, конечно, поступить и куда-нибудь попрестижнее, но именно в этой школе были самые выгодные для него условия: бесплатная учеба и общежитие с талонами на трехразовое питание. Очень скоро он стал сильнейшим в школьной сборной по дзюдо, между тренировками учился (в спортшколе можно учиться вполсилы, но все равно получать хорошие отметки), а по выходным с приятелями по секции подрабатывал каким-нибудь физическим трудом. Все три последних года школы слились у него в одно воспоминание — постоянно, с утра до вечера он занят по уши. Развлекался нечасто, близких друзей не завел. Терпеть не мог муштру и дурацкие правила, которые насаждались в школе. С приятелями-дзюдоистами держался приветливо, хотя никогда не знал, о чем говорить. Да и в дзюдо, если честно, много души не вкладывал. Просто понимал, что успехи на татами — залог выживания, и тренировался изо всех сил, воспринимая спорт как работу. Три этих года он мечтал только об одном: как можно скорее выйти из школьных стен и начать более достойную жизнь.

Но и поступив в университет, продолжил заниматься дзюдо. Потому что льготы для обучения в вузе предлагались те же: будешь успевать в спорте — предоставим и общежитие, и скромное, но регулярное питание. Ему даже выплачивали небольшую стипендию, но, поскольку на самостоятельную жизнь этих денег все равно не хватало, приходилось тянуть спортивную лямку и дальше. Хотя факультет его был, понятно, математический. По основной специальности Тэнго успевал отлично, и старший преподаватель советовал ему всерьез подумать об аспирантуре. Однако к третьему-четвертому курсам* его интерес к академической науке стал затухать. То есть математику Тэнго любил по-прежнему, но делать на ней карьеру совсем не хотелось. Так же и с дзюдо. На любительском уровне он лидировал, но чтобы посвятить этому жизнь, ему не хватало ни квалификации, ни целеустремленности. И он сам это прекрасно понимал.

---

* Высшее образование в Японии — четырехлетнее, за исключением медицинских вузов, где учатся 5 лет.

Страсть к науке прошла, а впереди замаячили выпускные экзамены, и стимул заниматься дальше дзюдо исчез. Чему себя посвятить, какую дорогу выбрать, Тэнго перестал понимать окончательно. Его жизнь словно утратила организующий стержень. И хотя никакого внятного сценария в ней не замечалось и прежде, до этих пор кто-то верил в Тэнго, чего-то от него ожидал, и его жизнь вертелась по-своему энергично. Но теперь, когда верить и ждать перестали, о парне по имени Тэнго даже рассказать стало нечего. Без жизненной цели, без друзей, он дрейфовал в абсолютном покое, как парусник в штиль, не способный двинуться с места.

В студенчестве он не раз встречался с девчонками, худо-бедно приобщился к сексу. Ни галантностью, ни общительностью Тэнго не отличался, развлекать интересными беседами не умел. Вечно ходил без денег, одевался невзрачно. И все же была в нем изюминка, привлекавшая определенный тип женщин,— примерно так же, как тех или иных бабочек манят конкретные цветы. И притом очень сильно.

Эту особенность Тэнго начал замечать за собой лет с двадцати (тогда же, когда стало угасать его увлечение математикой). Безо всяких усилий с его стороны рядом постоянно оказывались женщины, которые сами шли на сближение. Эти женщины страстно желали разделить с ним постель — или, по крайней мере, были не против. Поначалу их поведение здорово сбивало с толку. Но со временем Тэнго уловил, в чем его *особый дар*, научился им пользоваться — и с тех пор недостатка в партнершах у него не было. Вот только полюбить таких женщин всем сердцем ему не удавалось никак. Отношения с ними всегда ограничивались встречей-другой и заканчивались постелью. Взаимное заполнение пустоты. Как это ни удивляло его самого, ни одной женщине, которая распахивала перед ним душу, он не смог ответить взаимностью.

Обо всем этом Тэнго рассказывал застывшему в беспамятстве отцу. Сначала медленно, подбирая слова. Но постепенно его голос окреп, а к концу истории в нем и эмоции проступили. Даже об интимном он старался говорить как можно честнее. Теперь больше нечего стыдиться, понимал он. А отец все лежал лицом к потолку — и за весь рассказ Тэнго не пошевелил ни пальцем. Даже слабое дыхание старика не сбилось ни на секунду.

В три часа пришла медсестра с нагрудной биркой «Оому́ра», проверила содержимое капельницы, сменила пластиковые мешочки, измерила отцу давление и температуру. Женщина лет тридцати пяти, крупная, с большой грудью. Волосы подобраны в узел на затылке. В узел воткнута шариковая ручка.

— Ничего необычного не заметили? — спросила она, вынула из волос ручку и вписала результаты измерений в медкарту на спинке кровати.

— Ничего,— ответил Тэнго.— Все время спал, не шелохнулся ни разу.

— Если что заметите, нажимайте сюда.— Сестра указала на кнопку вызова над изголовьем и опять воткнула ручку в волосы.

— Понял,— кивнул Тэнго.

Она вышла, но чуть погодя в палату постучали, дверь приоткрылась, и в проем заглянула сестра Тамура — та, что в очках.

— Не желаете пообедать? — спросила она.— В столовой можно что-нибудь перекусить.

— Спасибо,— ответил Тэнго.— Я пока не голоден.

— Как ваш отец?

— Поговорил с ним. Не знаю, слышал он меня или нет.

— Говорить с больными всегда очень важно,— сказала сестра Тамура. И ободряюще улыбнулась.— Не волнуйтесь. Я уверена, он вас услышал.

Она тихонько прикрыла дверь. Вновь оставшись в тесной палате с отцом наедине, Тэнго продолжил рассказ.

Окончив вуз, он устроился на работу в подготовительный колледж для абитуриентов. Объяснять математику. И теперь он — самый обычный преподаватель. Не светило научной мысли, не чемпион по дзюдо. Но как раз это и хорошо. В кои-то веки Тэнго вздохнул свободно. Теперь он мог жить нормальной жизнью, один, никого не стесняясь — и никого не напрягая собой. Начал писать. Сочинил несколько повестей, послал их на конкурс в литературный журнал. А чудаковатый редактор журнала, господин Комацу, поручил ему набело переписать чужой роман под названием «Воздушный кокон». Саму историю сочинила семнадцатилетняя девушка по имени Фукаэри. Но изложить ее на бумаге как следует не смогла, вот Тэнго и поручили привести текст в порядок. Работу он выполнил блестяще. В итоге роман получил премию «Дебют», и его издали книгой, которая стала бестселлером. Собирались подать и на соискание премии Акутагавы, но успех «Кокона» оказался таким оглушительным, что жюри воздержалось от его приема на конкурс. «Ничего, и без "Акутагавы" обойдемся»,— сказал тогда Комацу, оценив объемы продаж.

Тэнго не был уверен, слышит ли отец, а если слышит — понимает ли, что ему говорят. Никакой реакции он не выказывает. А может, все понимает, но это ему совершенно не интересно? Может, больше всего он хочет сказать «заткнись»? Дескать, какое мне дело до баек о чьей-то жизни, дай помереть спокойно? Но Тэнго уже не мог не выкладывать дальше все, что выстроилось в его голове. В этой тесной палате, лицом к лицу с умирающим стариком, ему просто не оставалось ничего другого.

— Пока у меня выходит не очень здорово. И все-таки, по возможности, я хотел бы жить писательским трудом. Не переписывать чужие романы, а сочинять свои — так, как хочется, понимаешь? По-моему, сочинительство подходит моей натуре. А это же так здорово, когда у человека есть любимое дело! И вот мое дело наконец-то во мне родилось. Да, мои рукописи еще ни разу не превратились в книгу. Но я чувствую, скоро все изменится. Стиль мой редакторы хвалят. Так что за это я как раз не волнуюсь...

Тэнго хотел добавить, что в нем также обнаружился особый талант ресивера — умение превращать написанное в атрибуты и события реального мира. Но такая запутанная мысль нуждалась в пояснениях и вообще требовала отдельного разговора, поэтому он решил сменить тему.

— Мне кажется, моя главная проблема — в том, что до сих пор я никого не мог по-настоящему полюбить. Без всяких условий, искренне, самозабвенно. Такого со мной не случалось еще ни разу.

Сказав так, Тэнго подумал, что бедному старику, возможно, подобное чувство вообще не знакомо. Или, может, наоборот — именно так отец и любил мать Тэнго? А потому вырастил ее сына как своего, даже зная, что ребенок от другого мужчины? Если так — духовная жизнь этого человека получалась куда содержательней, чем у Тэнго.

— Единственное, пожалуй, исключение — хорошо помню одну девочку из класса. Мы с ней тогда учились в пятом... Ну да, двадцать лет назад. Она мне очень нравилась. С тех пор всю жизнь о ней вспоминаю, даже теперь. Хотя на самом деле мы с ней даже не пообщались толком ни разу. Потом эта девочка перешла в другую школу, и больше мы не виделись. А недавно в моей жизни кое-что случилось, и я решил ее разыскать. Вдруг заметил, как много о ней думаю и как сильно она мне нужна. Захотел встретиться с ней, обо многом поговорить. Только найти ее так и не смог. Наверное, раньше нужно было спохватиться. Тогда все было бы проще...

Тэнго умолк. Будто решил подождать, пока все сказанное не осядет у отца в голове. А если точнее — пока не уляжется хаос в его собственной памяти. И затем продолжил:

— Теперь я понимаю, что просто трусил. Точно так же, например, как всю жизнь боялся заглянуть в семейную метрику. Ведь давно мог проверить, действительно ли моя мать умерла. Сходил бы в мэрию Итикавы, запросил документы — сразу бы все и выяснилось. На самом деле я часто об этом думал. И даже пару раз приходил в ту мэрию. Но сделать запрос не хватило духу. Слишком страшно было раскапывать правду своими руками. И я просто ждал, когда она откроется сама собой...

Он глубоко вздохнул.

— Вот и поиски этой одноклассницы раньше следовало начинать. Я плутал окольными тропами, а когда нужно было действовать, отсиживался. Потому что вечно боялся всех этих сердечных вопросов. Из-за этого страха вся жизнь наперекосяк...

Тэнго снова встал с табурета, подошел к окну, посмотрел на сосны. Ветер стих. Шума прибоя не слышно. По саду внизу прогуливалась большая кошка. Судя по виду — беременная. Подойдя к дереву, она легла на бок и принялась вылизывать разбухший живот.

Тэнго развернулся к отцу, оперся о подоконник.

— И все-таки я чувствую: многое в моей жизни скоро изменится. Признаюсь, долгие годы я тебя ненавидел. С малых лет постоянно думал, что не должен жить так жалко и уныло, что на самом деле я достоин более яркого и радостного детства. И что обращаться со мною так, как это делал ты, слишком несправедливо. Мои одноклассники были счастливы — по крайней мере, на взгляд со стороны. Почти все казались талантливее, успешнее меня, развлекались на полную катушку, как мне и не снилось. А я с младших классов только и молился о том, чтобы ты оказался не настоящим моим отцом. Потому что именно в этом крылась какая-то главная ошибка.

Он снова взглянул за окно. Не подозревая, что на нее смотрят, беременная кошка продолжала вылизывать живот. Не спуская с нее глаз, Тэнго продолжил:

— А сейчас я уже так не думаю. Сейчас я считаю, что был достоин такого детства и такого отца. Честное слово. Просто я сам был никудышным человеком. В каком-то смысле закапывал себя своими руками. Теперь я хорошо это понимаю. Математический вундеркинд — это большой дар судьбы. Все вокруг на меня надеялись, всячески меня баловали. Но в итоге я никак не использовал этот дар, не вырастил из него ничего примечательного. Мой талант *просто был* во мне — да так и остался невостребованным. Опять же, рос я крепышом и в дзюдо клал на лопатки практически всех однокашников. На чемпионатах префектуры среди школьников всегда побеждал. Но оказалось, что в большом мире сколько угодно спортсменов сильнее меня. Уже студентом я не прошел в университетскую сборную для чемпионата страны. Помню, психовал тогда страшно. Просто перестал понимать, кто я. Да оно и понятно. Ведь я действительно *был никем и ничем.*

Тэнго достал из кармана бутылку минералки, отвинтил крышку, сделал глоток. И снова присел на табурет.

— В прошлый раз я уже говорил, что очень тебе благодарен. Думаю, я не твой настоящий сын. Почти уверен. Кровные узы нас не связывали, но ты вырастил меня как родного сына. За это тебе огромное спасибо. Могу лишь догадываться, как это непросто — мужчине в одиночку воспитывать ребенка. Я уже замучился вспоминать, как ты таскал меня за собой по городу, собирая плату за «Энэйч-кей». В моей памяти об этих походах не осталось ничего, кроме глухой тоски и горькой обиды. Хотя сегодня я понимаю: ты просто не мог придумать иного способа пообщаться со мной. Твоя работа была единственной ниточкой, которая связывала тебя с миром. *Ведь именно это ты умел делать лучше всего.* И брал меня с собой, чтобы показать, *как это делается.* Конечно, ты рассчитывал и на то, что при виде ребенка люди охотнее раскошелятся. Но все-таки для тебя это было не главное.

Тэнго выдержал новую паузу, давая старику осмыслить услышанное. А сам подумал, чем же стоит закончить рассказ.

— Но ребенку таких вещей, конечно же, не понять. Тогда мне было просто невыносимо стыдно и тяжело. По воскресеньям, пока мои сверстники играли и веселились, я должен был ходить и собирать с людей деньги. Каждого нового воскресенья я ждал с содроганием. Сейчас-то я понимаю, зачем ты поступал так со мной. Хотя и не согласен, что это было правильно. Такое воспитание не приносит ничего, кроме глухой обиды. Для ребенка это слишком непосильная ноша. Но что случилось, то случилось. Не стоит зацикливаться. В конце концов, все эти воскресные походы, мне кажется, здорово закалили меня. Пробираться по жизни — работа адская. Уж эту премудрость я освоил на собственной шкуре.

Тэнго спрятал бутылку в карман и уставился на свои пустые ладони.

— Теперь мне придется как-то жить дальше. Надеюсь, это выйдет удачнее, чем до сих пор, и мне больше не придется блуждать по жизни окольными тропами. Не знаю, что собираешься делать ты. Возможно, тебе просто хочется спать дальше в тишине и покое. И больше никогда не просыпаться. Если так — пускай, не смею тебе мешать. Но сегодня я приехал к тебе рассказать то, что ты услышал. О том, как я жил до сих пор. О том, что у меня на душе. Может, тебе и не хотелось все это знать. Тогда прости за беспокойство. Но я выложил тебе все, что хотел, и больше тебя не потревожу. Спи спокойно, сколько захочешь.

В шестом часу пришла сестра Оомура с шариковой ручкой в волосах, проверила капельницу, но температуру на этот раз мерить не стала.

— Никаких изменений? — спросила она.

— Нет,— ответил Тэнго.— Просто спал, как и прежде.

Сестра кивнула.

— Скоро заглянет доктор. Как долго вы здесь пробудете, господин Кавана?

Тэнго взглянул на часы.

— Поезд отходит в семь. Значит, до полседьмого.

Сестра занесла очередные результаты в медкарту и воткнула ручку обратно в прическу.

— С самого обеда я говорил с ним,— сказал Тэнго.— Но даже не знаю, слышал ли он меня.

— Когда я училась на курсах,— ответила медсестра,— нам объясняли одну важную вещь. *Светлые* слова оказывают на барабанные перепонки очень благотворную вибрацию. У светлых слов позитивный звуковой резонанс. Даже если больной не понимает, что ему говорят, его уши все равно воспринимают живительный импульс. Поэтому нас, медсестер, учат разговаривать с пациентами громко и жизнерадостно — не важно, понимают они нас или нет. Интонация нужнее смысла, от нее больше проку. Знаю это по своему опыту.

Тэнго задумался.

— Спасибо вам,— сказал он наконец.

Сестра Оомура легонько кивнула и вышла.

В палате повисла глубокая тишина. Тэнго рассказал старику все, что хотел, и больше говорить было нечего. Тишина эта, впрочем, была даже уютной. Начинались сумерки, все вокруг утопало в мягких лучах предзакатного солнца. Рассказывал ли он отцу о двух лунах? — вдруг подумал Тэнго. Кажется, пока нет. «Сейчас я живу в мире, где в небе висят две луны. И сколько на них ни смотри, привыкнуть не получается»,— чуть не сказал он вслух. Но говорить об этом здесь и сейчас никакого смысла не было. Что две луны, что пятнадцать — отцу уже все равно. Вопрос их количества придется решать самому.

Но главное, сколько бы ни было в небе лун — он, Тэнго, на свете только один. Что это значит? А то, что куда бы тебя жизнью ни заносило, ты — это ты. Со своими проблемами, своими способностями, единственный и неповторимый. Вот в чем загвоздка. Не в луне, а в тебе самом.

Минут через тридцать сестра Оомура вошла в палату еще раз. Только уже без ручки в волосах. «Куда же она ее подевала?» — зачем-то подумал Тэнго. Два медбрата вкатили за ней кровать на колесиках. Оба плечистые, смуглые — и абсолютно безмолвные. Похожи на иностранцев.

— Господин Кавана,— обратилась к Тэнго сестра,— вашего отца нужно свозить на обследование. Не могли бы вы подождать его здесь?

Тэнго посмотрел на часы.

— Ему стало хуже? — спросил он.

Сестра покачала головой.

— Вовсе нет. Просто в палате нет специальной аппаратуры, и мы перевозим его для обследования в другое помещение. Регулярная процедура, ничего особенного. Когда все закончится, доктор с вами поговорит.

— Хорошо,— сказал Тэнго.— Я подожду здесь.

— В столовой можно выпить горячего чаю,— добавила сестра.— Вам стоит немного отдохнуть.

— Спасибо,— кивнул Тэнго.

Не отцепляя трубок, двое мужчин без труда подняли старика, аккуратно переместили в кровать на колесиках и вместе с капельницей выкатили в коридор. Оба двигались очень профессионально — и по-прежнему не говорили ни слова.

— Много времени это не займет,— пообещала сестра.

Но время шло, а отец все не возвращался. За окном все больше темнело, Тэнго зажег в палате свет. И ему тут же почудилось, будто он потерял что-то важное.

На постели отца осталась вмятина. Хотя старик был совсем не тяжелым, контур тела на простыне проступал отчетливо. Глядя на эту вмятину, Тэнго почувствовал, что остался на свете совершенно один. И уходящее солнце, наверное, больше никогда не взойдет.

Тэнго сел на табурет и застыл как каменный. За окном догорали последние лучи заката. Он просидел так непонятно сколько, пока не поймал себя на том, что в голове не осталось ни единой мысли. Сплошная бессмысленная пустота. Тогда он медленно встал, пошел в туалет, облегчился, вымыл руки, сполоснул холодной водой лицо, вытерся носовым платком. Увидав себя в зеркале, вспомнил совет медсестры — и поплелся в столовую выпить горячего чаю.

Через двадцать минут он вернулся в палату. Отца еще не привезли. Зато во вмятине на постели Тэнго обнаружил странный предмет, какого еще не видел ни разу в жизни.

Длиной он был метра полтора, а по форме напоминал земляной орех, слегка зауженный посередине. Поверхность усеяна мягким коротким пушком, излучавшим голубоватое призрачное сияние. И чем сильнее сгущались сумерки, тем отчетливей это сияние становилось. Казалось, загадочный предмет появился неведомо откуда, чтобы заполнить мимолетную пустоту, которую оставил после себя отец. Не отпуская дверной ручки, Тэнго застыл на входе. Пересохшие губы дрожали, готовые сказать что-нибудь, но никаких подходящих слов на ум не приходило.

Что же это такое, черт возьми? Почему оно лежит здесь вместо отца? С первого взгляда ясно, что ни врачи, ни медсестры принести сюда этого не могли. Слишком нездешним казался сам воздух, подсвеченный потусторонним сиянием.

И тут наконец его осенило. *Да это же Воздушный Кокон.*

В романе Тэнго описывал его подробно, до мельчайших деталей. Но и подумать не мог, что когда-нибудь увидит Воздушный Кокон своими глазами. А теперь то, что он сочинил в голове и описал словами, предстало *в реальности.* Нелепое дежавю, от которого желудок будто сдавило клещами. Спохватившись, Тэнго вошел в палату и закрыл за собою дверь. Не хватало еще, чтобы кто-нибудь это увидел. Он сглотнул слюну. Горло отозвалось каким-то натужным мычанием.

Остановившись в метре у кровати, Тэнго рассмотрел кокон внимательнее. Да, все выглядело именно так, как описано в книге. Прежде чем облечь этот образ в слова, Тэнго сделал простенький карандашный набросок. Сделал видимым то, что сидело в его подсознании. И уже затем превратил в слова. Все время, пока он работал над текстом, набросок висел перед ним, прикнопленный к стене над столом. По форме нарисованный кокон был все-таки ближе к куколке. Но для Фукаэри (а значит, и для Тэнго) эта штука называлась «Воздушный Кокон» и больше никак.

Переписывая историю Фукаэри, Тэнго придумал и добавил к описанию этого артефакта множество разных деталей. Например, изящный изгиб в средней части кокона или круглые, словно декоративные, шишечки на обоих его полюсах. Детали эти — чистый вымысел, плоды его личного воображения. В оригинальной истории ничего подобного не было. Для Фукаэри воздушный кокон всегда оставался просто воздушным коконом, этаким объектом-концепцией, и она не утруждала себя объяснениями того, как он выглядит. Поэтому внешний вид Кокона для романа Тэнго пришлось изобретать самому. Однако на Коконе, сиявшем теперь в сумраке перед глазами, он отчетливо различал такой же изгиб и такие же круглые шишечки.

Так и есть, убедился Тэнго. Как и в случае со второй луной. Все, что я рисовал и описывал, материализовалось с точностью до мелочей. Причины и следствия перепутались и поменялись местами.

Нервы Тэнго напряглись, и по телу побежали мурашки. Мир, который меня окружает теперь,— насколько это реальность, насколько выдумка? Непонятно. Отличить одно от другого уже невозможно. Но что в этом мире принадлежит Фукаэри, а что — мне? И где начинается «наше»?

От полюса к полюсу по всему Кокону пробегала длинная трещина. Казалось, огромная фасолина вот-вот расколется пополам. Ширина трещины — сантиметра два. Если нагнуться, можно подглядеть, что внутри. Но на это у Тэнго не хватало смелости. Не сводя с Кокона глаз, он сел на табурет, размял плечи, несколько раз глубоко вздохнул. Кокон оставался абсолютно недвижным. Словно никем не доказанная теорема, он терпеливо ждал, когда Тэнго найдет заветное решение.

Что же там может оказаться внутри?

Что именно кокон собирается ему показать?

В романе героиня обнаружила в Коконе часть себя — свою Доту. В ужасе девочка бросила Доту и сбежала из общины. Но что может заключать в себе Кокон Тэнго (а в том, что это *его персональный Кокон*, он почему-то не сомневался)? Нечто светлое, доброе — или что-то опасное и зловещее? Изменит ли оно жизнь к лучшему — или принесет сплошные несчастья?

И наконец, кто притащил этот Кокон сюда?

Как бы там ни было, следующий ход — за Тэнго. Это он понимал хорошо. Но встать и заглянуть в трещину не было сил. Слишком страшно. А вдруг то, что внутри, сделает ему больно? Или круто изменит всю его жизнь? Страхи парализовали Тэнго, точно загнанного в ловушку беглеца. Те же самые страхи, что мешали ему заглянуть в семейную метрику. *Что там, внутри кокона, Тэнго знать не хотел.* Он был бы рад обойтись без этого знания. Выйти отсюда, сесть в поезд, вернуться в Токио. Закрыть глаза, заткнуть уши, забиться в свой тихий мирок.

Но как раз это уже невозможно. Если сейчас он уйдет, не выяснив, что заключает в себе этот Кокон, горькое сожаление испортит всю его дальнейшую жизнь. До последнего вздоха он не сможет простить себе то, что в самый важный момент трусливо отвел глаза в сторону.

Очень долго Тэнго просидел на табурете, не зная, как поступить. Вот уж действительно: ни вперед, ни назад. Сцепив руки на коленях, он смотрел на Воздушный Кокон и лишь изредка давал глазам отдохнуть, поглядывая в сумерки за окном. Солнце совсем зашло, сосновую рощу затопил густой полумрак. Ветра по-прежнему не было, шума прибоя до санатория не доносило. Стояла фантастическая тишина. Только сияние белоснежного Кокона становилось все ярче и чище. И Тэнго отчетливо осознал: перед ним — живое существо. Этот слабый голубоватый свет — сияние чьей-то жизни. Там, внутри, таится чье-то тепло и бьется беззащитное сердце.

Наконец он решился. Встал с табурета, наклонился над кроватью. Хватит убегать от себя. Нельзя всю жизнь оставаться испуганным ребенком, закрывая глаза на то, что ждет впереди. Только знание правды дает человеку силу. Каким бы горьким это знание ни оказалось.

Трещина не стала ни уже, ни шире. Заглянув в нее, Тэнго ничего толком не разобрал. Внутри было слишком темно, и к тому же мешала какая-то пленка. Он отдышался, проверил, не дрожат ли руки. А затем просунул в трещину пальцы и осторожно раздвинул края. Без особого сопротивления, без единого звука щель распахнулась так охотно, словно только его и ждала.

Нутро фасолины озарилось все тем же сиянием. Так светится снег, отражая солнечные лучи. Не слишком ярко, но достаточно, чтобы разглядеть то, что нужно.

Внутри Кокона спала поразительно красивая девочка лет десяти. В простеньком платьице, похожем на ночную сорочку. Ладошки прижаты к груди. Кто она, Тэнго понял с первого взгляда. Упрямые, словно вычерченные по линейке губы. Гладкий широкий лоб под коротко остриженной челкой. Слегка задранный, будто требующий чего-то от неба маленький нос. Упрямые скулы. Глаза плотно закрыты — но Тэнго знал, что бы он увидел, если бы ее веки распахнулись. Не мог не знать. Взгляд этих глаз он помнил вот уже двадцать лет.

— Аомамэ,— позвал Тэнго.

Но девочка спала. Очень глубоким сном. Дыхание совсем слабое, пульса не различить. Сейчас у малышки не хватило бы сил даже просто открыть глаза. Но главное — *ее время еще не пришло*. Сознание спящей пока находилось очень далеко. Но голос Тэнго ее уши восприняли как живительный импульс. Ведь он произнес ее имя.

Аомамэ слышит, как он зовет ее издалека. *Тэнго*, думает она. И даже произносит вслух. Но пока она в коконе, губы не двигаются, и до Тэнго ее зов не долетает.

Словно человек, из которого вынули душу, Тэнго все смотрел на нее, почти не дыша. Ее лицо излучало покой. Ни тени печали, страдания или тревоги. Казалось, вот-вот эти губы дрогнут и что-то скажут, а глаза откроются. Тэнго молился, чтобы это произошло. Без каких-либо слов — просто обращаясь душой к Небесам. Но просыпаться девочка не собиралась.

— Аомамэ,— позвал он еще раз.

Столько всего он хотел рассказать ей. Столько всего передать. Все, что он вынашивал в своем сердце, думая о ней эти двадцать лет. Но сейчас только мог произнести ее имя.

— Аомамэ,— позвал он снова.

Протянув руку, он накрыл ладонью ее маленькие пальцы. Двадцать лет назад эти пальцы крепко сжали его ладонь. Словно требуя, чтобы он шел вперед и не падал. Теперь она спала в сиянии Кокона, но ее пальцы излучали тепло. Чтобы передать ему эту живительную теплоту, она и явилась сюда, понял Тэнго. Вот он, смысл Послания, принятого от нее в пустом классе двадцать лет назад. Наконец-то он смог открыть шкатулку и увидеть, что внутри.

— Аомамэ,— сказал Тэнго.— *Я найду тебя во что бы то ни стало.*

Постепенно сиянье погасло, и вечерняя мгла поглотила кокон, а вместе с ним — и маленькую Аомамэ. Но даже когда стало невозможно сказать, случилось ли это на самом деле, пальцы Тэнго помнили прикосновенье к ее руке и теплоту, которую она ему завещала.

И этой памяти не исчезнуть уже никогда, думал Тэнго, возвращаясь на поезде в Токио. Двадцать лет он прожил, помня силу ее рукопожатия. А теперь будет жить дальше, вспоминая теплоту ее пальцев.

В узком перешейке между горами и взморьем электричка вписалась в крутой поворот, и в окне замаячили две луны. Они висели в небе над морем — большая желтая и маленькая зеленоватая. Далеко или близко — не разобрать. Их призрачное сияние тысячекратно преломлялось в морских волнах, точно в битом стекле. Пока поезд сворачивал, две луны переползали к краю окна, будто намекая на что-то осколками света в воде,— и наконец исчезли из виду.

В этом мире нужно как-то жить дальше, подумал Тэнго, закрыв глаза. Что это за мир, по каким правилам он будет вертеться, пока непонятно. Что в нем случится завтра, не знает никто. Ну и ладно, и слава богу. Бояться нечего, сказал он себе. Что бы там ни ждало впереди, ты найдешь способ выжить в этом двулунном мире. Если не забудешь ее теплоту — и не потеряешь себя.

Очень долго он ехал, не открывая глаз. А когда открыл, за окном тянулись сумерки ранней осенней ночи. Никакого моря уже было не различить.

Я найду тебя, Аомамэ, решил он бесповоротно. Чего бы это ни стоило, в каком бы мире ты ни жила — и кем бы ни оказалась.

(Конец второй книги)

СОДЕРЖАНИЕ

Содержание

Литературно-художественное издание

МУРАКАМИ-МАНИЯ

Харуки Мураками

1Q84
ТЫСЯЧА НЕВЕСТЬСОТ ВОСЕМЬДЕСЯТ ЧЕТЫРЕ

Книга 2

ИЮЛЬ — СЕНТЯБРЬ

Ответственный редактор *А. Гузман*
Редактор *М. Немцов*
Художественный редактор *А. Стариков*
Технический редактор *О. Шубик*
Компьютерная верстка *Е. Долгина*
Корректоры *М. Ахметова, Н. Тюрина*

ООО «Издательский дом «Домино»
191014, Санкт-Петербург, ул. Некрасова, д. 60
Тел. (812) 272-99-39. E-mail: dominospb@hotbox.ru

ООО «Издательство «Эксмо»
127299, Москва, ул. Клары Цеткин, д. 18/5. Тел. 411-68-86, 956-39-21.
Home page: **www.eksmo.ru**   E-mail: **info@eksmo.ru**

Подписано в печать 21.07.2011. Формат 84×108 $\frac{1}{32}$.
Печать офсетная. Усл. печ. л. 22,68.
Тираж 10 000 экз. Заказ № 3263.

Отпечатано в ОАО «Тульская типография».
300600, г. Тула, пр. Ленина, 109.

ISBN 978-5-699-50928-7